엄마가 계약결혼 했다

시야 장편 소설

My mom got married on a contract

엄마가 계약결혼 했다

초판 1쇄 인쇄 | 2022년 11월
초판 1쇄 발행 | 2022년 12월 7일

지은이 시야
발행인 김예슬 김지안
제작 유인하
편집 백가연
교정교열 장희연
디자인 유한나
본문디자인 나선

펴낸곳 패러그래프
등록번호 제2022-000152호
등록일자 2021년 3월 15일
대표전화 02-739-6230 | **팩스** 02-735-5850
주소 서울시 마포구 잔다리로 113, 2층
홈페이지 www.beparagraph.com

ⓒ 시야, 2022
ISBN 979-11-91956-44-3 (04810)
ISBN(세트) 979-11-91956-41-2 (세트)

* 파본은 구입하신 서점에서 교환하여 드립니다.
* 이 책은 저작권법의 보호를 받는 저작물입니다. 무단 전재 및 유포, 공유를 금합니다.

엄마가 계약결혼 했다

시야 장편 소설 **3**

My mom got married on a contract

CONTENTS

13. 배를 타고 나간 아버지는 겨울바람에 휩쓸려 II p.007
14. 당신의 행복을 위하여 p.047
15. 십 대 p.143
16. 꽃과 뱀의 길 p.285
17. 용의 저주 p.419
18. 이건 사랑 이야기 I p.481

Chapter. 13

배를 타고 나간 아버지는
겨울바람에 휩쓸려 II

Chapter 13

배를 타고 나간 아버지는 겨울바람에 휩쓸려 Ⅱ

순간 손끝이 찻잔 가장자리에서 미끄러졌다. 동요를 숨기고 하야는 루디아를 바라보았다.

사교계의 온갖 기술로 무장된 황후의 얼굴에서는 어떤 기색도 찾아볼 수 없었다.

북쪽에서 세상의 모든 지식과 지혜를 공부해온 인로가의 소네히하야건만, 실전에는 약했다.

천의 지혜도, 한번 해 보는 것만 못 한 건가— 하는 탄식이 나왔다.

"용이라면……."

다시 물으니 루디아가 태연하게 찻잔을 들어 올리며 말했다.

"알테어스 말이야."

"!!"

이번에야말로 동요를 숨길 수 없어서 그의 눈동자가 이리저리 흔들렸다. 인로가 특유의 얼음 눈이 이리저리 빛깔을 반사하며 혼란스럽게 흔들렸다.

루디아가 쿡쿡 웃었다.

"뭘 그리 놀라고 그러시는지, 새삼스럽게."

놀리는 듯한 여유마저 보이는 상대의 침착함을 보자 하야도 금방 침착함을 되찾았다.

"궁금하시면 본인에게 직접 여쭙는 게 좋을 것 같습니다. 저도 목숨이 아까워서."

짧게 끊어내는 말에 루디아는 눈을 가늘게 뜨고 웃었다.

"그럼 다른 질문에는 답해 줄 수 있겠지?"

"무슨 질문이신지에 따라서요."

하야의 정중한 태도는 흔들리지 않았다. 루디아가 말했다.

"마법사에 대해서 알고 싶어."

루디아의 말에 하야의 표정이 다시 흔들렸다. 이번에야말로 무슨 이야기를 해야 할지 모르겠다.

루디아가 느긋하게 차를 마셨다. 그녀가 차를 마시는 동안 하야는 속이 바싹바싹 타들어 갔다.

'어떻게 해야 할까.'

어정뜬 대답을 하면 대번에 꼬리를 잡히고 말 터였다. 지금 와서 '마법사라니, 무슨 말씀이신지.' 같은 소리를 해봐야 먹히지도 않는다. 용에 대해 질문한 건, 이 질문을 위해서였나.

눈앞의 젊은 황후의 미소가 갑자기 서늘하게 느껴졌다. 그런 그의 흔들림을 루디아는 느긋하게 관찰했다.

본디라면 인로 공작가의 지혜에 자신이 비견될 수 없었으나, 자신은 미래를 겪었다.

그보다 더 앞선, 많은 정보가 있었다. 타카르에 대해서 누구보다 많은 정보를 쌓아 두고 있는 건 바로 바라트 아니겠는가?

그러니 그녀가 정말로 궁금한 건 용에 대한 것이 아니었다. 그녀가 죽을 때쯤, 분노한 황제를 진정시키기 위해서 인로 공작가에서 보낸 사신이 바로 눈앞의 소네히하야였다.

잠시 후 소네히하야가 말했다.

"마법사에 대해 무엇이 궁금하십니까? 질문해 주시지요."

천천히 눈을 들어 올려 그가 루디아를 똑바로 바라보았다. 눈동자가 금빛과 푸른빛으로 반짝였다.

"대답할 수 있는 거라면 전부 대답해 드리겠습니다."

하야의 답에 루디아는 생리적으로 몸이 바르르 떨리는 걸 다잡았.

'드디어.'

마법사에 대해서 알 수 있다.

리리카가 마법사라는 것을 안 후로 루디아의 머릿속 한구석에는 항상, 언제나, 늘 그 생각이 빙글빙글 돌고 있었다.

리리카가 시간을 돌린 거라면, 무엇으로 대가를 지불했을까?

내 딸은 괜찮은 걸까? 되돌아온 삶에서 부조리한 일을 강요받는 게 아닐까? 언젠가, 언젠가 운명이 내가 아니라 그녀에게 대가를 요구하는 게 아닐까?

호수의 얼음이 깨질 때는 생각보다 큰소리가 난다.

천둥이 치는 것과 비슷한 소리다.

단단하다고 생각한 얼음 호수 위를 지치고 있는데, 그 소리를 들은 기분이었다.

누군가는 그게 얼음이 단단히 얼기 때문에 나는 소리라고 한다.

누군가는 그렇다 해도 금이 가서 위험하다고 말한다.

알테어스에게 물어볼 수도 있지만, 내키지 않았다. 비교대조군이 없다면, 그가 거짓말을 하는지 아닌지 알 수 없으니까.

그를 믿지 않는 건 아니지만, 그렇다고 무조건 신뢰하며 의존하는 것도 올바른 건 아니다. 그 역시 모든 걸 아는 건 아닐 테니까.

적어도 한 명 더, 마법사에 대해서 아는 사람을 만나야 했다.

처음 하야를 부를 때만 해도 적당한 패를 손에 넣고 싶다―라는 생각이었지만 리리카가 마법사라는 걸 알게 된 이후로는 달랐다.

어떻게든 그를 부르기 위해서 머리를 짜냈고, 리제르트가 '하트의 여왕'을 들고 온 순간 이거야! 했다.

'하트의 여왕'은 용의 힘도 봉인할 수 있는 능력이 있는 아티팩트라고 했으니, 인로 공작가라면 반드시 알고 있고, 관심을 가질 거다.

그리 생각했다.

떠올리니 쓴웃음이 났다.

'고문실과 감옥에서 들은 이야기도 참 많아.'

루디아가 체포된 건 그래도 제법 나중이었다. 리리카가 숨겨 주었기 때문이다.

그녀가 중죄인들이 들어가는 지하 감옥에 끌려 들어갔을 땐, 이미 너덜너덜해진 반란의 중역들이 제법 있었다.

그들은 공포와 증오로 발버둥치며 타카르와 관련된 모든 일에 대한 험담을 늘어놓았다.

어차피 곧 죽는다. 반역은 실패로 끝났으니 간직해야 할 정보도 없다. 물론 거기에는 바라트에 대한 소문도 상당히 끼어 있었다.

고문은 일대일로 진행되지 않는다. 여럿이 모여 있으면, 다른 자가 고문당하는 것만 봐도 벌벌 떨며 이야기를 털어놓기 마련이다.

거기서도 이런저런 이야기를 들었다. 루디아는 손톱 하나에 눈물을 쏟아내며 알고 있는 모든 걸 쏟아냈다.

그때는 별생각 없었던 그런 이야기들과 그녀가 바라트의 수하로 일하면서 얻었던 정보들을 이리저리 조합하면 여러 가지 단서들이 나왔다.

'리제르트 님이 가지고 계신 아티팩트만 진품이었다면!'

라든가,

'피요르드가 살아 있었다면 이렇게 끝나지 않았을 텐데!'

하는 탄식 같은 거.

그때는 너무 무서워서 벌벌 떨며 눈물 콧물 흘리고 있어서 기억날 줄 몰랐는데, 공포란 감정 속에서 들은 이야기는 생각보다 훨씬 더 선명하게 기억났다.

침묵이 길어지자 하야가 갸웃하며 이쪽을 보았다. 루디아가 "아." 하고 미소 지었다.

"잠시 생각을 정리했어."

천천히 루디아는 질문을 골랐고, 던졌다.

"마법사는 운명을 바꿀 수 있나?"

루디아의 질문은 생각보다 훨씬 더 정곡이라, 하야는 숨을 삼켰다가 내뱉고 말했다.

"마법사의 힘에 달렸지요."

"마법사의 힘?"

"모든 마법사가 같은 능력을 가지고 있는 건 아닙니다. 가장 강대한 마법사는 섬을 부숴 가라앉힐 수도 있고, 물속에서 솟아오르게 할 수도 있지요. 가장 약한 마법사는 겨울에 꽃을 피울 수 있다— 정도의 차이가 있습니다."

"그것도 결코 약한 건 아닌 거 같은데."

꽃이라도 어엿한 생물. 생물의 시계를 마음대로 조정할 수 있다는 뜻이다.

루디아의 말에 하야는 고개를 끄덕였다.

"그렇습니다. 하지만 차이는 존재하니까요."

"그럼 마법사는 마법의 대가로 뭘 지불하지?"

"그들의 힘을 지불하지요."

"힘?"

하야의 표정이 느슨해졌다. 그가 등받이에 등을 기댄다. 알고 있는 것에 대해 이야기하는 학자는 여유로워지기 마련이다. 물론 입도 가벼워졌다.

"마법사의 힘은 샘과 같습니다. 그들의 피가 그들의 샘이지요. 살아있는 한, 피가 도는 한 끊임없이 힘을 만들어 냅니다. 그리고 그릇이 있지요. 이 샘이 만들어 내는 힘을 담는 그릇이요. 이 그릇의 크기가 마법사의 척도입니다."

"그렇군."

커다란 마법을 쓴다면 상당한 양의 힘을 쓰게 될 것이다. 애초에 연못 크기의 그릇을 가진 사람이라면 호수 크기 정도의 힘이 필요한 마법을 쓸 수는 없겠지.

"죽은 사람을 살리는 마법도 있나?"

"있다고 하지만 우리가 생각하는 '살리는 마법'은 아닙니다. 되살아난 사람은 멍한 상태로 침만 흘리고 있다가 며칠 후에 다시 죽는다고 하더군요."

"그럼."

루디아는 말을 꺼내려다가 멈췄다. '시간을 돌리는 마법'에 대해 묻는 건 너무 노골적이었다.

'아니면 전부 말하고 협력을 구해야 하나? 하지만 아직 알테어스에게도 말하지 않았는데.'

어쨌든 안다면 남편이 먼저 알아야 하지 않을까 하며 묘한 곳에서 순서를 따지는 루디아였다.

루디아는 다른 질문을 던지기로 했다.

"그럼 운명을 바꾸는 가장 큰 마법은 죽은 사람을 살리는 마법이 아니겠군."

"네, 운명을 바꾸는 가장 큰 마법은."

하야가 루디아를 살피듯 바라보며 말했다.

"시간을 돌리는 마법입니다."

미세하게, 아주 미세하게 루디아가 든 찻잔의 표면이 흔들렸다.

"시간을 돌리다니, 흥미롭네."

"그렇지요? 아직까지 그런 마법을 쓴 마법사는 없었다고 하지만, 시간을 돌렸으니 본인도 잊어버린 게 아닐까요."

하야가 미소 지으며 말했다. 루디아는 "그럴지도." 하고 마주 웃었다.

양쪽 다 서로의 손에 든 패가 뭔지는 짐작하고 있었다. 하지만 패를 보일지 안 보일지는 정하지 않았다.

카드를 손에 들고 누구의 패가 더 나은가를 재고 있다.

서로 걸린 판돈이 너무 커서, 확실해지기 전에는 패를 보이고 싶지 않다.

그런 마음이었다.

루디아가 찻잔을 내려놓으며 말했다.

"마법사 이야기가 나온 김에, 편지로 전해 드린 아티팩트에 대해서도 이야기를 하고 싶군요."

잠시 쉬어가지요.

루디아의 그런 말에, 하야도 패를 테이블에 내려놓는 기분으로 고개를 끄덕였다.

"꼭 보고 싶습니다."

당분간은 미묘한 신경전이 이어질 듯싶었다.

리리카는 긴장한 얼굴로 커트시를 해 보였다. 하야도 마주 인사했다.

글렌데린 부인에게 배울 때와는 전혀 다른 긴장감이었다. 그때는 불안하고 초조해서 긴장했다면 지금은 기대감과 설렘으로 인한 긴장이었다.

"자리에 앉을까요?"

하야가 권해 리리카와 그는 서재 테이블에 앉았다.

하야가 말했다.

"황후마마께서는 저에게 모든 걸 다 맡긴다고 하셨습니다. 질문을 받아도 좋긴 하지만, 무엇을 모르는지도 모르는 상황에서는 질문을 받아도 좋은 질문이 나오지가 않지요."

하야의 말에 리리카는 고개를 끄덕였다.

"그래서 일단 제가 초급이라고 생각하는 내용을 분류해서 가르칠 예정입니다. 그중에 궁금한 점이 있으면 얼마든지 물어봐 주세요. 그 외의 것들이라도 좋습니다."

"네, 선생님."

리리카는 공손히 대답했다. 하야가 미소 지었다.

"하지만 제가 알고 있는 것은 지식뿐이니, 악기 연주나 그림 그리기 같은 것은 따로 선생님을 붙이는 편이 좋을 겁니다."

"네, 알겠습니다."

"그럼 가볍게 시작할까요?"

'가볍게'라고 말하며 웃는 웃음이 어쩐지 불길했지만 리리카는 고개를 끄덕였다.

수업 시간은 길었다.

상당히.

하야가 인사를 하고 나갔을 때 리리카는 완전히 녹초가 되어 책상 위에 엎드렸다.

"괜찮으세요?"

"양이 어마어마해……."

그동안 따로 공부를 하지 않았기 때문일까?

하야가 가르치는 초급 과목은 방대했다. 역사, 천문, 지리, 의학, 수학, 예술—

"이렇게 많이 배워요?"

저도 모르게 물었더니 하야는 고개를 끄덕였다.

"초급학문은 얕고 넓게 배우는 거지요. 중급에서 고급으로 갈수록 점점 깊어지니 줄어들 거랍니다."

양손을 넓게 벌렸다가 점점 사이를 좁히는 모양을 해 보이고 방긋 웃는 눈 요정님은 북풍처럼 가차 없었다.

브린이 웃으며 물었다.

"그럼 조금 줄여 달라고 해 보시지 그러세요?"

"응, 그래도 재미있으니까."

리리카가 턱을 괴었다.

"일단은 해 보고 정 안 되겠으면 그때 부탁할래."

"알겠습니다. 고생하셨으니, 간식시간이에요."

"와—"

양손을 반짝 들어 만세를 부르고 리리카는 응접실로 나왔다.

머리를 잔뜩 쓰고 단 음식을 맛보는 건 무엇보다도 즐거웠다. 긴장이 혀끝에서 사르르 녹아내리는 기분이었다.

따뜻한 차가 맛있는 계절이다. 뜨거운 홍차를 마시고 달콤한 케이크를 한 조각 입에 넣는다.

피곤함이 가시는 기분이었다.

찻잔을 다 비우고 '잠깐이야.' 하며 소파에서 빈둥거리다가 자리에서 일어났다.

"공부하시게요?"

서재로 향하니 브린이 물었다.

"응, 오늘 배운 거 복습해야 안 잊어버릴 거 같아서."

"알겠습니다."

리리카는 도로 책상 앞에 앉았다. 오늘 공부한 것들이 그대로 책상 위에 놓여 있었다.

리리카는 공부한 것들을 정리하며 열심히 펜을 움직였다.

브린이 창문의 채광을 조절해준 것도, 벽난로에 새로 장작을 더 넣은 것도 모를 정도였다.

"그러다 바보 된다?"

웃음 섞인 목소리에 고개를 드니 아틸이 서 있었다. 리리카가 항변했다.

"공부를 하는데 왜 바보가 되나요?"

"공부만 하면 바보가 되는 법이야."

이상한 논리였는데, 그럴듯하게 들린다는 게 놀라웠다.

"나가자."

"아, 하지만—"

아직 미련이 남아 정리하던 종이를 바라보니 아틸이 "내일 하면 되잖아?" 하며 리리카의 손을 잡아끌었다.

앗, 하는 사이에 응접실 창문 앞까지 끌려 나왔다.

"아!"

리리카는 탄성을 터트렸다.

"눈 오네요!"

"그래, 첫눈은 아니지만, 올해 첫눈은 좀 시시했잖아? 눈이 오면 이 정도는 되어야지."

커다란 함박눈이 펑펑 내리고 있었다. 온 지 좀 되었는지 눈은 제법 쌓여 있었다.

"눈 밟으러 가자."

쌓인 눈을 가장 먼저 밟아줘야지, 하고 아틸이 웃었다.

"네!"

눈에는 리리카도 어쩔 수 없이 들뜨고 말았다. 브린이 옷을 갈아입혀 주었다.

올이 고운 색색 양털로 짠 장갑에 목도리를 매 주고 밀랍을 바른 부츠를 신겨 주었다.

아틸과 리리카는 사이좋게 정원으로 향했다. 아무도 밟지 않은 새 눈을 밟으면 즐거운 소리가 난다. 하나하나 신중하게 발자국을 새기는 사이 눈은 점점 더 많이 오기 시작했다. 눈이 쌓여 정강이 중간까지 닿자 눈을 꼭꼭 뭉쳐서 눈사람을 만들기 시작했다.

생각보다 훨씬 더 시간이 오래 걸렸다. 눈사람 둘을 완성했을 때는 이미 해가 진 후였다.

추위에 빨갛게 달아오른 뺨을 하고 두 사람을 킥킥거리며 궁에 들어섰다.

기다리고 있던 브린과 브란이 눈송이가 녹기도 전에 눈을 재빠르게 털어 주었다. 부츠도 카펫을 밟기 전에 갈아신었다.

장갑을 꼈어도 빨갛게 곱은 손을 벽난로 앞에서 데우는 동안 저녁 식사가 준비되었다.

따뜻한 야채수프가 온몸에 스미는 기분이었다.

"올해는 꼭 눈 보석을 찾고 말 테야."

리리카가 웅얼거리며 침대로 들어가자 브린이 미소 지었다.

"네, 올해에는 꼭 찾으실 수 있을 거예요."

뜨끈하게 데워진 침대 속으로 들어가니 금방 졸음이 몰려와 리리카는 잠들었다.

꿈을 꾸었다.

꿈이라는 걸 알고 있다.

늘 이 사막이 나오는 꿈을 꾸고는 했다. 하지만 오늘은 하늘을 나는 용도 없고, 한밤중도 아니었다.

'와.'

한낮의 태양이 내리쬐는 사막도 장관이었다. 모래언덕이 춤을 춘다. 새파란 하늘의 대비가 기묘할 정도로 아름다웠다.

저쪽에 뭔가 일렁일렁하고 있었다.

'뭘까?'

몇 걸음 다가가지도 않았는데 순식간에 가까워졌다. 오아시스였다.

주변은 초록이 제법 풍성하고 오아시스 물은 무척 차갑고 맑아 보였다.

그늘 아래 천막들이 옹기종기 모여 있었다. 밖은 흰색이지만 안쪽은 제법 화려하게 꾸며져 있었다.

지금까지 꿈과는 전혀 다른 꿈이어서 신기했다.

"미쳤어?!"

그때 커다란 목소리가 들려왔다. 놀랐지만 금방 호기심에 끌려 목소리가 들린 쪽으로 다가갔다. 근처 그늘 아래 사람들이 모여 있었다.

그 가운데에서 싸우고 있는 건 젊은 남녀였다. 남자가 소리쳤다.

"이게 무슨 짓이야?"

여자는 태연해 보였다. 아니, 오히려 분노하고 있는 남자를 기분 나쁘다는 얼굴로 바라보고 있었다.

"우리를 보호하려는 것뿐이야."

"우리를 가두는 거겠지!"

"그래, 그렇다 하더라도 뭐? 우리 아이들은 보호받을 수 있어, 우리 아이들은 지킬 수 있다고."

여자의 목소리도 점점 격양되어 갔다. 그녀의 말에 남자는 참담한 표정이 되었다.

"무엇으로부터? 무엇으로부터 지킨단 말이야, 타카르."

리리카는 숨을 삼켰다.

저 남자가 방금, 저 여자를 보고……?

"이곳이 안전하리라고 장담할 수 없어. 우리 수는 너무 적어. 무엇으로부터든지 난 지킬 거야. 상대가 무엇이든, 무엇으로부터든. 인로, 너도 그걸 알잖아?"

이제 리리카는 잠이 완전히 깨는 기분이었다. 아니, 꿈속인데 잠에서 완전히 깨도 되는 걸까?

이게 대체 무슨 꿈인 거지?

오늘 역사를 배워서 이런 꿈을 꾸는 건가?

'인로와 타카르.'

그렇다면 여기 있는 사람들 중에 산다르나 울프도 있나?

바라트도?

주변 사람들을 둘러보았다. 모두 당혹한 기색이 역력해 보였다. 하지만 누가 누군지는 알 수 없었다.

타카르가 말했다.

"수해에서도 사막에서도, 바다 건너에서도 누구도 올 수 없어."

"그리고 누구도 나갈 수 없겠지."

인로가 답했다.

"괜찮아. 안전하기만 하다면. 인로, 우리는 몰랐어. 그 섬이 그렇게 부서질 줄 몰랐어. 몰랐잖아."

인로의 얼굴이 일그러졌다. 그는 슬프고 화가 나고 괴로운 얼굴로 타카르를 보고 있었다.

"이제 우리 아이들은 마법을 쓸 수 없어. 그 섬에서 도망치는 대가로 버리기로 했으니까. 그러니까……."

타카르가 싸늘하게 말했다.

"나보다 약하면 닥치고 있어."

리리카가 멍하니 그 상황을 바라보고 있는데 누군가가 귀에 속삭였다.

"하지만 약하면 약한 대로, 약한 자의 꾀가 있는 법이죠."

"!!"

놀라 돌아보는 순간, 꿈에서 깨어났다. 리리카는 얼어붙었다.

놀라서 눈을 번쩍 떴는데, 어둠 속에서 누군가가 자신을 내려다보고 있었다. 심장이 너무 빠르고 높이 뛰어서 튀어나올 것 같다.

눈도 깜박이지 못하고 상대를 바라보았다. 알테어스였다.

무표정한 얼굴로, 알테어스가 리리카를 내려다보고 있었다.

'왜……?'

꿈이 이어지는 건지, 꿈에서 깨어난 건지, 게다가 알테어스의 표정은…….

예전에 봤던 표정과 비슷했다. 오래된 조각상처럼 모든 게 풍화되어 마모되어 버린 얼굴.

무서웠다.

숨소리가 거칠어지는 걸 느끼며 리리카는 모든 용기를 쥐어짰다.

"아, 아버님……?"

알테어스의 표정이 흔들렸다. 그는 미간을 찡그리고, 화난 건지 알 수 없는 얼굴을 했다.

하지만 무표정보다는 훨씬 나았다. 리리카는 다시 한번 그를 불렀다.

"아버님."

알테어스는 시선을 위로 돌리고 가볍게 한숨을 내쉬었다.

긴장이 풀리고, 그제야 손끝이 떨리기 시작했다. 리리카는 작은 손이 떨리는 걸 보이지 않으려 이불을 꽉 붙잡고 상체를 천천히 일으켰다.

알테어스가 침대가에 털썩 앉았다. 리리카가 움찔했다.

그가 쓴웃음을 지었다.

"놀라게 해서 미안하다."

아니에요, 괜찮아요.

그런 말들이 반사적으로 나오려는 걸 참았다. 리리카는 아직도 쿵쿵 뛰는 심장을 느끼며 작게 말했다.

"정말로 놀랐어요."

알테우스가 손을 뻗었다. 리리카의 어깨가 튀어 오르는데 머리 위에 손이 턱 올라와 쓰다듬기 시작했다.

"……."

처음을 생각하면 훨씬 더 부드럽고 자연스럽게 커다란 손바닥이 머리를 쓰다듬는다.

목과 어깨에서 힘이 풀리며 작게 한숨이 나왔다. 그래도 쓰다듬는 손을 멈추지 않았다.

"하야와 수업은 재미있고?"

리리카는 어둠 속에서 "네." 하고 작게 답했다.

"양은 굉장히 많지만, 그래도 흥미로운 이야기들이 많아요."

"그런가."

여전히 살살 커다란 손이 머리를 만졌다. 손길이 따끈했다.

"나도 지면 안 되겠군."

"네?"

"마법도 본격적으로 가르쳐 볼까?"

본격적이라니, 그럼 지금까지는 본격적이 아니었단 말인가?

당황하며 바라보니 알테우스가 웃었다. 쓰다듬는 손은 여전히 계속 머리 위에 머무르고 있다.

이러다가 머리가 닳아 버리는 게 아닐까?

"내 딸인데, 내가 지면 안 되지."

"그, 그건, 그런 건……."

뭐라고 대답해야 할지 모르겠다. 속으로 '와아, 와아, 어쩌지?' 하고 허둥거렸다.

얼굴이 점점 달아오르는 게 느껴졌다. 방이 어두워서 다행이다. 리리카는 안도했지만, 알테어스 눈에는 발개진 얼굴이 훤히 보였다. 그게 또 우스워서 쿡쿡 웃었더니 뺨을 부풀렸다.

항의하고 싶은데, 그러지 못하는 눈치였다.

"리리카."

부르고 짧게 쉬었다가 알테어스가 이어 말했다.

"이상한 꿈 꿨지?"

"?!"

놀라 저절로 눈이 동그래졌다.

"어떻게—"

"꾸지 마."

"네에?"

저도 모르게 말이 튀어 나갔다. 알테어스가 말했다.

"꾸지 않으려면 안 꿀 수 있어. 꾸지 마. 마법사니까, 꾸지 않기를 바라면 꾸지 않을 거야."

"그렇지만, 그게 될까요?"

"돼. 네가 바라면."

단호하게 말하는 알테어스를 보니 더는 대꾸할 말이 없었다.

"……네."

작게 답하니, 알테어스가 다시 리리카, 하고 그녀를 불렀다.

"넌 어려."

이제 열 살인데, 하는 말은 하지 않았다. 알테어스는 낮고 단호한 목소리로 말했다.

"난 어른이고."

"그, 렇지요……?"

무슨 말을 하는지 파악하지 못해서 말꼬리가 올라갔다.

"그러니까 네가 도와주지 않아도 괜찮아. 내 일은 내가 알아서 할 테니까. 알았어?"

"네."

의아해하면서도 리리카는 고개를 끄덕였다. 알테어스가 그제야 손을 뗐다.

"좋아."

그가 자리에서 일어났다.

"아, 그리고 마지막으로."

"네."

"나 말고 다른 사람에게 마법을 배우면 안 돼."

"다른 사람들은 제가 마법사인 것도 모르는걸요."

"마법 소녀도 마법은 쓰니까. 알았지?"

"네."

리리카가 고개를 끄덕였다. 알테어스는 확답을 듣고서 미소 지었다.

"더 자렴."

알테어스는 그렇게 말하고 사라졌지만, 잠이 오지 않았다. 침대 베개에 풀썩 상체를 기대고 리리카는 꿈을 생각했다.

'왜 이런 꿈을 꾸는 걸까?'

그리고 왜 아버님은 그런 이야기를 하신 걸까.

스르륵 리리카의 눈이 다시 감기기 시작했다.

'어쩐지 꿈과 아버님의 이야기가 어딘가에서 연결되어 있을 거 같아.'

하지만 아버님은 나에게 말해 주고 싶지 않으신 거야.

그럼 모른 채로 있어야지.

리리카는 그리 생각하며 다시 잠으로 빠져들었다.

아티팩트 송곳니를 얻기 위한 시험을 치르기 위해, 디아레는 요즘 따로 훈련을 받고 있었다. 덕분에 리리카와 만나는 시간은 현격히 줄었다.

만났다 해도 여기저기 붕대를 감고 있는 모습이어서 리리카는 걱정스러웠다. 디아레는 리리카의 걱정을 음미하며 "이 정도는 금방 나아요." 하고 말하고는 했다.

며칠 동안 이어진 눈이 그치고 오랜만에 입궁한 디아레가 눈을 반짝이며 말했다.

"저도 하야 님의 수업을 듣고 싶어요."

"어, 그래도 되나?"

브린을 돌아보니 브린이 고개를 끄덕였다.

"디아레 님은 황녀님의 말벗이시니까요. 같이 수업을 들을 수 있답니다."

"그렇구나."

디아레가 "엣헴." 하고 턱을 치켜들었다.

"전 황녀님의 유일한 말벗이니까요."

"후후, 그래 좋아!"

리리카는 흔쾌히 허락했다. 하야도 전혀 불편해하는 기색 없이 수업을 이어갔다.

문제는 디아레였다.

처음에는 기세등등하게 눈을 반짝거리더니 점점 갈수록 눈에서 빛이 사라져갔다.

뭔가 열심히 쓰고 있구나, 하고 리리카가 힐끗 보았더니 석판 구석에 낙서를 하고 있었다.

'아, 강아지? 귀여워.'

하지만 수업 중에 강아지를 그려도 되는 걸까.

쉬는 시간이 되자 디아레는 양손으로 얼굴을 감싸고 간식 앞에서 소리쳤다.

"죄송해요! 저 더는 못 듣겠어요!"

브린과 라우브는 저도 모르게 서로 마주 보았다가 웃지 않기 위해 입술을 깨물었다.

리리카는 황녀님이었으므로 웃었다.

"괜찮아, 선생님 수업이 양이 많지?"

"저 원래도 황녀님을 존경했지만, 지금은 더 존경할래요. 하지만 간식은 참 좋네요."

묵직한 초콜릿 파운드 케이크 한 줄을 전부 다 먹은 디아레는 행복한 표정으로 작별 인사를 했다.

"그래도 인로가에서 오신 분에게 수업을 들었다는 사실은 남으니까요."

나중에 자랑해야겠어요, 하고 디아레는 속 시원한 표정으로 사라졌다.

"디아레 양은 돌아갔나요?"

하야가 묻자 리리카는 고개를 끄덕였다.

"네, 일이 생겼다고……."

"아하."

하야가 웃어서 리리카는 저도 모르게 디아레를 대신해 변명하기 시작했다.

"디아레는 견습 기사니까요, 여러모로 바쁜 일이 많을 거예요."

"네, 울프가 사람들은 훌륭한 전사를 많이 배출하니까요."

하야가 고개를 끄덕여 주어 리리카는 저도 모르게 눈을 반짝이며 말했다.

"네, 맞아요. 디아레는 저보다 두 살밖에 많지 않은데도 엄청 강하거든요. 무척 대단하다고 생각해요."

"'진주의 기사님'처럼 말이죠."

순간 무슨 말인가 했다가 리리카의 얼굴이 순식간에 달아올랐다.

"그, 그 책 보셨어요?"

"그럼요. 한 번이라도 출판된 적 있는 책이라면, 전부 인로 공작가에 있답니다. 음—"

하야가 허리를 굽히며 속삭였다.

"황궁 도서관보다 훨씬 더 많은 책과 자료가 있다고 장담할 수 있어요."

리리카는 눈을 휘둥그레 떴다.

"그건 굉장하네요."

"밖에서 할 일도 거의 없고, 겨울도 기니 이야기가 가장 큰 낙이거든요."

하야가 자랑스럽게 덧붙였다.

"가장 오래된 이야기도, 가장 오래된 노래도, 인로는 기억하고 있답니다."

'아, 그럼······.'

리리카는 꿈이 떠올랐다. 꿈 이야기도 선생님께 말씀드리면 알 수 있을까?

하지만 직접 물어보기에는 꿈에 '인로'가 등장하기에 약간 꺼려졌다. 아직 하야에 대해서 잘 모르겠다. 많이 안다는 것과, 많은 것을 가르쳐 준다는 걸 알고 있지만 그것만으로 사람을 알 수 있는 건 아니니까······.

'그 꿈 더 꿀지도 모르고.'

좀 더 차근차근 이야기 조각을 모아 보자. 그리고 하야에 대해 더 알게 되면, 그때 물어보자.

'흠, 선생님도 모르실 수 있지.'

아주아주 옛날이야기 같으니까.

하야가 말했다.

"황녀님께서 인로 공작가에 방문하실 일이 있다면, 언제든지 도서관을 개방하도록 하지요."

"초대해 주시면 사양 않고 갈게요."

리리카는 방긋 웃었다. 하야는 마주 웃어 보이고 다시 수업을 시작했다.

겨울은 무언가를 배우기 알맞은 계절이었다.

화로 위에 올려 둔 주전자가 김을 뿜어내며 방 안을 데우고 있었다. 겨울에 물을 이렇게 낭비하는 건 무척 사치스러운 일이지만, 태양궁에는 수도관이 있어서 가능했다. 날씨는 날마다 더 추워졌다.

기록적인 한파가 될지도 모른다고 브린이 걱정스럽게 말했다.

밤에 잘 때 수도관을 조금씩 열어 뒀다. 물이 낭비되지만, 얼지 않게 하려면 어쩔 수 없었다.

날씨가 얼마나 추운지 밖에 나가면 쌓인 눈이 알갱이가 되어 발밑에서 모래 같은 감촉을 주었다.

방 안에 꽁꽁 틀어박혀 있으니 공부할 수 있는 시간은 길어졌다.

말을 타러 나갔다가 돌아온 아틸이 진저리를 치며 말했다.

"달리다가 몇 번이나 내려야 했어."

"왜요?"

"콧김이 얼어붙어서 말의 코를 막아 버렸거든."

리리카는 입을 딱 벌렸다. 아틸이 한숨을 푹푹 내쉬었다.

"승마도 당분간은 안 되겠다."

"그러게요. 말이 불쌍해요."

"뭐, 달려 주지 않는 것도 불쌍한 건 매한가지니까. 조금이라도 따뜻해지면 또 나가야지. 너도 샛별이 데리고 같이 나가자."

아틸의 말에 리리카는 고개를 끄덕였다.

종종 일을 도우러 황제의 집무실에 갈 때면, 라트가 가엾어 보였다.

그는 옷을 잔뜩 껴입고 품에 탕파까지 끌어안은 채로 덜덜 떨면서 일을 보았다.

그에 비하면 탄은 양털로 된 두툼한 망토를 하나를 더 걸치고 안쪽에 스웨터를 입었을 뿐, 그리 추워하지는 않았다.

탄이 혀를 찼다. 딱 한 번 라트에게,

"야, 집무실은 따뜻하잖아?"

하고 말했다가 살기 어린 눈초리를 받았다. 탄은 "아니, 사람마다 다르기는 하겠지……." 하며 잽싸게 꼬리를 내렸다.

라트가 이를 갈며 말했다.

"저는, 생명의 위협을, 느끼고 있습니다."

"으응, 미안하다."

탄이 멋쩍게 사과했다. 라트는 탄을 노려보다가 서류로 시선을 돌렸다. 뭔가를 중얼거려서 들어 보니 '추위 진짜 싫다. 겨울 죽어 버려, 아, 남쪽으로 돌아가고 싶다. 때려치울까? 재상 그냥 때려치울까? 아이씨, 진짜—'로 시작하는 무시무시한 욕설과 푸념이었다.

'정말로 견디기 힘든가 봐.'

파이도 굉장히 힘들어했다. 아틸이 부른 날에는 눈에 빛이 아예 없었다. 그 명랑한 성격은 어디로 가고 차갑고 메마른 표정으로 "이 추위에 절 쓸데기없는 일로 부르신 건 아니겠죠. 전하."라고 말하며 벽난로 앞을 절대로 떠나지 않았다.

그러다가 코트가 여러 벌 눌어붙었다. 아틸이 "좀 벗어라."라고 권해도 소용없었다. 오히려,

"불붙으면 따뜻하니까요……."

라고 말해 모두를 기함하게 만들었다. 결국 아틸이 "아니, 따뜻해질 때까지는 그냥 오지 마라." 하고 고개를 저었다.

리리카는 라트에게 새 탕파를 가져다주었다. 미지근해진 탕파를 뜨끈한 걸로 바꿔 안으며 라트는 인사했다.

"고맙습니다. 황녀님."

"아냐, 올해가 이상하게 추운 거라면서. 힘들겠네."

뜨거운 탕파를 안은 라트는 한결 유해진 표정이었다.

"네, 이런 한파는 9년 만이라고 하더군요. 덕분에 일이 무척 많아지고 있습니다."

"그래?"

"네, 눈이 녹지 않으니 고립된 마을이 생기고 있거든요. 식량을 조달하려 해도 이 날씨에 썰매를 타고 장거리를 달릴 미친 사람은 없지요. 각지의 영주들이 무척 곤란할 겁니다."

"그렇겠네."

리리카는 고개를 끄덕였다. 겨울에는 파발도 움직일 수 없으니, 반란을 꾸미기도 쉽다. 물론 군사를 일으키는 미친 인간은 없겠지만 말이다.

여러모로 복잡한 계절이었다.

마법 수업 역시 알테어스가 이야기한 대로 더 본격적으로 시작되었다.

"아티팩트의 힘은 무한하지 않아. 사용 횟수가 정해져 있는 경우가 보통이지."

알테어스의 말에 리리카는 눈을 동그랗게 떴다.

"전 영구적인 줄 알았는데요."

"너 마법을 쓸 때 힘을 쓰지?"

"쓰죠."

"아티팩트는 사용될 때마다 그 힘을 쓸까? 쓰지 않을까?"

"쓰겠죠……?"

"그러니까 마격총 같은 경우는 마정석을 사용하거나, 태양 빛을 보게 해서 힘을 보충하잖아."

"아!"

"너는 아티팩트를 만들 때 힘을 많이 담는 편이니까 꽤 오래 쓰이기는 하겠지만, 가능하면 충전이 되는 편이 좋겠지."

"네, 물론이죠."

"그리고 마법과 보석의 상성도 있는데. 금은 대부분의 마법과 잘 융화되는 훌륭한 녀석이니, 금을 기본으로 두고―"

페리도트는 태양과 관련이 있다든가, 아쿠아마린은 물, 수정은 정화 등등 서로 상성이 좋은 마법들이 있다고 했다. 마법에 따라 보석을 여러 개 쓸 수도 있었다.

"마법진을 새기다가 보석이 깨진 적은?"

"네? 그런 적은 아직 없어요."

"흠, 그럼 먼저 그걸 해 볼까. 한도를 아는 건 중요한 일이니까."

리리카는 보석을 깨겠다는 대범한 발상에 눈을 동그랗게 떴다. 알테어스는 그런 리리카의 표정이 재미있다고 생각하며 고개를 들었다. 리리카는 갸웃하고 시선을 돌려 같은 곳을 바라보았다.

이 추운 날씨에도 두 사람은 여전히 정원에서 수업을 하고 있었다. 어떻게 하는지는 몰라도 알테어스가 늘 힘을 써서 주변을 매우 따뜻하게 만들어 두기 때문에 문제가 없었다. 둘이 공부하는 자리만 동그랗게 눈이 언제나 녹아 있고는 했다.

어둠 속에서 녹진한 꽃향기가 풍겼다.

리리카는 눈을 크게 떴다. 조마조마해져서 저도 모르게 알테어스를 바라보았다. 시선이 마주쳤다.

푸른 눈이 즐겁다는 듯 웃는다.

"방해꾼을 어떻게 할까?"

리리카는 어쩔 줄 몰라 하며 어둠 속으로 시선을 던졌다가, 다시 아버지에게로 시선을 돌렸다.

"저, 음. 그러니까."

'혹시라도 가까이 다가오면 어떻게 하지?'

불안해져서 힐끗힐끗 자꾸 그쪽을 보게 되었다.

이곳은 황족만이 들어올 수 있는 정원이었다. 들어왔다가 괜히 불똥이 튈 수도 있었다.

'어쩌지, 어쩌지.'

마법 수업 시간이니 쉽게 자리를 비울 수는 없었다. 그렇다고 무시하자니 걱정되었다.

왜 이 한밤중에, 이렇게 갑자기 찾아왔을까? 무슨 일이 있는 게 아닐까?

그런 딸의 얼굴을 찬찬히 바라보다가 알테어스가 물었다.

"바라트 지하 감옥에 쳐들어갔었다며?"

"네, 네?"

놀란 목소리가 획 튀었다. 아틸과 함께 피요르드를 데리고 나온 건 비밀인데.

알테어스가 검지를 입술 앞에 세웠다.

"네 어머니에게는 말하지 않았어."

그 말에 긴장이 풀렸다. 리리카는 작게 고개를 끄덕였다.

"터무니없는 짓을 하는군, 이라고 한 소리 하고 싶지만. 결과가 썩 나쁘지는 않아. 그런데."

알테어스가 물었다.

"계약이 끝나면 어쩔 셈이야?"

황녀가 아니게 된다면, 바라트와 어떻게 할 작정인 걸까.

리리카는 그 질문을 생각지도 못했다는 듯 갸웃하고 말했다.

"어, 그래도 친구는 계속할 수 있지 않을까요? 피요르드는 제가 황족이 아니더라도 계속 친구로 있어 줄 거 같아요."

"교류는 계속할 거다?"

"네, 음. 물론 제가 황녀라서 교류했다면 더 이상 하지 않겠지만. 그렇지는 않으니까. 쌓아 온 시간이 어디 가는 건 아니잖아요."

"그렇군. 인연은 끊어지지 않는다는 건가."

"그렇죠."

어둠 따위 한 점 없는 건실한 대답이라 알테어스는 웃었다. 그 대답이 상당히 마음에 들었다.

"다녀와. 계속 저렇게 놔두는 것도 못 할 짓이니까. 내 성에 바라트가 함부로 들어오는 건 질색이지만. 나름대로 예의를 지키고 있으니 봐 줄까."

"가, 감사합니다!"

리리카는 인사하고 냉큼 겉옷을 집어 들었다. 귀까지 덮는 모자를 푹 눌러쓰고, 목도리를 한 후에 케이프를 걸쳤다.

눈이 동그랗게 녹은 자리를 벗어나자마자 추위가 닥쳐왔다. 하지만 따뜻하게 데워진 몸이라 버틸 만했다.

뽀득뽀득 눈을 밟으며 리리카는 달렸다.

'예의를 지킨다고 하셨으니까, 분명히 입구 앞에 서 있을 거야.'

리리카는 숨이 찰 정도로 달렸다. 다가가는 동안 꽃향기가 점점 더 짙어졌다.

헉헉거리며 입구에 도착하니 피요르드가 나무 밑에 기대어 서 있었다.

"피요!"

리리카는 눈을 휘둥그레 떴다.

"옷이 왜 그래?"

놀라 리리카가 허둥지둥 제 목도리를 벗으며 가까이 다가갔다. 이 추위에도 피요르드는 얇은 블라우스와 바지만 입은 단촐한 차림이었다.

싱긋 웃으며 이쪽을 돌아보는 뺨이 상기되어 있었다.

"울새 황녀님."

"감기 걸려, 아니, 얼어 죽을 거야. 아아! 맨발이잖아?!"

그에게 목도리를 감아 주는데, 피요르드가 그녀의 양손을 붙잡았다.

"전 괜찮습니다."

"안 괜찮아!"

빽 소리를 지르니 피요르드가 후후 웃었다. 그가 낮게 말했다.

"정말로 괜찮아요, 리리. 오히려 이 추위가 달가울 정도니까요."

들뜬 듯 달콤한 목소리였다. 리리카는 멈칫하고 그를 바라보았다. 눈가가 붉고 촉촉했다.

그가 잡은 손을 바라보았다. 분명히 두툼한 양털장갑을 끼고 있는데도, 열기가 느껴졌다.

불안감에 표정이 일그러졌다.

"피요, 또 열나는 거야? 괜찮아? 어떻게 하지—"

"괜찮아요. 보러오고 싶었는걸요. 계속 보지 못했으니까요. 오늘은 참지 못했어요. 폐하와 함께 있었지요?"

"응, 폐하께서 다녀와, 라고 해 주셨어."

"그때처럼 쫓아내시면 어쩌나 걱정했어요."

"그때?"

피요르드는 대답 대신에 리리카가 그의 목에 감은 목도리를 끌어내어 그녀의 목에 도로 감아 주었다.

"붉은 목도리가 정말 잘 어울려요."

"울새 황녀님이니까."

리리카는 대답하면서도 답답해졌다.

"피요, 내가 뭐 도와줄 거 없을까? 자꾸 이렇게 열이 나는 거 말이야. 이래 봬도 마법 소녀니까 어떻게든 도와줄 수 있을지도 몰라. 이렇게 추운데. 열날 때 추운 데 있으면 더 안 좋다는데."

"이건 열이 나는 게 아니에요."

리리카가 멈칫했다. 피요르드가 부드럽게 말했다.

"그러니 그런 걱정은 하시지 않아도 됩니다."

"이걸 어떻게 걱정을 안 해! 내가 뭐 도와줄 거 정말로 없어?"

리리카의 말에 피요르드의 눈이 조금 크게 뜨여졌다.

"도와요? 리리가, 저를? 이보다 뭘 더 어떻게 말인가요? 이미 분에 넘치게 받고 있습니다. 너무 지나쳐서 무서울 정도예요."

소곤소곤하는 말에 리리카는 "어, 음······. 그런가······?" 하고 움츠러들었다.

"리리, 내 황녀님."

꽃향기가 짙었다. 무슨 꽃인지는 모르겠지만, 분명히 굉장히 화려한 꽃일 것 같았다.

이렇게 어두운데도, 피요르드가 있는 곳만은 환해 보였다. 은색 머리카락이 달빛에 반짝거렸다.

"양해를 구하려고 왔어요."

"······양해?"

어쩐지 몽롱해져서 대답이 둔하게 나왔다. 피요르드가 웃었다.

"네, 양해를 구하고 싶어요."

목소리가 달착지근했다. 귀 안쪽까지 달라붙는 것 같아. 심장이 쿵쿵 뛰었다.

향기가 짙다.

몸에서 힘이 빠져나가는 듯 휘청였다. 무릎에서 힘이 빠지고 시계가 획 뒤집혔다.

몸이 눈 속에 푹 잠겼다.

겨울 밤하늘이 한가득 들어왔다가, 금세 피요르드에게 가려졌다.

금홍색 눈동자가 가까웠다.

피부의 열기가 느껴질 정도로. 달콤한 향이 폐부를 가득 채우고 그녀가 내뱉는 숨마저 향기가 나는 듯했다.

"자주 보지 못할지도 몰라요. 아니, 자주 보지 못하게 될 거 같아요. 하지만 몰래몰래 만나러 오고 싶으니까, 네?"

무슨 말인지 잘 이해가 가지 않았다. 눈을 깜박이며 초점을 맞추려 애썼다.

"자주, 못 봐?"

"네, 제가 하려는 일이, 있으니까. 하지만 이렇게 찾아오는 건 봐주시는 거지요?"

대답해 주세요.

응, 이라고 해 주세요.

리리카의 입술이 살짝 벌어졌다. 머릿속이 몽롱하다.

얼마든지.

이 사람이 원한다면 뭐든지 대답해 줄 수 있어.

—정말 그래?

누군가가 속삭였다.

순간 돌풍이 불었다. 나무 위에 있던 눈덩이가 통째로 떨어져 내렸다. 대부분 피요르드에게 떨어졌지만, 그녀에게도 튀었다.

"앗, 차가!"

정신이 번쩍 들었다.

"어어?"

'나, 바닥에 누워 있고.'

피요르드가 자신을 내려다보고 있다. 언제 넘어졌는지도 모르겠다. 기억이 흐릿했다.

리리카는 배에 힘을 주었다.

"피요!"

힘껏 목소리를 내고 리리카가 그의 양어깨를 붙잡아 밀어내며 자리에서 일어났다.

앗, 하고 피요르드가 놀란 얼굴을 했다. 리리카가 그의 양 뺨을 찰싹 때렸다. 그래 봐야 두툼한 장갑을 낀 손이라 폭 하는 작은 소리만 날 뿐이었다.

"정신 차려!"

그러나 목소리는 날카로웠다. 놀란 듯 동그래진 눈으로 피요르드가 얌전히 정좌했다. 리리카도 자리에 푹 앉았다.

"피요르드 바라트."

"네, 네."

그의 머리 위에 눈이 쌓여 있었다. 리리카가 말했다.

"피요랑 자주 못 만나는 건 섭섭하지만, 괜찮아. 만나러 오는 것도 괜찮아."

"알겠습니다."

피요르드가 대답하자, 리리카가 일어나 그의 머리에 눈을 털어 주었다.

"이제 괜찮습니다."

피요르드가 인사하고 자리에서 일어나는데, 갑자기 눈덩이가 또 그의 머리 위로 쏟아졌다.

"꺅?!"

리리카는 놀라 펄쩍 자리에서 뛰어올랐다. 대체 눈이 어디서?

주변을 둘러보지만 아무도 없었다. 피요르드가 말했다.

"폐하십니다."

"어?"

피요르드가 쓴웃음을 지으며 제 머리와 어깨의 눈을 털어냈다.

"머리를 식혀, 라는 뜻이겠지요. 죄송합니다. 황녀님."

피요르드가 손을 뻗어 리리카의 눈투성이 옷을 털어 주려다가 손을 내렸다. 아무래도 지금은 손대지 않는 게 좋을 듯했다.

"제멋대로의 이야기를 들어 주셔서 감사합니다."

피요르드가 그렇게 말하고는 커트시를 해 보였다. 여전히 기가 찰 정도로 우아한 커트시였다.

"별말씀을요."

장난스럽게, 리리카도 그에게 마주 커트시를 해 보였다. 이어 고개를 들었을 때는 아무도 없었다.

"하아."

한숨을 내쉬자 새하얀 입김이 나타났다가 사라졌다. 한기가 몸에 스며들었다.

'돌아가자.'

옷에 묻은 눈을 가볍게 털어내고 리리카가 알테어스에게 돌아갔다. 그는 굉장히 험악한 얼굴을 하고 있었다.

리리카는 그 자리에 붙박인 듯 멈춰 섰다. 눈 녹은 자리에 들어가지 못하고 그 밖에 오도카니 섰다.

"일단 들어와."

살짝 한 걸음, 부츠 굽이 돌바닥에 부딪혀 단단한 소리를 냈다. 그것만으로도 따뜻한 세계에 들어가고 있다는 걸 느꼈다.

알테어스가 자신의 힘으로 만들어 낸 따뜻한 공간.

뺨과 손이 간질간질해지기 시작했다. 리리카는 꼼지락거리지 않고 얌전히 자리에 서 있었다.

알테어스가 자리에서 일어나 손을 뻗었다. 이번에는 움찔하지 않았다.

대번에 모자를 벗겨내고 목도리도 끌러버린다. 케이프 리본까지 풀어내어 돌의자에 던졌다. 풀썩하고 도톰한 직물이 떨어지면서 달콤한 향이 났다.

'아.'

머리카락에도 향이 밴 기분이었다.

알테어스는 양손으로 리리카의 뺨을 붙잡았다. 꼬집는 건 아니었다. 하지만 불이 꾹 잡혔다.

"대체 왜 멀뚱멀뚱 서 있는 거야? 바라트의 미숙한 새, 큼. 인간이 제 힘도 제어 못 하고 있는데 그걸 또 왜 받아 주고 있어?"

리리카는 어리둥절한 얼굴로 그를 바라보았다. 알테어스는 그 푸른 눈을 바라보았다.

제 어미와 닮았으면서도 이럴 때는 어쩐지 굉장히 어벙하다.

애는 애라서 애인 거겠지만, 가끔 그 애가 애인 점이 답답하게 느껴지는 건 애가 애이기 때문이겠지.

"너 바라트가 힘쓰는 거 못 느꼈어?"

"네에……."

"그럼 내 힘은?"

도리도리, 고개를 젓고 싶지만 뺨이 붙잡혀서 안 되니 말로 답하는 수밖에 없다.

"모르겠어요."

목소리가 저절로 쪼그라들었다. 알테어스가 눈을 가늘게 떴다.

어느 정도 힘을 가진 마법사라면 다른 힘에도 민감하기 마련인데, 리리카는 무척이나 둔했다.

둔하다는 건 강자의 특성인지도 모른다. 자신의 힘이 강하기 때문에 다른 힘을 잘 느끼지 못하는 것일 수도 있다.

그래, 내 딸은 천재니까.

첫째 아이를 가진 부모가 흔히 하는 생각을, 알테어스도 똑같이 하며 말했다.

"가르치면 배우겠지."

인로가 귀찮게 간섭해대기 전에, 리리카에게 최대한 많은 걸 가르치고 싶었는데, 이렇게 되니 의욕에 더욱 불이 붙었.

알테어스가 손바닥을 펴서 딸의 얼굴을 감쌌다.

차가웠던 뺨이 따끈따끈 말랑말랑해졌다.

"그럼 자리에 앉아서 다시 시작할까."

"네에……."

리리카는 작게 대답했다.

그날을 기점으로 알테어스의 수업 난이도는 단숨에 올라갔다.

Chapter 14
당신의 행복을 위하여

알테어스는 옆자리가 비어 있는 걸 확인하고 자리에서 일어났다. 손으로 만져 본 시트는 아직 미지근한 온기가 남아 있었다.

공기 중에도 재스민 향이 남아 있었다. 그는 천천히 몸을 일으켜 가운을 걸쳤다.

요 며칠 사이 제 아내는 이렇게 침대를 비우고는 했다. 처음에는 화장실을 간 건가 했는데, 그렇지도 않았다.

완전히 몸이 차가워져서 떨며 다시 침대로 돌아오곤 했다. 그럴 때는 꼭 짐승 냄새가 났다.

그게 알테어스를 불쾌하게 만들었다. 자꾸만 탄 울프가 떠올랐다.

결국 오늘은 참지 못하고 따라나서기로 했다. 자취를 뒤쫓는 것은 어려운 일이 아니었다. 뜻밖에도 그녀가 향한 방향은 도서관이었다.

알테우스는 열린 도서관 문틈으로 들어섰다. 도서관은 어두웠다. 책이 상하지 않도록 빛이 들지 않게 만들어진 방이었다.

그러니 알테우스는 쉽게 루디아를 찾아낼 수 있었다. 등불을 들지 않고서는 아무것도 보이지 않으니, 빛이 있는 곳으로 향하면.

루디아가 높은 사다리 꼭대기에 앉아 있었다. 금색 머리카락이 등불 아래에서도 찬란하게 빛났다.

빛은 윤기 나는 나무 사다리 표면을 따라 윤곽을 그리고 있었다.

그 사다리 발판 사이로 새하얀 발이 보였다. 입고 있는 옷은 잠옷이다. 고개를 잠깐 들고 후아, 새하얀 김을 내뿜었다.

알테우스는 눈을 찌푸렸다가 그녀가 모피를 걸치고 있는 걸 보고 한숨을 삼켰다.

'그래, 겨울에 짐승 냄새가 난다면 모피겠지.'

인간이 되면서 이성은 벗어던진 건가, 싶었지만 동시에 약간 짜증이 나기도 했다.

알테우스가 발소리를 내어 걸었다. 루디아가 놀라 뒤를 돌아보았다. 알테우스와 눈이 마주쳤다.

"알테우스?"

"그게 내 이름이긴 하지."

알테우스가 그렇게 답하고 사다리 아래 떨어진 슬리퍼를 들어 그녀의 발에 신겨 주었다. 발끝이 붉게 물들어 있었다.

"대체 이 추위에 왜 이러고 돌아다니는지 모르겠군."

"뭐, 여러 가지……."

루디아가 소리 나게 책을 덮었다.

"조사할 게 있어서요."

"그럼 낮에 해. 한밤중에 여기서 동사해도 모르겠군. 시녀라도—"

알테어스가 순간 말을 멈췄다가 사납게 웃었다.

"책으로만 조사하는 게 아닌가 보군."

알테어스가 루디아에게 손을 내밀었다. 루디아가 그 손을 잡고 사다리에서 몸을 일으키려는 순간, 잡아당겨졌다.

앗, 하고 외마디 소리가 나오고 순식간에 알테어스의 품속으로 떨어졌다. 슬리퍼가 바닥에 나뒹굴었다.

루디아를 안고 알테어스가 돌아서서 말했다. 문가에 하야가 굳은 표정으로 서 있었다.

"그래서, 소네히하야 인로와 내 사랑스러운 아내가 이 한밤중에 만나서 뭘 하고 있을까?"

루디아가 먼저 입을 열었다.

"틸라는 내 질문에 답해 주고 있을 뿐이에요."

"어떤?"

"먼저 내려 주고 말하면 어떨까요?"

"맨발로 한겨울의 대리석을 밟게 하고 싶지는 않아. 어떤?"

루디아는 가만히 알테어스를 바라보았다. 지금 말을 돌리거나 거짓말을 하는 것만큼 멍청한 짓은 없다.

그녀는 솔직히 말했다.

"마법에 대해서요."

알테어스가 눈을 찌푸렸다.

"그런 거라면 나에게—"

말이 끊어졌다. 알테어스는 낮게 말했다.

"내가 거짓말을 할지도 모르니까, 인로에게 묻는다는 건가?"

"여러 각도로 알아 두는 게 좋겠다고 생각했을 뿐이에요."

"하."

알테어스는 부글부글 끓어오르는 속을 진정시키려 애썼다. 그동안 보낸 시간이 다 하잘것없는 것처럼 느껴졌다.

그 정도의 신뢰도 쌓지 못했나?

고작 이런 사이였나?

내가 했던 말과 맹세들은 전부 가치 없이 내동댕이쳐졌나?

"폐하."

"닥쳐, 눈 요정. 내가 다섯 갈래로 찢기 전에."

소네히하야는 한숨을 삼켰다. 이런 식으로 용의 분노가 튈 거라곤 생각도 못 했다.

"알테어스. 둘이서 이야기해요."

"왜?"

"둘이서 하고 싶은 이야기가 있으니까요."

알테어스는 '둘이 말이 맞지 않을까 봐 걱정되나?' 빈정거리고 싶은 마음을 눌러 참았다.

"꺼져."

나온 말은 그런 말뿐이었으나, 하야는 그걸로 충분했다. 그는 인사하고 자리를 떴다.

알테어스가 손을 까닥하자 두꺼운 도서관의 문이 소리도 없이 닫혔다.

"말해 봐."

"마법에 대해서 정말로 당신을 전혀 믿지 못했다면, 리리카에게 마법을 익히게 하지도, 그런 계약서를 쓰게 하지도 않았을 거예요."

루디아의 말에, 알테어스의 분노가 한풀 가라앉았다. 그녀의 말은 사실이었다.

루디아가 세상에서 가장 소중히 여기는 사람이 리리카라는 건 누가 봐도 알 수 있는 사실이었다. 명명백백히 보이는 약점인데도 전시하지 않을 수 없을 정도로 딸을 사랑한다.

그래서 리리카가 마법사인 걸 숨겼을 때 무시무시하게 화내지 않았던가?

하지만 그가 리리카에게 마법을 가르치는 것을 감시하거나 말리지 않았다.

"그건 그렇지."

알테어스가 그렇게 말하며 사다리 발판에 앉았다. 그의 허벅지가 받침이 되어, 루디아는 좀 더 편하게 자세를 잡을 수 있었다.

"마법에 대해서는 가능하면 모든 정보를 긁어모으고 싶어요. 내 딸이 마법사니까요."

이 역시 합리적이다.

이해 못 할 일은 아니었다.

"그럼 왜 굳이 내게 그걸 숨기고 배운 거야?"

이것만은 이해할 수가 없었다.

루디아의 뺨이 약간 달아올랐다. 그녀가 처음으로 시선을 피했다. 알테어스가 손을 뻗어 그녀의 머리카락을 넘겼다.

"왜? 루디아."

노래하는 듯 달콤하게 목소리가 감겨왔다. 루디아가 말했다.

"웃지 않는다면, 말해 드리죠."

"안 웃어."

루디아는 여전히 시선을 돌린 채로 말을 시작했다.

"당신과 리리가 종종 마법에 대해 이야기하잖아요? 난 듣기만 하고, 잘은 모르니까……."

루디아가 슬쩍 시선을 돌려 이쪽을 보았다.

"마법에 대해 배워서 놀라게 해 주고 싶었어요."

순간 알테어스는 웃지 않기 위해 이를 악물어야 했다. 그가 몸을 푹 숙여서 루디아의 어깨에 얼굴을 묻었다.

루디아가 투덜거렸다.

"안 웃겠다고 했잖아요?"

"안 웃어."

그러는 그의 목소리에는 확연히 웃음기가 묻어 있었다.

"내 아내는 귀엽구나, 했을 뿐이야."

루디아는 도서관이 추워서 다행이라고 생각했다. 달아오른 뺨이 빠르게 식고 있었다. 얼굴이 발간 것도 추위 때문에 그리 보이리라.

그녀가 말했다.

"그럼 어차피 들킨 김에, 궁금한 게 있는데 알려 주지 않을래요?"

"뭐든지."

"그렇게 대답하면 무성의하게 느껴지는데요."

알테어스가 그녀의 어깨에서 몸을 떼고 루디아를 바라보았다.

"진심으로 하는 말인데."

"그렇다면."

루디아가 찬찬히 알테어스를 바라보았다.

"당신에 대해 알려 줘요."

"관심이 생겼나?"

"제가 알고 있는 사실이 어느 정도까지 맞는지 궁금하거든요."

바라트에서 들은 이야기가 전부 사실은 아닐 터였다. 이미 자신이 돌아와 너무 많은 사건을 바꿔 두었기 때문에, 이제 앞날은 점점 예측 불허가 되어 가고 있다.

수 싸움에서 이기려면 정보를, 그것도 최대한 정확한 정보를 가지고 있어야 했다.

알테어스가 눈을 가늘게 떴다.

"그대는 분명히 한미한 출신인데, 알고 있는 정보를 보면 그렇지 않은 듯 보여. 나에 대해 알고 있는 것도 그렇고."

"비밀을 품고 있는 여자가 매력적인 법이죠. 그래서 이야기해 줄 건가요? 아니면……."

"뭐든지 말해 주기로 했으니, 이야기하지. 하지만 여기서는 말고. 황후의 발가락이 없어지면 곤란해."

알테어스가 빙긋 웃었다.

"몸이 다 식었으니 목욕물을 준비하게 하지."

"같이 들어가자고 할 줄 알았는데요."

"밤새 내게 시달리고도 마법에 대해 알고 싶다고 새벽에 뛰쳐나갔다가 다시 돌아온 아내를 욕탕에서 또 괴롭히는 취미는 없는데."

알테어스가 빙긋 웃었다.

"물론 들어오라고 한다면 언제든 들어가겠지만."

루디아가 손끝으로 그에게 물을 튕겼다.

"됐어요."

루디아는 리넨 원피스를 입고 욕조에 몸을 담그고 있었다. 물속에서 새하얀 원피스가 하늘하늘 흔들렸다.

수도관이 있으니 차가운 물이야 듬뿍 받을 수 있지만, 물을 데우려면 벽난로에 불을 붙여야만 했다. 그걸 용의 힘으로 순식간에 덥힌 후에 욕조에 들어가길 종용했다.

따뜻한 물에 들어가니 발끝과 손끝이 저릿저릿해졌다.

욕실 공기는 따뜻했다. 벽난로에서 나오는 불빛이 욕실을 밝히고 있었다.

매끈한 욕조 가장자리에 알테어스가 걸터앉았다.

"그럼 이제 이야기해 줄 건가요?"

루디아의 질문에 그가 고개를 끄덕였다.

"물이 식기 전에 말할 수 있는 간단한 이야기야."

알테어스의 눈이 잠시 벽난로 불빛을 바라보았다. 루디아가 무릎을 모아 앉았다.

 욕조 물이 찰랑거렸다. 그가 이야기를 시작하기 쉽도록 그녀가 질문을 던졌다.

 "당신을 사랑했다는 그 사람이요, 당신을 인간으로 만든 사람."

 알테어스의 시선이 이쪽을 향했다. 루디아가 물었다.

 "그 사람이 지금 타카르의 선조인 거죠?"

 알테어스는 고개를 끄덕였다. 그는 웃으려고 하다가 실패한 듯 보였다. 어두운 목소리로 그가 말했다.

 "그녀는 날 사랑해서, 사랑하니까— 라고 말했지만. 지금은 알겠어."

 알테어스가 쓴웃음을 지었다.

 "그때 그녀는 날 미워하고 있었던 거야."

 "미워한다고요?"

 뜻밖의 말이라 루디아는 되물었다. 알테어스는 고개를 끄덕였다.

 "지금에서야 눈치를 챘다는 점이 한심하군. 하지만 그때는 알지 못했어."

 알테어스가 이야기를 시작했다.

 난 본디 감정이 없는 생물이었으니 말이야. 이제 막 가진 감정으로는 여러 해 감정을 가지고 온 인간을 파악하기가 어려웠지.

 섬이 부서지고, 이곳에 막 건너왔을 때만 해도 사람이 살 만한 곳이 아니었어.

 나와 함께 이곳에 탈출한 마법사들은 많이 죽어 나갔지.

 수해보다는 사막이 나았어. 사막은 내가 활공해서 불을 뿜어낼 수 있으니까, 수해보다 적을 발견하기도 쉬웠고.

하지만 사막은 먹고 살 수 있는 게 아무것도 없으니까.

공기를 정화하고, 물을 정화하고, 나무를 밀어 가면서 수해를 개간했어.

그러다가 타카르가 생각을 떠올렸지.

―인간을 만들자.

"잠깐."

루디아가 손을 들어 이야기를 멈추었다.

"타카르가 인간을 만들었다고요? 당신이 아니라?"

알테어스가 고개를 끄덕였다.

"용에게 창조의 힘은 없어. 창조할 수 있는 힘을 가진 건 마법사뿐이야. 그것도 강대한 힘을 가진 마법사, 타카르는 그 정도의 마법사였지."

"그렇군요……."

어쩐지 그림이 그려지네요, 하고 루디아가 고개를 끄덕였다.

"계속해 주세요."

어차피 인간들은 마법사의 혈통을 유지할 수 없었어. 부서지는 섬을 탈출할 때 제시받은 조건이 그거였거든.

마법을 잃어버리는 것.

그래서 섬에서 나와 탈출한 자들 가운데 가장 강했던 타카르가 말했지. 수해의 생물을 인간으로 만들어서 우리와 피를 섞자.

그러면 그 후손은 순수한 인간이 아니니 더는 마법을 쓸 수 없다.

마법을 잃게 되는 것이다.

하지만 이 거친 세상을 살아가려면 후손들에게도 힘이 필요하니, 이 생물의 강대한 힘을 혈통으로 이어지게 하자.

몇몇은 당황했고, 몇몇은 찬성했지. 하지만 그게 아니면 그냥 이걸로 멸망하자는 이야기니까.

처음 피를 섞은 것은 바라트였어. 그 녀석은 타카르에게 푹 빠져 있었으니, 뭐라도 들어주고 싶었겠지.

수해에 있는, 마법사를 잡아먹은 꽃을 골랐다는 점이 악취미지만, 강대한 꽃을 골랐다는 점이 그답다고 할까.

바라트의 살과 피와 뼈를 기반으로 해서 꽃을 인간으로 만들었지. 한 명만 만든 건 아냐. 십수 명을 만들었어.

말 그대로 바라트 일족의 시작이라고 해야겠지.

그 일에 성공하니 차례로 인간들은 일족을 만들기 시작했어.

그리고 타카르가 내게 속삭였지.

사랑해, 알테어스.

너와 일족을 만들고 싶어.

"난 거절했다."

알테어스의 푸른 눈이 분노로 빛나기 시작했다. 푸르스름한 번개 같은 빛이 감돈다.

동공이 타오르는 불꽃처럼 붉은빛으로 물들어갔다.

"난 너희를 지켜보기 위해서 함께 온 존재다, 그러니 누군가와 함께하는 건 불가능하다."

딱딱한 목소리에 루디아는 쉽게 용인 그가 나지막이 타카르를 타이르는 걸 상상할 수 있었다.

"그래서 당신을 인간으로 만들었나요?"

"그래, 날 인간으로 만들었지."

그리고 살과 뼈와 피를 듬뿍 가져갔다. 사랑한다고, 사랑한다고 몇 번이나 속삭이면서.

"인로가 아니었다면 그때 죽었을 거야. 타카르가 원한 건 심장과 뇌와 척추였으니까."

"어, 어떻게 지금 살아 있는 거예요?!"

"안 가져갔어. 가져간 건 심장뿐이야. 뼈와 살은 다른 부분에서 가져갔지. 인로는 치유 마법을 잘 사용해서, 그나마 내가 살았던 거고."

용은 불꽃을 품고 불사한다.

어떤 고통도 느끼지 못하고, 추위와 더위, 배고픔에서도 완전히 자유로웠다.

차갑고 냉철한 이성으로 불을 뿜어내는 존재.

그런 존재가 인간이 되었다. 얄팍한 살가죽을 가지고, 뜨거운 공기를 삼키는 것만으로도 괴로워하는 존재가.

그런데 그렇게 되자마자 휘둘리는 검에 신체를 절단당하는 고통을 당했다니…….

루디아는 침을 삼켰다. 이런 자세한 내용은 바라트 가에서도 알지 못했다.

"복수할 생각은 안 했나요?"

"그때는 그런 생각도 들지 않더군. 게다가 원래대로 날 돌려놓을 수 있는 마법사는 타카르뿐이니까."

머릿속이 가라앉으면, 자신을 돌려놓겠지.

루디아가 픽 웃었다.

"하지만 그쪽은 아닐 텐데요."

"맞아."

타카르가 한 짓에 크게 당황했던 마법사들은 두려워했다.

감정을 알게 된 용이, 자신들에게 복수하면 어쩌나. 공격하면 어쩌나. 이 강대한 힘을 빼앗아야 하지 않을까?

죽여 버려야 하지 않을까?

그러자 타카르가 말했다.

그건 안 돼요. 제가 그를 사랑해서 잘못을 저지른 것이니까요.

사랑하니까, 곁에 두고 싶어요.

수단과 방법을 가리지 않고.

"그리고서 인로가 날 사막으로 탈출시켰지. 그다음 일은 잘 모르겠군."

뒷이야기를 적당히 얼버무리고 있다는 인상을 받았지만, 루디아는 궁금한 점을 물었다.

"어떻게 곁에 둔다는 거죠?"

"마법으로 내 머릿속을 만지겠다는 이야기지."

루디아는 순간 멍해져서 알테어스를 바라보았다. 그 표정에 그가 비릿하게 웃었다.

"놀라운 사랑 이야기지?"

"그건, 조금도."

루디아는 리리를 떠올렸다. 그리고 눈앞의 사람을 보았다.

"그건 조금도 사랑 이야기가 아니에요."

루디아가 눈을 찌푸렸다.

"그래서 말했잖아. 사실은 증오했던 거 같다고. 자기의 사랑을 받아주지 않는 내가 미워진 게 아닐까?"

이제야 알게 된, 초보적인 사랑 지식을 늘어놓자 루디아는 곰곰 생각하고 말했다.

"오히려 그건, 뭐랄까요. 타카르는 당신을 두려워했다고 생각해요."

"날?"

"네. 마법의 힘이 없어지면, 충분히 위협이 되는 존재니까요."

루디아가 알테어스의 얼굴을 보고 쿡 웃었다.

"한 번도 누군가에게 위협을 느껴 본 적이 없는 사람은 모르겠죠."

"그럼 왜 나에게 힘은 그대로 남겨뒀지? 왜 불로불사의 존재로 만들고?"

"하지만 이제는 상처 입으면 죽잖아요. 인간이니, 굶어 죽거나, 부상당해 죽을 수도 있고. 그리고 당신의 일부를 가져가서 자손을 만든 거 아닌가요? 자신의 아이는 다른 사람과 다르게 만들고 싶다. 그러려면 용의 힘이 필요하니까요."

루디아도 리리카를 위해서라면 뭐든 했을 것이다, 할 것이다.

하지만.

"'사랑해서 그랬어요.'라는 건 참 만능이죠. 정말로 사랑했는지 아닌지는 중요하지 않아. 어떤 짓도 그럴듯하게 보이거든요."

심지어 그게 사랑이 아닌데도, 사랑이라고 착각하고 만다.

"나도 몇 번 그럴 뻔했고, 그렇게 했으니까요."

"그대가?"

"네."

루디아가 빙긋 웃었다.

"리리에게 그렇게 했었죠."

알테어스가 루디아를 가만히 보았다. 그가 손을 뻗었다.

"이제 물이 식겠어."

루디아는 그 손을 붙잡고 장난스럽게 확 잡아당겼다. 하지만 알테어스는 꿈쩍도 하지 않았다. 도리어 엉뚱하게 루디아만 몸이 일으켜 세워졌다.

"일어나려면 제대로 일어나는 게 낫지 않은가?"

알테어스의 말에 루디아는 그를 부루퉁하게 바라보고 말했다.

"일어날 거예요."

알테어스의 시선이 젖은 리넨 드레스에 감긴 루디아를 훑었다가 떨어졌다. 그가 몸을 슬쩍 돌려서 그녀를 등지고 앉았다.

루디아는 자리에 서서 그의 등을 바라보았다. 그녀는 젖은 옷을 힘겹게 벗었다.

'철퍽.'

젖은 리넨 드레스가 바닥에 떨어지는 소리가 났다. 새하얀 두 팔이 그의 목을 감쌌다.

루디아가 귓가에 속삭였다.

"벗느라 몸이 다 식었는데, 정말 안 들어올 건가요?"

알테어스는 그녀의 팔을 붙잡고 몸을 돌리며 속삭였다.

"초대해 준다면, 얼마든지."

입 맞추기 전 알테어스가 "아." 하고 덧붙였다.

"그리고 리리에게 이르지 않겠다고 하면."

루디아는 웃음을 터트리고 진지하려 애쓰며 답했다.

"안 이를게요."

겨울밤은 길고, 아침은 느지막이 시작한다.

"일어나셔요, 황녀님."

브린이 커튼을 열며 말했다. 창백한 겨울 햇빛에 리리카가 부스스 몸을 일으켰다.

"으응……."

"오늘은 집무실 가시는 날이에요."

"아!"

리리카는 그 말에 정신이 번쩍 들었다. 얼른 침대에서 내려와 준비를 시작했다.

예전만큼 자주는 아니지만, 그래도 꼬박꼬박 집무실에 나가서 일을 하는 게 리리카의 즐거움이었다.

아침 식사를 끝내고 집무실에 들어가면 언제나처럼 알테우스와 라트가 먼저 일하고 있는 게 보였다.

대체 언제 일어나시는 걸까.

"뭐야, 꼬맹이 왔어?"

뒤에서 툭 아틸이 서류로 머리를 때렸다.

"아틸도 오늘 나왔어요?"

"그래."

아틸이 씩 웃었다. 그리고 두꺼운 옷을 입고 있는 라트를 불쌍하다는 눈빛으로 한 번 바라보고 서류를 제출했다.

라트가 서류를 힐끗 바라보고 말했다.

"나중에 어떻게 돼도 전 모릅니다."

"뭐, 나쁜 일은 아니잖아?"

"무슨 일인데요?"

리리카가 갸웃하니 아틸이 대신 답해 줬다.

"황후마마께서 올겨울 한파 때문에 빈민가에서 구호를 베푸시는 일을 하시거든. 내가 담당하려고. 존 웨일이랑."

"아."

"따라온다는 말은 하지도 마."

"안 해요."

리리카가 푹 한숨을 내쉬었다.

"하야가 숙제를 너무 많이 내줘서……."

아틸이 히죽 웃었다.

"답답해지면 말해. 그 녀석 침대에 대구를 던져 줄 테니까."

"생선을요?"

"그래."

대체 왜?

그런 얼굴을 한 누이를 보고 아틸이 혀를 찼다.

"가정교사 괴롭히기 1, 2, 3단계를 전수해야 하는데. 넌 안 되겠다."

라트가 헛웃음을 지었다.

"그만두세요. 전하께 쫓겨난 가정교사를 생각하면 전 지금도 눈물이 앞을 가립니다."

"에이, 근성 없는 놈들뿐이었어."

아틸은 시원시원하게 말하고는 슬쩍 알테어스의 눈치를 살폈다.

"왜?"

알테어스가 턱을 괴고 물었다. 아틸이 "그게……." 하고는 다가가서 알테어스에게 뭔가 작게 말했다. 리리카는 그 모습을 흐뭇하게 바라보았다.

아틸도 이제 아버지와 상당히 가까워졌다.

아틸이 이야기를 끝내자 알테어스가 혀를 찼다.

"네 생각은 알겠는데, 귀족을 너무 적으로 돌리지는 마라."

"네, 그리고 리리카와 황후마마께도 협조를 구할 생각입니다."

"그건 나쁘지 않군."

고개를 끄덕이고 알테어스는 가라고 손짓했다. 자신의 이름이 나와 리리카의 귀가 쫑긋해졌다.

"왜요? 제 도움이요?"

"어, 나중에 몇 명 보여 주면 감으로 알려 줘."

"아, 알겠어요."

리리카가 진지하게 고개를 끄덕였다. 아틸이 웃고 리리카의 머리카락을 마구 헝큰 후에 집무실을 나갔다.

리리카는 제 머리를 가다듬으며 종종걸음으로 알테어스에게 다가갔다.

뭐 필요하신 게 없을까, 살피기 위해서였다.

종이도 깨끗이 쌓여 있고, 잉크도 가득 담겨 있다.

"뭐 필요하신 거 없으세요?"

"있어."

"뭔가요?"

리리카가 눈을 반짝이자 알테어스가 피식 웃었다.

"가서 간식 가져오지 그래?"

리리카는 "다녀오겠습니다." 하고 가벼운 걸음걸이로 집무실을 나갔다.

"와, 춥다."

복도에 들어서자마자 공기가 쩽하다. 리리카는 라우브에게 미안해졌다.

"라우브도 안에 들어오면 좋을 텐데."

"전 괜찮습니다."

라우브의 말에 리리카가 "그래도." 하고 아쉬운 표정으로 걷기 시작했다.

"간식 심부름이야."

"오늘도, 군요."

"오늘도, 야."

리리카는 웃으며 부엌으로 향했다. 요리사가 간식을 만들고, 아름답게 세팅해서 시종이 우아한 걸음으로 가져올 때쯤 되면 이 날씨에는 완전히 식어 버릴 것이다.

그러나 황녀님이 갓 만든 간식을 투박하게 담아서 가볍게 달리는 걸음으로 가져오면 뜨끈뜨끈하다.

황제의 명을 받아 황녀가 부리는 억지니 부엌에서도 어떻게 할 수 없다.

그렇게 리리카는 오늘도 간식 바구니를 들고 아기 염소 같은 걸음으로 집무실에 돌아왔다.

　베이컨과 양배추가 들어간 수프와 빵이 오늘의 간식이었다. 간식이라기보다는 간단한 식사에 가까운 메뉴였다.

　겨울에는 아침과 저녁, 두 끼를 먹는 게 보편화되어 있는데, 아무래도 그때까지 버티기 힘드니 간식이 두둑해지고는 했다.

　리리카의 몫으로는 설탕 뿌린 튀김 빵이 차와 함께 나왔다.

　"뜨거운 수프, 정말로 좋네요."

　라트가 "이런 뜨거운 수프를 먹을 수 있는 건 황녀님 덕입니다." 하고 감사 인사를 했다.

　리리카는 고개를 휘휘 저었다. 바삭바삭한 튀김 빵은 놀랍도록 맛있었다.

　간식을 먹으며 오가는 사람들에게 인사하고, 아버지에게 한차례 쓰다듬을 당한 뒤에 제 방으로 돌아왔다.

　'파삭.'

　"!!"

　이제 비명도 나오지 않아, 리리카는 움찔하고는 푹 쓰러졌다. 책상 위에 산산조각 난 페리도트가 놓여 있다.

　"아까워……."

　마법에 실패해서가 아니라, 비싼 보석이 깨진다는 게 정신건강에 더

해로웠다.

 한숨을 내쉬고 리리카는 다음 보석을 떨리는 손으로 집어 들었다. 페리도트 조각을 털어내고 마법진을 그린 종이 위에 새 페리도트를 올렸다.

 '이번에야말로!'

 펜던트를 들고 리리카는 집중했다. 마법진이 희미하게 빛나기 시작했다. 점점 더 밝게 빛나는 마법진이 떠오른다.

 작아져서 보석 안으로 스며든 빛은 빙글빙글 돌면서 회전하다가 사그라졌다.

 "됐다!"

 리리카는 환호성을 질렀다. 이렇게 복잡한 마법진을 한계까지 힘을 넣어 만들어 본 건 처음이었다.

 '이렇게 하나하나 늘어나는 거겠지.'

 첫 성공작에 저절로 입이 벌어졌다. 헤헤 웃고 리리카는 팔을 걷어붙였다.

 '이 기세를 몰아!'

 하지만 연달아 보석 두 개가 깨져나가고, 마지막 하나만 성공했다. 어쩐지 기운이 빠졌지만, 하나 더 성공한 것만 해도 다행이었다.

 성공한 보석은 따로 조심스럽게 보석함에 담아 뒀다. 서재 밖으로 나오니 디아레가 앉아 있었다.

 "디아레? 언제 왔어?"

 "조금 전에 왔어요."

 "왔다고 이야기하지."

"안에서 집중하고 계신 것 같던걸요? 그럴 때는 방해하면 싫으니까요."

"무슨 일이야?"

리리카의 물음에 디아레가 씩 장난꾸러기 같은 웃음을 지었다.

"썰매 가져왔어요!"

"어?"

"전에 썰매 타 보신 적 없다고 하셨잖아요. 그래서 썰매를 두 개 가져왔어요. 뒤쪽 언덕에서 같이 타요."

"정말?"

"네, 정말이죠."

디아레의 말에 리리카의 얼굴이 확 밝아졌다. 브린이 도와줘서 순식간에 단단히 무장하고 리리카는 디아레와 밖으로 나갔다.

디아레가 가져온 썰매는 직접 만든 것으로 잘 다듬어진 나무가 멋지게 유선형으로 휘어져 있었다. 옆에는 제법 화려한 색이 칠해져 있었다.

"멋있다. 정말 디아레가 만든 거야?"

"네, 뭐. 다른 형제들이 좀 도와주기는 했지만요."

"고마워, 디아레."

두 사람은 재잘거리며 언덕을 올라갔다. 중간에 디아레가 리리카의 썰매까지 함께 들어 줬다.

빈민가에는 눈이 오면 눈싸움 정도가 전부였기 때문에, 리리카는 말이 끄는 썰매가 아닌 사람이 타고 내려오는 썰매는 듣도 보도 못했다.

그러니 디아레가 가르쳐주는 대로 썰매에 앉아서 이쪽저쪽 몸을 잘 기울이고—

"—!!"

우와아아—! 하는 감탄이 길게 이어졌다. 언덕 아래에서 나뒹굴어 눈에 파묻혔다.

"황녀님!"

달려온 라우브가 얼른 그녀를 눈 속에서 꺼냈다. 리리카는 눈을 휘둥그레 떴다가 소리쳤다.

"엄청 재미있어!"

그 뒤로는 올라가고, 내려오고, 올라가고, 내려오고를 끊임없이 반복했다.

나중에는 무릎이 후들거려서 언덕을 올라가지 못할 지경이 되었다.

라우브가 중간에 썰매와 리리카를 번쩍 들어서 위까지 옮겨 주었다. 하지만 리리카는 고개를 저었다.

"노는 데 라우브 경의 힘을 빌리는 건 아닌 거 같아."

결국 한 걸음도 못 옮기게 되어서야 썰매 타기는 끝났다. 리리카는 완전히 지쳐서 눈 속에서 헉헉거렸다. 하지만 디아레는 가뿐해 보였다. 오히려 걱정이 가득한 얼굴로 물었다.

"황녀님, 괜찮으세요? 너무 무리하신 거 아니에요?"

"디, 디아레는 어떻게, 그렇게, 헉헉."

"에이, 이런 날에도 수십 바퀴씩 구보를 뛰는걸요. 이 정도는 준비운동도 안 되어요."

"대단하다."

"울프가에서는 그다지 대단한 것도 아니에요."

"응, 하지만 내게는 대단해, 디아레. 멋있어."

리리카의 말에 디아레의 뺨이 붉어졌다. 그녀가 "참, 황녀님도." 하고 후후 웃었다.

"자, 몸이 식기 전에 들어가서 씻고 저녁 먹어요."

브린의 말에 리리카는 고개를 끄덕였다. 그러나 통, 도무지 일어날 수가 없어서 결국 라우브에게 손을 내밀었다.

라우브는 웃고 리리카를 안아 옮겨 주었다.

점점 라우브가 자연스럽게 웃게 된다는 게, 리리카의 자랑거리였다.

깨끗하게 씻고, 두 사람은 무지막지한 양의 저녁을 먹어 치웠다. 뜨거운 치킨 팟 파이(Chicken Pot Pie)를 몇 개나 먹고, 버터가 녹아든 빵도 먹어 치웠다. 뜨거운 토마토 콩 조림(Baked beans)도 함께 즐겼다. 으깬 감자와 달걀을 넣은 샐러드도 맛있었다.

두 사람 모두 만족할 때까지 저녁을 먹고, 디아레는 "정말 잘 먹었어요." 하고 웃으며 돌아갔다.

리리카는 피곤해 그대로 쭉 뻗어 잠들어 버렸다.

겨울은 이런 식으로 바쁘게 흘러갔다.

살짝 어머니를 찾아가면, 늘 가장 따뜻한 자리에 앉을 수 있었다. 어머니도 요즘은 무척 바쁘신 모양이었다.

그래도 다과 시간은 늘 즐거웠다. 루디아는 과자를 먹는 리리카를 흐뭇하게 바라보다가 물었다.

"리리, 정말로 괜찮니?"

"네?"

"폐하 말이야. 아버님이라고 부르고 있잖아. 계약도 그렇고. 힘들지 않아?"

"정말로 괜찮아요."

벌써 몇 번째 이어진 질문이었다. 얼굴을 보고 이야기하는 게 아니었다면 사실은 '힘들다. 그만두고 싶다.' 그렇게 말하기를 원하는 거라 생각했을 터였다.

하지만 얼굴을 보고 이야기하니 그저 걱정하는 것이라는 걸 잘 알 수 있었다.

"처음에는 조금 어색했지만, 일이니까……. 그렇다고 싫은 건 아니에요! 일이라고 억지로 하는 게 아니라, 음……."

리리카가 루디아에게 물었다.

"혹시 어머니는 폐하를 '여보'라고 부르는 게 싫으세요?"

"어?"

리리카의 공격에 루디아는 당황했다.

"글쎄, 음. 딱히 그렇게 생각해 본 적이 없는데……. 일이니까……."

"그렇죠? 저도 그런 거예요."

리리카가 웃으며 말했다. 루디아는 그런 리리카를 물끄러미 바라보았다. 목소리가 흘러나온다.

"일이라고 해도, 계속 그렇게 부르면 마음속에 쌓이게 되니까……. 나중에 리리카가 슬퍼지면 어쩌나 싶어서……."

"물론 슬퍼질 수도 있겠지만, 더 시간이 지나면."

리리카가 제 가슴에 손을 올렸다. 계속 계속, 요즘은 즐거운 일뿐이었다. 무서운 일도 있었고, 슬픈 일도 있었지만, 작은 눈송이 같은 행복이 계속 쌓여서 그 모든 걸 덮었다.

"나중에 떠올리면서 분명히 웃을 수 있는 기억일 거예요. 그러니까 나중에 슬퍼질 걸 생각하면서 걱정하기보다는, 지금 그냥 행복해하는 게 좋은 거 같아요."

리리카는 눈을 반짝 뜨고 부끄러운 듯 뺨을 긁적였다.

"너무 단순하긴 하지만."

"우리 리리."

루디아가 리리카를 꽉 안아 주었다. 꽃향기가 났다. 알테어스나 아틸, 피요르드도 종종 '리리'라고 부르기는 하지만 어머니가 부르는 '리리'는 완전히 다르다.

몇 번을 들어도 반짝이는 눈송이가 되어 마음에 쌓인다.

"정말, 엄마는 리리가 없었으면 어떻게 살았을까. 우리 리리는 똑똑하기도 하지."

부끄럽지만 부정할 생각은 들지 않았다. 이제 칭찬을 정면으로 받아들일 준비가 되었다.

리리카가 말했다.

"어머니도 너무 무리하지 마세요. 음, 힘들면 계약 파기하고……. 위약금은 많이 내겠지만. 그래도 어디 가서 사는 데는 부족함 없을 테니까요."

리리카가 속삭였다.

"저 마법사인걸요, 어떻게든 먹고 살 수 있을 거예요."

리리카의 말을 음미하고 루디아가 쿡쿡 웃었다.

"리리에게 그런 걸 시키고 싶지 않아. 리리를 지키고, 우리 모녀를 지키는 건 엄마의 일인걸. 리리가 이렇게 엄마 곁에 있어 주는 것만으로도 충분히 도움이 되고 있어. 고맙다. 리리카."

살며시 뺨에 입 맞춰 주면 얼굴이 달아올랐다.

'세상에서 우리 엄마보다 더 아름다운 사람은 없어.'

자랑스러움에 마음속이 꽉 찬다. 루디아는 그런 리리카를 토닥이며 생각에 잠겼다.

계속 그렇게 부르면 마음속에 쌓인다.

그건 리리카에게 하는 말일까? 아니다, 분명 루디아 자신에게 하는 말일 터였다.

리리카에게 괜찮냐고 끊임없이 묻게 되는 건, 제 마음이 흔들리기 때문인지도 모른다.

알테어스와 리리카가 나란히 부녀처럼 앉아 이야기하고 웃는 모습을 보고 있으면 행복하고, 동시에 오싹할 정도로 불안해졌다.

종종 아틸과 리리카, 그리고 알테어스까지 모여서 가족 모임을 할 때면.

'도망치고 싶은 충동이 들어.'

리리카를 데리고, 아니 리리카를 여기 남겨 두고.

자신도 알 수 없는 불안과 충동이 찾아올 때가 있었다. 마음속 깊은 곳이 수런거린다. 그럴 때마다 재빠르게 생각을 다른 곳으로 돌리려 애썼다.

무서워할 필요 없어, 계약이 끝나면 이 관계는 끝이야.

너도 알고 리리카도 알고 있어.

그때까지는 걱정하지 않아도 돼. 버림받거나, 그가 배신할까 봐 염려하지 않아도 괜찮아.

괜찮아, 루디아.

그런 마음으로 충동을 억누르고, 시선을 들면 꼭 알테어스와 눈이 마주쳤다.

뭐든 꿰뚫어 보는 듯한 시선.

그 시선은 아이들이 이상하게 여기지 않을 만큼, 짧게 시간을 두고 금방 떨어지지만 루디아는 꼭 그가 제 마음을 들여다보고 있는 기분이 들었다.

도망치면 안 돼.

그렇게 경고하고 있는 듯한…….

"리리카."

품속의 리리카가 고개를 든다. 저절로 웃음이 나왔다. 동시에 한숨도 나왔다.

"사랑이 뭘까?"

"음, 같이 있으면 기쁘고 행복한 게 아닐까요?"

리리카가 어머니를 빤히 바라보았다. 예전에는 어머니의 얼굴 보기가 무서웠다. 늘 자신만 보면 화내고 눈을 찡그리고 있었으니까. 눈을 똑바로 마주 볼 수가 없었다.

똑바로 보려고 해도 자꾸만 눈물이 나서 다시 고개를 떨구었다.

몇 번이나 힘내서 웃어 봐도 싸늘한 말과 찌푸린 표정밖에 돌아오지 않아, 점점 용기가 사라졌다.

그때를 생각하면 어깨가 저절로 움츠러들었다.

하지만 이제는 자신만 보면 밝아지는 얼굴을 안다. 기쁨으로 팔을 벌리며 웃는 얼굴이 보이고, 그게 리리카가 품에 뛰어들 수 있는 힘을 주었다.

행복했다.

"그리고 상대방도 기쁘고 행복하기를 바라는 거죠."

힘들어도, 괴로워도, 상대방이 웃는 모습을 떠올리면 웃음이 흘러나오는 것.

그런 게 사랑이 아닐까?

자그마한 머리로 열심히 답하는 모습을 보고 루디아는 고개를 끄덕였다.

"그래, 그렇구나."

루디아는 딸아이의 뺨을 어루만졌다. 다시 한 번 강하게 끌어안았다가 놓아 주었다.

상대방의 웃는 얼굴이 보고 싶다.

단순하지만, 확실한 대답이었다.

리리카가 헤헤 웃자, 루디아도 덩달아 웃었다. 리리카가 루디아의 손을 꼭 잡으며 말했다.

"지금 이거요."

"응?"

"내가 엄마를 보고 웃으면, 엄마도 날 보고 웃잖아요."

"그렇지."

"이게 사랑이에요."

리리카의 말에 루디아는 웃었다. 리리카도 마주 웃었다.

"리리 말이 맞네."

루디아는 고개를 끄덕였다. 따뜻한 리리카를 안고 어르면서 루디아는 결심했다.

'그래, 이야기하자.'

자신의 이야기를 알테어스에게 하자. 그리고 그가 어떤 얼굴을 하는지 보자.

거기에서 답이 나오지 않을까.

어떤 답이 나오든 피하지 말자.

내게는 리리가 있으니까.

"세상에서 가장 귀여운 내 리리, 사랑한다."

"저도 사랑해요."

리리카가 답하며 어머니를 꼭 안아 주었다.

루디아는 계속 '말해야지, 말해야지.' 하고 생각했다. 분명 결심했는데도 말하기가 쉽지 않았다.

마음속 깊은 곳에 품어 뒀던 이야기다. 게다가 자신의 악행에 대한 이야기이기도 했다.

나는 원래 바라트의 첩자다.

당신을 없애려 했다.

딸도 팔아치워 버렸다.

그런 말이 차마 나오지 않았다. 어차피 이제는 일어나지 않은 일이었다. 없었던 일이다.

없던 일로 하고서 적당히, 거짓말을 꾸며 내서 이야기를 하면 된다—

그런 생각도 몇 번이나, 몇 번이나 했다.

하지만 그래서는 나온 답에 만족할 수 없을 터였다.

답을 내고 싶다.

답을 내고 싶지 않다.

두 가지 마음이 갈팡질팡하는 사이에 눈이 녹아내리기 시작했다. 낮이 길어지고 있었다.

리리카는 정원 눈 속에서 스노드롭(snowdrop)이 피었다며, 꽃을 가져왔다. 새하얀 꽃은 아름다웠다.

우수관에서 눈이 녹아 흘러내리는 소리가 났다. 나무에서 녹아내린 눈이 바닥에 철퍽 떨어졌다.

썰매를 타기에도 마차를 타기에도 애매한 계절이 오고 있었다. 그런데도 아직 말하지 못했다. 루디아는 리리카가 걱정스러운 얼굴을 하는 것도 눈치챘다.

딸아이에게 숨기려 웃으면서 태연한 척하려고 해도 소용없었다. 눈치가 빠른 아이는 금방 그녀의 비위를 맞추려 목소리를 높여 재잘거리고, 이것저것 봄 선물을 가져오곤 했다.

루디아는 깊게 숨을 들이마셨다. 정신 차리지 않으면 안 된다.

'경멸받는다고 해도 어쩔 수 없어.'

이렇게 미움받는 게 무서운 주제에, 자신은 리리카에게 어떻게 했었던가? 많은 사람을 어떻게 대우했나?

그러면서 이제는 뻔뻔하게 '내가 저지른 짓이 있기는 하지만, 없었던 일로 치고 미워하지 말아 주세요— 미움받는 건 무서우니까요.' 라고 말하고 있다. 하지만 다른 사람은 몰라도 자신은 알고 있다.

'뻔뻔하다는 게 그나마 장점일까.'

분명 자신은 여전히 선인은 아니다. 편협하고, 애정은 리리카에게로만 굴절되어 있고, 깨져서 뾰족뾰족한 부분이 있다.

나는 그럴듯하게 괜찮은 인간이야, 라고 말할 생각은 조금도 없다.

'그렇네.'

스스로를 인정하니 차라리 마음 편했다.

아무래도 알테어스에게는 그럴듯한 인간으로 보이고 싶었나 보다.

쓴웃음을 지으며 루디아는 리리카가 가져온 수선화를 화병에 꽂았다. 새하얀 수선화 가운데 나팔 부분만 노란빛을 띠었다. 달콤한 봄 향기가 났다.

수선화를 벽난로 선반에 올려두고 루디아는 마음을 단단히 먹었다.

'오늘은 반드시.'

"할 이야기가 있어요."

루디아의 말에 알테어스는 승마용 코트를 벗으며 말했다.

"지금? 아니면."

"정찬 시간에 할만한 이야기는 아니에요."

알테어스는 피식 웃었다.

"그럼 요리사는 뭐라고 하겠지만, 가볍게 올리라고 하지."

시종에게 시선을 돌리니, 눈치 빠른 시종은 잽싸게 빠져나갔다. 요리사는 준비한 요리를 뒤엎어야 하니 머리를 쥐어뜯을 것이다. 하지만 하라면 해야 하는 게 궁정 일이다.

얼마 지나지 않아 요리사가 고심해서 새로 만들어 내놓은 저녁 식사가 올라왔다. 식사 중에 이야기를 꺼내려고 했지만 이야기가 겉돌았다.

양념한 어린 양고기도, 완벽하게 구워진 야채와 독특한 소스도, 평소라면 음미했을 것들이 전혀 맛이 느껴지지 않았다.

결국 먹는 둥 마는 둥 저녁 식사를 물리고 루디아는 한숨을 내쉬었다.

"대체 무슨 이야기이기에?"

알테어스가 나지막이 물었다. 루디아가 소파에 비스듬히 기댔다. 알테어스가 장식장에서 증류주를 꺼내며 물었다.

"한잔?"

"아뇨, 하지만 당신은 한잔하는 게 좋을 거 같아요. 이야기가 다 끝나고 나면, 계약을 파기하고 싶어질지도 모르니까요."

멈칫하고 알테어스가 루디아를 돌아보았다. 표정이 사라진 얼굴이었다. 차가운 눈동자가 그녀를 바라보았다.

"얘기해 봐."

목소리가 딱 끊어졌다. 루디아는 고민하다가 입을 열었다.

"전에 나에 대해서 궁금하다고 했었죠?"

"그랬지."

"그 이야기를 하려고요."

"갑자기 이걸 듣는 게 현명한지 아닌지 알 수 없어지는데."

알테어스가 위스키를 얼음 위에 부었다. 호박빛 액체가 얼음을 타고 흘러내렸다.

루디아는 괜찮다고 했지만, 그는 두 잔을 만들었다. 잔을 앞에 내려놓자 루디아가 웃었다.

"나 알코올중독이었어요."

"빈민가에서 있었던 이야기라면 익히 알고 있어."

루디아가 후후 웃었다.

"지금 할 이야기는 단순히 그런 이야기가 아니에요. 그러니까……."

루디아는 잔을 양손으로 쥐었다. 독한 위스키 향이 올라왔다. 마시고 싶지만, 마시지 않았다.

잊고 싶어서, 도망치고 싶어서 술을 마셨다.

하지만 잊어서도, 도망쳐서도 안 되는 일이 현실에는 가득했다.

루디아는 시간을 되돌아왔다는 이야기를 했다. 전생의 이야기도 했다. 자신이 바라트의 밀정이었다는 것, 반역을 도모했다는 것—

한 번 입을 열자 둑이 터진 것처럼 말이 쏟아져 나왔다. 똑바로 알테어스를 바라볼 용기가 나지 않았다.

떨면서도, 루디아는 이야기를 계속했다.

"리리카를 젠바르 백작과 결혼시켰죠."

귀족파의 커다란 세력 중 하나인 백작이었다.

"아들이 이미 결혼한 걸로 아는데."

루디아가 입꼬리를 올렸다. 알테어스가 눈을 가늘게 떴다.

"백작과 결혼시켰군."

"네, 제 할아버지뻘인 백작과 결혼시켰죠. 후처로요. 손녀보다도 어렸을 거예요. 하지만 백작 부인이잖아요? 정식 결혼이에요. 리리카 반스가 백작 부인이라니, 이보다 더 큰 성공이 어디 있어요?"

목소리가 높아졌다가 가라앉았다.

"그렇게 생각했다는 거죠."

얼음이 녹아내렸다. 잔을 빙글 돌리면 컵에 얼음이 부딪쳐 소리가 난다. 얼음이 아지랑이처럼 위스키에 녹아들었다.

"그리고서 바라트와 함께 거병했죠. 반란을 일으켰어요. 그때 당신을 봤어요."

루디아는 그제야 고개를 들어 알테어스를 바라보았다. 그녀가 어떤 표정을 하고 있는지, 스스로도 알 수 없었다.

"압도적이었죠. 인간 따위, 개미를 짓밟는 것처럼, 모두 불에 타고 부서지고, 당신이 그냥 손가락을 허공에 긋는 것만으로도 인간이 폭죽처럼 터져 나가서—"

루디아는 웃었다. 자신이 들어도 제법 명랑한 웃음소리였다. 이상할 정도로.

"도망쳤죠. 그야 당연히. 리리카를 찾아갔어요. 리리카는 아무 말 없이 날 숨겨 주고, 도망칠 수 있게 도와줬지요."

그리고 리리카는 잡혔다. 백작 부인이라는 방패는 아무런 소용이 없었다.

리리카가 잡힌 걸 알게 되었을 때, 루디아는 초조했다. 무서워졌다. 그녀가 자신이 어디로 도망갔는지 말했으면 어쩌지?

그래서 리리카가 알려 준 도피처로 도망치지도 못하고 수도를 맴돌았다.

반역자들을 교수대에 올린다는 이야기를 듣고 무서워하면서도 광장에 찾아갔다.

리리카가 교수대 앞에 서 있었다. 눈을 뗄 수가 없었다.

계단에 올라선 리리카와 분명히 시선이 마주쳤다. 모두가 리리카를 죽이라고 외치는 가운데, 리리카는 그녀를 보았다.

루디아는 덜컥 겁이 났다.

—저기 반역자가 있어요!

그렇게 리리카가 소리치고 자신을 가리킬까 봐 겁이 나서 시선을 뗄 수 없었다.

잘못 본 걸 거야. 사람이 이렇게 많은데 날 알아볼 리가 없어. 착각일 거야, 루디아.

그러나 오래 시선이 마주쳤다. 루디아는 착각이 아니라, 정말로 리리카가 자신을 보고 있다는 걸 알 수 있었다.

순간,

그녀가 웃어 주었다.

리리카가, 눈이 마주치고, 웃었다.

어째서?

왜 웃는 거야?

이해할 수 없는 충격이 루디아를 관통했다. 루디아는 그녀를 외면하며 돌아섰다. 사형이 집행됐음을 알리는 환성이 울려 퍼졌다. 소리치는 인파들을 헤치고 나와, 루디아는 광장에서 도망쳤다.

눈물이 멈추지 않았다. 울고 또 울었다.

어째서 눈물이 나오는지도 알 수 없었다.

도주하고 싶은 마음도 예전처럼 필사적이지 못해, 결국 경비병에게 잡혀 감옥에 끌려가서도, 고문당하면서도, 화형대에 올라가면서도, 생각했다.

 싫어.

 싫어.

 죽고 싶지 않아.

 이렇게 어리석은 채로 끝내고 싶지 않아.

 화형대의 불이 붙고 마른 장작이 바직바직 소리를 내며 타올랐다. 연기가 피어올랐다. 루디아는 주마등을 보았다. 어디에나, 리리카가 있었다.

 아아, 그랬구나.

 딸은 그녀를 사랑해 주고 있었다. 그녀는 사랑받고 있었다. 당연하다고 생각했던 것들이 전혀 당연한 게 아니었다.

 누군가에게 늘 인정받고 싶었고, 이렇게 잘났다고 말하고 싶었고, 세상 사람 모두를 무릎 꿇리고 싶었고—

 사랑받고 싶었다.

 리리카는 그녀를 사랑해 주었다.

 자녀는 그녀에게서 뭔가를 앗아가기만 하는 존재라고, 쓸모 있게 굴기라도 해야 한다고 했던 마음들이 부서져 내렸다.

 눈물이 화염에 삼켜진다. 연기에 목소리가 찢어진다.

 그렇게 끝이라고 생각했는데.

 루디아는 술잔을 내려놓았다. 결국 한 방울도 마시지 않은 채였다.

 "이런 이야기예요. 내 이야기는. 그러니까 전 당신 생각처럼 현명하거나 잘난 여자가 아니에요."

 담담히 말했다.

벽난로 안에서 장작 타는 소리만 들린다. 침묵이 지나가고 알테어스가 말했다.

"그러니까 내가 이겼다고?"

"?!"

루디아가 휙 고개를 들었다. 알테어스가 잔을 내려놓고 그녀 옆에 털썩 앉았다. 그녀 앞의 위스키 잔을 진저 에일로 바꿔 주었다.

"그러니까 내가 이기고 반란군을 쓸었는데, 거기 네가 있었다는 거지."

"그……렇죠……?"

지금 내 이야기를 들은 사람이 맞나? 아니, 내가 진 건 맞지만.

패배자 진영에 있던 것도 사실이지만.

"이야기를 들어 보면 내가 이겼군. 이겼으니 패자를 비웃을 권리가 있다고 생각하지는 않아."

"하지만……."

"그리고 빈민가에서 시작해서 바라트 세력의 중추까지 올라간 건, 충분히 자랑스러워해도 좋다고 생각하는데? 그쪽 면면을 살펴보면."

귀족이 아니면 인간도 아니라고 생각하는 인간들 투성이다. 거기서 버리는 패로만 쓰이는 게 아니라, 기어 올라왔다는 건 굉장한 일이었다.

악착같지 않으면, 잔혹하지 않으면 살아남을 수 없다.

"그렇지만, 난, 리리카를……."

"거기에 대해서 뭐라고 하는 건 내가 할 일이 아냐. 리리카가 할 일이지. 그리고……."

알테어스가 루디아의 눈을 들여다보았다.

"리리카가 그대를 보고 웃었다고 들었어. 그게 리리카의 대답이 아닐까? 그게 마법사로서, 리리카의 마지막 소원이었을 거라고 생각해."

루디아는 멍하니 알테어스를 바라보았다. 눈에 박혀 있는 리리카의 미소가 떠올랐다.

왜?

왜 웃었을까?

어째서 거기서 자신을 보고 웃을 수 있었을까?

계속 생각했다. 예전에 리리카가 했던 말이 떠올랐다.

'사랑은 같이 있으면 행복해지고 기쁜 거죠.'

당신이 행복하길 바란다.

상대방의 웃는 얼굴이 보고 싶다.

'내가 엄마를 보고 웃으면,'

내가 당신에게 웃어 준다면 당신 역시,

"웃기를, 바라니…… 웃."

마지막 말은 나오지 못했다. 루디아는 양손으로 얼굴을 감쌌다. 흔들리는 어깨를 알테어스가 당겨 안자 루디아는 그 품에서 울음을 터트렸다.

울고, 또 울었다.

리리카는 고작 그걸 바란 것이었다. 웃는 얼굴을 보는 것. 도망치지 말 걸 그랬다. 한 번 웃어 줄 걸 그랬다.

어리석고 멍청한 자신에게 신물이 나서, 루디아는 알테어스에게 매달려 꺽꺽거리며 통곡했다.

눈물이 끝없이 흘러내렸다. 눈이 녹아내리지 않을까, 걱정이 되어도 멈출 수 없었다.

지칠 때까지 울고 나자 멍해졌다.

벽난로에서 다 탄 장작이 무너지는 소리가 났다. 쌕쌕 자신의 거친 숨소리가 들려왔다. 천천히 그녀를 안고 있는 팔의 따스함이 느껴졌다. 알테어스의 품은 단단했다. 이렇게까지 무너져서 운 게 뒤늦게 부끄러웠다.

진정된 기미가 보이자 알테어스가 손수건을 꺼내어 그녀에게 내밀었다. 루디아는 손수건으로 얼굴을 닦았다.

"후—"

길게 숨을 쉬고 그녀가 얼굴을 들어올렸다.

"고마워요."

"별말씀을."

알테어스가 희미하게 웃었다. 그 시선이 부끄러운데, 어쩐지 마주 본 시선을 뗄 수가 없었다.

'그렇구나.'

비난받을 줄 알았는데, 그렇지 않아서 안도하는 자신이 있었다.

자신이 한 일이 실수든 아니든 나쁜 짓이며, 비난받을 일이라는 건 알고 있었다. 스스로도 스스로를 비난하고 있으니까.

그래도 위로받기를 바라는 마음도 있었다.

마음 속 가장 깊이 간직하고 있던 어둠이 전부 빠져나가자 세상이 달라보였다. 이제 누군가를 사랑하는 게 그렇게 어렵지 않게 느껴졌다. 리리카도 완전히 다르게 사랑해 줄 수 있을 듯했다.

알테어스는 그녀를 비난하지 않았다. 어쩐지 웃음이 나왔다.

세상이 바뀌었다.

"왜 웃어?"

"아뇨, 승자의 관록인가— 생각하니 웃음이 나서요."

루디아는 배시시 웃으며 말했다. 알테어스는 순간 숨을 삼켰다. 한층 더 독기가 빠졌다고 할까?

한 꺼풀 벗었다고 할까?

어딘지 인상이 투명하게 바뀌었다. 겨울철 햇빛같이 창백하고 날카로웠는데, 이제 봄의 햇살 같았다. 같은 어스름이라도 완전히 달랐다.

말을 잃고 홀린 듯 그녀를 바라보고 있었다. 루디아가 몸을 빼고 옆으로 앉아 소파 등받이에 머리를 기대며 알테어스를 마주 보았다.

"그러니까 난 절대 바라트에게 질 생각 없어요. 이번 삶에서 리리카를 건드린 걸 용서할 수 없어요."

나는 바라트가 부서지기를 원해요.

그렇게 울었는데도, 눈물은 그녀의 눈가를 살짝 붉게 만들었을 뿐 아름다움을 해치지는 못했다.

루디아가 물었다.

"당신도 마찬가지 아닌가요?"

"맞아."

알테어스가 고개를 끄덕였다. 적당히 아틸을 살려 두고 제국을 물려주기만 하면 끝이다.

그렇게 생각했다. 하지만 너무 많은 게 바뀌어서 이제 그런 '간단한 일'이 아니게 되었다.

알테어스는 제 딸을 떠올렸다.

'그런 건 사랑이 아니에요!'

결국, 마법사의 말이 옳았다.

리리카는 어리둥절한 기분으로 기상했다. 브린이 웃으며 말했다.
"어제 폐하와 마마가 다녀가셨지요."
"응, 갑자기 새벽에 오셔서……."
아플 정도로 꽉 안아 주었다. 어머니는 연신 사랑한다든가, 미안하다든가, 행복하게 해 주겠다고 말했다. 아버지는 말없이 토닥여 주고 머리를 아플 정도로 꾹꾹 눌러 주고 가셨는데…….
"술 냄새가 났어."
"어머?"
브린이 웃으며 입가를 가렸다. 리리카는 어쩐지 웃음이 나왔다.
술에 취한 아버지가 꽉 끌어안고 수염을 따갑게 비볐다거나, 하는 이야기는 동화 속에서나 나오는 건 줄 알았는데.
뺨을 비빈 건 아니지만 꽉 안아 주고 격려하듯 어깨를 두들겼다. 그리곤 "장하다." 하는, 뜬금없는 소리를 한 후 어머니와 함께 돌아갔다.
두 사람이 나란히 다니는 모습이 보기 좋았다.
"그리고 있지, 브린."
"네."
"어머님이 더 아름다워지신 거 같지 않아?"
"그런가요?"

"응, 어쩐지 하룻밤 사이에 더 아름다워지신 거 같아. 자꾸자꾸 예뻐지시다가 정말로 요정이 되어 숲속으로 사라지시면 어쩌지."

한숨을 내쉬는 리리카를 보고 브린이 쿡쿡 웃었다.

"황후마마께서 사라지신다 해도 리리카 님을 데리고 가실 테니 염려하지 마세요."

"그래?"

조심스럽게 되묻는 말에 브린 "그럼요." 하고 단호하게 답했다. 리리카는 "다행이야." 답하며 헤헤 웃었다.

땅이 질퍽질퍽해져도 봄은 신이 났다. 이제 바람에 귀가 떨어져 나갈 것 같지 않았고 부드러운 바람이 불었다. 끈적한 진흙 밭은 부츠만 단단히 신고 있다면 나름대로 노는 재미가 있었다. 그러다가 호되게 미끄러져서 옷을 전부 진흙투성이로 만들고 나서는 관뒀지만.

아틸은 아틸 나름대로 바쁜 듯해도, 리리카에게 늘 시간을 내어 주었다. 그리고 종종 익명으로 빌린 타운하우스에 사람을 불러놓고서 리리카에게 보여 주곤 했다.

"어때? 감이 안 좋은 놈 있어?"

"음, 저 사람이랑, 저 사람이요. 아, 저 사람도요."

아틸은 거친 욕을 했다. 리리카 같은 빈민가 소녀나 할 법한 욕이었다. 구두닦이 아저씨와 다니며 배운 게 틀림없었다.

"고마워. 나중에 사례할게."

아틸이 리리카의 앞머리를 쓸어올리고 입 맞춰 준 후에 재빠르게 사람들과 사라졌다.

아틸이 데려오는 사람들을 만날 때마다 점점 감이 안 좋은 사람들이 줄어들었다.

"오늘은 어때?"

리리카는 하녀 차림으로 한 차례 사람들을 돌아본 후였다. 리리카가 엄지를 척 들어 보였다.

"한 사람도 나쁜 느낌이 드는 사람이 없어요."

"좋았어!"

아틸은 주먹을 불끈 쥐었다. 드디어! 라고 외치며 그가 싱글싱글 웃었다.

"이제 내 눈도 제법 쓸 만하단 말이야. 흠, 넌 어떤 사람이 마음에 들어?"

"음, 보통 그런 사람들은 이런 화려한 저택에 오면 무척 움츠러들잖아요. 아니면 반대로 큰소리치면서 허세를 부리거나요. 그런데 그 머리 스타일이……."

리리카가 머리 옆에서 선을 그어 보였다.

"아, 재즈 말이지?"

헤어 스크래치가 인상적인 소년이었다. 고기 자를 때나 쓸 법한 직사각 푸주 칼을 등에 메고 있는 것도 인상적이었다.

"네, 그분은 아무렇지도 않아 보이던걸요."

그는 리리카가 내민 쟁반 위의 과자를 하나 조심스럽게 먹더니, 접시를 통째로 들고 가 버렸다. 살펴보니 열심히 과자를 먹고 있었다. 전부 먹은 사람은 그 사람뿐이었다.

"맞아, 그 녀석 배짱 있지."

히죽 아틸이 웃고 리리카의 머리를 헝클어트렸다.

"그럼 그 녀석으로 해야겠다. 나도 마음에 들었거든."

무슨 일을 시키려는 걸까, 생각했는데.

"아, 리리카. 오늘부터 내 말벗인 재즈야."

리리카는 놀라 눈을 동그랗게 뜨고 재즈를 바라보았다. 흑룡실에서 그가 얼마나 이질적인지.

머리에는 뉴스 보이 캡 모자를 푹 눌러쓰고 서스펜더에 헐렁한 바지, 부츠…….

'입고 있는 재킷은 분명 아틸이 사 준 걸 거야.'

재킷만 따로 놀고 있는 걸 보면 훤히 알 수 있었다. 리리카가 놀란 것처럼 재즈 역시 놀라 그녀를 바라보았다.

그는 곤란한 듯 짜증 난 눈으로 아틸을 바라보았다.

"그때 그 거시기."

"눈썰미도 좋네."

"이런 예쁘장하게 생긴 것은 잊을 수 없재."

리리카는 강렬한 남부 억양에 눈을 동그랗게 떴다. 순간 아틸의 눈이 가늘어졌다. 그가 재즈의 멱살을 잡았다.

"내 여동생에게 눈독 들이면 죽여 버린다."

재즈가 그 말에 픽 웃었다. 아틸이 그를 흔들었다.

"대답은 어디다 팔아먹었어?"

"알아 묵었소."

아틸이 그제야 재즈를 놓아 주었다.

재즈가 모자를 벗고 허리를 숙여 보였다.

"재즈여라."

무척 어색해서, 경련하는 것처럼 보이는 인사였다. 누군가에게 이렇게 인사하는 게 죽어도 싫거나, 익숙하지 않은 편인 듯했다. 웃음이 터질 거 같아 리리카는 뺨 안쪽을 깨물고 말했다.

"리리카 나라 타카르야. 하지만 그렇게 인사하기 싫으면 하지 않아도 된다, 라고 해 주고 싶기는 한데……."

"그거시 아니라. 익숙지 않은께 글죠. 일단은 빈민가의 공주님인디."

"어?"

재즈가 모자를 도로 쓰며 씩 웃었다.

"싫은디 어딜 머리를 숙인대요. 숙일 만항께 숙이제 싫으면 죽어도 안 한께요."

"그럼 좀 더 배우는 게 좋겠네, 엄청 싫은 것처럼 보여."

리리카가 그제야 웃으며 말하자 재즈가 어깨를 움츠리고 모자챙을 잡아당겼다.

"뭐, 존이 배우라고 허기는 했는디, 그닥."

아틸이 옆에서 낄낄 웃었다. 파이는 쓴웃음을 지었다. 브란도 한숨을 내쉬었다. 분위기를 충분히 알아챈 리리카가 가슴을 쭉 펴며 말했다.

"그래도 아틸의 말벗이 되기로 한 이상 지킬 건 지켜야 해. 아틸은 멋대로 나가니까, 잡아 주는 쪽이었으면 하거든."

"잠깐, 멋대로 나간다는 거 무슨 말이야?"

아틸이 눈을 찡그리며 묻자 리리카가 "말 그대로의 말이지요." 하고 답했다. 브란과 파이는 갑자기 시원한 음료수라도 마신 듯한 표정을 지었다.

재즈가 히죽 웃었다.

"나가 영 답답허고 숨 막힁께 여짝은 잘 안 올라요. 나 일이나 해야제."

아틸을 힐끗 보고 재즈가 리리카에게 작게 속삭이듯 몸을 숙여 말했다.

"나를 말벗으로 삼아븐 것을 본께 앵간치 하는 것은 알겠네요."

속삭이는 것 같지만 다 들린다. 한마디로 들으라고 하는 소리다. 아틸이 "참나." 하고 투덜거렸다.

"더 이상한 소리 듣기 전에 쫓아내야지, 안 되겠네. 가자."

재즈가 모자챙만 슬쩍 들어 인사하고 아틸을 따라 나갔다. 혼자 나갔다가 어디서 어떤 일을 당할지 모르니 데려다주는 것이리라.

아틸이 나간 뒤 리리카가 브란과 파이를 돌아보았다.

"괜찮은 거예요?"

"말은 많이 나오겠죠."

브란이 한숨을 다시 내쉬었다. 파이가 눈을 찌푸렸다.

"무슨 생각이신 줄은 알겠는데, 반감은 무척 강할 거예요. 앞으로 어떤 말벗을 또 받으시느냐에 따라 달렸겠죠."

"파이는 괜찮아?"

리리카가 조심스럽게 물었다. 파이는 산다르 후작가의 직계였다. 빈민가 출신 남자아이와 같은 취급을 받는다면 화나지 않을까.

파이가 싱긋 웃었다.

"저야 덤으로 목숨이 붙어 있는 거니까요. 사실 황녀님을 마차로 납치했을 때 죽었어야 했던 거라."

"아, 그런가. 그래도 사람의 마음이라는 게 달라지는 거니까."

"그런 사람도 있겠지만 전 아닙니다. 게다가 페리도 고쳐 주셨는데요.

불평을 말할 때는 아니죠. 그리고 저 재즈란 녀석, 실력 봐서 아는데 괜찮아요. 저 말투만 고치면 좋겠지만, 죽어도 안 고쳐서."

파이는 눈을 가늘게 떴다.

"하여간 실력은 있어요."

"그래?"

"네, 울프랑 겨룰 수 있을 정도니까요."

"강하구나……."

"그래서 마음에 드신 거겠죠."

파이의 말에 리리카는 고개를 끄덕였다. 실력주의라면 괜찮지 않을까. 그렇게 생각했다.

피요르드와 만나는 장소는 비밀정원으로 정해졌다. 봄비 내리는 정원을 내려다보며, 포치에서 차를 마셨다.

"전하는 무슨 생각이신지 모르겠습니다."

"뭐가?"

"무뢰배들을 말벗으로 삼으시는 걸 그만두는 게 좋지 않을까요. 산다르 후작은 얼마 전 사건 때문에 잠잠히 있지만, 기분 좋지 않겠지요. 자신의 아들과 출신도 알 수 없는 자가 같은 말벗이라는 게 말입니다."

"아……."

생각해 보니 파이 본인만 괜찮다고 괜찮은 일은 아니었다.

"그렇구나. 확실히 그럴 수도 있겠어."

그게 옳다, 옳지 않다를 떠나서 기분 나쁜 사람은 있을 수도 있었다.

"음, 하지만 폐하께서도 알고 계신 일이니까, 대책이 있지 않을까?"

"폐하가 대책을 세우시는 분이라면 다행입니다만, 대부분 대책은 그분의 힘일 때가 많아서."

피요르드의 말에 리리카는 입을 꾹 다물었다. 말하기 싫은 게 아니라, 무슨 말을 해야 할지 모르겠는 것뿐이었다. 사실 정치적인 이야기는 잘 모르기도 했고.

피요르드도 그걸 눈치채고 빙긋 웃은 후에 화제를 돌렸다.

"새로 온 틸라와 수업은요? 여전한가요?"

"응, 양이 엄청 많아. 엄청 많고……. 요즘 아티팩트도 여러모로 새로 공부하고 있거든."

"마법 소녀 말이죠?"

"응. 하지만 무척 어려워……. 그리고, 음……."

리리카가 머뭇머뭇 말했다.

"그때 싸움에서 난 별 도움이 되지 못했잖아. 앞으로도 계속 도움이 안 되면 어쩌지, 싶은데 사람을 다치게 하거나 죽이는 건 어려울 거 같고. 이렇게 약한 마음으로 싸워도 되는 걸까, 싶어서……."

피요르드는 소리도 나지 않게 찻잔을 내려놓았다. 마치 찻잔과 받침 사이에 푹신한 천이라도 깔려 있는 듯한 부드러운 동작이었다.

"황녀님."

"응."

"죽이거나 다치게 하는 것만 이기는 건 아닙니다. 이기고자 한다면 방법은 있지요. 단지 어떤 방식으로 이기는가, 어떤 마음으로 이기는가가 중요합니다."

리리카는 바라트 소공작의 말에 귀를 기울였다.

"불사의 존재라도, 이기는 방법은 존재합니다."

"정말?"

"깊은 늪 속에라도 처넣고 위를 굳혀 버리면 되지요."

"화, 확실히……."

"전투 불능의 상황에 빠트리는 방법이 폭력만 있는 건 아닙니다. 그리고 그 방식이 황녀님께는 더 맞겠지요. 하지만 어떻게 이기는 게 이기는 건지는 각자에게 달린 문제이니, 생각하기를 멈추지 말아 주세요."

"음……."

"누군가는 목을 베는 게 이겼다고 하고, 누구는 부하로 삼는 걸, 또는 화친하는 걸 이겼다고 하기도 합니다. 승리에는 자신만의 방식과 길이 있지요."

리리카는 고개를 끄덕였다. 피요르드가 웃었다.

"황녀님은 이미 이기는 길을 가시고 계시니 제가 첨언할 자격은 없지만 말입니다."

"내가?"

의아해하며 되물었지만 피요르드는 그저 미소 짓기만 할 뿐 답을 해 주지는 않았다.

알아서 스스로 찾아내라는 뜻인가. 리리카는 끙끙거렸다. 피요르드가 슬쩍 그녀에게 물었다.

"그 재즈라는 말벗 말입니다."

14장 당신의 행복을 위하여

"응."

"어떤가요?"

"음, 굉장히 난폭해 보이고 실제로도 그런 거 같은데, 말투도 진짜 특이하고. 그래도 나에게는 친절하려고 하는 게 보여. 아마 약한 사람에게는 나름대로 다정한 게 아닐까? 좋은 사람 같아."

흐음, 하고 피요르드의 눈이 가늘어졌다.

저도 모르게 목소리가 사무적으로 가라앉았다.

"너무 가까이하시지는 않는 게 좋지 않을까요? 아틸 전하의 사람으로 확실히 보이는 게 좋겠죠."

빈민가 출신이니, 황후나 황녀 쪽 사람을 붙여 둔 거라고 생각할 수도 있으니까요— 라는 피요르드의 말에 "그런가." 하고 리리카는 갸웃했다.

"그렇습니다."

피요르드가 단호하게 말해서 리리카는 순순히 수긍했다.

그렇지 않아도 이미 아틸이 재즈가 리리카에게 인사하는 걸 본 후에 멱살을 잡고 "너 내 여동생에게 눈독 들이면 죽여 버린다." 같은 말도 안 되는 협박을 한 뒤였다. 굳이 이쪽에서 먼저 다가갈 필요는 없었다.

그렇게 말하니 피요르드는 "전하도 생각이 없으신 분은 아니군요." 하고는 금세 다시 기분이 좋아졌다.

피요르드도 자신이 하는 일을 조금씩 이야기해 주기는 했지만, 정작 중요한 일은 말하지 않는 것처럼 느껴졌다.

하지만 리리카는 충분히 이해했다. 자신도 계약 황녀라든가, 진짜 마법사라든가. 숨기는 일이 잔뜩 있으니까 말이다.

피요르드를 배웅하고 리리카는 궁으로 돌아왔다. 이제 곧 하야의 수업 시간이었다.

'요즘은 시간이 무척 빠르게 지나가는 거 같아.'

리리카는 눈이 녹는 걸 바라보았다. 그녀가 모르는 곳에서 진행되는 모르는 일들이 있지만, 그녀가 걱정할 일은 아니었다.

'빨리 자라야지.'

빨리 자라서 어른이 되면, 아틸과 나란히 빈민가를 돌아다닐 수도 있을 테고, 디아레와 함께 여행을 갈 수도 있을 터였다.

이제 겨울이 한 번만 더 지나가면 그녀도 십 대가 된다. 11세도 12세도 십 대가 아니다. 13세부터를 십 대라고 쳤다.

과거에는 십 대가 되면 성인과 같이 여겼다고 한다. 그래서 특히 오래된 권족같은 경우는 꼭 성인과 동등하게 대우하진 않아도 예전의 전통을 일부 따르는 경우가 많았다. 그때가 되면 지금보다 훨씬 더 할 수 있는 일이 많아지게 되겠지.

기대감에 리리카의 발걸음이 가벼워졌다.

처음에는 압도적인 양에 허우적거렸지만, 이제 하야와의 수업도 익숙해졌다.

봄이 되자 하야에게 인사하고 싶다는 수많은 서신서가 쌓였다. 서신뿐 아니라 전령까지 몇 번이고 보내 하야를 자기 집에 초대하려는 사람들이 많았다.

하야는 '저는 황녀님을 가르치러 왔을 뿐입니다.'라며 모든 초대를 정중하지만 단호하게 거절했다.

리리카가 하야에게 물었다.

"선생님, 그런데 그렇게 단호하게 거절하면 미움을 사는 게 아닐까요?"

"어설프게 여지를 주고 거절하는 것보다는 단호한 거절이 낫습니다. 그리고 그런 걸로 절 미워할 사람이라면 애초에 관계를 가지지 않는 게 낫겠지요."

"하지만 좀 더 부드럽게 거절할 수도 있지 않나요?"

"저는 거절의 이유를 명확히 했습니다."

"그래도, 상대방이 상처받을 수도 있고……."

"어째서요? 저는 황녀님을 가르치러 왔기에 다른 일을 하지 않겠다고 말한 것뿐입니다. 그 행간을 자기 멋대로 생각하는 사람들까지 책임질 의무는 없지요."

하야가 모든 것을 아련하게 반사하는 눈동자로 리리카를 바라보았다.

"너무 많은 생각은 스스로를 잡아먹기도 합니다. 잡념을 버리는 게 좋지요."

"명심하겠습니다."

그동안 느낀 건데, 하야는 꼭 신관 같았다. 생각해 보면 세상과 멀리 떨어진 곳에 모여서 생활한다는 것도 그렇고 수도사와 비슷했다.

그런 이야기를 하니 하야가 살짝 미소 지었다.

"서원을 지키기 위해서 애쓴다는 점에서는 비슷할지도 모르겠군요."

"서원이요?"

"어떤 일을 맹세하고, 그걸 지키기 위해서 노력하는 걸 말하지요."

리리카의 눈이 반짝이기 시작했다. 이런 식의 옛날이야기는 언제나 그녀를 설레게 했다.

"용과 나눴다는 약속 말인가요?"

리리카가 묻자 하야가 놀란 듯 되물었다.

"알고 계신가요?"

"음, 인로와 용 사이에 약속이 있다— 정도밖에 몰라요. 그런데 정말로 있나요?"

"네, 있습니다. 처음 인로가 생겼을 때부터 했던 약속이지요."

"!!"

리리카가 저도 모르게 의자를 더 당겨 책상에 가까이 붙어 앉았다. 하야가 소매로 입가를 가리며 쿡쿡 웃었다.

"궁금하십니까?"

"네, 무척이요."

"저주를 풀어 주기로, 서원했답니다."

"저주요?"

"네."

"무슨 저주인데요?"

"무슨 저주일까요."

리리카는 그 말에 눈을 찡그리고 팔짱을 꼈다. 놀린다고 생각하는 게 아니라 나름대로 답을 찾아보려고 애쓰는 거다.

"음, 글쎄요. 저주……. 음……. 깊은 잠에 빠졌다?"

"아닙니다."

"그러면 다른 모습으로 변했나요?"

하야는 잠시 멈칫했다가 고개를 끄덕였다. 리리카는 "에헴." 헛기침했다.

"동화책을 보면 보통 저주가 그런 거더라고요. 백조로 변하거나, 음, 깊은 잠에 빠지거나— 그런 거요."

자신만만한 목소리에 하야가 고개를 끄덕였다.

"확실히 고전적인 이야기지요."

그렇게 순박한 이야기는 아니지만, 결과는 동화와 같으니 사람 생각이란 게 멀리 돌지 않는 건지도 모르겠다.

문득, 리리카가 궁금해져서 물었다.

"그럼 아직도 용이 어디엔가 살아 있는 건가요? 다른 모습으로?"

"네, 이야기에 따르면요."

"그건 무척 힘들 거 같은걸요. 어떤 모습으로 변했을까요? 역시 백조일까요? 아니면 개구리? 음, 개구리가 된 용은 너무 심한 거 같아요. 하지만 심하니까 저주인 걸까요. 그런데 인로가 어떻게 그 저주를 풀어주나요?"

"그건—"

저도 모르게 답하려던 하야가 입을 다물었다. 리리카가 고개를 갸웃했다. 하야가 리리카를 바라보았다.

"죄송합니다만, 비밀입니다."

"아! 여기서!"

안타까운 곳에서 옛이야기가 멈춘 것처럼 발을 앞뒤로 휘젓다가 리리카는 고개를 끄덕였다.

"인로에게 중요한 이야기일 테니까요, 어쩔 수 없죠."

"네."

그렇다. 분명 중요한 이야기인데— 저도 모르게 이야기할 뻔했다. 아무리 실제로 사람과 부딪치는 건 전혀 다른 이야기라고 하지만.

일족의 비밀을 저도 모르게 일부 알려 버리고, 그 핵심까지 술술 불려고 했다는 점이 무서웠다.

루디아는 충분히 경계하고 있어도 당한다고 한다면 이 황녀님은 뭐라고 해야 할까.

'본의 아니게 술술 말하게 만든다고 해야 할까.'

백 년 동안 침묵 수행을 한 현자도 그녀 앞에서는 저도 모르게 손가락 글씨를 써서 뭔가 이야기를 해 줄 것이다.

악의도 적의도 계책도 모략도 없이 상대방 가장 안쪽의 이야기를 줄줄 내뱉게 만들다니.

'설마.'

빤히 리리카를 바라보다가 하야가 물었다.

"혹시 가지고 계신 아티팩트를 보여 주실 수 있습니까?"

"중요한 물건이라 아무에게나 보여 줄 수 없어요."

"옳은 말씀입니다."

"그러고 보니 인로는 여러 가지 위험한 아티팩트들도 가지고 있다고 들었는데요."

"네, 세상에 풀리면 위험한, 눈 밑에 깊이 잠들어야 할 아티팩트들도 가지고 있지요. 회수해야 할 것들의 목록도 있습니다. 그리고 무엇보다—"

진짜 마법사를 찾고 있다.

하야는 그 말 대신 다른 말을 골랐다.

"운명을 바꿀 수 있는 무언가를 찾고 있습니다."

그는 멈칫했다.

이 말, 분명히 얼마 전에 했다.

'역시 황후마마가 뭔가 열쇠를 쥐고 있는 게 확실한데…….'

그렇다고 용의 심기를 거스르기는 싫었다. 일단 목숨은 소중하게 여기라는 게 가주의 명령 아니었는가.

리리카는 그 말에 눈을 동그랗게 떴다.

"그런 아티팩트도 있나요?"

리리카의 머릿속에는 얼마 전에 보았던 커다란 천구의가 떠올랐다. 별의 움직임을 만들어 놓았던 천구의. 운명의 흐름이란 그런 걸까?

"하지만 운명이 바뀌었다는 건 어떻게 알죠?"

하야는 "글쎄요." 하고 의미심장한 미소를 지어 보였다. 리리카는 더는 알 수 없겠구나, 싶어 고개를 끄덕였다.

지금 들은 것만 해도 남들은 전혀 모르는 인로 가문의 숨은 이야기일 터였다.

인로가 미소 지었다.

"어쩐지 황녀님 앞에서는 자꾸만 이야기를 하게 됩니다. 아무래도 수행이 부족한 듯하군요."

"음, 그만큼 하고 싶은 이야기가 많았다는 거 아닐까요? 비밀로 할 테니까 마음껏 말씀하셔도 괜찮아요. 털어놓는 것만으로도 마음이 시원해질 때가 있잖아요."

작은 황녀님이 진지하게 하는 말에 하야가 쿡쿡 웃었다.

"제안은 일단 마음속에 고이 간직해 두겠습니다."

하야는 잠시 생각에 잠겼다가 리리카에게 말했다.

"참, 황녀님. 여름에는 제가 자리를 비우게 됩니다."

"여름에요?"

"네, 황후마마께서는 알고 계시지만, 아직 황녀님께는 이야기를 못 드렸군요. 날이 따뜻해지면 전 인로 공작가로 돌아갈 예정입니다. 가을이 되기 시작하면 다시 돌아오지요."

"이유를 물어봐도 될까요?"

리리카의 말에 하야가 굉장히 쓸쓸하게 웃으며 답했다.

"추위를 견디기 힘드니까요."

"—라는 말을 어떻게 생각해?"

리리카가 브린과 라우브를 보며 말했다. 아무리 생각해도 하야가 한 마지막 말이 이해가 되지 않았다.

"여름에 추운 곳으로 가는 거잖아? 그런데 어째서 추위를 견디기 힘들다는 걸까. 추위를 잘 타면, 음. 파이처럼 겨울이 되면 남쪽으로 내려가겠다든가……. 따뜻한 곳에 머물러 있으려고 해야 하지 않아?"

그런데 여름에 극북으로 올라가는 이유가 추위를 견디기 힘들어서, 라니.

"극북의 추위를 견디기 힘들어서, 라는 말이 아닐까요?"

브린의 말에 리리카가 고개를 들었다.

"인로가가 그분의 고향일 테니까, 추위의 기준도 그분의 고향에 맞춰져 있겠지요. 극북의 추위를 견디기 힘들다. 그래서 여름에만 올라간다."

"아!"

리리카가 팔걸이를 탁 쳤다.

"브린, 똑똑해! 그렇구나. 난 고향이란 게 딱히 없으니까, 잘 몰랐는데……."

"후후, 황녀님도 수도가 고향이신 셈이지요. 다른 영지에 내려가시면 수도가 그리워지실 걸요."

"그런가?"

"네, 그럼요."

"그럼, 솔은 어때?"

"솔 가문은 귀족이 아니니 영지가 따로 없어요. 황녀님과 마찬가지로 수도가 고향인 셈이지요."

그 말에 리리카의 시선이 라우브에게로 넘어갔다. 브린의 시선도 그에게 향했다.

라우브는 잠시 멈칫하고 눈을 깜박거렸다.

"검은 숲은, 굉장히 아름답습니다."

미소 비슷한 게 라우브의 입가에 살짝 서려 있었다. 그 말만 들어도, 라우브가 굉장히 그 숲을 아낀다는 걸 알 수 있었다.

"그렇구나, 나중에 같이 보러 갔으면 좋겠다."

라우브는 대답 대신 살짝 고개를 숙였다. 리리카는 빙긋 웃고 의자에 푹 기댔다.

"하지만 추위를 견디기 힘들다니. 파이도 그렇고 라트도 그렇게 둘둘 싸매는데……. 선생님도 힘드실 거 같네."

"모든 인로가 그렇지는 않겠죠. 그렇다면 일족이 전부 남하했을 테니까요."

"그러니까 선생님만 다르다?"

"이런 인간이 있다면."

브린이 라우브를 가리켰다. 예전 같으면 움찔하기라도 했을 텐데, 라우브는 미동도 하지 않았다. 안정감이 눈부시게 성장했다. 브린이 라우브를 가리킨 손가락으로 휙 반원을 그려 정반대를 가리켰다.

"반대편의 인간도 있는 법이죠."

"아. 피가 약해진 건가?"

"네."

리리카는 끙하고 한숨을 내쉬었다. 역시 이런 감각은 잘 익숙해지지 않았다.

본인이 권족이 아니니까, 익지 않는 걸지도 모르겠다.

"반대도 슬플 거 같아."

남들과 다르다는 건 똑같다. 게다가 인로는 영지 위치 자체가 특수성이 있으니까…….

브린은 그딴 건 상관없지만, 하는 말투로 말했다.

"그래도 남쪽에 일자리를 얻어 왔다 갔다 할 수 있으니 다행이네요. 이쪽도 여러모로 이득이 되고요. 그쪽에도 그런 이유가 있었다면 납득이 되네요."

감상을 깨끗하게 날려 버리는 이야기였다. 이런 냉정함은 자신에게는 없는 것이니, 브린이 옆에 있어 줘서 다행이었다.

리리카는 하나 더 이점을 찾아냈다.

"그리고 여름 동안은 수업이 쉬는 거니까, 그건 기대된다."

"정말요. 여름에는 실컷 아이답게 뛰어놀아야지요."

브린은 한결 마음이 놓였다. 겨우내 공부하는 걸 봐 왔다. 이렇게 계속된다면 황후마마께 한 번 말씀드려야 하지 않을까 고민했는데, 여름내 쉴 수 있다면 환영이다.

'아아, 공부 열심히 하시는 걸로 걱정이라니.'

브란이 요즘 아틸의 말벗 때문에 위장약을 들이붓고 사는 것에 비하면 파라다이스다.

사랑스러운 주인 덕에 행복한 브린이었다.

"와아—!"

탄성이 저절로 흘러나왔다.

"와아!"

옆에서 디아레도 같이 탄성을 내질렀다.

"굉장하네요, 이게 바다구나!"

짠 냄새가 나는 푸른색 수평선이 끝도 없이 펼쳐져 있었다. 해안가에 가득한 목조주택은 알락달락한 색으로 칠해져 여름 햇살 아래 선명하게 빛났다.

"황녀님, 얼른요!"

디아레가 안절부절못하고 리리카의 팔을 잡아당겼다. 리리카가 모자를 붙잡고 웃으며 디아레와 같이 뛰어 해변가에 다다랐다.

"파도!"

"와!"

새하얀 모래사장에 끊임없이 파도가 달려들었다. 디아레는 물러나는 파도를 따라 달리다가 다시 반대로 파도를 피해 잽싸게 도망쳤다.

"엄청 신기해요."

디아레가 흥분을 주체하지 못하고 소리쳤다. 리리카도 연신 고개를 끄덕였다.

마차로 오느라 오랜 시간 고생했지만, 그럴 만한 보람이 있는 광경이었다.

서부에 위치한 아름다운 바닷가의 산호섬들은 제각기 주인이 있다.

그 섬 중 몇 개가 황제령에 속했다. 황제 부부는 둘만의 자유를 누리시겠다며 다른 섬으로 향했고, 황제령 중에 가장 큰 섬을 리리카와 아틸에게 내어 준 것이었다.

"디아레, 저것 봐. 바닷속에 마차가 있어!"

"어? 그러게요."

의아해하는 두 사람에게 브린이 웃으며 탈의 마차(bathing machine)라고 알려 주었다.

"마차 앞뒤로 문이 달려 있고, 한쪽 문으로 들어가서 수영복으로 갈아입지요. 그러면 마부가 마차를 물 깊은 곳까지 끌어 줘요. 거기서 물속으로 들어가는 거랍니다."

"그냥 걸어 들어가면 안 되나?"

디아레가 씩 웃었다.

"처음에는 알몸으로 수영하려고 만들어졌대요. 알몸으로 해변에서부터 걸어 들어갈 수 없으니까, 깊은 물속으로 재빠르게 들어가 몸을 숨기는 거지요."

"아!"

"하지만 지금은 수영복으로 갈아입고, 바다 밖으로 나오지 않아도 쉴 수 있는 간이 공간으로 편리하게 사용되고 있어요."

"그렇구나. 그럼, 우리도 마차를 타는 거야?"

"음, 저희가 가는 섬에는 마차가 없어요. 저희들뿐이니까, 다른 사람의 시선을 신경 쓸 필요가 없는걸요."

"그렇구나."

어쩐지 아쉬웠다. 바닷속 여기저기 서 있는 마차들은 신기한 풍경이었다.

해안에서 배를 타고 섬으로 이동하기까지는 시간이 걸렸다.

그렇게 도착한 섬은 무척이나 조용하고 아름다웠다. 새하얀 모래사장과 투명한 바다. 유리창이 잔뜩 있는 저택은 이국적 느낌이 가득했다.

하인들도 가벼운 옷차림을 하고 있었다. 선착장에 하루에 두 번 배가 드나든다고 브린이 알려 주었다.

저 해안 끝에 새하얗게 부서지는 건 산호섬이다. 하야가 가르쳐 준 지리를 떠올리며 리리카가 열심히 설명했다.

"저게 큰 파도를 막아 줘서 서쪽의 섬들은 파도가 잔잔한 거래."

디아레는 그 설명에 어쩐지 아쉬운 얼굴이었다. 집채만 한 파도도 보고 싶었는데요. 하며 고개를 흔들었다.

저택에 짐을 풀었다. 안쪽은 등나무로 짠 가구들이 많이 있었다. 리리카와 디아레는 나란히 연결된 방을 골랐다.

아틸도 재즈와 파이를 데려와서 같이 연결되어 있는 방을 쓰는 모양이었다.

재즈는 오는 내내 뱃멀미에 시달려서 지금은 침대에 누워 있다고 했다.

리리카와 디아레는 숙소에 도착하자마자 옷을 갈아입었.

무릎길이 바지와 선원 같은 스타일의 웃옷을 입었다. 브린은 살이 타니까 긴팔이 좋다고 말했지만, 루디아는 "아직 어리고 한때이니 반팔도 좋지 않을까?" 하고 리리카의 편을 들었다. 덕분에 반팔 옷을 입을 수 있었다.

디아레도 리리카와 비슷한 차림이었다. 두 사람은 마주 보고 환하게 웃으며 바닷가로 달려갔다.

해변 앞에 서서 리리카가 디아레에게 목걸이를 내밀었다.

"뭔가요?"

"아티팩트야. 물속에서도 주변이 잘 보이게 해 줘. 숨 쉬는 기능도 들어 있는데……. 꼭 물을 같이 들이마시게 되어서……."

투명한 물빛이 나는 육방 정계 원석 그대로의 아콰마린에 마법을 짜 넣은 것이었다.

"입에 물면 그게 발동 신호야."

"와, 고맙습니다. 황녀님."

디아레는 얼른 목걸이를 목에 걸었다. 리리카도 하나 목에 걸었다. 나머지는 브란에게 맡겨 뒀으니까 아틸 일행에게도 나눠줄 것이다.

"들어가자!"

"가요!"

디아레는 거침없이 첨벙첨벙 바닷속으로 들어갔다. 그런 디아레를 보고 용기를 얻어 리리카도 바다로 들어갔다.

"차가워! 아, 엄청 짜잖아!"

"바닷물은 소금물이라더니 정말 짜요! 웩웩."

"와, 와, 세상에, 와아—"

감탄사가 나올 일투성이다. 바다란 멋진 거구나.

"아, 그래도 시원해서 좋은걸요. 참, 수영할 줄은 아세요?"

"저번에 디아레가 가르쳐 준 정도……."

"바다 수영은 또 다르다지만, 뭐 어떻게든 되겠죠."

시원시원하게 말하고 디아레가 목걸이를 입에 물고 바닷속으로 들어갔다가 나왔다.

"황녀님! 아래 꼭 들어가 보세요! 물고기가 너무 예뻐요!"

"!!"

리리카도 얼른 목걸이를 입에 물고서 물속으로 머리를 집어넣었다. 바닥의 흰 모래에 햇빛이 아롱아롱 비쳤다.

"!!"

돌아다니는 물고기는 작고 알록달록한 빛깔을 띠고 있었다.

그때부터는 수영을 하고, 못 하고는 상관없었다. 리리카와 디아레는 정신없이 바닷속에 들어갔다가 나오기를 반복했다.

깊어지는 구간에는 산호초들이 많았다. 디아레는 능숙하게 그곳까지 헤엄쳐서 들어가고는 했다. 리리카는 아직 발 닿지 않는 곳은 무서워서 들어갈 수 없었다. 하지만 그쪽에 물고기가 훨씬 많았다.

디아레가 같이 붙잡고 들어가 주면 된다고 설득하는데 두 사람 모두 덜미를 붙잡혔다.

"안 들리십니까?"

한숨 섞인 목소리로 라우브가 말했다. 리리카도 디아레도 놀라 고개를 들었다.

"라우브?"

"이럴 수가, 오는 걸 못 느꼈는데."

"노느라 정신없으셔서 그랬지요. 아까부터 계속 브린 양이 부르고 있었는데."

라우브가 쓴웃음을 지었다.

"한참 노셨습니다. 잠시 쉬세요."

해변에는 어느 사인가 천막이 쳐 있었다. 세 사람은 해안가로 걸어갔다. 물먹은 옷이 점점 무거워졌다.

브린이 눈을 찌푸렸다.

"모자도 쓰지 않으시고요."

"하지만 모자를 쓰면 바닷속에 들어갈 수가 없는걸."

리리카의 항변에 브린이 한숨을 내쉬었다. 리리카가 말했다.

"브린, 브린도 들어가자, 응?"

"바닷물은 끈적해서 싫어요. 전 여기서 구경하는 게 더 좋답니다."

"에이."

아쉬워하며 리리카는 천막 그늘에 앉았다. 음료가 끝도 없이 들어갔다.

"배고파……."

"한참 노셨으니까요. 불러도 듣지도 못하시고."

브린이 간식 바구니를 열었다. 치즈가 녹아 흐를 정도로 구운 샌드위치와 잘 구워진 소시지, 튀긴 감자와 닭고기, 차가운 레모네이드 같은 것들이 잔뜩 나왔다.

한참을 먹고 마시니 몸이 축 늘어졌다.

"먹고 바로 물에 들어가시면 안 돼요."

"응."

디아레와 같이 해변을 걸으며 조개껍데기나 밀려온 산호 조각을 줍는 것도 즐거웠다.

아틸이 파이와 재즈를 데리고 해변으로 내려왔다. 그가 리리카를 보고 웃음을 터트렸다.

"완전히 소금투성이잖아?"

그가 손을 뻗어 리리카의 말라붙은 뺨과 팔의 소금기를 털어내 주었다.

"어때? 바다는 마음에 들어?"

바다가 제 것인 양 말하며 묻는 아틸에게 리리카는 고개를 연신 끄덕여 보였다. 어떤 물고기를 봤는지, 바닷속에서 자신이 제법 몸을 띄웠다든지 하는 이야기를 늘어놓았다.

아틸이 고개를 끄덕였다.

"더 깊은 곳으로 가면 바다거북이나, 작은 상어나, 아니면 커다란 가오리도 볼 수 있어."

"!!"

리리카는 움찔하고 당황했다.

"무서울 거 같은데, 궁금하고, 그래도 무서울 거 같은걸요."

아틸이 웃었다.

"나중에 마음 내키면 데려가 줄게. 나도 이 선물을 받았으니까, 이제 편하게 볼 수 있겠지."

아틸이 목걸이를 손가락으로 가볍게 튕겼다. 파이가 고개를 숙였다.

"감사합니다, 황녀님. 매번 받기만 하네요."

"어휴, 뭘 이런 걸 다~"

"응, 재즈는 멀미는 좀 나았어?"

"그 약은 못 쓰겄네. 나가 낫기는 했는디 맛이 영 아니여."

리리카가 어쨌든 다행이다, 하고 고개를 끄덕였다.

일행이 늘어나자 바다는 더욱 즐거워졌다. 아틸이 가져온 공으로 공놀이를 하기도 하고, 바닷속에서 경주를 하기도 했다.

씻을 때는 머리카락이 놀랍도록 뻣뻣해져 있었다. 모래가 끊임없이 나왔다. 브린이 왜 '바닷물은 끈적해서 싫어요.'라고 했는지 알 것 같았다.

저녁을 먹자마자 너무 졸려 꾸벅꾸벅 졸다가 초저녁부터 잠들어 버렸다.

"황녀님, 황녀님."

누군가가 리리카를 흔들어 깨웠다. 온몸이 무거워서 리리카는 일어

14장 당신의 행복을 위하여   115

나기 싫었다.

"으응……."

돌아누우니 "아이참." 하고 디아레가 그녀를 잡아 일으켜 세웠다.

브린은 절대로 하지 않는 난폭한 깨우기였다.

"아, 어…… 왜애……?"

"어휴, 안 되겠다. 제게 업히세요."

"으응……?"

디아레의 등에 업혀 깜빡 졸았다. 디아레가 그녀를 흔들고 말했다.

"잠깐만 눈떠 보세요."

"으으……."

리리카는 가느다랗게 눈을 떴다. 눈을 깜박이고—

"어?!"

디아레의 등에서 벌떡 몸을 세웠다. 어느 사이인가 둘은 해변가로 내려와 있었다.

리리카가 탄성을 질렀다.

"바, 바다가 빛나고 있어!"

"엄청 예쁘죠? 멋있죠?"

디아레가 밝고 환한 목소리로 말했다. 파도가 칠 때마다 바다가 점점이 빛났다.

별들이 그대로 내려앉은 것 같은 모습이었다.

"와, 와아, 디아레, 나 내려 줘."

"네."

디아레가 조심스럽게 리리카를 내려 주었다. 맨발에 잠옷 차림이지만

이 섬에는 아무도 없으니 상관없다.

조심조심 빛나는 바다에 발을 담가 보았다. 파도가 몰아치고 그녀의 발목 근처에서 밝게 빛나다가 물러났다.

너무 아름다워서 눈물이 날 것 같았다.

"굉장해……."

세상에는 이렇게 아름답고 멋진 것들이 많구나.

"어머니랑 아버지도 보고 계실까?"

"그럼요."

디아레가 너무 당연하다는 듯 말해서 리리카는 웃음이 나왔다.

'피요도 이 광경을 알고 있을까? 같이 보면 좋겠다.'

"오늘 보여 드렸으니까 됐어요. 브린이 그러는데 바닷바람에도 소금기가 있어서 끈적끈적해진대요."

"벌써 들어가?"

"내일 또 보면 되지요."

당장 보러 와야 한다고 나오고, 봤으니 됐다. 하고 들어가는 점이 디아레답게 깔끔하다.

"업히세요. 맨발이시니까."

디아레가 그녀를 가볍게 업고는 길을 올라갔다.

"디아레는 어떻게 알았어?"

"아틸 전하께서 알려 주셨어요. 황녀님께서 주무시니 내일 같이 내려가자고 하셨는데, 들으니까 참을 수가 있어야지요. 창문으로 내다보고 얼른 황녀님을 데리고 왔지요."

"음, 그럼 내일 놀란 척을 해야겠다."

14장 당신의 행복을 위하여

리리카의 말에 디아레가 웃었다.

바닷가 생활은 놀랍도록 방탕했다. 느지막이 일어나서 아침을 먹고 섬을 탐험하고, 낮잠을 잔다.

낮잠 후에 해변으로 내려가서 실컷 놀고, 저녁을 먹은 후에 노을을 보거나 다시 놀거나, 책을 읽거나 하고 밤에 아름다운 광경을 보러 해변으로 향했다.

처음에는 밤 수영이 무서웠는데, 다 같이 들어가니 용기가 났다.

팔로 휘저으면 밤바다가 반짝반짝 아름답게 빛났다.

용기를 내서 다 같이 깊은 바다로 가기도 했다. 리리카는 바다거북을 보고 하루 종일 거북이 이야기를 했다.

아니면 온종일 새하얀 침대 위에서 디아레와 함께 뒹굴며 두서없는 이야기를 하기도 했다.

'정말 너무 행복한 거 같아.'

한숨을 내쉬며 리리카가 천천히 정원을 걸었다. 모처럼 혼자 걷는 산책길이었다.

이 섬은 민물이 나오는 샘이 있어서, 그 주변을 분수대처럼 아름답게 꾸며 두었다.

그 근처에 재즈가 앉아 있는 게 보였다.

"아, 재즈."

재즈가 자리에서 일어나 꾸벅 고개를 숙였다.

"뭐 하고 있어?"

"노을 쪼까 보고 있었소."

재즈가 해안가를 가리켰다. 서쪽의 섬인 만큼 낙조가 굉장히 아름다웠다.

"재즈의 머리카락 같은 색이네."

"픕—"

이상한 소리에 돌아보니 재즈가 웃음을 꾹 참고 있다가 리리카와 시선이 마주치자 웃어버렸다.

"아따 남사스러브러야."

"하지만 정말로 닮았는걸. 예쁜 머리카락 색이야."

리리카가 주장을 굽히지 않자 재즈가 고개를 끄덕였다.

"좋고마이. 나가 태나서 첨으로 머리카락 칭찬을 다 받고만."

그가 씩 웃었다. 두 사람은 색이 변해 가는 하늘을 바라보았다. 푸른색과 주홍빛, 강렬한 붉은빛과 황금색. 곧이어 보라색과 분홍빛이 뒤엉키고 남빛 하늘이 동쪽에서부터 서쪽으로 낙하한다. 이끌리듯 별이 하나둘씩 빛나기 시작하고 하늘이 완전히 어두워졌다.

멀리서 파도 소리가 들렸다.

"황녀님."

"응?"

"안 힘드요?"

리리카가 그를 돌아보았다. 재즈가 물끄러미 그녀를 바라보며 말했다.

"말허는 것도 다르고, 생각허는 것도 다르고 황자님 말벗 하는 저가

할 말은 아니지만은 여서 사는 거시 그닥 좋은 거슨 아닌 것 같은디요."

그의 얼굴은 진지했고, 리리카 표정의 흔들림을 놓치지 않겠다는 듯 시선이 똑바로 고정되어 있었다.

"응, 글쎄, 쉬운 건 아니지만, 그래도 그렇게 어렵지만도 않아. 게다가 내가 사랑하는 사람들과 함께 있는걸. 그게 가장 중요한 거야."

재즈가 맥이 풀린 듯 웃었다.

"그라믄 다행이지라."

리리카가 "아." 하고 웃었다.

"존 아저씨지? 아저씨는 맨날 걱정이 많으시단 말이야."

"아이지라."

"응?"

재즈가 자리에서 일어났다.

"진짜 기억을 못 허고만. 그짝이 늘 아저씨 아저씨 허고 두목만 보는 것을 알았지만."

"어? 우리 본 적 있어?"

"오매."

재즈가 웃었다.

"아이여요. 아따 여그까정 말했는디 모르믄 나도 모르제."

"으음······."

리리카는 팔짱을 꼈다. 사실 그때는 주변을 돌아볼 여력이 없었다. 어떻게든 두 사람을 먹여 살려야 한다는 생각에 꽉 차서 일하기에 바빴다.

끙끙거리는 리리카를 재즈는 저택까지 바래다주겠다고 나섰다.

"뭔가 힌트를 더 줘 봐."

"……."

"정말로 안 줄 거야?"

내려오는 내내 이런저런 질문을 던져 봤지만, 재즈는 입을 꾹 다물고 아무런 말도 하지 않았다.

결국 리리카는 포기했다.

'기억나면 나는 거고, 안 나면 안 나는 거지. 뭐.'

이런 건 생각하려 하면 더 안 난다. 방으로 돌아와 디아레와 함께 저녁을 먹으러 나왔다.

"어라? 아틸은? 설마 아직도 수영 중이야?"

리리카의 질문에 파이가 고개를 설레설레 흔들었다.

"뭔가를 꼭, 직접 사셔야 한다고 저녁 배를 타고 나가셨어요."

"정말? 대체 뭘 사려고?"

"글쎄요."

파이가 다시금 한숨을 내쉬었다. 재즈는 황당하다는 표정이었다.

"뭐시여, 날 두고 간 겨? 당최 머 하는 사람인 겨"

말벗이자 호위인 자신을 두고 가면, 자신이 여기까지 왜 따라왔겠는가?

파이가 턱을 괴었다.

"넌 겪어 보고도 모르냐."

"아따. 거시기 해 블고만!"

재즈가 짜증난다는 듯 머리를 마구 헝클고 한숨을 팍팍 내쉬었다. 다음부터는 절대로 눈을 떼지 않겠다고 다짐했다.

저녁 식사 후에 디아레가 라우브에게 말했다.

"저기, 요즘 계속 몸 근질근질하지 않아요? 한판 하지 않을래요?"

라우브가 물끄러미 디아레를 보았다. 그녀가 투덜거렸다.

"송곳니에 도전하고 싶은데, 가주님이 계속 안 된다고만 하고. 그쪽에 한 방 먹일 정도면 도전할 수 있을 거 같아서."

모처럼 주변에 방해될 것도 없고, 하고 디아레가 빤히 라우브를 본다. 라우브는 여전히 대답이 없었다. 모두가 흥미진진한 눈으로 대답을 기다렸다.

라우브가 리리카를 바라보았다. 리리카가 웃었다.

"하고 싶은 대로 해."

디아레가 "에잇, 황녀님 핑계로 피하지 말고요." 하고 거침없이 말했다. 라우브가 자리에서 일어났다.

"좋지."

"야호!"

디아레가 대번에 자리에서 벌떡 일어났다.

"옷 갈아입고 해변에서 봐요!"

순식간에 자리가 마련되었다. 해변가에서 대련을 위한 편한 옷으로 갈아입은 디아레가 팔을 빙빙 돌리며 준비운동을 하기 시작했다.

연습용 목검 두 자루가 모래밭에 푹 꽂혀 있었다. 이 저택은 없는 게 없나 보다.

흥미진진한 표정으로 파이와 재즈가 나란히 섰고, 리리카 옆에는 브린이 보라색 등불을 들고 서 있었다.

솔가의 아티팩트라는데, 지금도 등불의 정체는 비밀이었다. 오늘 밤 브린의 머리 장식은 자수정이었다. 달빛에도 마법의 자수정은 다이아몬드보다 더 찬란하게 빛나며 보랏빛이 강렬한 무지개 휘광을 뿌렸다.

리리카가 살그머니 브린에게 물었다.

"그런데 목검으로 괜찮아? 두 사람 힘이면 목검이 부러질 거 같은데."

"그걸 조절하는 정도로 싸우지 않으면 이성을 잃어버릴 테니까요."

브린의 대답에 리리카는 '아하' 하고 고개를 끄덕였다.

"먼저 목검이 부러지는 쪽이 지는 거지요."

"얌전한 싸움이네."

"일단 첫판은요."

리리카는 고개를 끄덕였다. 브린이 동전을 튕겨 올렸고 둘 사이 바닥에 동전이 떨어지는 걸 신호로 격돌했다.

'어라?'

리리카는 순간 기척을 느꼈다. 시선이 정원을 향했다.

"브린, 나 잠깐만."

리리카의 말에 브린의 눈매가 가늘어졌다가 곧 고개를 끄덕였다.

"알겠습니다."

리리카는 슬쩍 몸을 뒤로 빼 저택으로 향했다. 이국적 정원의 한 가운데. 새하얀 꽃이 피어있는 나무 아래에 피요르드가 서 있었다.

"피요!"

반가운 마음에 한달음에 다가가니 피요르드가 미소 지었다.

"여기까지는 어떻게 왔어? 아니, 알겠지만 대답하지 말아 줘."

리리카의 말에 피요르드가 쿡쿡 웃었다.

"주변이 다 물이라서 고생했어요. 꽤 시간이 걸렸지요."

"그럼 오지 않아도 괜찮은데."

리리카의 말에 피요르드의 어깨가 살짝 처졌다. 리리카가 피요르드의 손을 꼭 잡았다.

"하지만 난 기뻐. 있지, 피요. 여기 해변이 빛나는 거 알아? 보여 줄까? 아니, 보러 가자."

피요르드가 웃었다.

"네, 기꺼이요."

"아, 맞아. 잠깐만 기다려 봐. 저택에서 램프를 가져올게. 반대쪽 해변으로 내려가는 길은 깜깜하거든."

리리카가 후다닥 저택 쪽으로 뛰어갔다. 그 모습을 지켜보는데 목 아래 서늘한 칼날이 느껴졌다.

"니 머여?"

피요르드는 살짝 뒤를 돌아보았다. 독특한 억양만 들어도 누군지 알겠다.

"무기를 가지고 있지 않은 상대에게는 덤비는 게 아니라는 말은 못 들었나요?"

"그거슨 그짝들 야기고 난 모르제."

"아뇨, 예의범절의 문제가 아니라."

피요르드가 손을 들어 올렸다.

"!!"

순간 뭔가가 칼날을 쳐냈고, 이어 허공을 가로지르는 소리에 재즈가 뒤로 물러났다.

'퍽.'

작은 소리와 함께 돌바닥에 찍힌 자국이 났다.

"무기를 들지 않고 돌아다니는 사람은 그만한 뭔가가 있다는 뜻이지요."

재즈의 손안에서 칼이 한 바퀴 휙 돌았다. 역수로 칼을 잡고 재즈가 흐 웃었다.

"인자 알겄고만."

"아! 재즈! 잠깐만!"

저쪽에서 램프를 들고 오던 리리카가 목소리를 높였다. 그녀의 발걸음이 빨라졌다.

"이짝으로 오지 마쇼잉."

재즈가 손을 들었다. 리리카는 그 자리에 멈춰 섰다. 하지만 말은 멈추지 않았다.

"내가 아는 사람이야."

"낯짝 반지르르헌 거시 바다에서 올라온 요물 같고만."

순간 리리카가 뭐라고 말해야 하나 하는데 재즈가 말했다.

"옛적부터 생각혔는디, 황녀님은 몸을 오지게 안 사렸쑀네."

피요르드의 눈이 가늘어졌다.

'옛적부터'라는 말이 거슬렸다. 그가 빈민가 출신인 건 알고 있었다. 그의 울새 황녀님도 마찬가지다. 예전부터 아는 사이였나?

"그라믄 쓰것소?"

"아니, 제대로 사리고 있는데…….."

"글고만?"

웃고 재즈가 땅을 박찼다. 아! 하고 리리카가 몸을 앞으로 기울였다가 멈췄다.

소리쳐서 멈추고 싶은데, 소리치면 분명히 아래까지 다 들릴 것이다. 전원이 우르르 몰려오면 곤란해진다. 리리카가 발을 동동 굴렀다.

"잠깐, 둘 다 그만해."

피요르드는 무기 대신에 허리춤에 장식용으로 차고 있던 은제 사슬을 사용했다. 벨트와 함께 끼우는 장식이라 가느다란데도 재즈의 칼과 부딪치면 묵직한 소리가 났다.

사슬이 칼날을 휘감아 당겼다.

재즈가 손목을 비틀었다. 이러면 은제 사슬 따위 간단히 끊겨야 하는데 끊기지 않았다.

뭐든 수작질을 하고 있는 게 틀림없었다.

교착상태에서 눈빛이 오갔다. 피요르드는 귀찮았다. 황태자의 말벗이니 죽일 수도 없고, 심하게 부상을 입히는 것도 불가능했다. 한 번에 기절시켜 버릴까, 싶었는데 그러기에는 미묘하게 실력이 좋았다.

발차기가 날아온 걸 피하며 사슬을 풀고 튕겨냈다.

간격을 두고 멀어졌다가, 다음 순간 격돌하려는데,

"그만하라니까!"

리리카가 중간에 휙 끼어들었다.

"?!"

"!!"

아슬아슬하게 둘의 공격이 멈췄다. 리리카가 둘 사이에서 당당하게 말했다.

"위험하게 무슨 짓이야?"

그 말을 들은 둘은 한순간 어이없다는 표정을 짓더니 동시에 입을 열었다.

"이쪽에서 할 말입니다!"

"지금 뭐 하는 짓이야!"

"둘 사이에 끼어들다니 제정신이신가요? 크게 다쳤을 수도 있습니다!"

"방금까지 몸 사린다고 하지 않았어? 내가 대체 뭘 들었던 거야? 어이가 없네."

둘이 동시에 와다닥 쏟아내고, 리리카와 피요르드가 씩씩거리는 재즈에게 시선을 주었다. 재즈가 혀를 찼다.

"말이 험하게 나와서 죄송합니다."

"어, 아니, 재즈……. 표준어 잘 쓰잖아?"

"예의 차리기 시름께 요로코롬 말하죠. 이라고 말하믄 싸가지 없어도 다들 뭔 말 안 헌께."

그가 비밀을 들킨 듯 웃지만, 눈이 웃고 있지는 않았다. 능숙하게 남부 억양을 쓰다가 재빠르게 다시 표준어로 말했다.

"하여간 이게 무슨 짓입니까."

그가 다시 말하자 리리카가 눈을 가늘게 떴다. 잔소리를 들어 줄 생각이 전혀 없었다.

"그건 내가 그만하라고 했을 때 둘 다 그만했으면 됐던 게 아닐까?

"자, 이쪽은 내 친구인 피요르드 바라트야. 이쪽은 아틸 전하의 말벗인 재즈."

하, 한숨을 내쉬고 재즈가 칼을 빙글 돌려 등 뒤에 꽂아 넣었다.

"김이 팍 새 부럿네. 알아서 처신하소."

재즈가 한숨을 내쉬고 자리를 떴다. 리리카도 한숨을 내쉬었다.

'엄청 재즈다운 이유이기는 하다. 표준어가 줄줄 나오는 게 충격적이었어.'

화나면 표준어가 나오는 건가? 갸웃하고 리리카는 피요르드에게 돌아섰다.

손님에게 무례는 무례다.

"미안, 피요르드."

"아닙니다. 제가 사과를 할 일이죠. 이런 폐쇄된 공간에 갑작스럽게 등장한 인물은 위협적이니까요."

"폐쇄?"

"섬은 나가기도 들어오기도 쉽지 않으니, 폐쇄된 공간이지요."

그가 묘한 표정으로 한숨을 내쉬었다.

"그 정도에 발끈하다니, 저도 아직 부족하네요."

"뭐가? 재즈가 뭐라고 했어?"

"아닙니다."

피요르드가 웃었다.

"그럼 보러 갈까요? 바다가 빛난다고 하셨죠?"

"아, 응. 이쪽이야!"

리리카가 얼른 그의 손을 붙잡고 걷기 시작했다. 램프를 들고 걷는 리리카를 피요르드가 내려다보았다. 사실 오늘 이렇게 만나러 오는 건 안 될 일이다. 이런 식으로 만나러 와서는 안 된다.

하지만 만나러 오지 않고는 견딜 수 없었다.

왜 황후가 '조심하라'고 하셨는지 알 것 같았다. 그분이 어떻게 아셨는지는 모르겠지만 말이다. 동시에 점점 미궁 속에서 빠져나올 수 없는 기분이었다.

어쨌든 그는 바라트다.

피요르드는 리리카를 바라보았다.

그녀와 약속하지 않았다면.

그녀가 자신을 붙잡지 않았다면.

마격총 한 방에 모든 걸 끝냈을 터였다. 그러니까 눈으로 확인하고 싶었다.

자신이 살아 있는 이유, 살아가고 싶은 이유를.

"어때, 굉장히 예쁘지?"

반짝이는 파도를 배경으로 그녀가 환하게 웃어 보인다. 바닷바람에 풍성한 치맛자락이 휘날린다. 손에 든 유리 램프가 온화하게 빛나고 있었다.

푸른빛으로 반짝거리는 파도가 무수히 부서지는 소리를 냈다.

"네, 무척."

그는 눈이 부신 듯 눈을 가늘게 떴다. 숨통이 트이는 기분이었다. 질척이는 늪 속에서 발견한 빛은 언제나 이렇게 빛나고 있었다.

"아름답습니다."

피요르드의 말에 리리카는 의기양양한 얼굴이 되었다.

"그렇지? 예쁘지? 꼭 피요랑 보고 싶었어. 같이 봐서 기뻐."

리리카와 피요는 나란히 발자국을 찍으며 해변을 걸었다. 피요르드가 램프를 대신 들어 주었다.

섬에서 어떤 일이 있었는지 이런저런 이야기를 했다. 바다거북을 만난 이야기도 빼놓을 수 없었다. 커다란 원을 양팔로 그리며 흥분감에 찬 높은 목소리로

"이렇게 큰 거북이었어!"

하고 말하는 걸 들었다. 리리카의 말이 그의 안에서 울릴 때마다 수천 개의 빛나는 입자들로 쪼개져 그를 감싸는 기분이었다. 눈송이처럼, 그렇지만 따뜻하게 마음속에 쌓였다.

이거면 됐다.

가서 또 싸울 수 있다.

"리리."

"응?"

"작별 인사는 하지 않을래요. 또 만나러 오고 싶으니까."

리리카는 "벌써?" 하고 아쉬운 표정을 지었지만, 피요르드의 얼굴을 보고 뭔가 깨달은 듯 고개를 끄덕였다. 리리카가 작게 말했다.

"알았어. 그럼 돌아서 있을 테니까. 잠깐만 안녕이야."

리리카가 빙글 돌아섰다. 그녀의 작은 등을 피요르드가 한참 바라보았다.

작별 인사를 하고 싶지 않다. 작별 인사를 하게 된다면, 다시는 만나지 못하게 될 것 같았다. 하지만 돌아선 그녀의 등을 보니 마음속이 쓰려왔다.

이쪽을 봐 주었으면, 그리고 인사를 했으면.

스스로도 모순되는 감정이라, 그는 떠나지 못하고 그녀의 등을 바라보았다. 리리카는 그가 떠나지 않은 걸 안 것처럼 등 뒤로 말을 던졌다.

"수도에서 봐."

작별인사가 아니라, 다시 만나자. 라는 약속의 말.

피요르드는 그녀는 어쩜 이렇게 그가 원하는 말을 골라 해주는지 신기하기만 했다. 주먹을 꽉 쥐고 막힌 숨을 내쉬며 대답했다.

"네. 수도에서."

다시 볼 수 있다. 다시 만날 수 있다. 아니, 다시 보기 위해서 그는 모든 수단을 동원하겠다고 결심했다. 그러려면 빠르게 움직이는 게 좋다.

리리카는 잠시 후, 뒤를 돌아보았다. 파도치는 바닷가에 남은 건 그녀 혼자뿐이었다.

'조금 쓸쓸한가.'

하지만 피요르드는 그녀보다 더 쓸쓸해 보였다.

'하지만 다시 만날 테니까.'

그때 저쪽이 소란스러워졌다. 디아레와 라우브 싸움에 승패가 갈린 건가, 하고 리리카가 발걸음을 빠르게 옮겼다.

대련은 라우브의 승리로 끝났다. 라우브가 리리카 앞에 머리를 숙였다.

"죄송합니다."

"어라, 라우브 경이 죄송할 건 없죠. 정당한 대결이었어요. 황녀님. 저야말로 죄송해요."

디아레가 고개를 휘휘 저었다. 그렇게 말하는 디아레는 팔이 부러져 부목을 감고 있었고, 눈에는 멍이 들어 있었다.

"이 정도면 감지덕지죠."

"대체 어떻게 싸운 거야?"

"으히히."

디아레가 웃었고 라우브는 더욱 고개를 푹 숙였다.

"라우브가 사과할 일은 아니지, 디아레도 이렇게 말하고. 괜찮아. 황실 특제 연고면 금방 나으니까."

"맞아요, 맞아요."

디아레가 맞장구쳤다. 그녀가 눈을 부릅뜨고 말했다.

"이제 좀 알 것 같아요. 저에게 부족한 건 무엇보다 팔다리 길이예요. 한 2년만 더 지나면, 길이가 딱 되지 않을까요."

"길이 문제야?"

"길이는 중요해요."

디아레의 단호한 말에 리리카는 묘하게 납득되어 고개를 끄덕였.

다음 날 돌아온 아틸이 디아레와 라우브가 대련했다는 이야기를 듣고 무척 아쉬워했다.

"아, 하필 나 없을 때. 한 판 더 붙어 볼 생각 없어?"

"이 상태로는 무리예요."

디아레가 삼각건을 맨 팔을 흔들어 보였다. 아틸이 "그건 그래."하고 아쉬워했다.

리리카가 물었다.

"뭘 사러 다녀오신 거예요?"

"오늘 밤을 기대해도 좋아. 마지막 날은 화려하게 장식해야지."

아틸의 말에 밤을 기다리는 게 어려워졌다. 거기다가 벌써 섬에서 지내는 시간이 끝이라니 놀라웠다.

한밤중이 되자 모두가 해변에 모였다. 아틸이 "짜잔!" 하고 막대기를 들어 올렸다.

"마정탄이야."

"마정탄이요?"

"그래, 마정석에 특수 가공을 한 거지. 자 봐, 이걸 이렇게 하면."

허공을 향해 치켜들고 뒤쪽의 줄을 힘껏 당겼다.

'피잉—'

광탄이 꼬리를 끌고 올라가더니 폭발했다. 마치 국화 꽃잎이 단번에 터져 나오는 것 같은 모양새였다.

"와아—!!"

저절로 탄성이 흘러나왔다. 아틸이 모두에게 막대기를 나눠 주었다.

번갈아가며, 또는 함께 줄을 힘껏 잡아당겼다.

크고 작은 불꽃들이 밤하늘에서 찬란히 빛나다가 가루가 되어 사그라 졌다.

"어때, 굉장하지?"

"네, 엄청 굉장해요!"

빨개진 뺨으로 눈동자에 불꽃을 가득 담고 말하는 리리카를 보고 아틸은 웃었다. 리리카가 그를 꽉 끌어안았다.

"맨날 맨날 고마워요, 아틸. 나 정말로 이번 여름은 잊지 못할 거 같아요. 불꽃놀이도, 깊은 바다로 데려가 준 것도, 밤바다도 전부 아틸이 아니었으면 못 했을 거예요."

"뭐, 오라비로서 이 정도는 당연하지."

"당연한 건 하나도 없어요."

리리카가 품에서 고개를 번쩍 들며 말했다. 아틸은 씩 웃고 리리카를 마주 안았다.

리리카는 품 안에서 하늘을 올려다보았다. 반짝이는 불꽃이 연속으로 터졌다.

다시금 탄성이 터져 나왔다.

그런 아이들을 루디아와 알테어스가 허공에서 지켜보고 있었다.

"정말로 우리가 안 보이는 거 맞아요?"

"맞아."

알테어스에게 한 팔로 가뿐히 안겨 루디아는 터지는 불꽃을 바라보았다.

이렇게 가까이서 보는 건 처음이었다. 마력으로 만들어진 빛은 열을 포함하고 있지 않아 스쳐도 그저 반짝거리며 사라질 뿐이었다.

"어쩐지 이 각도 조금 우습지 않아요?"

"뭐가?"

루디아가 쿡쿡 웃으며 알테어스를 바라보았다.

"왜 사람이 죽으면 위쪽을 가리키잖아요. 하늘에서 엄마, 아빠가 지켜보고 있어, 라든가. 지금 딱 그 각도라고 생각했어요."

"하늘에서 지켜봐 주는 부모역인 건가?"

"그런 느낌이라고요."

루디아가 그러며 아래를 내려다보았다. 재잘재잘 아틸과 대화하는 리리카가 보였다.

알테어스가 말했다.

"한 가지 궁금한 게 있는데."

"뭔가요?"

"내가 사람을 죽이는 걸 봤잖아?"

"봤죠."

그야말로 압도적으로 죽이는 모습이었다. 개미를 죽이는 인간, 같은 게 아니었다. 인간이 개미를 죽일 때는 잘 들여다보고 발에 힘껏 힘을 주게 된다. 아니면 물을 가져오든가 뭔가 행위를 한다.

그보다는 그녀가 분노해서 화장대를 쓸어버릴 때와 비슷했다. 와장창 소리를 내며 화장대의 물품들이 다 떨어지면 씩씩거리다가 그 자리를 뜬다. 화장품 병이 다 깨졌는지 아닌지 알 바가 아니다.

잠시 후면 시녀들이 깨끗이 정리해서 다시 화장대를 정렬하고, 새 제품을 꺼내놓을 테니까.

딱, 그 정도의 느낌이었다.

"그런데도 잘도 나에게 계약결혼을 하자고 말할 생각을 했군."

"오히려 그러니까, 였다고 생각해요."

알테어스가 루디아의 말에 의아한 표정을 했다가 곧 픽 웃었다.

"인간이 아니니까 말이지."

"네, 인간이 아니니까요. 그야 무섭고 두렵지만, 당신에게 나쁜 계약 조건이 아니잖아요."

"그렇지."

"그러니까 될 거라고 생각했어요."

"그럼 내가 그전에도 결혼한 적 있는 건가?"

루디아가 피식 웃었다.

"있어요. 정말 뜬금없는 사람을 데려와서 결혼하겠다고 하고, 지금과 비슷했죠. 다른 점은……."

루디아가 의미심장한 미소를 지었다.

"이때쯤 임신 소동이 있었다는 걸까요."

"뭐, 잠깐, 그거—"

"네, 황제 폐하의 아이가 '짜잔' 태어났답니다. 놀랐지요."

알테어스는 어이가 없어졌다. 그가 항의하듯 말했다.

"말도 안 돼."

"네, 인간이지만 용이니까요. 알고 있어요. 그래서 계약조건에도 넣었잖아요."

"……그랬지."

알테어스가 한숨을 내쉬었다. 루디아가 터지는 불꽃을 바라보며 말했다.

"휴가 와서 할 이야기는 아니지 않나, 싶지만요."

"내일이면 끝이야."

"그럼 내일 이야기해요."

알테어스가 루디아를 빤히 바라보았다. 시선에 의아해하며 루디아가 물었다.

"왜 그래요?"

"요즘 점점 더 아름다워지는 거 같아서."

푸른색 눈이 동그래졌다가, 곧 목을 살짝 젖히며 웃음을 터트린다. 드러난 새하얀 목덜미를 물고 싶다는 욕망을 알테어스는 꿀떡 삼켰다.

'오늘은 편안히 보내기로 했으니까. 참자.'

휴가 마지막 날이니 피로가 풀리게 해 줘야 하지 않겠는가.

마지막 마정탄인 듯 아이들이 소란스럽게 커다란 마정탄을 가지고 오는 게 보였다.

목소리도 여름밤 하늘에 잘 울려서 아틸이 큰 목소리로 기대하라고 하는 게 들려왔다.

'팡!!'

커다란 광탄이 쏟아져 올라갔다. 알테어스와 루디아가 있는 곳을 지나 더 높이 올라갔다.

높이 올라간 광탄이 순간 작은 점처럼 줄어들었다가 눈이 멀 정도로 밝은 빛으로 폭발했다.

이 정도면 다른 섬에서도 보일 크기였다. 터져 나온 불꽃이 다시 작은 불꽃들로 연속해서 밤하늘을 수놓았다.

떨어지는 빛 가루 속에서 여름밤이 천천히 끝나갔다.

피요르드는 낡은 오두막을 향해서 마정탄을 쏘았다. 놀이를 위해 만들어진 물건과는 또 다른 마정탄이었다. 피요르드가 가지고 있는 마정탄은 고열을 내도록 마정석을 가공한 물건이었다.

바라트 영지 구석에 위치한 낡은 오두막은 그가 찾아냈을 때는 이미 모든 게 끝난 후였다.

피요르드는 문지기와 백골, 실험기록만 찾아냈다. 그리고 이제 그 모든 게 불꽃에 휩싸이고 있었다.

바싹 마른 목조주택은 마정탄의 화력에 금방 활활 타오르기 시작했다. 창문으로 나온 불길이 짚으로 된 지붕에 옮겨붙었다.

피요르드는 서서 오두막이 불에 타오르는 걸 바라보았다. 바라트령 구석에 위치한, 작은 오두막은 오늘로 소실되었다.

자신이 이런 짓을 하고 다니는 걸 바라트 공작이 안다면 뭐라고 할까?

'어쩐지 아무런 말도 하지 않으실 것 같군.'

서류 내용을 떠올리고 그는 쓴웃음을 지었다. 어디까지나 포식자는 공작이고 자신은 손바닥 안의 쥐였다.

'하지만 반대로 생각하면 아직 여지가 있다는 뜻이지.'

탈출은 쉽다. 하지만 그런 쉬운 방법을 택하지는 않을 것이다.

산산조각 나지 않겠다고, 리리카와 약속했으니까.

불타오르는 오두막 지붕 위에서 피잉 하는 소리와 함께 작은 불꽃이 올라갔다. 시선을 하늘로 돌렸다. 리리카와 보았던 하늘과 같은 밤하늘이었다.

알테어스는 정리된 내용을 대강 훑어보았다.

"미친놈들."

피식 웃으며 말하니 루디아의 눈이 가늘어졌다.

"그때는 제법 가능성이 있었단 말이에요."

"내가 용이 아니었다면 말이지."

"당신이 용이 아니었다면 말이죠."

루디아가 그렇게 말하며 일인용 의자에 느긋하게 몸을 기대었다.

"울프가도 그렇고 황령의 대부분은 북쪽에 위치하니까요. 남쪽에서 반란이 일어나면, 단거리로 군사를 보내기 위해서는 바라트 령을 거치는 게 빠르죠. 반대로 서쪽의 에펜투스령을 거치는 것도 나쁘지는 않지만, 어쨌든 중립을 지키는 영지를 지나가는 것도 기분이 묘한 일이죠."

"산다르가 배신할 줄은 몰랐는데."

"딸 때문이에요."

"그걸로 가문이 망해도 좋다고?"

"당신이 용인 걸 몰랐으니까요."

알테어스는 눈을 찡그렸다. 루디아가 말했다.

"하지만 지금은 상당히 비틀린 상태라서 바라트가 어떻게 나올지 모르겠군요. 서쪽은 이번에 휴가 때는 싹싹했지만."

"당분간은 그냥 지켜보는 게 좋겠군."

"그리고 좀 기분 좋게 충성할 수 있게 해 줘요."

14장 당신의 행복을 위하여 139

"뭐?"

"어차피 뭔가 이득이 있으니 충성하는 거잖아요? 제 영지를 지키는 게 귀족들이 할 일이니까요. 그냥 황제가 출병하라고 했다고, 자신들의 돈과 시간을 들여 만든 기사단을 냉큼 내어주지는 않죠."

알테어스가 루디아를 빤히 바라보았다. 그 눈을 똑바로 마주 보며 루디아가 말했다.

"당신이 그저 힘으로만 누르는 걸 잘 알고 있어요. 그럴 만한 힘도 있다는 걸 알고요. 하지만 조금 더 느슨하게 해도 되잖아요?"

"그랬다가 물려."

"안 물려요. 막상 해 보면 나쁘지 않을걸요. 당신은 강하고, 다스림에도 빈틈이 없죠. 좀 더 관계만 열면, 기쁘게 충성해 올 인간들이 많다고 생각해요."

루디아가 빙긋 웃었다.

"높은 사람이 해야 하는 게 그거 아니겠어요? 아랫사람이 기분 좋게 충성할 수 있게 하는 거요."

어차피 충성할 상대를 골라야 한다면, 명분도 있고, 신분도 있고, 능력도 있으며, 외모도 되고— 심지어 말도 통한다.

누구라도 그런 상대를 고르지 않겠는가?

알테어스가 한숨을 내쉬었다.

"고려하지."

"감사합니다, 폐하."

루디아가 빙긋 웃었다.

바라트에서 눈을 떼지는 않겠지만, 루디아와의 이야기와 달라진 점이 벌써 너무 많아서 어느 쪽으로 선회할지 알 수가 없었다.

'그보다 반란이라.'

그는 바라트 공작을 떠올렸다. 바라트 공작을 떠올리면 늘 초대 바라트를 떠올리게 되었다.

타카르에 미쳐 있던 바라트.

그래서 설마 반란을 일으키랴, 그리 생각했던 듯하다.

'하지만 반란이라니.'

그런 어설픈 짓은 하지 않을 것 같았는데.

'당분간은 눈을 떼지 않고 지켜봐야겠군.'

루디아가 말해 준 반란을 일으킨 타이밍을 생각하면 아직 여유는 있었다. 최소기한으로 잡아도…….

'2, 3년은 겉보기엔 평화롭겠군.'

알테어스는 서류를 태워 버렸다.

Chapter 15
십 대

디아레 울프는 뒤늦게 홀에 들어섰다. 홀 안은 아이들로 가득했다. 장식은 리리카의 취향대로 소박하고 아기자기했다.

무엇보다 생화와 열매를 사랑스럽게 잘 쓴 점이 눈에 띄었다.

디아레는 숨을 한 번 가다듬었다. 그녀의 녹색 눈동자가 재빠르게 모여 있는 아이들을 쭉 바라보았다. 그녀가 입은 옷은 더 이상 견습 기사용이 아니라 정식 기사단 복장이었다.

얼마 전 아티팩트 송곳니의 사용자가 되었고, 견습 딱지를 뗐다. 후리후리한 몸이지만 송곳니 덕분에 나오는 힘은 폭발적이다. 송곳니를 착용하자마자 리리카에게 달려와서 자랑하고, 라우브에게는 "흐응~" 하는 얼굴을 하며 턱을 치켜올려 보였다.

라우브는 아무렇지도 않은 듯 평소처럼 무표정을 유지했지만, 나중에 디아레가 구부려놓은 철장을 라우브가 슬쩍 펴는 걸 봤다고 브린이 리리카에게 알려 주었다.

하여간, '참지 않는 디아레'가 송곳니까지 얻었으니, 더 기고만장해지겠다고 사람들이 수군거렸지만 디아레는 평소와 다를 바가 없었다.

참지 않았으니, 새삼스레 이제 와서 더 할 것도 없다.

강할 때나 약할 때나 한결같은 모습인 건 상당히 호평을 받았다. 능력도 인정받았으니 더욱 그랬다. 하필 '디아레 울프'를 말벗으로 삼았다고 수군거리던 사람들도 리리카 황녀가 안목이 있었다고 이야기하곤 했다.

그 송곳니가 독니인지 엄니인지.

그런 목소리도 들렸지만, 이제 디아레는 그 말에 웃을 수 있었다. 독니도 엄니도 전부 자신의 무기였다. 뱀 같다고 말하는 유연한 움직임도 우아하다는 걸 알고 있다.

자신의 황녀님이 몇 번이나 감탄하면서 말해 줬으니까.

오른쪽 귀에만 걸려 있는 길게 늘어진 귀걸이가 차가운 빛을 발했다.

아티팩트 송곳니.

진녹색 눈동자와 마주친 아이들은 시선을 돌렸다.

디아레는 빙긋 웃고 금방 자신의 말벗을 찾아냈다. 주변에 아이들이 몰려 있으니까 금방 찾을 수 있었다.

갈색 머리카락을 길게 늘어트리고, 눈가에는 다정함을 머금고 있다. 우유처럼 투명한 피부에 청록색 눈동자가 정점을 찍었다.

처음 만났을 때보다 키가 훨씬 컸다. 그래도 리리카는 빨리 크지 않는다고 발을 동동 구르고는 했다. 어릴 때 너무 고생해서 크지 않는 걸까, 하고 브린이 걱정하는 걸 들은 적 있었다.

'하지만 작은 황녀님은 무척이나 사랑스러우니까, 아무래도 좋지 않아?'

분명 자신만 그리 생각하는 건 아닐 테지.

몰려든 인간의 면면을 보면 알 수 있다. 송곳니 덕분에 더 날카로워진 후각이 희미한 땀 냄새에서 기분까지 감지해 냈다.

눈을 빛내는 사내자식들이 몇이나 있었다.

디아레는 코웃음을 치고 빠른 걸음으로 황녀님을 향해 다가갔다. 이쪽을 눈치챈 황녀님이 웃었다.

"디아레, 왔어?"

"네, 황녀님의 디아레가 왔답니다. 납치하러 왔지요."

레이스 장갑을 낀 손을 잡아당겨 아이들 틈에서 빼냈다. 분해하는 눈빛들을 향해 히죽 웃어 주고 디아레가 웃었다.

"열세 살 생일 축하드려요, 황녀님. 저와 한 곡 춰 주세요."

오늘이 바로 리리카의 열세 살 생일이었다. 리리카는 괜히 입을 비죽거리며 말했다.

"늦었어, 디아레. 내 생일인데."

"죄송해요, 하지만 마수 퇴치가 끝나자마자 바로 온 거랍니다. 용서해 주세요."

애교 섞인 어조로 디아레가 말하자, 리리카는 금방 웃어 버렸다.

"물론이지."

"역시 제 황녀님."

리리카는 웃음을 터트렸다. 두 사람은 익숙하게 플로어로 미끄러졌다. 디아레가 활짝 웃었다. 아티팩트 송곳니의 상징인 남들보다 좀 더 길고 뾰쪽해진 송곳니가 눈에 들어왔다. 리리카는 언제나 그게 무척 귀엽다고 생각했다.

중간에 플로어로 끼어들었지만 둘은 누구와도 부딪치지 않았다. 춤추던 아이들은 주인공이 등장하자 재빠르게 물러섰다. 디아레가 들뜬 목소리로 말했다.

"다들 제가 부러워서 죽을 거예요. 히히, 죽어라."

"디아레."

친구를 나무라듯 부르면서도 눈은 웃고 있었다. 디아레가 강한 건 알지만, 그래도 종종 출몰하는 마수들과 싸우러 갈 때는 걱정이 앞서고는 했다.

리리카와 디아레가 수도에 나타난 첫 번째 마수를 쓰러트리고 난 이후로 종종 수도 가까이서 마수가 출몰하곤 했다.

그러면 수도 외곽 경비대는 때에 따라 불꽃을 쏘아 올렸다.

빨강, 주황, 노랑.

위험도에 따라 불꽃을 쏘아 올리면 기사단은 민첩하게 기사단원을 파견했다.

디아레는 주요 전력이어서 자주 파견요청을 받곤 했다. 오늘도 일찍 도착했을 것을, 갑작스러운 불꽃으로 늦게 도착한 것이었다. 리리카는 한숨을 내쉬고 말했다.

"그래도 무사해서 다행이야."

"그럼요, 제가 얼마나 강한데요."

디아레가 그렇게 말하며 능숙하게 리드해 턴을 돌았다. 춤추는 한 쌍을 아이들은 선망의 눈으로 바라보았다.

황후가 입는 옷마다, 그리고 입히는 옷마다 유행이었다.

이번에 리리카 황녀님은 어떤 옷을 입고 나올까?

그런 이야기가 소곤소곤 오갔다. 심지어 리리카 황녀가 만든 '산딸기 동맹'도 유명해졌다. 어떻게든 거기에 들어가고 싶어 기웃거리는 사람 투성이였다.

누가 봐도 권력의 핵심이 모여 있는 자리였다.

처음에는 모두 '산딸기 동맹'의 주최자가 당연히 황태자라고 생각했는데, 리리카 황녀의 이름이 느닷없이 튀어나왔다. 그뿐 아니라 비밀의 정원도 유명해져서 온갖 이야기가 오가고는 했다.

안쪽에는 온갖 금과 보석으로 되어 있는 화려한 건물이 있다는 둥, 수많은 아티팩트가 전시되어 있고 동맹원이라면 누구나 사용할 수 있다는 둥 하는 허황된 이야기였다.

'뒤쪽은 아예 허황된 이야기는 아닌가······.'

복잡한 마법의 연습으로 리리카는 매일매일 상당량의 아티팩트를 만들어 내야 했다.

단순한 도형만을 사용한 마법진이 아니라, 여러 개의 말을 사용하는 마법진을 보석 안쪽에 겹겹이 새겼다.

그렇게 만든 아티팩트는 황실 창고에 차곡차곡 쌓여 갔다.

가벼운 아티팩트들은 선물로 여기저기 나눠 주고는 했다. 믿을 만한 사람에게만 주다 보니 산딸기 동맹원들과 많이 겹쳤고, 그래서 저런 소문이 나오는 것이었다.

하야는 초여름이 되면 영지로 돌아갔고, 초가을이 되면 다시 수도로 올라왔다.

반짝이는 여름휴가가 있어서, 숨통이 트이고는 했다. 그 외에도 휴가는 종종 찾아왔다. 하야는 그녀를 가르치는 것 외에도 다른 일을 하는 듯 보였다.

특히 어머니와 긴 이야기를 나누고 나면, 길게는 한 주까지 수업을 쉴 때도 있었다.

"황녀님!"

디아레가 목소리를 높이며 휙 턴했다. 스텝이 꼬이지 않은 건 순전히 디아레가 그녀를 가볍게 들어 올렸다가 턴 후에 내려 줬기 때문이다.

발이 땅에 닿지 않았으니 꼬일 일도 없었다.

리리카가 놀라 디아레를 바라보았다. 그제야 디아레가 뺨을 부풀렸다.

"저랑 춤출 때는 저에게 집중해 주세요. 다른 생각하시면 싫어요."

"아, 미안해."

확실히 단둘이 춤추는데 실례지, 하고 리리카가 고개를 끄덕였다. 디아레가 후후 웃고 말했다.

"그럼 첫 번째로 티 파티를 여실 때는 절 초대해 주세요."

"물론이지!"

리리카가 힘주어 말했다. 그게 무척 기뻐서 디아레가 웃었다. 그 송곳니가 역시 귀엽다고, 리리카는 생각했다.

열세 살이 되면 십 대에 들어서면서 조금 더 많은 권한을 부여받는다. 산다르 같은 권족들은 회의에서 발언권까지 준다고 하고 그에 준하는 권한을 주는 오래된 권족들도 제법 있었다.

타카르 같은 경우는 십 대가 되면 직접 모임을 주최할 수 있도록 해 주었다.

지금까지도 작은 소모임은 가질 수 있었지만, 아무래도 지인끼리 알음알음 열리는, 사교 모임이라기보다는 친분 모임이었다. 모일 수 있는 장소도 무척 제한적이었지만 열셋부터는 다르다.

살롱을 열고, 무기명 초대장을 발행하고, 태양궁과 하늘궁, 어디든 장소를 빌릴 수 있었다.

물론 현재 황궁에서 가장 높은 여성은 루디아였기 때문에 장소를 빌릴 때는 루디아의 허가가 필요했다.

하지만 그녀가 리리카의 요청을 거절할 리가 없으니, 어디에서든지 파티를 열 수 있다는 뜻이었다.

생일이 지난 뒤, 첫 번째로 여는 파티를 데뷔 파티라고 하는데, 13세 생일파티처럼 손수 모든 것을 꾸미는 게 관례였다.

물론, 어디까지나 초대하는 상대는 대개 또래인 경우가 많았다. 13세부터 성인이 되기 1, 2년 전까지―라서 이때쯤 열리는 크고 작은 파티들은 '세미 사교계'라고 불리고는 했다.

리리카가 말했다.

"하지만 열 때까지는 시간이 좀 걸릴 거 같은데. 괜찮아?"

"그럼요. 십 년도 기다릴 수 있어요."

디아레가 웃으며 춤을 마무리했다. 플로어 밖으로 리리카를 끌어내며 말했다.

"그럼 이제 먹어도 될까요? 저 엄청 배고픈데."

"그럼, 그럼."

디아레의 먹성을 이미 아는 터라 리리카는 음식이 놓인 곳―특히 고기 위주로―디아레를 안내했다.

그 늘씬한 체구 어디에 음식이 저렇게 많이 들어가는 걸까.

감탄하는데 똑같은 감탄사가 들려왔다.

"울프 기사단은 다른 곳보다 식비가 열 배는 더 든다는 게 결코 거짓말은 아닐 거 같아."

리리카가 놀라 돌아보았다.

"아틸!"

"전하를 뵙습니다."

한 손에 접시를 들고 디아레도 우아하게 인사했다. 망토 끈을 끌러 옆에 있는 재즈에게 건네주며 아틸이 씩 웃었다.

재즈는 여전한 헤어스타일과 옷차림이었다. 소재가 고급스러워지기는 했지만. 비스듬히 찬 푸주 칼은 그의 아이덴티티였다.

리리카가 그에게도 인사하자 재즈는 고개를 숙여 보였다.

리리카가 물었다.

"어디로 들어오신 거예요? 오늘 오시면 안 되는 거 아니에요?"

데뷔 파티는 혼자 힘으로 해내는 것. 가족들은 참여하지 않는 게 관례였다.

아틸은 당당히 말했다.

"안 되니까 몰래 들어왔지."

"그럼 안 되죠."

"뭐가 안 돼? 내 누이 생일파티에 참여하겠다는데."

아틸이 어깨를 으쓱하고 허리를 숙여 리리카의 뺨에 입 맞추며 말했다.

"생일 축하해."

그가 이어 말했다.

"그런데 너는 어떻게 이렇게 키가 안 크냐. 날이 갈수록 내가 점점 더 허리를 숙이는 거 같은데?"

"컸다고요."

리리카가 눈을 부릅뜨며 발뒤꿈치를 들어 보였다.

"금방 이만큼 자랄 거예요."

"으응, 그러냐."

아틸은 심드렁하니 대답했다.

올해로 열일곱이 되는 아틸은 더욱 키가 자라서 청년 티가 나고 있었다. 힘을 되찾은 타카르는 그야말로 여유 넘치고 느긋하고— 자기 멋대로였다.

재즈와 함께 뒷골목을 돌아다니는 것도 여전한 듯했다. 빈민가의 치안이 무척 좋아졌다는 소문을 들었다.

그리고 악덕 노예상을 몇이나 부쉈다는 신문 기사도 나왔다.

재즈 역시 능력을 증명해 보였다. 인정받은 부분도 있지만 라트의 말에 따르면 그게 더 반감을 사기도 했다.

파이 같은 귀족 말벗도 더 생겼는데 두 계파 사이에 묘한 기류가 있는 모양이라고 브린이 나중에 말해 주었다.

아틸이 리리카와 짧은 대화를 나누는 사이, 점점 시선이 이쪽으로 모이기 시작했다.

"전하?"

"아틸 전하께서 오셨나 봐."

"언제 오신 거지?"

"가서 인사드려야겠지?"

"오늘 오시면 안 되는 거 아냐?"

자기들끼리 나누는 이야기가 이쪽까지 들려오기 시작하자 아틸이 질색하는 표정으로 리리카의 손목을 잡아당겼다.

"춤추자."

"앗, 아, 네."

쫓아가며 디아레에게 손을 흔드니 디아레가 마주 손을 흔들어 주었다. 잽싸게 플로어로 들어가 아틸이 말했다.

"저쪽까지 이동하는 거다. 알았지?"

"네에?"

"저 반대쪽까지 가면 테라스가 있잖아. 거기까지 가서 난 탈출하겠어."

"아……."

빙글빙글 돌면서 플로어를 대각선으로 가로지르기 시작했다. 아틸이 주변을 둘러보고 말했다.

"정말로 멀쩡한 놈이 하나도 없네. 너 조심해. 이상한 놈팽이에게 홀랑 넘어가지 말고."

"이상한 놈팽이라뇨."

아틸이 맞잡은 손에 꽉 힘을 주었다. 푸른 눈이 불꽃에 튀었다.

"이제 너도 열셋이잖아. 여기저기서 아름답다느니, 청초하다느니, 나무의 요정 같다는 둥, 다람쥐같이 사랑스럽다든가, 설탕 요정 같다든가—뭔가 그딴 소리를 잔뜩 늘어놓으면서 다가오는 남자들이 있을 거란 말이야."

리리카는 입을 살짝 벌렸다. 아틸이 진지하게 말했다.

"그딴 말을 하는 놈이 있으면 무조건 나에게 말해. 알았어?"

리리카는 이리저리 눈을 굴렸다. 그녀가 작게 말했다.

"그런 말을 할 사람은 아무도 없을 거 같은데요, 그보다 그런 수식어는……."

부끄럽다고 말하려고 하는데 아틸이 먼저 펄쩍 뛰었다.

"내가 그런 생각을 했다는 게 아니라! 그런 말이 들린다는 거지! 알았어?"

리리카는 눈을 크게 떴다가 웃음이 나오려는 걸 꽉 눌러 참았다.

"네, 알겠어요. 고마워요."

"하여간, 신경 쓰이게 만들고."

투덜투덜하며 아틸이 이어 말했다.

"발목까지 덮는 드레스를 입을 때가 아니면, 아니, 그런 때라도 안 돼."

뭐가 안 된다는 건지는 모르겠지만, 리리카는 순순히 고개를 끄덕였다. 발목 덮는 드레스를 입기 전에 황궁을 떠나게 되지 않을까.

이리저리 사람들을 피해 대각선 끝까지 온 아틸이 플로어 밖으로 나가며 말했다.

"난 이제 간다."

"이따 봐요."

"그래."

씩 웃고 아틸은 빠르게 테라스로 사라졌다. 뒤이어 빠른 걸음으로 재즈가 다가왔다.

"쩐에 주신 바구니는 잘 먹었소."

"아, 그래? 다행이다. 단 걸 좋아하는지 어쩐지 모르겠어서 골고루

넣었거든."

"황녀님이 직접 꾸웠응께 인기가 허벌라게 좋았지라. 못 먹은 것들은 어찌나 구시렁대든지……."

답지 않게 길게 말해서 리리카는 금방 핵심을 파악했다.

"또 보내 줘도 될까?"

"오지지라."

재즈가 씩 웃었다. 그 표현에 리리카가 웃음을 터트렸다. 그 얼굴을 빤히 보다가 재즈가 한숨을 내쉬었다.

"아틸이 겁내 걱정하든디 고 맘을 나가 알아 브렀네."

그리고는 고개를 들고 눈을 팍 찡그리더니 "오매, 번잡스러운 것." 하고는 휙 떠나갔다.

인사를 잊은 게 재즈다웠다. 둘러보니 먹잇감을 놓친 표정이 된 아이들이 아틸과 재즈가 떠난 테라스를 바라보았다. 아무리 그래도 테라스 난간을 뛰어넘어 쫓아갈 수는 없었다.

애초에 출입문도 아니니까. 하지만 혼자가 된 황녀님에게 말을 걸 수 있는 좋은 기회였다. 다가오는 사람들에게 애매한 미소를 짓는데 뒤에서 먼저 인사하는 사람이 있었다.

"안녕하세요, 황녀님."

"어? 파이도 왔어?"

"방금 왔습니다. 전하를 쫓아왔죠. 전 이제 황태자 전하의 말벗임에 대해서 회의감이 드는데요."

그가 테라스 쪽을 바라보았다.

"입구로 다니실 생각은 아예 없으신 거 같네요. 오늘 여기 오셨어도 안 됐는데."

팔짱을 끼면서도 웃는 얼굴이라, 리리카는 속으로 가슴을 쓸어내렸다.

"귀여운 여동생 생일에 무조건 얼굴을 비치시겠다니, 어쩔 수 없지요. 측근만 죽어 나가는 수밖에요."

"아, 그러고 보니 브란은?"

"앞질러 갔겠죠. 언제나처럼."

파이가 싱긋 웃고 속삭였다.

"제가 리리카 황녀님과 가까우니 권력을 휘둘러 이야기하는 건데, 페리가 와 있어요. 인사라도 건네주시면 무척 기뻐할 겁니다."

리리카는 쿡쿡 웃으며 고개를 끄덕였다.

"알겠어."

"감사합니다, 황녀님."

파이가 과장되게 인사해 보이고는 테라스로 빠져나갔다.

'어디 보자, 페리 양이······.'

회장을 둘러보는 사이에 다른 아이들이 다가왔다. 혼자 있는 황녀님을 놓칠 수는 없었다.

오늘은 그녀가 파티의 주최자이니 얼마든지 말을 걸 수 있다. 리리카는 자기소개를 하고 말을 거는 아이들 틈에 금세 묻혀 버렸다.

하나씩 상대해 주다 보면 너무 지치기 때문에, 리리카는 정면 돌파를 하기로 했다.

"혹시 페리 산다르 영애를 보신 분?"

아이들은 입을 다물고 서로를 보았다. 그렇게 해서 우르르 아이들을 이끌고 리리카는 구석에 서 있는 페리를 찾아냈다.

"페리 양."

"리리카 황녀님!"

페리는 깜짝 놀라 고개를 들었다가 황급히 숙이며 인사했다.

"잠깐 이야기할까?"

리리카 주변에 서 있는 아이들의 눈초리가 날카로워졌지만, 페리는 그걸 눈치채지도 못했다.

한 번 부적격자는 영원한 부적격자다. 페리의 동공을 보면 누구나 그녀가 부적격자라는 걸 알 수 있었다.

그러니 늘 페리는 사교계 밖에서만 도는 신세였다. 그녀와 춤추고 말을 걸어 주는 건 같은 산다르 일족뿐이었다.

종종 같은 산다르 일족도 그녀의 눈을 보면 시선을 돌리고는 했다. 그 두려움을 페리는 이해하려 애썼지만, 늘 거절당하는 건 점점 자신의 발끝만 바라보게 만들었다.

방 안에서 누구도 만나지 않고 괴로운 것도 힘들었지만, 막상 나와서 모두가 보내는 혐오의 눈길을 받는 것도 힘들었다. 밖으로 나가는 것보다 집에서 책을 읽는 게 훨씬 좋았다. 〈진주의 노래〉 시리즈를 읽고 또 읽는다.

자신은 할 수 없는 모험담과 용기 있는 이야기를 가득 품고 나면 다시 파티에 나갈 용기가 생기고는 했다.

그런 페리가 리리카의 생일파티를 놓칠 리가 없었다. 먼발치에서라도 그녀를 보고 싶었다. 그런데 생각지도 못하게 주인공이 말을 걸어 주었으니, 주변이 보이지 않는 건 당연했다.

"네, 물론이에요."

빨갛게 달아오른 뺨으로 눈을 빛내며 페리가 말했다. 리리카는 무리를 빠져나와 페리와 단둘이 남게 되었다. 이렇게 보니 이 남매가 매우 닮았다는 걸 알겠다. 베이지색 머리카락도, 금색 눈도.

"와 줘서 고마워."

"아니에요! 당연히 와야죠!"

페리가 고개를 저었다.

"아픈 곳은 없고?"

"네, 이제 다 나았어요. 덕분이에요."

페리가 웃었다. 죽음에서 살아 돌아온 이 외동딸을 산다르 후작이 얼마나 아끼는지는, 옷차림만 봐도 알 수 있었다.

"꼭 저희 영지에 초대하고 싶어요, 아니, 영지가 아니어도 좋으니까 수도의 집이라든가. 아! 올해는 퍼레이드가 있죠. 혹시 산다르 영지에 들르시게 된다면 꼭 저와 시간을 보내 주세요."

페리는 모든 용기를 쥐어 짜냈다.

'퍼레이드?'

갸웃했지만 리리카는 모른다는 티를 내지 않고 고개를 끄덕였다.

"알겠어요."

페리의 얼굴이 더욱 밝아졌다. 리리카는 다음에 한 번 초대하겠다고 말하고 자리를 떴다.

아직 초봄이라 해는 빠르게 졌고, 파티는 끝났다. 마지막 손님이 인사를 하고 나가자 리리카는 한숨을 내쉬었다.

그제야 브린과 라우브가 다가왔다. 브린이 웃으며 말했다.

"고생하셨어요, 황녀님."

"브린, 브린이 있는 게 얼마나 좋은 건지 진짜 진짜 엄청 엄청 깊이 깨달았어."

리리카가 브린을 끌어안으며 말했다. 이제 브린의 치마폭이 아니라 가슴에 머리를 기댈 수 있을 만큼 자랐다.

라우브가 말했다.

"아틸 전하의 말벗은 함부로 칼을 차고 다니는군요."

재즈가 등에 메고 온 칼이 눈에 거슬린 모양이었다. 무기를 멘 상대가 리리카와 가까이에 있고, 그가 멀리 떨어져 있다는 건 그에게는 커다란 스트레스일 터였다.

"그건 그렇지."

리리카도 거기에는 동의해 고개를 끄덕였다. 그녀의 파티에 무기는 허락하지 않았다.

"오늘만 이런 거고, 다음부터는 라우브랑 가까이 있으니까 괜찮을 거야. 그리고 호부도 있고."

리리카가 제 펜던트가 들어있는 주머니를 한번 탁 때렸다.

하인들이 와서 홀을 정리하기 시작했다. 브린이 말했다.

"황후마마께 바로 가실 거지요? 기다리고 계실 거예요."

"응, 가자."

리리카는 가벼운 발걸음으로 홀을 나섰다. 하늘궁에서 열린 생일파티여서 태양궁까지는 거리가 있었다. 리리카의 생일은 초봄—눈 녹는 달(3월)에 있었기에 밖은 아직 쌀쌀했다.

샛별이를 타고 이동할 수도 있지만, 오늘은 날이 따뜻해 걷기로 마음먹었다.

브린이 가져온 삼각 숄을 리리카에게 둘러주었다. 색이 밝고 무늬가 화려해 봄 날씨에 적격인 삼각 숄이었다.

리리카가 정원의 돌들만 밟아가며 걸었다. 거리가 조금 먼 돌을 건너고 싶으면 라우브를 바라보았다. 라우브의 손을 잡고 훌쩍 뛰면 아주 먼 거리의 돌에도 가볍게 착지할 수 있었다.

화이트 사파이어 장식을 단 구두가 봄 햇살에 찬란히 반짝였다.

"나 있지, 점점 더 목록이 길어지고 있어."

"무슨 목록이요?"

"어머니에게 반한 사람 목록."

리리카의 말에 브린은 눈을 크게 떴고 라우브는 작게 웃었다. 낮고 기분 좋은 목소리였다.

리리카는 이제 완전히 자연스레 웃게 된 라우브를 흐뭇하게 바라보고 말했다.

"대충 느낌이 오거든. 모르는 남자가 어쩐지 날 아련한 눈빛으로 바라보면서 '아아, 리리카 황녀님이시군요.' 이딴 대사를 날리면 백 프로야."

"황녀님."

브린은 타박하듯 불렀지만, 목소리에 웃음이 섞여 있었다. 리리카가 이어 말했다.

"그러면서 '황녀님의 눈동자에 잘 어울릴 거 같습니다.' 하고 선물을 보낸단 말이지.”

그녀의 눈동자는 어머니와 닮아 있었다. 리리카가 연극적으로 뺨에 손을 대고 한숨을 내쉬었다.

“어머니에게 직접 보내면 좋을 텐데, 다들 용기가 없어.”

“그러게요, 용과 맞설 용자가 없는 게 안타깝군요.”

리리카의 말에 브린도 연극조로 맞장구쳐 주었다. 합이 잘 맞는 주종이었다.

라우브가 리리카를 힐끗 바라보았다.

황후가 아름다운 것은 사실이다. 하지만 그가 보기에는 제 주인도 그 못지않게 아름다웠다. 황후와 함께 있으면 그 화려함 때문에 잘 보이지 않는 듯하나 한 번 눈길을 주면 사랑스러움에 눈을 뗄 수 없었다.

화원에 가득한 장미도 아름답지만, 향기를 쫓아 들어간 숲속 깊은 곳에서 은방울꽃이 가득 핀 계곡을 발견하는 기쁨은 전혀 다르다.

그런 말을 죽어도 입 밖으로 내지 않겠지만, 라우브는 리리카가 좀 더 자신감을 갖기를 바랐다.

아틸이 괜히 눈을 부릅뜨고 주변의 벌레들을 쫓아내고 있는 게 아니다. 하지만 그 이야기를 어떻게 전해야 할지는 알 수가 없었다. 그의 시선을 느꼈는지 리리카가 그를 마주 보았다.

“왜? 무슨 일이야?”

“아닙니다.”

라우브가 시선을 내리며 말하자 리리카는 갸웃했지만 더 추궁하지 않았다.

"리리, 어땠니? 잘 끝났어? 무례한 사람은 없었고?"

은룡실에 들어서자마자 루디아가 자리에서 일어나며 물어왔다. 루디아는 티 가운(tea gown)을 입고 있었는데, 그녀가 새로 고안한 드레스로 코르셋 없이 입고 벗을 수 있는 디자인이었다.

친구와 함께하는 티 타임이나 커피타임에 입는 편한 옷은 순식간에 유행하기 시작했다. 허리 가운데를 띠로 마무리하는 게 포인트였다.

"네, 잘 끝났어요."

리리카의 간단한 대답에 루디아가 "자세히 말해 보렴." 하고 리리카를 벽난로 근처로 잡아끌었다. 벽난로 앞에는 흔들의자 두 개가 나란히 놓여 있었다. 의자에 걸어두어 따뜻해진 담요로 몸을 감싸며 리리카가 흔들의자에 앉았다.

손잡이가 매끈하게 다듬어진 흔들의자에 앉으면 열심히 앞뒤로 흔들게 되곤 했다. 루디아가 맞은편에 자리 잡았다.

"음, 막상 직접 해 보니까 어머니께서 하신 말씀이 뭔지 알겠더라고요. 음식 동선이나, 춤 순서나……. 하지만 싸움은 없었어요."

브린이 옆에서 보충설명을 했다.

"무척 호평이었어요. 손님도 무척 많았고요. 무기명 초대장을 전부 회수한 거 같아요."

누구와 춤을 췄는지, 음식은 어땠는지, 그런 자잘한 이야기에 루디아는 고개를 연신 끄덕였다. 마지막으로 리리카가 덧붙였다.

"아, 그리고 아틸 전하께서 들렀다 가셨어요."

"아틸이?"

루디아는 눈을 찌푸렸다가 웃었다.

"아틸은 어쩔 수 없지."

"맞아요, 어쩔 수 없죠. 좀 있다가 가시려나 했더니 플로어를 빙글빙글 대각선으로 가로질러서 탈출해 버리셨어요."

루디아가 쿡쿡 웃었다.

"아틸답구나."

날로 세력을 넓혀가고 있는 황태자가 여동생을 얼마나 신경 쓰는지 보여 준 것이다.

빈민가 아이니, 어쩌니 하는 험담들이 아직 남아 있기는 하지만 호적상으로 리리카는 황가의 유일한 공주였다.

황제만 리리카를 아낀다면, 황태자가 황위에 오르는 순간 양녀인 공주는 골칫거리 취급을 당할지도 몰랐다.

그렇지만 황태자조차 제 사촌 여동생을 아끼고 있다.

그 사실이 여봐란듯이 확실시되면 될수록 리리카의 입지는 단단해졌다. 단단해지는 만큼 청혼도 들어오기 시작했다.

물론 노골적인 청혼은 아니었다. 우리 아들이 이러이러한데, 황녀님과 한번 만남을 가져 보는 것이 어떨까, 말벗도 좋고 친구가 되어도 좋다, 그런 이야기들이었다.

'결혼이라.'

루디아는 끙 하는 신음을 삼켰다. 마음 같아서는 어디 가지 말고 엄마와 평생 같이 살자고 하고 싶지만 그래서는 안 되겠지.

과거의 일도 있었으니, 루디아는 리리카의 남편을 고르는 일에 무척 신중히 접근했다.

벌써 후보가 몇 명이나 있다.

슬슬 리리카에게 운을 떼어 봐도 좋은 때가 아닐까.

'적당히 친구로서 어떠냐고 찔러 볼 수 있지. 압박을 주지는 말고……'

소개할 때 여자아이와 남자아이 비율을 비슷하게 섞자.

"어머니?"

루디아가 심각한 얼굴을 하고 있자, 리리카가 걱정스럽게 어머니를 불렀다. 루디아가 고개를 들고 빙긋 웃었다.

"아니, 잠깐 리리카의 첫 파티 모임은 어떻게 해야 하나 생각하다 보니."

리리카가 쿡쿡 웃었다.

"그렇게 심각하게 생각하실 일은 아닌 거 같은데요."

"어머, 난 리리의 일이라면 뭐든 심각해."

짐짓 심각한 얼굴로 장난스럽게 말하는 어머니의 얼굴이 눈부셨다. 리리카는 왜 그렇게 수많은 남자들이 아련한 표정을 짓는지 새삼 깨달았다.

'역시, 아름다워지셨다니까.'

리리카가 처음 그 이야기를 했을 때 갸웃했던 사람들도 그 후에 전부 고개를 끄덕였다.

루디아가 옆에 놓아 뒀던 자수틀을 집어 들었다.

"자수 모임을 열까, 하고 있거든. 다들 손은 적당히 놀리면서 입을 움직이는 모임이지. 티 타임도 재미있겠지만, 바느질 모임도 즐겁지 않겠어?"

"뭘 바느질하는데요?"

"경매에 내놓을 물품."

"경매요?"

"그래, 자수를 끝내면 그게 손수건이든, 뭐든 상관없이 내 주관하에 경매에 부치고 경매금은 전부 고아원에 기부할 거야."

"그거 좋은걸요."

"그렇지?"

루디아가 쿡쿡 웃었다. 쓸데없는 수다 모임이 아니라—사실 루디아는 이 모임 자체도 훌륭하다고 생각하지만— 사회에 공헌한다는 느낌을 준다, 라고 덧씌우는 게 중요했다.

"그래서 연습해 두는 거야. 아무리 그래도 바느질을 전혀 하지 못하면 안 되니까."

"꽤 잘하시는걸요?"

"아직 멀었어."

"그래도 어머니 자수가 가장 비싸게 팔릴 거예요."

"그래?"

"네, 아버님께서 사실 테니까요."

리리카의 말에 루디아가 웃었다.

"그게 목적이기는 하지."

부인에게는 후하게 경매금을 내지 않겠는가? 기부금을 내라고 노골적으로 말하는 것보다 좀 더 유희적인 방식이었다.

벽난로 앞에서 흔들의자를 앞뒤로 느긋하게 흔들며 리리카는 바느질하는 어머니께 이런저런 이야기를 했다.

봄이라 하야가 슬슬 수도를 떠날 때가 가까워졌다. 조금만 더 참으면 자유다. 날씨도 좋고 어머니가 자수를 놓는 모습을 지켜보는 것도 좋았다.

어머니의 나긋나긋한 목소리를 독점하는 것도 즐겁다. 흔들리는 의자에서 꾸벅꾸벅 졸게 된 건 당연한 일인지도 몰랐다.

리리카의 잠을 깨운 건 갑작스러운 소음 때문이었다.

"……?"

밖에서 다투는 소리가 들리는 것 같다. 이제 오랜 시간이 흘렀는데도 고함치는 소리나, 날 선 소리에는 금방 긴장되곤 했다.

저절로 눈이 떠졌다.

'어라……?'

어느 샌가 침실에 돌아와 있었다. 자고 있는 걸 라우브가 옮겨 준 모양이었다.

다투는 소리와 함께 밖의 불이 차례로 켜졌다. 리리카도 곧 등불을 들고 들어오는 브린과 마주쳤다.

"깨셨어요?"

"응, 무슨 일이야?"

눈을 비비며 물으니 브린이 쓴웃음을 지었다.

"용에 맞설 용자가 나타났어요."

"으응?"

잠에서 덜 깬 얼굴로 리리카가 멍하니 되묻자 브린이 정확히 말했다.

"방금까지 웬 남자가 황후마마를 향한 시를 노래하고 있었어요."

"?!"

순식간에 잠이 달아났다.

"뭐어?"

브린이 뺨에 손가락을 대며 고개를 비스듬히 기울였다.

"시는 퍽 나쁘지 않던걸요?"

"……살아 있어?"

"글쎄요, 좀 전에 경비병들에게 잡힌 것 같은데, 예술에 대한 탄압이니 사랑은 멈출 수 없다느니, 하고 소리치더군요."

"으아아…….''

리리카는 눈을 가려 버렸다.

"자, 내일 일이 더욱 복잡하게 될 것 같으니 주무세요."

"내일? 무슨 일?"

"음, 가십지들이 가만히 있을 거 같지 않거든요."

"아."

리리카는 한숨을 푹 내쉬고 침대에 누웠다. 브린이 이불을 끌어 올려 주었다.

"브린."

"네, 황녀님."

"창문 살짝 열어 주면 안 돼?"

"아직 바람이 쌀쌀한데요."

"응, 그래도 신선한 공기가 마시고 싶어."

브린은 잠시 가늠해 보다가 고개를 끄덕였다. 황녀님이 주무시면 다시 돌아와 닫으면 되리라.

"알겠습니다."

브린이 덧창을 열고 아주 조금만 창문을 열었다. 차갑고 신선한 공기가 흘러들어왔다. 흙과 봄 냄새가 났다.

열세 번째 봄도 분명 눈부시리라.

리리카는 따뜻한 이불속에 휘감겨 다시 잠으로 빠져들었다.

다음날, 아틸이 신문뭉치를 리리카 앞에 쏟아냈다.

"봐봐."

"아, 앗. 이거 굉장한데요."

한밤중 황궁에서 노래한 무뢰한!

예술 탄압! 시인들 연맹하다!

황후마마의 아름다움은 모두의 자랑,
노래할 수 있게 해야.

무도하게 한밤중 사랑 시, 과연 옳은가.

침입은 유죄, 사랑은 무죄

제목들을 보니 웃어야 할지 화내야 할지 알 수 없었다. 하지만 어제 소동이 큰일이 된 건 틀림없었다. 아틸이 투덜거렸다.

"이 새끼들 좀 풀어 주니까, 아주 잘났다고······."

"하지만 우리 편을 들어 주는 기사도 있는걸요."

"먹인 만큼 일하는 거지."

아틸이 그렇게 말하고 신문을 바라보았다.

"다들 신났어, 아주."

리리카가 웃으며 신문 기사를 읽어 보았다. 제법 섬세하게 인쇄된 그림에 그려진 어머니를 보고 그녀가 한숨을 내쉬었다.

"하지만 어떤 그림도 어머니를 닮지 않았는걸요."

"그래? 이건 좀 닮지 않았어?"

"어머니의 십 분의 일도 표현이 안 되어 있어요."

"······그렇구나."

미지근한 반응을 하고 아틸이 팔짱을 꼈다.

"어떻게 하시려나?"

"그러게요. 설마 죽이시는 거 아니겠죠."

"글쎄다. 나라면."

아틸이 씩 웃었다.

"말 잘 듣는 놈에게는 상을 주는 걸로 하겠어."

"네?"

"일단 이놈을 호되게 망신을 주고, 내 말을 잘 따르면 빵부스러기를 얻을 수 있을지도 모른다—라고 해 주는 거지."

아틸의 말에 리리카가 "아." 하고 고개를 끄덕였다.

"그런 거라면 어머니께서 잘하실 거 같아요."

리리카의 말에 아틸이 "그렇지?" 하고 웃었다. 리리카는 고개를 끄덕이고 신문페이지를 넘겨 보았다.

'아.'

피요르드에 대한 기사가 나 있었다.

바라트 소공작, 열애설

바라트가 약혼 임박?!

'피요르드도 인기가 어마어마하구나. 하지만 역시 이쪽 판화도 별로인, 어어?'

신문이 쑥 올라가서 리리카의 고개도 따라 올라갔다. 아틸이 신문 기사를 가리키며 말했다.

"봤냐? 피요르드 바라트가 이런 놈이야. 바람둥이에 형편없는 놈이다 이거야."

리리카는 웃음을 참고 진지하게 고개를 끄덕이는 시늉을 했다.

"그러게요. 매번 상대가 바뀌는 열애설이라는 게 가장 놀랍다고 할까."

힐끗 아틸을 보았다.

"그러고 보니 아틸은 그런 기사가—"

"거기까지. 여동생에게 내 연애사까지 간섭받고 싶지는 않다."

"연애사가 있어야 말이죠."

"뭐야? 이게."

아틸이 손을 뻗어 리리카의 뺨을 꼬집었고, 리리카는 웃었다. 말은 그렇게 해도 아틸도 상당히 입방아에 오르내리고는 했다.

잘생긴 외모에, 큰 키.

심지어 제국의 유일한 황태자.

제멋대로인 성격마저 매력적으로 느껴지게 하는 신분이었다. 그가 누구와 약혼하게 될지는 사교계의 커다란 이야깃거리 중 하나였다.

한마디로 말해서 현재 사교계에서 미혼남성의 인기는 피요르드 바라트와 아틸 사우 타카르.

이 둘이 절대적으로 양분하고 있다고 봐도 과언이 아니었다.

아틸이 신문지를 구겨 휴지통에 휙 넣는 것까지 보고, 리리카가 물었다.

"그러고 보니 아틸, 퍼레이드가 뭔지 알아요?"

"몰라?"

"네."

순간 어이없어하다가 아틸이 한숨을 내쉬었다.

"너무 당연한 거라서 이야기를 안 했구나. 대략 10년에 한 번씩, 연도 맨 뒷자리가 0이 될 때마다 건국제 퍼레이드를 해."

"엄청 화려하게 들리는걸요."

"엄청 화려하지. 황족들이 줄줄 뚜껑 열린 마차를 타고 수도를 순회하고, 나중에는 지방 영지를 돌거든."

"정말요?"

"그렇다니까. 암살당해서 많이들 죽었지."

아틸이 아련한 목소리로 말해서 리리카는 어처구니가 없었다.

"암살이요?"

"그래, 형제싸움. 외부로 나갈 때만큼 취약해질 때는 없으니까. 게다가 어느 영지를 지날지 코스는 그때그때 제비뽑기에 달려 있거든."

"그 말은…… 다 같이 가는 게 아니란 말예요?"

"아니지. 그래서 언제 다 돌아. 황족끼리 적당히 나눠서 도는 거야. 좋은 식으로 하자면 '눈으로 직접 지방 영지를 보고 익히고, 그쪽 세력들과 긴밀한 관계를 가질 수 있습니다.'랄까."

"부작용은 암살이고요?"

"그래. 그런데 퍼레이드는 왜?"

"아, 페리가 혹시나 영지를 지나면 들러 달라고 그래서 알겠다고 했거든요. 무슨 소린가 했더니, 그런 이야기였군요."

"그래, 귀족파 영지도 잔뜩 지나가게 되니까."

아틸이 떨떠름한 표정을 지었다.

"대놓고 보이는데 암살할 바보는 아니라고 생각하지만, 그래도 주의

하는 게 좋겠지."

"알겠어요."

리리카가 고개를 끄덕였다. 아틸이 어깨를 으쓱했다.

"하여간 아침부터 헛소동이야. 난 간다."

"아, 우앗, 네."

아틸이 머리를 다시 꽉 눌렀기 때문에 우앗 소리가 저절로 나왔다. 아틸은 웃고 방을 나갔다. 리리카가 구겨진 신문지를 휴지통에서 다시 꺼내며 말했다.

"어떻게 될까?"

브린이 웃으며 대답했다.

"걱정하시는 일은 일어나지 않으실 거예요. 요즘 들어 황제 폐하께서 부드러워지셨다는 걸 다들 아는걸요."

물론 폐하 본인이 아니라, 상냥한 황후가 말려서라는 모습을 취하고 있지만 부드러워진 건 부드러워진 거다.

"하지만 아틸 전하 말씀대로 퍼레이드는 걱정이네요."

"귀족파 때문에?"

"네, 그것도 그렇지만. 아틸 전하의 말벗을 마음에 들지 않아 하는 세력도 있으니까요."

능력이 있다 해도 어디서 빌어먹다 왔는지 알 수 없는 놈들을 말벗으로 삼은 것은 말이 안 된다, 오래 충성을 바친 가문을 무시하는 처사라고 생각하는 가문도 있었다.

젊은 혈기에 이상한 놈들과 어울리시는 게 아닐까? 그렇다면 충심으로 말씀을 드려야 하지 않나? 그렇게 생각하기도 했다.

"모두가 악의를 가진 건 아니라는 게 문제인 거죠."

브린의 말에 리리카가 고개를 끄덕였다. 하야도 그런 이야기를 했다.

'옳다.'라고 정하는 건 어려운 일이라고. 어느 한쪽이 무조건적으로 옳고 그른 일은 잘 없다고 말이다.

"어렵네."

"하지만 그만큼 골라내고 있으신 거라고 생각해요."

적과 아군을, 가까이할 자와 멀리할 자를.

브린이 웃으며 하는 말에 리리카는 몸을 푹 기대며 웃었다.

"그렇구나. 절대적 강자의 여유인 건가."

절대로 지지 않을 자신감이 있으니, 상황을 극단으로 몰아가 상대를 살필 수 있다.

"그렇다고 할까요."

브린이 구겨진 신문을 바라보는 리리카에게 말했다.

"새 신문을 가져다드릴까요? 마음에 드시는 삽화가 있으신가요?"

"아니, 없어. 괜찮아."

리리카도 도로 신문을 구겨서 휴지통에 던져 넣었다.

리리카는 제 키만큼 자란 꽃을 바라보았다. 우바가 가져온 씨앗은 정말 오래 자라지 않았다.

울랑과 함께 돌봤지만 싹도 오랫동안 나지 않았다. 고민하다가 하야에게 상의하니 씨앗 표면을 깨 보는 게 어떠냐고 말했다. 결국 울랑이 씨앗 표면을 살짝 깨트려보는 극약처방까지 하고 나서야 새싹이 올라왔다.

그러고도 여기까지 자라는데 2, 3년의 시간이 걸렸다. 우바에게,

"원래 이렇게 오래 걸리는 거야?"

하고 물었더니 우바도 머쓱한 듯 말했다.

"저희가 갔을 때는 거의 시들고 있었어서, 이렇게 오래 걸리는지 몰랐습니다."

"하긴."

우바 역시 이 식물이 얼마나 자라는지 알 길이 없었다.

하여간 이제 맺힌 꽃봉오리가 점점 커지고 있었다. 달걀만 한 크기가 되었다.

어떤 꽃이 필지 무척이나 기대되어서 자주 꽃봉오리를 확인하고 있었다. 모든 게 느리게 자라는 꽃이지만, 그래서 더욱 정성이 들어가고 사랑스럽게 느껴졌다.

정원의 오두막은 이제 반들반들한 빛을 발하고 있었다. 처음 만들었을 때의 향은 없지만, 매해 표면을 갈고 기름을 먹이는 일을 반복해 이제 오래된 고가구처럼 반지르르해졌다.

내부는 언제나처럼 산뜻했다. 바닥은 맨발로 다녀도 될 정도로 반짝거렸다.

리리카는 이제 화덕을 익숙하게 다룰 수 있었다.

쌀쌀한 봄 날씨에 화덕에 주전자를 올리고 물이 끓기를 기다리는데 노크 소리가 났다.

"들어와."

리리카의 답에 문이 소리 없이 부드럽게 열리고, 피요르드가 들어왔다.

"안녕하세요, 황녀님."

리리카가 "안녕, 피요." 하고 대답했다.

"이제 차 끓이려는데, 피요도 마실 거지?"

"네, 제가 끓일게요."

피요르드가 식탁 위에 가져온 선물을 올려두고 곧장 부엌으로 걸어왔다. 그리고 익숙하게 리리카 대신 찬장에서 찻잎과 다구를 꺼냈다.

그런 그의 모습을 리리카는 빤히 바라보았다.

착실하게 훈련받은 지금은 피요르드의 몸에서 흘러나오는 기운을 감지할 수 있었다.

계속 그가 부르는 것 같다, 어디선가 느껴진다, 그렇게 막연히 느꼈던 것을 이제는 확연히 알 수 있었다.

언제나 알아보는 건 아니고, 이런 식으로 그가 공간을 이동하는 힘을 쓰면 파동이 느껴졌다.

알테어스의 것과 비슷하지만 다른 파동이었다.

은색 머리카락이 부드럽게 흘러내렸다. 금홍색 눈동자는 여전히 섬세하게 빛나고 있고 이목구비는 완벽했다.

어렸을 때도 굉장했지만, 점점 굉장해져서…….

때때로 탄식 같은 감탄이 흘러나오고 마는 것이었다. 피요르드가 그런 리리카를 슬쩍 바라보고 태연히 물었다.

"그러고 보니 생일파티의 첫 춤은 누구랑 추셨나요."

"응?"

"디아레 경과 추겠다고 말씀하셨지만, 그날 불꽃이 올라갔으니 디아레 양은 파티에 늦었겠지요? 그럼 같이 추지 못했을 테니까."

피요르드의 목소리가 낮아졌다.

"누구와 추셨나요?"

"아, 카르탄이랑 췄어."

"카르탄 오라힐 말입니까?"

"응."

"얼굴만 반반한……."

"뭐?"

"협잡꾼 같은 녀석이죠."

"그런 기색은 안 보였는데."

"그런 기색을 보이면 협잡꾼이 아니니까요."

리리카는 피요르드를 바라보다가 웃고 말았다. 피요르드나 아틸이나, 종종 이렇게 자신이 만나는 남자에 대해 혹평을 할 때가 있었다. 그녀를 아껴 준다고 생각해도 즐겁고, 질투라고 생각해도 기꺼운 부분이 있다.

계산된 발언인지 아닌지는 몰라도 두 남자 모두 사람을 끌어당기는 데에는 천부적이었다.

리리카는 명랑하게 피요르드를 놀리듯 말했다.

"그야 피요가 왔다면 분명히 첫 춤은 피요랑 췄을 거야."

리리카가 그의 가슴을 쿡 찌르며 "알잖아?" 하고 말했다.

"하지만 피요는 절대 내 파티에는 오지 않으니까."

"제 잘못이군요."

"피요 잘못이지."

리리카가 그렇게 말하며 양 허리에 손을 턱 얹었다.

피요르드가 찾아왔던 그 겨울밤 이후로, 그는 말한 대로 공식적 자리에서는 일절 리리카에게 접근하지 않았다.

같은 파티도 참여하지 않았다.

그는 확실히 황실과 손을 끊고 바라트 일문을 돌보는 데에 힘을 쏟았다. 리리카 황녀와 가깝게 지내는 일로 귀족파 사이에 이런저런 말이 많았으나, 그런 소문은 사라졌다.

바라트답다면 바라트다운 철저하게 계산된 다정함과 나긋나긋함은 금방 인기를 끌었다. 현재 바라트 공작의 과격한 움직임에 숨죽이고 있던 온건파 귀족들이 활발하게 피요르드와 교류하기 시작했다.

차기 바라트 공작인 데다가, 타카르가 가진 권능을 가지고 있다는 이야기까지 붙어 있었다.

거기에 완벽한 외모.

인기가 좋지 않으려야 않을 수 없는 조건이었다.

"오늘 신문 봤어?"

"네, 봤습니다. 멍청한 짓에 멍청한 짓을 얹은 거라서 제 얼굴이 다 뜨겁던걸요."

피요르드가 끓어오른 구리주전자를 들어 다구를 데우고, 차를 우리기 시작했다.

"그 정도는 황후마마께서 손끝으로 대응하실 겁니다."

걱정하지 말라는 말이라 리리카는 고개를 끄덕였다. 아틸도 그랬고, 어머니도 그렇고 유리한 방향으로 일을 이끌어 가시는 데 탁월하시니까.

그녀에게는 없는 재능이라서 부럽기 짝이 없었다.

"아, 그리고 피요 약혼해?"

피요르드가 저도 모르게 순간 시선을 들어 올려 리리카를 바라보았다. 제가 잔을 내려놓는 소리가 날카롭게 나서 그는 흠칫 놀랐다.

"조심해. 뜨거운데, 괜찮아?"

리리카가 다가와 묻자 피요르드가 고개를 끄덕였다.

"괜찮습니다. 그보다 약혼이요?"

목소리가 저절로 높아졌다.

"응, 어머니 삽화 바로 뒤쪽에 피요 삽화가 있고, 그 옆에 바로 기사가 있던데?"

신문지를 넘기는 시늉을 하며 리리카가 웃자, 그제야 피요르드는 그녀가 자신을 놀리는 거라는 걸 깨달았다. 아니, 놀리는 것이라도 이건 아니었다. 저도 모르게 정색할 것 같아, 그는 부러 장난스러운 어조를 사용했다.

"아닙니다. 어째서 누군가와 이야기하는 모습이 보이기만 하면 연애 이야기가 되어 버리는 걸까요."

"그야 피요가 무척 인기 좋으니까 그렇지."

리리카의 말에 피요르드가 희미하게 미소 짓고 슬쩍 화제를 돌렸다.

"황태자 전하에 비하면 그리 대단한 인기도 아니죠."

"응, 아틸이 영 마뜩잖아 해서 그렇지."

"하하, 그러시면서도 막상 대화는 받아 주시니까요."

"그래?"

"네."

피요르드가 고개를 끄덕였다. 말을 걸면 굉장히 귀찮다는 얼굴과 태도지만, 아틸은 성실하게 상대를 대우해 주었다.

그게 묘하게 특별대우를 받는다는 느낌을 줘서 잘 먹혔다.

"그렇구나. 어쩐지, 다들 아틸이 좋다고 속닥거려서 어째서일까 했는데."

피요르드가 우려진 차를 새로운 찻주전자에 옮겨 담은 후에 리리카의 찻잔에 따라 주었다.

화덕 근처가 따뜻하니 근처에 서서 차를 마시는 무도한 행위—바라트 관점으로—에 피요르드도 나름대로 익숙해졌다.

찻잔을 반쯤 비우고 리리카가 물었다.

"저건 뭐야?"

"생일 선물입니다."

"하루 늦었어."

"정말로 죄송합니다. 새벽에라도 오고 싶었는데, 도무지 빠져나올 수가 없어서."

피요르드가 쓴웃음을 지었다. 리리카는 찻잔을 든 채로 그를 올려다 보며 물었다.

"많이 힘들어?"

"글쎄요."

피요르드는 이 감각을 리리카에게 어떻게 설명하는 게 좋을까, 고민했다. 어디를 가도 결국은 제 죽을 길을 찾아가고 있다는 기분이 들었다. 도무지 빠져나올 수 없을 것 같다는 절망감이 스멀스멀 올라올 때가 있었다.

사실, 죽는 건 정말로 아무것도 아니다. 정말로. 죽는 건 아무것도 아니었다.

하지만 이렇게 산다는 건 문제다.

"안개 속에 싸여 있는 것 같습니다."

"안개……?"

"네, 어디서 손이 뻗어 나와서 절 안개 속 깊숙한 곳으로 잡아끌지도 모르겠다. 그런 생각이 듭니다."

리리카의 얼굴이 진지해졌다.

"비유 그대로라면, 안개를 전부 날려버리거나, 손이 뻗어 나와도 잡히지 않는 것, 두 가지가 중요하겠네. 하지만 안개를 전부 날려 버리는 건 아직 어려우니까, 도망치는 거에 중점을 두자."

"도망이요?"

피요르드 바라트는 제 평생에 그런 단어는 처음 들어 본다는 얼굴로 리리카를 바라보았다. 리리카가 고개를 끄덕였다.

"그래, 도망. 살아 있어야 그다음이 있는 거야. 그리고서 도움을 요청하는 거지."

"……."

"혼자서는 그 손에서 도망치기 힘든 거잖아? 하지만 이쪽이 많아지면 그쪽에서도 한 명만 쑥 빼가기는 어려울 거야. 내가 피요의 손을 꼭 잡고 있고, 내 손을 아틸이 잡고 있고, 그런 식이니까."

리리카가 한 손을 뻗어 피요르드의 손을 잡았다. 찻잔의 열기로 달궈진 손가락이 뜨거웠다.

"그 안개 속에 나도 함께 있어."

리리카의 말에 피요르드는 길게 숨을 내쉬었다. 리리카가 그의 얼굴을 들여다보고 빙긋 웃었다.

"요즘 계속 못 잤지?"

"들켰나요?"

"응, 얼른 들어가서 주무시죠."

"선물은―"

"나중에 같이 열어 보자."

"알겠습니다."

"얼른얼른 가서 자."

"오랜만에 만나러 왔는데."

"그런데 그런 얼굴로 대화해도 내가 기쁘지 않을걸. 잠깐이라도 자."

리리카의 말에 피요르드는 쓴웃음을 머금고 그녀에게 등 떠밀려 침실로 들어갔다. 이제 익숙해진 침실이었다.

집에서 잠을 제대로 자지 못하게 된 지 너무 오래되었다.

술이나 약을 쓴다면 잠을 잘 수도 있겠지만, 거기까지 손을 댔다가는 돌이킬 수 없을 것 같았다.

리제르트가 약을 우르르 쓸어 담으면서도 불면에 시달리는 걸 보면 더욱 그랬다.

침대에 앉아 그는 얼마 전에 있었던 저녁 식사를 떠올렸다.

바라트의 정찬 시간은 격조 있고 훌륭했다. 은 식기들이 촛불에 눈부시게 빛나고, 화려한 도자기들과 크리스털 잔들이 반짝인다. 테이블 가운데에 장식된 유리 공예 센터피스, 한 올 한 올 수작업으로 뽑아낸 레이스가 달린 리넨 식탁보가 우아하게 떨어지고―

'맛을 도무지 알 수가 없어.'

분명히 음식과 값비싼 와인들은 하나같이 훌륭했다. 그런데 혀에서 제대로 맛이 느껴지지 않았다.

맛있다는 감각이 없었다. 무슨 맛인지도 알겠고 훌륭한 것도 알겠지만 도무지 '맛있다.'라는 생각이 들지 않았다.

도축 순서를 기다리며 마지막 만찬을 먹는 동물이 된 기분이었다.

게다가 바라트 공작이 뭐라고 했던가.

"온건파 귀족들을 잘 달래고 있다는 이야기를 들었다. 훌륭하구나, 피요르드. 네가 노력하는 건 기뻐할 일이지."

그녀가 미소 지으며 그렇게 말하는데 대답이 매끄럽게 나오지 않았다. 네가 하고 있는 그 짓은 결국 바라트를, 나를 살찌우는 일일 뿐이야. 그렇게 속삭이는 걸 들은 기분이었다.

마른세수하듯 양손으로 얼굴을 쓸어 올리는데, 똑똑 노크 소리가 났다.

"들어오세요."

리리카가 담요를 들고 어깨로 문을 밀고 들어왔다.

피요르드가 자리에서 벌떡 일어나 리리카의 담요를 받아들었다. 리리카가 말했다.

"아직 추워서 덮을 게 더 필요할 거 같아서. 그리고 내가 좋아하는 향을 쐬어놨어."

"감사합니다."

리리카는 그를 보고 고개를 끄덕였다.

"잘 자. 좀 있다가 깨워 줄게."

"네."

리리카가 밖으로 나갔다. 오두막집의 문은 얇아서 리리카가 걷는 소리

15장 침대 **183**

나, 잔을 옮기는 소리까지 다 들렸다.

피요르드는 담요를 폈다. 리리카에게서 나는 향기가 났다. 그는 한숨을 내쉬었다.

요즘 들어 한숨만 느는 것 같았다. 그는 침대에 쓰러지듯 누웠다. 잠을 잔다는 건 완전히 무방비한 상태로 노출된다는 뜻이다.

그 집에서 약점을 노출할 수는 없었다. 약점이 노출되면 공격당할 게 뻔했다. 그러니 무방비한 상태로 있어서는 안 된다. 그래서 계속 선 잠을 자니 수면 부족 상태가 되고 말았다. 하지만 리리카의 영역에서는 어떤 약점도 공격당하지 않았다. 약한 부분을 드러내고도 웃으며 함께 이야기할 수 있다.

긴장이 풀리기 시작했다.

표정이 느슨해지는 게 느껴졌다.

밖에서는 여전히 리리카가 움직이는 소리가 나고 있었다.

그 소리를 듣다가 피요르드는 그대로 잠들었다.

바라트 공작은 보고서를 들여다보다가 이상하다는 듯 고개를 갸웃했다. 그녀의 옆에는 그녀가 어릴 때부터 그녀의 측근 시녀였던 집사가 서 있었다.

"이상하지."

"뭐가 말입니까?"

"왜 피요르드가 리제르트를 살려 두고 있을까."

"죽이길 원하십니까?"

"원하는 게 아니라, 당연히 그렇게 되어야 하는데. 그래서 리제르트가 함부로 움직이는 것도 놔두고 있는데 말이야……."

바라트 공작이 빙긋 웃었다.

"분명히 피요르드도 알고 있을 텐데."

집사가 공작의 말에 곰곰이 생각하다가 말했다.

"제가 의견을 말해 봐도 되겠습니까?"

"해 봐."

"소공작께서는 죽이지 않아도 되는 법을 찾으려 하시는 게 아닐까요?"

"그렇게까지 멍청하다고? 내가 피요르드를 그렇게 어리석게 키우지는 않았다고 생각했는데."

집사가 말했다.

"아직 어리시니까요."

"난 열다섯에 전부 삼켰어."

바라트 공작이 한숨을 내쉬었다.

"그 애 때문인가? 요즘도 종종 만나는 것 같은데……."

바라트 공작은 잠시 생각하다가 미소 지었다.

"올해에 퍼레이드가 있지? 리제르트에게 조금 더 자유를 줘 봐야겠군. 리제르트를 불러."

"네, 주인님."

집사가 조용히 집무실을 빠져나와 위층으로 올라갔다. 리제르트의 방문을 두들겼지만, 대답이 없었다. 안으로 들어가니 방 안에서 중얼

중얼하는 소리가 들려왔다.

인형에 둘러싸여 바닥에 앉아 리제르트가 인형을 가지고 놀고 있었다.

"아야, 아야, 아파요. 용서해 주세요. 괜찮아, 다 널 위해서 이러는 거야. 널 더 멋있게 만들어 주려고 그러는 거야. 착하지, 착한 아이가 되어야지, 안 그러면 불에 태워 버릴 거야. 아파, 아파, 괴로워, 살려 주세요. 쉬이 쉬이, 자꾸 그러면 입을 꿰매 버릴 테다."

바느질을 하며 리제르트가 두 가지 목소리로 그런 이야기를 하고 있었다.

그녀 주변에 찢어진 인형이 나뒹굴고 있었다.

"리제르트 님."

뒤에서 집사가 목소리를 키워 부르자, 리제르트가 고개를 돌렸다.

"공작님께서 부르십니다."

"정말?"

리제르트가 환하게 웃으며 자리에서 일어났다. 이런저런 인형을 이어 붙여 바느질하던 것을 토닥여 의자에 올려 두었다.

"착하다, 착해. 잘 버티고 있어. 조금만 더 있으면 완성이야."

인형에게 속삭이고 리제르트가 돌아섰다. 집사는 고개를 숙여 보이고는 앞장서서 걷기 시작했다.

집무실 문을 열어 주니, 리제르트가 안으로 들어갔다. 그녀가 언제나처럼 생글생글 웃는 얼굴로 들어와 커트시를 해 보였다.

"부르셨어요? 어머니."

"수도에 남아 있는 실험실 권한을 다 너에게 맡길 테니, 퍼레이드 때 황녀를 귀찮게 해 둬라."

"……귀찮게요?"

"그래."

그리고는 나가라는 듯 손을 휘휘 저었다. 리제르트는 뒷걸음질 쳐서 물러났다.

집무실 문이 닫히자 그 앞에 우두커니 서서 리제르트가 집사에게 말을 걸었다.

"수도에 남아 있는 실험실에 대해서 서류를 줘."

"알겠습니다."

"이번에야말로 성공하면, 어머니께서 착한 아이라고 칭찬해 주실까?"

집사는 순간 리제르트가 안쓰러워졌다. 그녀가 안쓰러운 게 아니라, 그녀의 자질에 대한 안쓰러움이었다. 같은 바라트라도 피요르드와는 키워지는 방식이 비슷한 듯 달랐다. 아니면 성정 때문에 이렇게 갈리는 걸까.

집사는 솔직히 대답했다.

"아니요."

"그래?"

"네, 하지만 쓸모를 증명하시는 건 중요한 일이지요."

"맞아, 그렇지."

리제르트가 빙긋 웃었다.

"죽고 싶지 않으니까."

리제르트는 한 박자 쉬었다가 이어 말했다.

"보고서랑 같이 단 것들도 잔뜩 올려줘."

"알겠습니다."

리제르트는 닫힌 문을 향해 인사해 보이고 제 방으로 돌아왔다. 수술 중이던 봉제 인형 옆에 털썩 앉았다.

"괜찮아, 완성되기만 하면 아프지 않아."

인형을 쓰다듬으며 리제르트가 속삭였다. 이런저런 생각을 하며 앉아 있으니 시종들이 달콤한 음식과 서류를 가져왔다.

혼자서는 다 먹지도 못할 만큼 음식이 수북하게 쌓인 접시였다. 리제르트는 서류 겉봉을 한 번 힐끗 보고 테이블에 앉아서 케이크를 한입 크게 먹었다. 달콤한 맛이 사르륵 녹아들면서 우울한 기분이 사라지는 것처럼 느껴졌다. 단맛이 주는 짜릿함 외에 다른 모든 것들은 희미해졌다.

리제르트는 케이크를 먹고, 또 먹었다. 한 판, 두 판. 그 작은 몸에 들어간다고 믿어지지 않을 만큼.

그다음은 쿠키였다. 알록달록 아이싱된 쿠키를 입 안에 집어넣었다. 아니, 배 속에 집어넣었다.

기분이 훨씬 나아졌다.

더는 먹을 수 없을 만큼 먹었다. 누가 배를 누르면 그대로 토할 것 같았다. 하지만 토하는 게 그렇게 쉬운 일이 아니라는 걸 리제르트는 잘 알았다. 리제르트는 시간을 들여 그것들을 전부 토해 냈다.

빨개진 눈으로 돌아와 그녀는 서류 봉투를 열었다.

'리리카를 귀찮게 해라. 그렇게 말씀하셨지.'

타카르를 향한 맹렬한 증오가 머리를 들었다. 그들이 없다면 그녀가 이렇게 힘들고 괴롭지 않아도 될 터였다.

전부 다 죽으면 좋겠다. 어떻게 하면 죽일 수 있을까.

가능하면 피요르드도 함께 없애고 싶다.

그런 생각으로 리제르트는 고민에 잠겼다.

리리카는 오후 티 타임이 되었을 때쯤 문을 두들겼다. 항상 깨워 준다고 했지만, 이상하게 문을 두들기면 피요르드는 바로 문을 열고 나왔다. 잠을 잔 흔적 없이 모든 게 깔끔하게 정리되어 있었다.

"잔 거 맞아?"

"푹 잘 잤습니다."

언제나 반복되는 문답이다. 리리카는 피요르드를 유심히 보고 고개를 끄덕였다.

"어떻게 맨날 그렇게 일어나? 마지막까지 푹 자지."

"수면이 얕아졌을 때 깨는 게 가장 깔끔합니다."

"그게 가능한 게 신기해."

리리카가 고개를 설레설레 흔들었다. 두 사람은 오븐에 넣어서 온기를 유지하고 있던 비스킷과 잼, 우유와 차를 준비해서 식탁에 내려놓았다.

리리카는 간식보다 먼저, 두근거리는 얼굴로 선물을 풀었다.

"와아."

리리카는 작게 탄성을 터트렸다. 한 쌍의 귀여운 구두가 들어 있었다. 일반적인 가죽이 아니라 천으로 만든 구두였다. 납작한 바닥은 삼베를 단단히 엮어서 만들었고 뒤꿈치 쪽에 벨벳 리본이 길게 달려 있었다.

15장 십 대 **189**

피요르드가 말했다.

"수영할 때 신던 신발인데, 이제는 그냥 길에도 신을 수 있게 유행할 것 같더군요. 벨벳 끈은 발목을 감아올리는 거랍니다."

"예쁘다. 고마워, 피요르드."

피요르드가 고르는 아이템은 어머니가 골라 주는 것과 비슷했다. 입고, 신고, 들고 나가면 반드시 유행하곤 했다.

리본이 사랑스러울 테니, 분명 짧은 치마를 입는 이때 딱 어울릴 구두였다.

"신어 보시겠어요?"

"그럴까?"

리리카가 의자에서 허리를 숙여 신발을 벗는데 피요르드가 신발 상자를 들고 무릎을 꿇었다.

"?!"

리리카가 깜짝 놀라 그를 보았다. 피요르드는 아무렇지도 않게 그녀의 구두를 벗기고 새 신발을 신겨 주었다.

그리고 허벅지 위에 그녀의 발을 올리고 긴 벨벳 끈으로 발목을 감았다.

약간 타이트하게 감은 끈을 뒤쪽으로 모아 리본을 맨 후에 반대쪽도 똑같이 신발을 벗기고 신겨 주었다.

리리카는 신발만 빤히 보다가 피요르드를 바라보았다.

이 각도에서 피요르드를 보는 건 처음이었다. 늘 언제나 그녀보다 키가 크니까, 이렇게 내려다보는 일이 많지 않았다. 의자에 앉아 있는 그를 보는 게 아니라, 정면에서 무릎 꿇은 그를 보는 것이다.

기다란 은빛 속눈썹이 가장 먼저 눈에 들어왔다. 만지면 굉장히 매끄러울 것 같은 가느다랗고 풍성한 은빛 머리카락이 가지런했다.

딱 손을 올리기 좋은 각도였지만 리리카는 꾹 참았다. 피요르드가 힘을 살짝 주어 발목을 끈으로 꼭 조이니 묘한 기분이 들었다.

"괜찮으신가요?"

피요르드가 물었다.

"어? 응?"

저도 모르게 당황해 되묻자 피요르드가 웃었다.

"조임이요. 제가 너무 강하게 리본을 감지는 않았나요?"

"괜찮아."

리리카가 고개를 끄덕였다. 피요르드가 빙긋 웃고 고개를 들었다.

"그럼 일어나 보세요."

"으응."

리리카가 허벅지에서 발을 내려 바닥에 똑바로 섰다. 이리저리 걸어 보았다. 구두는 가볍고 시원했다.

"크기도 딱 맞아. 너무 예쁘다. 고마워, 피요."

"다행입니다."

리리카는 얼른 한쪽에 걸린 전신거울로 가서 제 모습을 비춰 보았다. 신발은 독특하고 예쁘고, 무엇보다 편했다.

이리저리 한 쪽 발끝을 땅에 대고 보기도 하고 발목도 돌려보고 리리카는 만족스러운 얼굴로 돌아섰다. 피요르드도 그 얼굴을 보고 만족했다.

"여름에 가죽 신발은 너무 더우니까, 이거 진짜 유행할 거 같아. 이

리본도 너무 예쁘고."

"리리라면 어울릴 줄 알았어요."

리리카가 그 말에 헤헤 웃고 의자에 앉았다.

"그럼 먹자."

"네."

잠시 차를 따르고 우유를 붓고, 비스킷을 접시에 옮기는 소리가 났다. 리리카가 밀크티를 마시며 물었다.

"피요도 퍼레이드 알아?"

"알죠."

"바라트 영지도 들르게 될까?"

피요르드가 쓴웃음을 지었다.

"리리는 바라트를 안 들렀으면 하는데요."

"하지만 궁금한걸. 피요네 영지는 어떨까, 하고. 게다가 거기서 암살하면 너무 노골적이지 않을까? 그리고 다들 신경을 바짝 곤두세울 것 같아."

"글쎄요. 저도 바라트의 저력을 다 아는 건 아니니까요. 사실은 퍼레이드에 참가하는 것도 말리고 싶지만……."

"그건 안 되지."

"안 되겠죠."

피요르드가 한숨을 내쉬었다. 그는 곧 태도를 바꾸어 느긋한 어조로 말했다.

"십 년 전에 있었던 퍼레이드에서는 아무 일도 없었으니까요. 이번 퍼레이드도 잘 끝나겠지요."

"잠깐, 십 년 전에 있었던 퍼레이드라고 딱 집어서 이야기하는 걸 보니까, 그 전 퍼레이드는?"

"대부분의 퍼레이드에서 크고 작은 사고가 일어나고는 했지요. 아무래도 장거리 여행이다 보니 마차 바퀴가 빠지는 사건도 사건은 사건이니까요."

"그건, 그렇겠네. 그런데 장거리 여행이면 그렇게 오래 수도를 비워 둬도 되는 걸까?"

피요르드가 갸웃하며 말했다.

"폐하는 퍼레이드를 돌지 않아요. 수도만 한 바퀴 도시지요. 영지를 둘러보러 나가는 건 자녀들입니다."

"어? 그럼 아이가 어리거나, 없으면?"

"수도만 돌고 끝나지요."

"그렇구나."

피요르드가 리리카를 보았다. 올해 리리카가 열셋이 아니었다면 퍼레이드에 참가하지 않아도 되었을 텐데, 타이밍이 나빴다.

나빠도 한참 나쁘다.

'좀 더 적극적으로 하는 게 좋겠어.'

어설프게 바라트를 삼키려고 하면 안 될 듯했다. 이대로 있다가 리리카에게 무슨 일이라도 생긴다면 그는 결코 자신을 용서할 수 없을 것이었다.

'내부를 장악하려면, 난폭한 방법을 써야겠군.'

그는 고심 끝에 리리카에게 말했다.

"리리, 혹시 '일곱 개의 종'을 빌릴 수 있을까요?"

"응, 괜찮아."

답하고 이어 "그런데 왜?" 하고 물어왔다. 그 신뢰가 기분 좋아서 피요르드가 웃고 말했다.

"살펴봐야 할 장소가 있어서요."

"종이 다 울리지 않도록 조심해. 일곱 개의 종이라고 만능은 아니니까."

바라트 공작과 마주쳤을 때 종 세 개가 단숨에 박살났다. 그때 얼마나 무서웠는지.

"명심하겠습니다."

가벼운 티 타임이 끝나자, 리리카가 안쪽에서 종을 들고 나왔다. 피요르드가 조심스럽게 종을 받아들었다.

그가 찾아낸 자료만으로는 부족했다. 바라트 공작의 집무실을 샅샅이 뒤질 생각이었다.

리리카는 문 앞에서 피요르드를 배웅했다. 피요르드가 "다음에 또 뵙겠습니다." 하고 인사했고, 리리카가 "응, 다녀와." 하고 답했다.

그 대답에 그는 빤히 리리카를 보다가 웃었다.

"다녀오겠습니다."

인사한 후에 그의 모습이 홀연히 사라졌다. 리리카는 그 모습을 보고 끙 한숨을 내쉬었다.

'마법을 만들고 싶은데.'

그녀도 장소를 이동하는 마법을 만들고 싶은데, 만들 수가 없었다. 솔직히 말하면 발동하기가 무서웠다. 그녀가 이쪽에서 완전히 사라졌다가 저쪽에서 나타나는 것.

하지만 그 '자신이 이 세계에서 완전히 사라지는 순간'을 인식하니

도무지 마법을 쓸 수가 없었다.

어디로 사라졌다가, 어디에서 다시 공간을 도약해서 나타나는 걸까?

다시 나타날 수 있을까?

영영 사라져 버리는 게 아닐까?

그런 생각을 하기 시작하니, 마법을 발동하는 게 무서워져서 관뒀다. 이런 의심을 가지고 마법을 발동했다가는 정말 사라질 수도 있다고 알테어스가 겁을 줘서 더욱 그랬다.

피요르드가 떠나자 근처에서 대기하고 있던 라우브가 문을 열고 들어왔다.

이어 브린이 들어오며 말했다.

"황녀님, 황후마마께서 부르세요."

"어머니께서? 지금?"

"네."

티 타임이니 부르신 걸까, 하고 리리카가 고개를 끄덕였다. 비스킷을 한 개만 먹어 둬서 다행이다. 브린이 말했다.

"아무래도 황녀님의 첫 파티에 대해 의논하고 싶으신 거 같아요."

루디아는 생글생글 웃는 얼굴로 리리카를 맞았다. 눈썰미 좋게, 루디아는 리리카의 신발을 놓치지 않았다.

"못 보던 신발인데."

"오늘 선물 받았어요."

"누구에게?"

"그, 음……."

"알았다."

루디아는 별말 없이 고개를 끄덕였다. 리리카가 종종 몰래 피요르드를 만난다는 건 가족들은 다 알고 있는 사실이었다. 일단 알테우스가 알고 있고, 알테우스가 아는 걸 루디아가 모를 리가 없었으며, 같은 산딸기 동맹인 아틸도 알고 있었다.

산딸기를 딸 때가 되면 뻔뻔하게—아틸은 이 말을 몇 번이나 반복했다.—나타나기 때문이었다.

"예쁜 신발이구나. 유행할 거 같은걸."

리리카가 가볍게 웃었다.

"봄여름에 신기 좋겠다. 여름용으로 한 켤레 더 만들어 두라고 이야기하마."

"네, 어머니."

루디아는 리리카의 신발을 보고 의욕을 불태웠다. 바라트는 바라트다. 보는 눈이 높았다. 하지만 리리카를 내줄 생각은 없었다.

파티에 초대할 사람 명단—즉, 리리카의 신랑 후보 명단을 마음속에 품고 루디아는 리리카를 옆자리에 앉혔다.

리리카가 어머니 옆에 바싹 붙어 앉으며 말했다.

"어머니, 저 오늘 아침에 신문 봤어요."

"어머, 후후. 혹시 걱정했니? 걱정할 건 하나도 없단다."

"어떻게 하실 생각이세요?"

"내일 신문을 보면 알 거야."

루디아가 눈을 찡긋해 보이고는 딸을 옆자리에 앉혔다. 그리고 삽화를 펼쳐 보였다.

리리카는 탄성을 내질렀다.

"너무 예뻐요."

"그렇지? 이국의 식물로 장식한 파티 콘셉트란다. 위쪽에도 이렇게 덩굴식물을 드리워 주고. 온실에서 여는 거야."

"하지만 어머니, 제가 제 손으로 스스로 해야 하는데……."

"물론 스스로 해야지. 하지만 어떤 파티를 열지 엄마랑 의논은 할 수 있잖아. 안 그래?"

'그런 건가?'

갸웃하면서도 리리카는 다음 장을 넘기는 어머니의 손에 집중했다. 그다음은 소박한 농장 풍의 티 파티였다.

"이건 오두막이랑 비슷한데요?"

"거기서 영감을 받았단다. 이런 소박함이 새로움을 줘서 다들 열광할 거야. 정원에 가건물을 세우면 된단다. 그리고 다음은—"

이런저런 파티 콘셉트가 몇 장 더 나왔다. 리리카는 진지하게 그것들을 보다가 말했다.

"저 호숫가에서 파티를 하겠어요. 하지만 밤에 할래요."

"밤에? 하지만, 리리. 밤이면 벌레들이 불빛을 보고 잔뜩 몰려올 거야. 특히 호숫가는 벌레가 많아."

리리카가 씩 웃었다.

"바로 그러니까요. 저에게는 벌레를 쫓아내는 화환이 있잖아요."

15장 십대

아무것도 모를 때 만든 아티팩트 중 하나였다. 그 말에 루디아는 눈을 동그랗게 떴다가 싱긋 웃었다.

"그거 무척 좋은 생각이구나. 너밖에 열 수 없는 파티가 될 거야."

"아, 물론 어머니께도 얼마든지 화환은 만들어 드릴게요."

"그래, 딸이 마법사인 덕을 마음껏 보겠구나. 참, 그리고 파티 초대 명단 말인데."

루디아가 태연히 가장 뒷장을 열어 보였다.

"엄마가 이렇게 한 번 짜 봤단다. 어떠니?"

리리카는 명단을 들고 살펴보았다. 그녀가 아는 사람도 있고, 모르는 사람도 있었다. 특히 남자아이들 같은 경우에는 더욱 그랬다. 여자아이들끼리는 교류가 있었지만, 남자아이들은 얼굴만 얼핏 아는 경우가 대부분이었다.

'파티는 성비도 중요하다고 했으니까.'

"네, 괜찮아요."

시원시원하게 대답하자 루디아가 고개를 끄덕였다.

"그리고 참가자에 대해서는 대강이라도 아는 편이 좋으니까—"

여자아이들은 리리카도 대강 알았지만, 그래도 루디아는 모두 한 사람씩 빠짐없이 소개했다.

호감이 갈 만한 이야기를 덧붙이는 것도 잊지 않았다. 리리카가 설명을 다 듣고 고개를 끄덕였다.

"골고루 있네요. 감사해요, 어머니. 명단까지 짜 주시고. 전 한참 뒤에나 파티를 열 줄 알았는데 말이에요. 생일파티가 끝난 지 얼마 되지 않았는데, 바로 열게 되네요."

"퍼레이드를 가기 전에는 얼굴을 익혀 두고 싶으니까 그렇지."

"아아, 그렇군요."

그때 처음 얼굴을 보는 것과 파티를 통해서 안면을 익히고 보는 것은 전혀 다른 일일 터였다.

퍼레이드가 열리기 전, 하야가 떠나고 나서 초여름에 야외 파티하기 좋은 날씨에 파티를 열기로 결정했다.

리리카는 하야가 좋았다. 눈 요정의 일족은 질문하면 모르는 게 없이 대답해 주는 게 특기였다.

그는 정원에 대해서도 거침없었다. 우바가 가져다 준 씨앗이 싹트지 않았을 때, 씨앗을 깨 보라는 조언을 해 준 것도 그였다.

긴 머리카락이 방한용이라는 것도 알게 되었고, 그 이름에 아무런 뜻이 없다는 것도 알게 되었다.

인로에 강하게 엮이기 위해서, 이름에 의미를 두지 않는다고 했다.

보통 인간보다 수명이 길다는 이야기와 더위에 무척 약하다는 이야기도 들었다.

가장 오래된 노래와 가장 오래된 이야기도 들었는데, 전부 고대어로 되어 있었다.

'에르히(빛이 존재하다)'라는 문장으로 시작되는 노래여서 리리카는 더욱 귀 기울여 들었다. 창세가라고 하야가 나중에 설명해 주었다.

몸을 오싹오싹하게 하는 무서운 이야기도 들었다. 밤에 잠을 자지 못하고 말똥말똥하게 있다가 아틸을 슬그머니 찾아가면 아틸이 "또 무서운 이야기 들었어?" 하고는 한숨을 푹푹 내쉬고는 했다.

그러면서도 쫓아내지는 않는 게 아틸의 좋은 점이었다. 하지만 리리카가 어떤 무서운 이야기를 들었는지 말하려고 하면 "됐다." 하고는 고개를 흔들었다.

"아틸은 무서운 이야기 싫어해요?"

"현실에도 무서운 게 잔뜩 있는데, 이야기까지 무서운 걸 들을 필요가 있어?"

"음……."

그 이야기에는 리리카도 동의했지만, 뭐라고 할까.

현실의 무서움과는 전혀 다른 이야기인데. 어떻게 표현해야 할지 알 수가 없었다.

그런 무시무시한 이야기 속에는 꼭 아티팩트에 얽힌 이야기들도 끼어 있었다. 하야가 몰래 알려 줬는데 인로가에는 그런 무시무시한 아티팩트를 모아두는 곳이 있다고 한다.

"첫 파티를 여시는군요. 가능하면 꼭 참가하고 싶지만……."

"여름이잖아요. 괜찮아요. 다음 파티에 와 주세요."

리리카의 말에 하야가 빙그레 웃으며 고개를 끄덕였다.

"네, 알겠습니다. 겨울에 파티를 여신다면 초대해 주세요. 한 번도 가 본 적이 없어서 기대되는군요."

"에이, 틸라께 초대장은 잔뜩 오잖아요. 지금도 종종 오지 않아요? 그래도 기분 전환 삼아 가끔 나가 보면 좋을 텐데요."

200

리리카의 말에 하야가 싱긋 웃으며 말했다.

"가 봐야 쓸데없는 질문만 잔뜩 듣겠지요. 지루한 파티가 될 게 뻔한데 뭐 하러 가겠습니까. 게다가 사람 많고 시끄러운 건 그리 좋아하지 않으니까요."

"으음……."

그럴 것 같기는 하다. 하야에 대한 궁금증은 다들 비슷해서, 리리카에게 들어오는 질문도 똑같기는 했다.

하야를 초대할 파티는 꼭 고즈넉하게 열어야겠다. 가능하면 자연환경이 아름다운 곳이 좋겠다.

겨울이니까 눈 집이라도 지어서 열까.

하야가 부드럽게 화제를 다시 공부로 돌렸다.

"그런데 신기하지 않으신가요? 300여 년 만에 언어가 이렇게까지 극단적으로 바뀌었다는 게요."

그 말에 리리카는 '어라?' 했다. 300년은 확실히 길지만, 한 언어가 고대어라고 불리며 아예 알아듣지 못하는 언어가 될 만큼 달라질 수 있는 시간인 걸까?

"이유는 고대어로 마법을 사용하기 때문입니다."

"!!"

생각지도 못한 이유에 리리카가 눈을 동그랗게 떴다. 확실히 마법을 쓸 때는 고대어를 사용했다.

"고대어는 최초의 언어라고 하지요. 신이 창조할 때 사용한 언어라든가. 여러 이야기가 있습니다. 말은 사람의 마음을 엿볼 수 있는 창구지요."

하야가 제 입술을 눌렀다.

"말은 생각에서 나오고, 생각은 마음에서 나옵니다. 그러니 말을 보면 그 사람의 마음을, 그 안에 뭐가 있는지를 보여 주지요. 거짓된 말도, 정직한 말도, 입 밖으로 나오는 순간 힘을 가지게 됩니다."

하야가 석판에 글자를 썼다.

'에르히.'

리리카는 짧게 숨을 삼켰다. 하야는 설명을 이었다.

"그러니 진짜 말, 태초의 말이 가진 힘은 어마어마하지요. 기원이 마음이며, 마음이 생각이고, 생각이 말이 됩니다. 마법이 말을 근간으로 하는 건 이상한 게 아닙니다. 말을 정제한 문자도 마찬가지지요. 그래서 마법을 쓰지 않겠다는 맹세의 여파로 가장 먼저 변형된 것이 말입니다."

하야가 미소 지었다.

"그래서 우리의 언어는 고대어와 완전히 달라지게 되었지요. 그래도 문자로 기록된 고대어를 가지고 있는 게, 인간의 욕심이라고 할까요."

리리카는 그제야 커다란 궁금증 하나가 풀린 기분이 들어 속이 시원해졌다. 어째서 마법을 쓸 때 고대어를 써야 하는 걸까? 이렇게 어려운데. 하는 의문의 답이었다.

리리카가 말했다.

"틸라는 마법에 대해서도 많이 알고 계시죠?"

"네, 하지만 마법 소녀만큼은 아니겠지요."

리리카는 그 말에 작게 웃었다. 종종 하야가 모든 것을 알고 있는 게 아닌가 싶을 때가 있었다.

그녀가 진짜 마법사인 걸, 소녜히하야 인로가 알아차린 게 아닐까.

물론 그녀도 그렇다는 티를 내지 않고, 하야도 그렇다고 주장하지 않지만, 언행에서 그런 느낌이 묻어나왔다.

리리카는 하야가 마법 소녀 아티팩트 때문에 그런 이야기를 하는 게 아니라, 그녀가 마법사이기 때문에 한다는 생각이 들 때가 있었다.

"언젠가 눈보라 성으로 와 주시면 '별의 흐름'을 보여 드리고 싶습니다."

"'별의 흐름'이요?"

"네, 거대한 아티팩트랍니다. 마법 소녀의 눈에는 어떻게 보일지 궁금하네요."

"무척 예쁜 이름인걸요. 어떻게 생긴 아티팩트인가요? 무슨 아티팩트인지 여쭤봐도 되나요?"

"그건 눈보라 성에 오셨을 때의 즐거움으로 남겨 두지요. 아, 그리고 아까 그 호숫가에서 열리는 파티 말입니다."

"네."

"호수 위에서 여는 게 더 화려할 것 같지 않나요?"

"!!"

앗, 하고 리리카가 눈을 깜박였다. 그 얼굴을 보고 하야가 미소 지었다.

"좋다니 다행이네요."

"네, 무척, 좋을 거 같아요. 아니, 좋네요."

갑자기 이런저런 아이디어가 솟구쳤다. 어머니도 들으시면 깜짝 놀라시겠지.

하야가 이어 리리카 앞에 놓인 책의 페이지를 직접 넘기며 말했다.

"그럼 다음 장으로 넘어가지요."

파티로 설레하던 리리카가 얼른 표정을 다잡고 책에 집중하기 시작했다.

평소보다 조금 더 일찍, 리리카의 수업을 끝내 주고 하야는 자신의 방으로 향했다. 들어가자마자 멈칫한 건, 뜻밖에도 알테어스가 앉아 있었기 때문이었다.

"폐하를 뵙습니다."

하야가 예를 갖춰 인사하자 알테어스가 손을 내저었다.

"됐고."

알테어스는 거실 응접실 한가운데에 안락의자에 다리를 꼬고 오만하게 앉아 있었다.

하야는 종종 용의 몸 안쪽에서 타오르는 불을 생각하기만 해도 고통스러울 때가 있었다.

불에 약한 그들에게 용은 상극이나 다름없었다.

"이번에 눈보라 성에 갈 때 용살자(龍殺者) 리스트를 가져와."

하야는 붙박인 듯 서서 그를 바라보았다. 알테어스가 비딱하게 말했다.

"생각해 봤거든. 예전 일은 고통스러워서 복기하기도 싫었는데, 요즘 들어서 루디와 이야기하다 깨달은 건데."

그는 강했고, 불사였다.

타카르는 후손을 향한 보호 본능 때문에 미친 인간이고.

"날 제어할 물건을 안 만들었을 리가 없거든."

어떻게든 용을 죽일, 다스릴, 없앨, 그런 아티팩트를 만들지 않았을 리가 없었다.

타카르뿐 아니라 그를 두려워하는 다른 인간들도 아티팩트를 만드는 데 힘을 쏟았을 터였다.

"'하트의 여왕'은 본섬에서부터 가져온 물건이니까 그렇다 치지만. 다른 게 없을 리가 없어. 그리고 인로, 너는 목록을 가지고 있겠지. 안 그래?"

하야는 느릿하게 고개를 끄덕였다.

"있습니다. 하지만 전부 가지고 있는 건 아닙니다. 누락된 것도 있고, 또……."

"알아. 어떤 건지 살펴보는 걸로도 충분해. 분노해서 너희를 불태우거나 하는 헛짓을 하지는 않을 테니 안심해도 좋아."

하야는 그 말에 물끄러미 알테우스를 바라보았다. 용을 믿을 수 있는가, 하는 바에 대해서 인로에는 여러 가지 이야기가 내려오고 있었다.

용의 맹세.

하지만 교묘한 맹세 역시 참으로 많다. 불태우지 않겠다고 하고 찢어 죽이고, 살려 두겠다고 하고서는 차라리 죽여 달라고 빌게 만든다. 네 밑으로 들어가 일하겠다고 하고 악행을 멈추지 않고 —그 두 가지는 다른 이야기이므로—다른 자의 손을 빌려 차도살인을 저지른다.

맹세를 절대로 어기지 않는 존재이기 때문에, 맹세를 교묘히 비트는 방식에 도가 튼 존재라고 할 수 있었다.

무엇보다도 냉철한 이성으로 그런 짓을 저지르기 때문에 가장 무서웠다.

용은 돈이나 권력 때문에 움직이지 않는다. 인간이 그것 때문에 움직이는 건 그게 기쁨을 준다고 생각하기 때문인데, 용은 애초에 기쁨이나 즐거움을 느끼지 않는다.

만족이라는 감정이 없다.

그들은 그저 질서를 지키는 데 필요하다면 그런 일을 저질렀다.

그런데 감정을 가진 용이라면?

상황을 예측할 수조차 없다.

'그런데.'

요즘 들어 알테이스가 달라졌다는 건 하야도 알 수 있었다. 묘한 믿음도 생겼다. 그가 목록을 받고, 아티팩트를 가지고 있는 눈보라 성으로 날아와서 한 명 한 명 잡아 죽이며 아티팩트를 전부 모아오게 만드는, 그런 짓을 하지 않을 거라는 믿음이라고 할까.

적어도 인로가 그에게 반기를 들지 않는다면 말이다.

그리고 인로가 어떻게 그에게 반기를 들겠는가?

오랜 맹세와 저주가 그의 핏줄에 흐르고 있는데 말이다. 하지만 그래도 아직 조금 부족하니,

"알겠습니다. 그런데 한 가지 부탁드려도 될까요."

"뭔데?"

"황후마마께도 용살자에 대해, 이 대화 내용에 대해서 알려도 되겠습니까?"

적어도 보험은 얻고 싶었다.

알테이스가 그를 바라보았다. 용의 시선을 똑바로 받는 것만으로도 힘들었으나, 하야는 버텼다.

"눈 요정이라도—"

그의 목소리가 느긋하게 늘어졌다. 하야는 등줄기가 쭈뼛 서는 기분이었다.

"황금에는 관심이 있나 보지?"

'황금'이라는 단어를 듣자마자 생각난 건 황후였다. 그 뚜렷한 금빛 머리카락이 떠오르자마자 그는 저도 모르게 소리쳤다.

"아닙니다!"

이 오해는 진짜 아니다. 정말로 아니다. 하야는 불타 죽고 싶지 않았으므로 전면으로 부정했다.

알테어스는 그래도 의심을 거두지 않는 눈으로 그를 바라보았다. 격한 부정이 오히려 수상하다는 표정이었다.

하야는 억울해졌다.

"정말로 아닙니다. 폐하."

"……."

"정말입니다. 그러니까, 제 이상형은 오히려 리리카 황녀님, 아니, 죄송합니다. 실언했습니다."

재빠르게 하야는 말을 취소했다. 이렇게나 동요하다니, 그동안 쌓은 공부가 다 어디로 갔나 싶었다.

알테어스의 눈이 더욱 가늘어져서 그는 자초한 실언을 해명했다.

"그러니까, 황후마마께서는 너무 아름다우셔서, 좀 벗어났다고 해야 할까요. 리리카 황녀님은 그저 제 제자일 뿐입니다. 제가 주변에 비교할 사람이 없다 보니. 그렇군요. 어, 그러니까. 저는 라우브 경 같은 조용한 사람이……."

말을 하면 할수록 점점 더 바닥없는 늪으로 빠져드는 기분이었다. 하야는 처음으로 제 얼굴이 빨개지는 걸 느꼈다.

이제는 불도 두렵지 않았다. 그저 눈송이처럼 녹아 사라지고 싶다. 이제 '그렇다고 남자를 좋아하는 건 아니고' 어쩌고 하는 말까지 해야 하는 건가.

알테어스는 빤히 그를 보다가 혀를 찼다. 하야가 움찔했다.

'보통 이렇지.'

보통 그가 용이라는 걸 아는 사람들의 반응은 대부분 이랬다. 두려워하고, 공포의 압박으로 제대로 사고하지 못하는 경우도 많았다. 다시 생각해도 루디아는 특이한 경우였다.

그리고 그는 그 특이한 경우가 무척 좋았다. 그렇지 않았다면 보지 못했을 수많은 것들을 그는 배우고 있는 중이었으니까.

더 괴롭히면 눈앞의 인로가 녹아 사라질지도 모르겠다는 생각이 들었다. 알테어스는 자리에서 일어났다.

"그렇게 하지."

대답을 남기고 용은 사라졌다. 하야는 멍하니 허공을 보다가 비틀거리며 옆의 의자에 픽 쓰러지듯 앉았다.

멍하니 허공을 바라보다가 하야는 길게 숨을 내쉬었다. 아직 목숨이 붙어 있다.

'그렇게 하지, 라는 건……'

황후마마께 말씀드려도 된다는 거겠지. 아니면 폐하께서 직접 이야기하시려나.

하야는 어쩐지, 굉장히, 눈보라 성으로 돌아가고 싶어졌다. 그곳에 있는 가족들이 그리워졌다.

여기서 겪는 모든 격한 감정들의 흐름을 느끼고 있으면 격랑에 휩쓸려 가는 듯했다.

하지만 그게 동시에 그에게 살아 있다는 실감을 주어서, 그는 눈보라

성의 일족이 안타깝기도 했다.

　빨리 저주를 풀어서, 그 지긋지긋한 극북에서 떠나서 마음껏 살 수 있게 해 줘야 하는데.

　말실수는 차마 곱씹을 생각조차 들지 않았다. 지금은 그 상황을 떠올리기만 해도 수치스러웠다.

　가주님이 보셨다면 일갈하시면서 혀를 차셨을 터인데.

　하야는 깍지 낀 손을 제 배 위에 올렸다.

　'잡념이 많은 걸 보니 전 아직도 수행이 부족한가 봅니다. 가주님.'

　다음 날 리리카는 일어나자마자 신문 기사를 살펴보았다.

　삽화에는 아버지와 어머니의 다정한 모습이 실려 있었다.

　기사 제목은 이랬다.

무례함은 참아도, 엉망인 시는 못 참아.

　거기에는 어젯밤 잡힌 시인이 읊은 시를 갈기갈기 찢듯이 비평한 내용이 올라와 있고, 거기에 아버지가 쓴 시가―

　"?!"

　아버지가 시를 쓰셨단 말인가? 게다가 상당히 훌륭했다. 리리카의

15장 십대　**209**

시선이 시에 사로잡혀 있자 브린이 알려 주었다.

"예전에 꽃다발이며 시를 잔뜩 보내신 적이 있어요. 그때 로맨틱하다고 소문이 나셨는걸요. 지금도 종종 황후마마께 보내 드리는 걸로 알아요."

"그, 그랬구나."

리리카는 더듬더듬 기사를 마저 읽었다.

기사 내용의 핵심은 이랬다.

'아무 실력도 증명 안 된 사람들에게 황후마마를 노래하게 할 수 없다. 황실에서 특별히 심사를 거쳐 뽑은 자들에게만 그럴 권리를 주겠다.'

"와—"

리리카는 감탄했다.

"한마디로 황실에서 자격을 부여한 사람만 시를 쓰고 발표할 수 있다는 거네."

"그렇죠. 물론 그 심사를 보는 건 황실이지요."

"어머니는 역시 대단하셔."

리리카는 고개를 설레설레 흔들었다. 게다가 자신이 부른 사랑 시가 이렇게나 혹평을 받았으니, 그 시인의 마음도 갈기갈기 찢겼으리라.

굳이 황궁까지 와서 그런 짓을 한 걸 보면 관심 받는 걸 무척 좋아하는 사람일 텐데.

'아틸이 말한 게 이거구나.'

리리카는 신문 기사를 덮었다. 어쨌든 사건이 나름대로 깨끗하게 넘어간 듯해서 다행이었다.

결론이 나오기까지 아버지와 어머니 사이에 이런저런 이야기가 오간 듯했지만, 그래도 이 정도면 훌륭한 결말이었다.

리리카는 만족스럽게 아침 식사를 했다. 오후에는 어머니와 파티에 대해서 논의했다.

리리카는 작은 범선을 잔뜩 만들어서 호수 위에 띄우고 싶다고 이야기했다.

"밤이니까 범선에 불이 켜져서 호수 위를 흘러가는 모습이 무척 예쁠 거예요."

"그냥 꽃이나 그릇에 불을 켜도 되지 않을까?"

"꽃보다 배가 더 좋아요."

"그래, 그럼. 네 파티니까."

이런저런 사항을 이야기하고 조율했다.

그리고서 리리카는 일손을 고용해서 파티 준비를 시작했다.

호숫가 선착장 옆에 커다란 뗏목을 만들면, 파티장이 된다.

파티를 위한 유리 램프며, 작은 범선들, 음식 준비와 휴게실처럼 다양한 안건을 준비하는 사이에 시간이 휙 지나갔다.

정중한 초대장을 보냈고, 모두가 오겠다고 답신을 보내 주었다.

애초에 로열패밀리가 여는 파티였다. 수없이 많은 파티가 열리는 사교계니만큼 급이 있기 마련.

황녀가 여는 파티의 초대장을 받았다는 것 자체가 커다란 영광이었다. 이것만으로도 사교계에서 급이 올라간다. 분명 리리카와 같은 날 파티를 열려고 생각했던 세미 사교계 사람들은 눈치를 보며 파티를 취소할지 고민했을 터였다.

다행히도 리리카의 파티는 공개 파티가 아닌 초대 파티였고, 모두가 안심하며, 그리고 부러워하며 각자 파티를 준비했다.

당일이 되어 노을이 지기 시작할 때쯤 본격적 파티 준비가 시작되었다.

보통 파티는 밤늦게 열려서 자정을 지나 새벽까지 진행되는 게 일반적이지만, 세미 사교계 파티는 자정이 되면 파장이다. 아무래도 일찍 시작될 수밖에 없었다.

가장 먼저 도착한 건 디아레였다. 그녀는 말벗이라는 이유로 일찍 도착해서 리리카가 마무리 작업하는 걸 도와주었다.

"보세요, 황녀님."

디아레가 생글생글 웃으며 제 신발을 보여 주었다. 리리카와 똑같은 디자인이었다.

발목을 비단 끈으로 감싸는 납작한 신발을 보고 리리카는 웃었다. 디아레는 무릎길이의 반바지를 입고 있었다. 둘이 나란히 특이한 디자인의 신발을 신고 있으니 맞춤이라는 게 한눈에 보였다.

디아레는 그게 한없이 뿌듯했다. 색만 다르게 같은 디자인으로 신발을 맞추길 잘했다.

파티장은 'ㅁ'자의 커다란 뗏목 세 개가 일렬로 연결되어 있었다. 각 뗏목으로 움직이려면 다리를 건너야 했다.

가운데 뗏목이 가장 컸다. 춤을 추고, 이야기를 나누는 공간이었다. 오른쪽은 여성 휴게실로, 하늘하늘한 리넨 커튼으로 살짝 가려져 있었다.

왼쪽에는 쉴 수 있는 자리가 마련되어 있었다.

그리고 보트에서 악단이 곡을 연주할 예정이었다.

가벼운 입식 파티니 쟁반을 든 시종들이 부지런히 움직일 것이었다.

뭍에는 파티장에 조달할 음식과 술을 놓기 위해 천막이 쳐 있었다.

가운데 뗏목은 평평한 널빤지를 깔고, 가장자리에 난간과 기둥을 여럿 세웠다. 기둥마다 벌레를 쫓는 화환이 걸리고, 기둥 사이사이를 끈으로 연결한 다음, 끈에 빛나는 돌을 달았다.

빛나는 작은 범선들이 유유히 호수를 가로질러 떠다니고, 선선한 바람이 불었다.

호수 가운데 섬에도 불을 잔뜩 켜놔서 아름다운 빛이 물에 반사되어 보였다.

두 번째로 빠르게 도착한 건 페리 산다르였다. 초대장을 받은 그녀는 기대에 잔뜩 부푼 얼굴로, 초대장에 적힌 시간보다 일찍 도착했다.

이어 속속들이 사람들이 도착하고 리리카와 인사를 나누었다.

마차가 호숫가 앞까지 도달하면, 풋맨들이 잽싸게 문을 열어 준다. 짧아야 하는 치마는 최대한 길게 내리고 살짝 고개를 치켜든 채로 호화로운 망토와 겉옷을 시종들에게 차례로 맡겼다. 아이들은 어른과 같은 예의범절로 오늘의 주최자이자 황녀님인 리리카와 인사를 나누었다.

재빠르게 서로의 옷차림이나 장신구를 확인하는 것도 잊지 않았다. 은은하게 흘러나오는 악단의 연주가 저녁 무도회가 시작되었음을 알렸다.

본래 저녁 무도회를 열기 위한 예산은 고위 귀족이 아니면 힘들 정도로 미친 듯이 높지만, 오늘 저녁 무도회는 그중에서도 특별했다. 머리 위에 잔뜩 달린 빛나는 돌과 가설무대만 봐도 금액이 대체 얼마나 들어갔을지 알 수 없었다.

시종이 한 명, 한 명 참석자들의 이름을 부르고, 리리카와 인사를 시켰다. 플로어가 순식간에 채워져 나갔다. 마차가 줄을 서고, 마차들끼리

가문의 문장을 보며 눈치를 보았다.

어느 정도 사람들이 찼을 때 리리카의 손짓에 악단이 첫 곡을 연주하기 시작했다.

첫 춤은 디아레가 가져갔다.

'성별을 맞춰 둬서 다행이야.'

쌍쌍이 도는 아이들을 보며 리리카는 마음속 깊이 안도했다. 첫 번째 춤이 끝나자 곧바로 사교 시간이 이어졌다.

춤을 추고 싶은 아이들은 춤을 췄고, 그렇지 않은 아이들은 서서 삼삼오오 모여 이야기를 나눴다.

물론 리리카는 그 무리들을 돌아다니며 한 명도 빠짐없이 이런저런 이야기를 나눴다.

그중에는 카르탄 오라힐도 있었다. 그를 보자 리리카는 피요르드가 했던 말이 떠올라 웃었다.

카르탄은 리리카의 웃음에 정중하게 춤을 요청했고, 리리카는 기꺼이 그와도 춤을 췄다.

처음에는 느리던 춤곡이 점점 더 경쾌하고 발랄해졌다.

폴카와 릴이 이어졌다.

춤곡과 춤곡 사이에는 반드시 쉬는 시간이 있어서 그사이 다들 잡담을 나누고는 했다.

남자아이들은 황녀님께 예의 바르게, 그러나 꾸준히 말을 걸었다.

종종, 잠시 함께 걷지 않겠냐는 말도 들어왔다. 리리카는 기꺼이 호숫길을 같이 산책하기도 했다.

정중하고 예의 바른 신사다운 태도라서 리리카는 정말로 자신이 '레이디'라는 사실을 실감했다.

물론 다음 춤을 출 때가 되면 어김없이 디아레가 눈을 부릅뜨고 찾으러 와 그녀를 데리고 돌아갔지만 말이다.

여성 휴게실의 하늘거리는 리넨 커튼 안쪽에서는 명랑한 웃음소리가 부드러운 호숫가 바람을 타고 울려 퍼졌다. 여자아이들은 소파에 앉아 재잘거리고, 제 머리와 옷차림을 고쳤다.

리리카는 페리가 자꾸 겉도는 걸 발견하고 그녀에게 다가가 말을 걸었다. 모두가 그걸 바라보았다. 어설픈 작위의 사람이 페리에게 말을 걸었다면 코웃음 치고, 같은 취급을 받았을 터였다.

그러나 상대는 아무리 해도 흔들릴 리 없는 계급의 사람이었다.

자연히 아이들도 페리에게 조금씩 유해졌다.

빛나는 범선들이 흘러나올 때쯤 최고조에 다다른 파티는 점점 느슨해져서 마지막 춤을 남겨 두고 있었다. 다들 조금씩 피곤하고 늘어진 모습이 되었을 때쯤, 등장하면 안 되는 사람이 등장했다.

하인들과 호위들이 당혹하며 몸을 굽히는 게 시야에 들어왔다. 오늘의 파티를 주최한 리리카에게 집사가 다가와 속삭였다.

그녀는 놀라 눈을 동그랗게 떴다가 재빠르게 입구로 향했다. 그녀가 우아하게 고개를 숙였다.

"폐하를 뵙습니다."

아이들은 얼어붙은 듯 서 있다가 리리카가 인사를 하자 꿈에서 깨어난 것처럼 허둥지둥 인사했다. 알테어스가 말했다.

"일단 도착했으니, 주최자와 춤을 추는 게 관례겠지?"

"네? 네에."

알테우스가 악단에게 시선을 돌리자, 악단은 재빠르게 왈츠를 연주하기 시작했다.

리리카는 속으로 비명을 지르면서도 겉으로는 태연히 알테우스의 손을 잡았다. 연주와 함께 스텝이 미끄러지기 시작하자 알테우스가 말했다.

"웃어야지."

"아, 아버님. 여기는 어떻게, 오시면 안 되시는 거 아녀요?"

"첫 파티에 와 달라고 부탁했었잖아?"

"언제요?"

"삼 년 전인가?"

갸웃하는 알테우스를 보고 리리카는 입을 벌렸다가 웃어버렸다. 눈앞에서 폐하를 보게 된 아이들은 어쩔 줄 몰랐으나, 곧 회복했다. 그들은 재빠르게 제 파트너와 함께 플로어로 걸어 들어왔다.

춤곡이 끝난 후, 알테우스는 리리카를 번쩍 안아 들고 싶었으나 참았다. 여기서 애 취급을 했다가는 나중에 루디아에게 한소리 들을 거라는 게 자명했기 때문이다.

게다가 리리카는 파티의 주인답게 격식을 갖춰 그를 대하고 있으니, 그도 그걸 깨서는 안 되겠지.

아이들은 힐끔힐끔 이쪽 눈치를 보며 애타게 리리카를 바라보았다. 황제는 이곳에서 가장 신분이 높았고, 감히 소개받을 수 있는 사람이 아니었다.

여기에 폐하가 오셔서 폐하를 보았다―라는 이야기만 듣고 가도 오래도록 자랑거리로 써먹을 수 있을 터였다.

하지만 가능하면 소개받을 수 있다면 더 좋겠다. 여기서 둘 사이에 소개가 가능한 사람은 리리카 황녀님뿐이었다.

'황녀님!'

마음속의 열망이 눈빛이 되어 이글이글 타오른다.

리리카는 그런 따끔따끔한 시선을 강렬하게 느꼈다.

어떻게 할까, 하면서도 소개하고 싶은 사람이 있다. 리리카가 속삭였다.

"아버님, 실례만 되지 않는다면, 디아레를 소개하고 싶어요."

알테어스가 고개를 끄덕이자, 리리카는 돌아서서 디아레를 불렀다. 리리카가 둘을 소개했다.

"이쪽은 제 말벗인 디아레 울프랍니다, 아버님."

"디아레 울프라고 합니다."

디아레가 손을 가슴에 대고 인사해 보였다. 알테어스는 위아래로 디아레를 훑어보고 빙긋 웃었다.

"딸의 친구라니 반갑군."

"영광입니다."

디아레가 고개를 들었다. 알테어스는 그녀에게 시선을 주었다가 아이들에게 시선을 돌렸다.

보통 사교계라면 그래도 그가 고개를 든 순간 시선을 재빠르게 돌리면서 모르는 척할 텐데, 아이들이라서 그런지 그대로 시선이 자신을 따라왔다.

'그래, 여기에 모인 놈들이 리리의 신랑감 후보란 말이지.'

루디아에게서 이야기를 들은 터라, 알테어스는 '어디 볼까.' 하는 마음으로 한 명 한 명 둘러보기 시작했다.

시선이 마주친 아이들이 황급히 고개를 숙였다. 알테어스가 리리카에게 말했다.
　"오늘 춤은 누구와 췄니?"
　"첫 춤은 디아레와 추고, 제가 주최자니 모두와 췄지요."
　"그래? 따로 같이 산책하거나 한 놈은 없고?"
　"있기는 한데……."
　리리카는 불온한 기운을 감지하고 알테어스를 바라보았다.
　'아냐, 설마. 아버님이 아틸도 아니고.'
　리리카는 걱정을 몰아내며 물었다.
　"소개해 드릴까요."
　"아, 그럼. 기꺼이."
　알테어스가 상어처럼 웃었다.
　리리카와 산책한 세 명의 소년이 기대 반, 두려움 반으로 불려 나왔다. 리리카의 소개를 받은 남자아이들을 데리고 알테어스는 특별 면담을 하겠다며 사라졌다.
　마지막까지 고기를 놓지 않고 디아레가 말했다.
　"괜찮을까요?"
　"괜찮지 않을까?"
　리리카가 디아레를 돌아보며 말하자 그녀가 "하긴요. 죽이지는 않으시겠죠." 하고 고개를 끄덕였다.
　"디아레."
　리리카가 웃었다.
　잠시 후, 새하얗게 질린 남자아이들의 어깨를 두들기며 아버지가 돌아왔다.

"자, 마지막 곡이 남았다며?"

"네? 네."

"그럼 마지막까지 재미있게 놀다 오렴."

알테어스가 몸을 숙여 리리카의 뺨에 입 맞춰 주고는 그대로 퇴장했다. 리리카는 얼떨떨하게 그를 배웅했다.

격으로 따지면 지금 말도 안 되게 파티의 격이 올라갔지만, 이걸 뭐라고 해야 하나.

리리카는 어리둥절한 마음으로 악단에게 손짓해서 마지막 곡을 연주하게 했다.

파트너가 계속해서 바뀌는 복잡한 춤곡이었다.

몇몇이 스텝을 실수하기는 했지만, 마무리까지 훌륭했다. 춤곡이 끝나고 두런두런 이야기를 나누면서 아이들은 흥분을 감추지 못했다.

'폐하께서 다녀가신 파티!'

얼른 돌아가서 이 이야기를 가족들에게 하고 싶다. 그런 욕구를 꾹 누르고 아이들은 마지막까지 예의 바르게 자리를 지키며 리리카의 배웅을 받아 빠져나갔다.

모두가 마차를 타고 떠나자 리리카는 그대로 의자에 털썩 주저앉았다. 조용해진 호숫가에서 불어오는 바람이 시원했다.

"고생하셨어요."

남아 있던 디아레가 웃으며 말했다. 리리카가 팔다리를 쭉 뻗어 기지개를 켰다.

"아, 진짜 다들 대단해. 어떻게 이런 파티를 몇 번이나 여는 거지? 특히 어머니는 정말로 대단한 거 같아."

황후 루디아가 여는 파티는 화려할 뿐만 아니라 흥미진진하기로도 정평이 나 있었다.

"나는 못 하겠어."

리리카가 앓는 소리를 하자 디아레가 주변을 둘러보며 말했다.

"그래도 첫 파티치고는 굉장히 훌륭하신데요? 처음에는 뭐든지 어려운 법이니까요."

"그런 걸까?"

"그렇죠. 게다가 오늘 파티에 혹시라도 불평이 있었던 아이들도 폐하 때문에 불평이 싹 날아갔을걸요."

"맞아!"

리리카가 상체를 벌떡 일으켰다.

"갑자기 아버님이 오셔서 깜짝 놀랐지 뭐야. 보통 오시면 안 되는 거 아냐? 아니, 그렇게 춤만 추고 가시면……. 게다가 그 애들에게는 도대체 뭐라고 하신 걸까?"

"내 딸에게 잘해라, 이런 이야기를 하신 거 아닐까요?"

디아레의 말에 리리카는 멍하니 말벗을 바라보며 웃으려 시도했다가 실패했다.

"정말일까?"

"그럼요."

"아니, 그럼 그 애들이 너무 불쌍한데? 그럴 생각도 없는데 괜히 혼만 났잖아. 아니, 정말로 혼내신 건 아니겠지?"

"그럴 생각이 없으면 호숫가를 산책하자고 하지 않죠."

디아레의 말에 리리카가 '어어' 하고 그녀를 바라보았다. 디아레가 눈을 찡그렸다.

"아셨어요? 황녀님, 인기 좋으시다니까요. 나만의 황녀님인데, 어디서 쓸데없는 놈팡이가 나타나서 빼앗아가면 어쩌나."

한숨을 푹푹 내쉬는 디아레의 말에 리리카는 그제야 웃음을 터트릴 수 있었다.

알테어스가 리리카의 첫 파티에 등장했다는 소문은 순식간에 사교계에 퍼졌다.

모두가 이 건에 대해서 이런저런 이야기를 했지만, 루디아만큼 분노한 사람은 없었다.

"아니, 당신이 거길 왜 가요?!"

"거기에 리리카 신랑감 후보가 있다면서. 내가 내 눈으로 봐 둬야지."

"보기는 뭘 봐요. 아니, 그래서 진짜로 한소리 했다는 게 사실이에요?"

"적당한 한소리로 들릴 만한 이야기는 안 했는데."

노골적인 말로는 압박하지 않았다. 분위기와 손아귀의 힘으로 했지.

루디아는 그 자리에서 쓰러질 듯한 기분이었다.

"그래서 애들이 다 도망가면 어쩔 거예요?"

"거기서 도망가면 리리카의 남편감으로는 꽝이지."

"아니, 정말, 이 사람이."

루디아는 어이가 없어졌다.

"이봐요. 어차피 몇 년 후면 우리는 이혼할 거고, 당신이 신경 쓸 일이 아니거든요?"

"이혼하면 내 호적에서 파지나?"

"네?"

"내 호적에서 파지느냐고. 어쨌든 한 번 황실 족보에 올라갔으니, 내리지 않을 거야."

"뭐, 뭐라고요?"

"뭐야. 그러면 그렇게 쉽게 올렸다가 내렸다가 할 수 있을 거라고 생각했어? 그렇게 쉽게 하는 작자가 있을지도 모르지만 난 아냐."

루디아는 결국 옆에 있는 의자에 풀썩 앉으며 양손을 들어 올렸다.

"세상에, 맙소사. 그럼 그 계약은요? 리리카와도 계약했잖아요?"

"그래, 황녀 노릇을 하는 걸로 계약했지. 하지만 호적에 올라 있는 것과 황녀 노릇을 하는 건 전혀 다른 문제야."

"네?"

"계약이 끝나고, 열심히 황녀님 역할을 하지 않아도 족보에서 내리지는 않아. 그 내용은 계약서에 없었던 걸로 아는데."

"그건 너무 당연해서……!"

말하다가 말문이 연달아 막혔다. 한마디로 말해서, 이혼하고 리리카를 데려간다고 해도, 리리카는 여전히 황녀라는 이야기다.

황녀 노릇을 잘하고 말고가 솔직히 말해서 무슨 소용이 있겠는가? 개판을 쳐도 호적에 올라가 있으면 황녀다.

알테어스가 태연한 목소리로 말했다.

"그러니까 어지간한 남편감으로는 안 돼."

"……어지간하지 않아요. 제가 고르고 고른 애들이라고요. 여자 문제도 없고, 성실하고, 딱히 다른 생각도 안 하고……."

"하여간 이 정도로 물러서면 안 되는 놈이야."

루디아는 다시금 헛웃음을 지었다가 팔걸이에 몸을 기댔다.

"마음대로 하시죠. 게다가 세미 사교계에는 어른이 가면 안 되는 걸 알면서 빤히……."

알테어스가 씩 웃었다.

"그건 나쁘지 않았을 텐데?"

"그야, 나쁘지는 않았지만요."

이걸로 리리카가 열었던 첫 파티는 더할 나위 없이 강렬한 인상을 남겼다.

"하지만 혼자서 해 보는 것도 좋은 공부인데."

"그래서 맨 마지막에 등장했잖아."

"뭐, 그렇죠."

혹시나 일이 생겨서 사교계 바깥으로 밀려난다고 해도, 몇 번이고 몇 번이고 좋은 파티를 열어서 악착같이 올라오는 방법도 있었다.

사교란 그런 것이다.

루디아도 그렇게 위로 올라온 사람이었다. 그러니 파티에 대해서도, 인간에 대해서도 어지간히 꿰고 있었다.

그런 주제에 본인의 모습을 몰랐다는 게, 인간의 재미있는 점이겠지만. 스스로를 직시하는 건 상당한 노력이 필요한 일이었다.

사형대 같은.

루디아는 진정하고 깊게 숨을 내쉰 후에 말했다.

"그러고 보니 인로 가문의 아티팩트 말이에요. 용을 죽이기 위한 아티팩트가 있다고 했잖아요?"

"꼭 죽이기 위한 것만은 아니겠지."

"하여간요. 인로가 전부 회수하지 못했다면, 역시 바라트로 흘러 들어갔을까요?"

"가능성이 높지."

루디아는 바라트를 떠올렸다. 그들은 타카르에 집착하고 증오했다. 루디아는 바라트 공작과 한두 번쯤 만난 적도 있었다. 솔직히 말해 그때 그녀를 지배한 감정은 공포였다.

'알테어스가 용이라는 건 모를 테고, 오래전부터 모아 온 아티팩트일 테니까. 타카르의 권능을 막기 위한 거였겠지.'

"그런데 어째서 쓰지 않았을까요?"

"뭘?"

"그 아티팩트들이요. 당신이 나타났는데, 왜 쓰지 않았을까요."

상대가 용이라 속수무책으로 당했다고 생각했는데, 대응할 수 있는 무기가 있었다고 하니 당황스러웠다.

써먹지도 못하고 다 잡혔단 말인가?

'아티팩트가 없든가, 쓸 수 없는 상황이었거나, 쓸 생각이 없었나……?'

루디아가 머리카락을 쓸어올리며 말했다.

"하여간 바라트 공작의 속을 영 모르겠군요. 원래도 모르겠다고 생각하긴 했지만……."

리리카와 피요르드 사이의 교제를 괜히 허락해 주고 있는 게 아니었다. 조금이라도 정보가 필요했다.

"이번 퍼레이드 때 지켜봐야겠어요. 인선에도 좀 더 신경을 쓰고……. 수도 실험실에서는 뭔가 좀 찾아냈다고 하던가요?"

존 웨일과 아틸이 협력해서 인신매매범 조직을 끝까지 캔 결과, 끔찍한 실험실이 발견되었다.

바라트 공작가와 분명 연결되어 있을 거라는 심증은 있는데, 물증은 없는 게 문제였다. 이런 게 수도에 존재하고 있었다는 사실에 아틸은 큰 충격을 받았고, 웨일도 마찬가지였다. 그 뒤로 루디아도 빈민가 구호사업에 본격적으로 착수했고, 조금씩 빈민가를 바꾸고 있었.

그리 쉽지만은 않은 일이지만, 존 웨일의 협조가 있기에 그나마 수월했다.

"아니, 실험 기록도 그렇고, 바라트 공작과 연관은 없어. 없지만, 대충 뭘 하는지 짐작은 가."

"뭘 하는데요?"

"용을 이길 생물이 되고 싶은 게 아닐까."

"……."

잠깐 침묵하다가 루디아가 말했다.

"이야기가 너무 판타지로 가지 않아요?"

"눈앞에 있는 내가 용인데?"

"……그렇군요."

루디아는 피요르드에게 발현된 권능을 떠올렸다. 확실히 그것도 그런 성과인지도 몰랐다.

타카르보다 더 대단한 능력을 가진 바라트.

루디아는 인로를 좀 더 쥐어짜서 정보를 얻어내야겠다고 생각했다. 가능하면 아티팩트들도…….

루디아가 빤히 자신을 봐서 알테어스가 의아한 얼굴을 했다.

"왜?"

"……다치지 마요."

"내가?"

"모르잖아요. 저번에 빈민가에서도 그렇고. 충분히 위험한 상황이 발생할 수 있으니까."

알테어스가 몸을 일으켜 루디아의 옆에 섰다. 풀어 내린 머리카락을 집어 입 맞추고 속삭였다.

"그대야말로 몸을 사려 줬으면 좋겠군. 연약한 인간이니까."

"그쪽도 마찬가지예요."

그의 행동이 구애라고 생각하면 뺨이 달아올랐다. 이미 끝까지 간 상대인데도, 이런 접촉들이, 잠자리보다 더욱 깊게 다가올 때가 있었다.

"하야도 당신을 좋아하는 것 같아."

그가 나지막이 말해오자 루디아는 피식 웃었다.

"그러라고 해요."

도발적으로 푸른 눈동자를 들어 루디아가 그를 바라보았다.

"어차피 계약에 묶인 몸이니, 당신밖에 안 보이고, 당신밖에 안 들려요."

"그런 말을 하는 입에서 사랑한다는 말이 나오면 참 좋겠다는 말야."

"듣고 싶으면 사랑 시를 좀 더 써 보지 그래요?"

알테어스가 그녀의 어깨를 손마디로 쓸어내리다가 웃었다.

"쓰면 말해 주나?"

"그건 시에 달려 있죠."

"노력하지."

그가 손을 뗐다. 뜨거운 손이 닿았던 자리에 찬 공기가 느껴졌다. 알 수 없는 아쉬움을 눌러 삼키고 루디아가 말했다.

"하여간 리리카의 신랑 후보들을 놀리지 말아요."

그 말에 알테어스가 고개를 끄덕였다.

"그것도 노력하지."

7월에 열리는 건국제는 늘 소소하다. 십 년에 한 번 퍼레이드를 할 때만 빼고 말이다.

'나라 세운 게 뭐 자랑이라고.'

라는, 잘난 척인지 겸손인지 알 수 없는 선조의 말에 따라서 건국제를 작게 여기는 게 타카르 가문의 관례였다.

그러나 건국제는 건국제.

있는 듯 없는 듯 지나가는 것도 마음이 쓰이니, 후손들은 십 년에 한 번씩은 건국제를 크게 열기로 결정했다. 열리는 기간이 긴 만큼 축제에 대한 기대치도 높고, 황실에서 뿌리는 재정 규모도 남달랐다. 무엇보다도 수도 시민 모두가 노력만 한다면 황족의 얼굴을 볼 수 있는 날이었다.

건국제가 열리기 며칠 전부터 시끌벅적한 건 당연했다.

거리마다 용이 그려진 깃발이 휘날리고, 용 인형이며, 용의 눈을 형상화한 보석이 팔렸다.

액운을 막아 주는 부적으로, 건국제에만 팔리는 물건이라 효과가 좋다는 묘한 미신이 있었다.

"정신 사나와브려야."

재즈가 중얼거렸다. 빈민가까지도 햇빛이 들어오는 것처럼 시끌벅적했다.

어디에서든 재즈의 머리 모양 때문에 눈에 잘 들어왔다. 하지만 빈민가는 재즈의 영역이나 다름없어서, 딱히 그에게 머리로 시비를 거는 인간은 없었다.

없지만.

"나가 미쳤재."

재즈가 중얼거렸다. 옆에서 후드를 푹 눌러쓰고 있던 아이가 웃으며 말했다.

"안 미쳤어."

"아녀~ 미쳐 부렸지."

재즈가 후드를 꽉 눌러 씌워 주며 말했다.

"황녀님을 여까정 데려온 걸 알믄, 전하께서 날 죽일 거여."

"안 죽여, 안 죽여. 내가 막아 줄게."

리리카가 시원시원한 목소리로 말했다.

"나가 거기서 와 걸려 부렸을까."

재즈의 한탄에 리리카가 고개를 흔들었다.

"아냐, 재즈 잘못이 아니야. 대체 요즘 빈민가에서 뭘 하고 다니는지 모를 아틸 잘못이지."

건국제를 눈앞에 두고 모두가 바쁜데 아틸은 잘도 이리저리 빠져나갔다. 브란이 이를 갈면서,

"잡히기만 하면!"

하고 돌아다니는 걸 본 것도 여러 번이었다. 물론 잡힌다고 그의 바람처럼 다리 몽둥이를 부러트릴 수는 없겠지만, 문제는 잡히지 않는다는 것이었다.

결국 '마법 소녀 리리카'가 나서서 사건을 해결하기로 마음먹었다. 아틸에게 아침 식사를 같이하자고 연락을 보냈다.

하지만 아틸은 이 약속도 깨끗하게 무시했다. 리리카는 고개를 갸웃했고, 걱정이 되기 시작했다. 아니, 솔직히 말하자면 걱정 반 오기 반이라고 할까.

그래서 브린과 라우브에게 쪽지를 남기고 아틸을 찾아 나섰다가, 재즈를 만난 후 그에게 찰싹 붙어 다녔다.

사실 재즈는 그녀를 떼어내려고 했다.

하지만 빠른 걸음으로 가도 쫓아오고, 달려도 쫓아오고, 골목길로 들어가도 쫓아왔다. 그러다가 간신히 떼어낸 후 슬쩍 어떻게 하나 숨어서 지켜봤다.

그런데 골목을 나가서 돌아갈 생각은커녕 "재즈! 어디 있어?" 하고 골목을 돌아다니는 황녀님을 보니 도망치는 건 불가능해졌다. 심지어 그 커다란 늑대 같은 호위는 어디에 두고 혼자서 돌아다니는지, 걱정이 되어 돌아설 수가 없었다.

'나가 졌구만. 져 부렸소.'

결국 재즈는 허름한 망토를 구해서 후드까지 푹 눌러 씌운 후에 아틸에게 리리카를 안내하게 되었다.

리리카가 후후 웃었다.

"대체 아틸이 뭘 하길래 그러는 거야?"

"보믄 알것지요."

의아해하면서도 리리카는 재즈의 뒤를 따라 걸었다. 재즈가 리리카의 어깨를 잡아당겼다. 앗 하고 리리카가 그를 바라보았다.

"나졌다 혀도 여그는 위험항께 딱 붙으소."

"응."

리리카는 걸으며 주변을 둘러보았다. 여기저기 둘러보는 건 촌뜨기나 하는 짓이라, 빈민가 거리에서 그 짓을 하면 날치기당하기 딱 좋지만—

'재즈랑 같이 있으니까 괜찮겠지? 와, 진짜 많이 바뀌었다.'

오물투성이던 거리도 깨끗해지고, 무너져 가는 집들도 보수가 되어 있는 게 보였다.

유리창 있는 집은 드물지만, 그래도 나무 덧문이 튼튼히 붙었다. 벽도 새로 회반죽 칠을 시작했는지 이쪽은 전부 새하얀 색이고, 저쪽은 아직 낡아 있었다.

"굉장하다……. 엄청 많이 바뀌었어."

"그려도 먹고살기는 여전히 힘들것지만, 나쁘지는 않겠죠."

냉정한 재즈의 말에 리리카는 웃었다. 나쁘지 않으면 된 거 아니겠는가?

기분 나쁜 냄새가 나는 웅덩이가 없어진 것만 해도 어딘가. 재즈가 안내하는 쪽으로 가면 갈수록 조금씩 소란스러운 소리가 들리고 있었다.

재즈가 잠깐 걸음을 멈추고 손가락을 입에 대서 조용히 하라는 표시를 한 후에 한쪽을 가리켰다.

리리카는 갸웃하고 골목에서 고개를 내밀었다.

"!!"

원래 사설 도박장이 크게 있던 자리였다. 지금은 전혀 다른 네모반듯한 건물이 서 있고, 그 앞에 작은 마당이 생겨 있었다.

그 마당에 빈민가 아이들이 모여서 뭔가를 열심히 하고 있었는데 그걸 진두지휘하고 있는 게 아틸이었다.

[자, 저 괴물을 물리치자!]

[좋아, 우리도 용감한 타카르를 따르자!]

아이들이 뭘 하고 있는가 했더니, 건국제에 여기저기서 자주 열리는 건국제 연극 연습 중이었다.

주로 첫 번째 왕의 모험이나 업적을 연극으로 만드는데, 이건 그중에서도 가장 인기 좋은, 마수와 싸워 이긴 타카르 이야기였다.

아틸이 손으로 신호하니 뒤쪽에 대기하고 있던 아이들이 종이로 만든 커다란 인형을 들고 나왔다. 막대기로 움직이게 하는데 크기도 제법 크고 겉모습도 화려했다.

타카르가 물리쳤다고 하는 '수해의 왕'이다.

아이들이 연극에 너무 열중하고 있어서 리리카는 골목에서 나가는 게 꺼려졌다.

[아악!]

[아니, 나 때문에 타카르가……!]

연극의 하이라이트 부분이 한창이었다. 타카르가 적의 공격에 맞서 바라트를 지키다 오른 눈을 잃는 장면이 나오고, 얼마 되지 않아 타카르가 마수를 물리쳤다.

[흑흑, 나 때문에, 자네가 눈을……]

[이제부터 그대가 나의 오른눈이 되어 주게.]

[오오, 타카르. 걱정하지 말게. 내가 그대의 눈이 되어 주겠네.]

[타카르 만세!]

[괴물을 물리친 타카르 만세!]

아이들이 만세를 하고 종이꽃을 뿌리는 시늉을 하며 연극이 끝났다. 리리카는 이때다 싶어서 박수를 치며 골목에서 걸어 나갔다.

"엄청 멋있었어요!"

리리카가 후드를 넘기며 웃자, 아틸이 그녀를 보고 얼굴이 빨개졌다가 대번에 인상을 썼다.

"야! 너 여기서 뭐 해!"

성큼성큼 걸어오며 옆에 서 있는 재즈의 멱살을 잡았다.

"너 대체 뭐야? 리리가 왜 여기에 있는데?"

"나으 잘못은 아녀요."

"아니긴, 뭐가 아냐?"

"황녀님, 나를 살려 준다고 안 혔소."

"엇, 안 죽일 거 같아서. 아틸, 재즈를 더 괴롭히면 모두에게 알려버릴 거예요."

"너, 너 진짜."

아틸이 이를 갈며 재즈를 내려놓았다. 그는 리리카를 노려보다가 그녀의 손을 잡고 후다닥 골목으로 들어갔다.

"어어? 선생님?"

"선생님, 뭐 하세요?"

"자자, 아그들! 이쪽으로 퍼뜩와야~ 여기 머글 거 있응께."

재즈가 능숙하게 아이들을 한쪽으로 몰았다.

'선생님?'

리리카가 놀라 눈을 동그랗게 떴는데 아틸이 그녀를 벽에 밀어붙이며 팔로 벽을 짚었다.

"야."

"네."

"누구에게 말하면 가만 안 놔둘 거야."

"이야기 안 해요."

리리카가 태연히 말하자 아틸이 복잡한 표정으로 리리카를 바라보았다. 리리카가 웃으며 말했다.

"그냥 아틸이 대단하다고 생각하고 있었어요."

그 말에 그는 하늘을 한 번 봤다가 "하아아—" 길게 숨을 내쉬면서 허리를 푹 숙였다.

"연극 가르치고 계신 거예요? 보통 일이 아닐 텐데."

"……."

아틸은 고개를 들었다. 리리카가 놀리거나 참견할 기미가 없어 보이자 마음이 편해졌다. 머리를 쓸어 올리고 그가 말했다.

"쉽진 않았지. 그래도 이제 제법 해."

"네, 그 만드신 소품도 놀라웠어요. 직접 만든 거죠?"

"맞아."

"선생님이라고 부르는 걸 보면……."

"내가 여기서 전하 소리를 들어야겠냐."

"역시. 그럼 저도 그냥 여동생이라고 소개해 주세요."

"안 돼."

"네? 왜요?"

"너 은근히 얼굴이 알려져 있단 말이야. 마법 소녀 리리카 님."

"말도 안 돼! 그 삽화랑 저는 하나도 안 닮았거든요?"

리리카가 빨개진 얼굴로 씩씩거리며 달려들자 아틸은 웃음을 터트렸다. 그가 부드럽게 리리카의 머리를 쓸었다.

"그래도 여기는 위험해. 치안이 좋아졌다고 해도 한계가 있거든. 존이 여기를 전부 장악하고 있는 게 아니라서—"

말하다 말고 그가 비뚜름하게 웃었다.

"봐봐라."

"?"

리리카가 의아해하며 돌아보려 하자 그가 머리를 꽉 잡았다.

"아니, 너 말고."

그가 그녀의 후드를 도로 씌워 준 후, 리리카의 손을 잡고 골목을 벗어났다. 골목을 돌며 리리카는 딱 봐도 불량해 보이는 남자 여럿이 실실 웃으며 걸어오는 걸 발견했다.

"재즈!"

"뭡니까."

아이들에게 간식을 나눠 주던 재즈가 고개를 들었다.

"이상한 놈들 왔다. 리리, 애들 데리고 안으로 들어가 있어. 얘들아, 얘는 여기가 처음이니까 안에 데리고 들어가 줘."

"네, 선생님."

아이들이 우르르 네모난 건물 안으로 들어갔다. 몇몇 큰 아이들이 와서 리리카를 잡아끌었다.

더러운 손이지만, 리리카는 신경 쓰지 않았다. 건물 안으로 들어가 아이들은 모두 창문에 딱 달라붙었다.

재즈가 이쪽을 돌아보더니 눈을 찡그리고 문을 닫으라는 시늉을 하며 등 뒤에서 칼을 꺼냈다.

아이들은 얌전히 나무창을 닫는 척하며 틈새를 남겨 뒀다.

"이쪽에 앉으세요."

"저기, 형이랑 무슨 관계예요?"

"누구세요?"

호기심 어린 반짝반짝한 눈에 둘러싸여 리리카는 웃으며 후드를 벗었다.

아이들이 모두 눈을 동그랗게 뜨고 입을 동그랗게 벌렸다.

"호아아……."

"우와……."

리리카는 순간 '정말로 내가 누군지 알아본 건가?!' 하고 놀라 굳어 버렸다.

빨개진 얼굴로 여자아이가 말했다.

"언니, 엄청 예뻐요."

"맞아."

"선생님이랑 사귀어요?"

"애인이야?"

"선생님 애인이래?"

창문에 붙어 있던 애들이 우르르 이쪽으로 다가왔다. 리리카는 웃으며 말했다.

"아니, 애인 아냐. 난 선생님 동생이야."

"정말요?"

리리카가 고개를 끄덕였다.

"정말이지. 안 닮았어?"

"안 닮았어요!"

"아냐, 닮았나?"

"그럼 재즈 애인이에요?"

리리카는 필사적으로 웃음이 나오려는 걸 참았다. 이 이야기를 들으면 재즈가 어떤 표정을 지을지 무척 궁금했다.

"아니, 아냐."

"에이."

"재즈도 참 능력 없다. 그지?"

"재즈가 좀 더 노력해야지."

빈민가 아이답게 또래보다 훨씬 성숙한 아이들은 그런 이야기를 나누며 고개를 저었다.

그때 밖에서 고함과 걸쭉한 욕설이 들렸다.

"아따, 딴 때라믄 같이 욕을 혔겠지만, 지금은 손님이 있응게. 입부터 닥치게 해야겠고만."

재즈가 그렇게 말하는 소리가 들리고 날붙이 부딪치는 소리가 났다. 놀란 리리카가 자리에서 벌떡 일어나자 아이들이 그녀를 진정시켰다.

"괜찮아요."

"맞아. 선생님이랑 재즈 형아가 다 이겨요."

"엄청 세니까!"

"그지."

"이런 일이 자주 있어?"

리리카의 질문에 아이들이 서로 돌아보더니 고개를 끄덕였다.

"두 사람네 링은 상납금도 안 받고, 도박장도 없애고, 여기도 학교를 만든 거거든요. 그러니까 싫어하는 사람이 많아요."

"맞아."

"여기도 불 지르려고 막 그랬는데, 선생님이 딱 막았어요."

"그지. 멋있었지."

잠시 후 돼지 멱따는 소리 같은 비명이 들리기 시작했다. 창문에서 싸움을 지켜보던 소년이 말했다.

"우리 편 아니에요. 와, 피가 철철 난다."

비명이 잦아들고 싸움이 끝났는지 목소리가 들렸다.

"이 새끼들, 두고 보자!"

"아따, 두고 보자는 놈치고 무선 놈을 못 봤네."

잠시 후 학교 문이 열리고 재즈가 말했다.

"아그들, 인자 나와라잉."

아이들이 와아— 소리를 지르며 재즈에게 달려들었다. 재즈는 귀찮은 듯 아이들을 밀어냈다. 아이들을 낄낄거리며 재즈에게 다시 달려들기도 했고, 밖으로 나가기도 했다. 마당으로 나온 애들은 재즈의 싸움을 흉내 내기 시작했다.

아틸이 안으로 들어왔다.

"괜찮아요?"

리리카의 질문에 아틸이 고개를 끄덕였다.

"별거 없어."

"요즘 이것 때문에 건국제 준비 빼먹고 있는 거예요?"

"응."

"그냥 알리지 그래요?"

"싫어. 내가 뒤에서 이런 짓 하고 있다는 게 알려지면 어떻게 되겠냐?"

"음, 다들 아틸이 좋은 황제 폐하가 되겠구나, 하지 않을까요?"

"여기를 부수려는 놈들도 꼭 나올 거야."

"설마요?"

"아니, 할걸."

아틸이 피곤하다는 얼굴로 의자를 끌어다가 리리카 앞에 앉았다.

"마음을 어디에 쏟고 있는지, 황제는 들키면 안 돼. 약점이 되니까."

"……어렵네요."

리리카가 풀 죽어서 하는 말에 아틸이 픽 웃었다.

"차라리 황제로서 공평하게 마음을 쏟는 거면 괜찮아. 빈민구호라는 훌륭한 목표 아래. 그런데 이건 너무 사적인 일이 되어 버렸어."

아틸이 걱정스러운 표정을 하는 리리카를 바라보았다. 그녀가 바로 이 빈민가의 소녀 아닌가.

처음에는 빈민가에 대해서 아무런 생각도 없었다. 수도에도 이런 곳이 존재하다니, 다 없애버려야겠다, 그 정도의 마음이었다.

그런데 리리카가 떠올랐다.

정직하게 살려고 애쓰던 빈민가의 리리카. 여기 있는 아이들도 리리카 같은 아이들이라고 생각하니, 그렇게 쓰레기통에 던져 넣듯 할 수 없어졌다.

"그냥, 애들이 희망이 없는 거 같더라고. 딱히. 그래서 재미있는 일을 같이하고, 그랬을 뿐이야."

"그래서 건국제 연극이에요?"

"어. 저거 길에서 하면 그래도 동전 제법 받을 거 같지 않냐?"

"받을 거 같아요. 받을 거예요."

리리카가 고개를 끄덕였다.

"그럼 그걸로 됐어. 내가 뭐 대단한 걸 하겠냐."

리리카가 그에게 해 주었던 것처럼, 함께 웃고, 기뻐하고, 힘들어하는 것. 아틸이 해 줄 수 있는 건 그 정도였다.

그가 황태자로서 해 줄 수 있는 건 여기 있는 불량배 집단을 뿌리 뽑는 것뿐인데, 빈민가 내부 사람들과 유착이 강하게 되어 있는 조직을 외부의 힘으로 뽑아내는 건 어려운 일이었다.

경비병보다 가까이에 있는 불량배가 더 두려운 게 문제니까.

"아틸."

"왜?"

"나 지금 무척 아틸이 자랑스러워요."

리리카의 말에 아틸이 멍하니 그녀를 보다가 웃음을 터트리며 머리카락을 헝클어트렸다.

"요게, 못 하는 소리가 없어."

"진짜인데. 막, 아틸이 내 오빠라서 다행이다. 그런 생각이 들고 있어요."

리리카의 말에 아틸이 "아부는 됐네요." 하며 멋쩍음을 감추려 들었지만, 리리카는 칭찬을 멈추지 않았다.

그때 재즈가 문을 열고 들어왔다.

"아그들은 다 돌려 보냈는디, 뭐 하고 계쇼?"

"아틸이 날 괴롭혀."

리리카의 말에 아틸이 손을 떼고 말했다.

"이제 봤으니까 됐지? 돌아가."

"싫어요."

리리카가 고개를 들었다.

"여기까지 왔으니까, 아저씨도 보고 갈래요."

구두닦이 아저씨가 이 일에 빠졌을 리가 없다. 리리카는 좀 더 자세하게 상황을 알고 싶었다.

"그냥 돌아가면 안 돼?"

"싫어요."

리리카가 그러고는 부루퉁한 표정을 지었다.

"게다가 내가 아틸보다 먼저 아저씨를 알았는데요. 내 아저씨인데, 왜 아틸이."

"어이쿠, 네네."

아틸이 고개를 끄덕였다. 억지로 돌려 보내봐야 소용이 없을 것 같았다.

문단속을 잘 해 두고 세 사람은 함께 걷기 시작했다.

언제나, 항상, 그 자리, 그 시간에 구두닦이 아저씨가 서 있는 게 보였다.

리리카가 쪼르르 달려가 말했다.

"제 구두도 닦아 주시나요?"

모자챙을 살짝 들어 올리고 존이 윙크를 해 보였다.

"물론이죠, 아가씨 신발은 더욱 반짝이게 닦아 드리겠습니다."

"전부 깨끗하게 닦아 주세요."

"그럼 신발을 벗으시는 게 편할 테니, 이리로 오시죠."

아틸과 재즈는 뜨악한 표정으로 리리카가 하는 걸 보고 있었고, 존은 싱글싱글 웃으며 안쪽으로 리리카를 안내했다.

낡은 집 안에 들어가자마자 존이 리리카에게 손을 내밀었다.

"안아 주고 싶은데, 잠깐만. 지금 내 손이 구두약 때문에 너무 더러워서."

"제가 직접 옷을 빠는 거면 괜찮다고 해 드리고 싶은데, 옷은 하녀가 가져가니까 기다릴게요."

존이 큰소리로 웃고 모자를 벗은 후 손을 씻었다. 그리고 리리카를 번쩍 안아 올려 한 바퀴 돌려주었다. 리리카를 내려놓으며 그가 흐뭇하게 웃었다.

"이제 제법 무게가 나가네. 리리카도 다 컸구나."

"그죠? 많이 컸죠?!"

리리카가 그러며 아틸을 샐쭉하게 노려보자 아틸이 심드렁하니 답했다.

"크긴 뭘 커. 아직도 도토리 같은 게."

존이 웃으며 자리를 권하고 리리카 앞에 쭈그려 앉았다.

"자, 신발 벗어 줘."

"네? 괜찮아요."

"아냐, 일은 해야 하죠. 아가씨."

리리카는 결국 신발을 빼앗겼다. 비단 양말을 신은 채로 높은 의자에 앉아 리리카는 앞뒤로 발을 휘저으며 말했다.

"아저씨, 아틸이 세운 학교를 봤는데요."

"아아, 그 학교. 전하가 아니라 황후마마께서 지으신 거지. 사설 도박장을 사들이고, 관계자를 잡아가고, 학교로."

"아아."

하긴 선생님 노릇을 하고 있는 아틸이 세웠다면 이상하기는 하다.

"그럼 다들 아틸은 황궁에서 고용한 사람으로 알고 있는 거예요?"

"어느 정도는."

존이 그렇게 대답하며 낮은 스툴에 걸터앉아, 리리카의 신발을 솔로 털어내기 시작했다.

밖으로 나오는 것이라 얇은 양가죽 같은 것이 아닌, 소가죽으로 된 튼튼한 신발을 신고 나왔다.

옷차림도 최대한 소박하게 했지만, 그래도 비싼 옷감은 티가 날 수밖에 없었다.

괜히 재즈가 너저분한 망토를 씌운 게 아니었다.

리리카는 재즈가 일하는 걸 바라보며 말했다.

"그런데도 그렇게 시비 거는 사람들이 와요?"

무슨 소리냐는 듯 존이 고개를 들어 재즈와 아틸을 바라보았다. 재즈가 별거 아니라는 듯 손을 내저으며 말했다.

"오늘 흑구(黑狗)네 똘마니들이 왔다 갔는디, 핵교서 아그들이 모여 있는 거시 거슬렸겄재."

"자기 구역 애들은 학교에 접근도 못 하게 하고 있으면서."

아틸이 혀를 찼다. 존이 고개를 끄덕였다.

"하지만 거기서 노는 건 다 볼 수 있으니까. 그럼 저쪽은 저렇게 괜찮은데, 나도 가고 싶다. 그런 생각이 사람들 사이에 퍼지면 조직으로서 상당히 곤란하거든."

희망이 깃드는 건 곤란하다.

아틸이 팔짱을 끼며 혀를 찼다.

"적당히 해 먹는 건 봐줄 수 있지. 하지만 사기도박은 안 되지. 애들 데려다가 팔아먹는 것도 안 되고. 죽을 때까지 싸우게 하는 투기장도 곤란하지."

더 말하고 싶은 게 산더미 같지만, 리리카 앞이라 아틸은 이 정도로 자제했다. 리리카가 눈을 휘둥그레 뜨고 말했다.

"그렇게 심각해요?"

"그렇게 심각해."

존이 답해 주고 이어 말했다.

"문제는 그놈들이 그냥 더러운 짓을 하는 게 아니란 말이지. 윗분들 더러운 짓도 담당하고 있는 거거든."

"……"

리리카가 입술을 깨물었다가 한숨을 내쉬었다.

"그렇군요."

"약헌 자를 이용해 머글라는 놈들이 가득한 세상잉께."

재즈가 간단히 상황을 정리했다. 리리카는 아까 학교에서 봤던 아이들의 밝은 얼굴을 떠올렸다.

보호자가 있다.

선생님과 재즈가 우리를 지켜 주고 아껴 준다. 그런 신뢰와 즐거움으로 가득 찬 얼굴들이었다.

아틸이 아이들에게 얼마나 애정을 줬는지 알 수 있었다. 분명 겨울 동안, 부모님 그리고 아틸과 함께 했던 제스처 게임이나 다양한 놀이들을 아틸도 아이들과 함께했을 거라는 확신이 들었다.

리리카가 끙끙거리다가 아틸에게 말했다.

"아틸, 아버지께 알리는 게 어때요?"

"너 내 말 어디로 들었어?"

"아니, 공개적으로 알리라는 게 아니라. 같이 낚시라도 간다든가……. 아버지께서는 이런 상황에서 어떻게 해야 할지 알지 않으실까요?"

"……낚시?"

"네."

가끔 알테어스가 아틸만 데리고 낚시를 다녀올 때가 있었다. 처음에 아틸은 얼어붙어서 얼떨떨한 얼굴로 다녀왔으나, 두 번째나 세 번째에는 좀 더 나아진 얼굴이었다.

가서 무슨 이야기를 하는지는 모르지만, 아틸은 "그냥 물고기 잡지 뭐."라고만 말하고.

그래도 그렇게 다녀오고 나면 둘 사이의 기류가 조금씩 부드러워지는 걸 알 수 있었다.

어머니 말에 따르면 말주변 없는 사람들이 함께 가기 좋은 놀이라나?

"떠들어 봤자 물고기가 도망가기밖에 더하겠니?"

그런 이야기를 들었을 때, 분명 어머니가 아버지께 권한 게 틀림없다고 리리카는 추리했다.

두 사람이 나란히 낚싯대를 내리고, 멀뚱멀뚱 아무 말 없이 강가에 앉아 있는 걸 생각하면 웃음이 나오곤 했다. 웃음을 삼킨 리리카가 헛기침을 하고 진지한 얼굴을 해 보였다.

"이 문제도 나름대로 심각한 문제잖아요. 아틸이 혼자 할 수 있다는 걸 알지만. 그래도 아버님께 조언 정도는 받아도 되지 않을까요?"

아틸은 생각에 잠겼다. 그가 한숨 섞인 목소리로 말했다.

"하지만 요즘은 너무 바쁘잖아. 나중에."

아틸의 말에 리리카는 고개를 끄덕였다. 이 정도면 충분하다. 아틸은 그런 리리카를 멀뚱히 바라보았다.

예전 같으면 저런 말이 귀에 들리지도 않았을 터였다. 물론 숙부님께 이야기하는 건 어림도 없었겠지.

이야기해 봐야 "알아서 해라." 라거나 "약점은 끊어내라." 하는 대답이 돌아올 게 뻔했을 거고, 뻔하다고 예상해서 말할 생각도 안 했을 터였다.

그런데 이제는 이런 이야기를 해도 괜찮지 않을까?

자신의 문제를 가져갔을 때 무시하거나 연약한 부분을 공격하는 게 아니라 도와주실 거라는 생각이 들었다.

'숙모님 덕이지.'

숙부님께서 그렇게 변한 건 숙모님 덕인데, 묘하게 리리카 덕이라는 생각도 들었다.

그때 문이 열리고 구두닦이 소년 중 한 명이 다급한 표정으로 들어왔다.

"먼 일이여?"

"애들이 돌아가는 길에 습격을 당했대요!"

"!!"

재즈와 아틸이 몸을 벌떡 일으켰다. 리리카도 놀라 숨을 삼켰다.

"누가? 어떻게 된 건데?"

"모르겠어요. 흑구파 놈들이, 돌아가는 길에 덤벼들었다는데 콜린이 혼자 막고, 다른 애들은 도망갔다고……."

아틸이 말했다.

"앞장서."

"저도 같이 가요."

리리카가 의자에서 뛰어내리며 말했다.

"지금 상황 파악이 안 돼? 여기서 네가 왜 나와?"

아틸의 목소리가 날카로워졌지만, 리리카는 고개를 흔들었다.

"심하게 다쳤으면 제가 필요할 거예요. 저 말고 치료할 수 있는 사람 있나요?"

"제길!"

아틸이 욕을 내뱉었다. 재즈가 딱딱하게 말했다.

"치료가 필요 없을 수도 있겠는디."

죽었다면, 치료가 필요 없다.

아틸의 동작이 멈췄고, 리리카는 입술을 깨물었다.

"잘 알아. 그래도 숨이 넘어가지만 않았으면, 내가 필요할 거야."

아틸이 말했다.

"나랑 재즈가 가서 상황 파악할 테니까, 그다음에 와. 알았어?"

그리고는 리리카에게 답할 시간도 주지 않고 소년을 밀며 뛰쳐나갔다. 존이 자리에서 벌떡 일어나며 말했다.

"일단 옷을 갈아입자. 그 옷은 너무 튀어."

리리카는 고개를 끄덕였다.

그녀가 허름한 셔츠와 바지로 갈아입고 긴 머리카락을 전부 모자에 넣었을 때쯤 다른 아이가 도착했다.

의사를 다급히 찾는 목소리였다. 존이 리리카와 함께 길을 나서며 리리카에게 속삭였다.

"완전히 다 고치면 안 돼. 알겠지?"

리리카는 그를 돌아보았다가, 고개를 끄덕였다.

"고비를 넘기게 했다, 다음은 자연 치유에 맡기면 충분하다. 그 정도로만 해 줘. 아니면 골치 아파질 거다."

"알았어요."

리리카의 대답에 존이 그녀의 어깨를 두들겼다.

소년의 안내를 받아 찾아간 집에 재즈와 아틸이 심각한 표정으로 서 있었다.

리리카는 기시감을 느꼈다.

그날, 어머니가 심하게 다쳤던 날의 기억이 다시 떠올랐다. 그때도 장소가 빈민가였었다. 리리카가 두 사람에게 자신 있는 미소를 지어 보였다.

"맡겨 주세요."

아틸이 고개를 끄덕였다.

한쪽 커튼을 열어 보이자 창백한 얼굴의 아이가 누워 있는 게 보였다. 아까 봤던 얼굴이었다. 다친 지 얼마 되지 않아서인지 찢어진 상처나 출혈은 있었지만, 붓기나 멍은 없었다. 개중에서는 큰 아이라 다른 아이를 지키려고 했다고 생각하니 마음이 아팠다.

리리카는 그 옆에 앉아서 펜던트가 보이지 않게 양손을 쥐었다. 아틸이 커튼을 내렸다.

그녀는 눈을 꼭 감고 집중했다.

'완전히 고치면 안 돼. 하지만 내부에 피가 고여도 큰일이라고 하야가 그랬어. 머리랑 배에 피가 고일 수 있다고.'

천천히 마력을 뻗어서 몸속을 감지했다. 익숙하지 않은 일이지만 그래도 연습한 보람이 있었다. 안쪽의 출혈이 어렴풋이 느껴졌다. 리리카는 입을 열었다.

"데바스 탈라이드 라바.(내부의 완전한 원)"

마력이 스며들면서 리리카는 내부에 고여 있던 피가 사라지고 출혈이 멎는 걸 느꼈다.

'혹시 모르니까, 좀 더 살펴보자.'

마력을 집어넣어서 중요한 뼈에 이상이 있는 게 아닐까, 살펴봤는데 다행히도 그런 이상은 없는 것 같았다.

'팔뼈가 부러졌네. 이건 마음 아프지만 그냥 놔둬야겠다.'

생명이 흘러나가는 기색은 더는 없어 리리카는 휴 한숨을 내쉬고 자리에서 일어났다.

"끝났어?"

"네."

리리카의 말이 끝나자 누워 있던 콜린이 눈을 떴다.

"으…… 여기가…… 아, 선생님……."

머릿속에 고여 있던 피가 사라지자 곧바로 정신이 든 것이었다.

"콜린, 정신이 들어? 괜찮아?"

아틸이 다가가 묻자, 콜린은 여기저기 아프다고 투덜거렸다. 리리카가 살짝 커튼을 닫자, 그제야 우는 소리가 들려왔다.

재즈가 벽에 몸을 기댄 채로 리리카에게 말했다.

"고생혔소."

"아냐, 고생은."

"황녀님이 있응께 다행이고만. 저러코롬 뵈지 않는 상처는 다 죽어브니께."

"응……."

리리카는 무거워지는 분위기를 가볍게 하려 고개를 치켜올렸다.

"날 데려오길 잘했지?"

재즈가 진지하게 고개를 끄덕였다. 커튼을 열고 아틸이 나왔다. 그의 표정이 무시무시했다.

"개자식들, 애들을 공격해? 가만 안 놔둘 거야."

존이 팔짱을 꼈다.

"흑구파를 습격하면, 전면전이 될 가능성이 높은데. 애들을 소집할까요."

"그럼 이대로 그냥 물러서자고? 말도 안 돼."

15장 십 대 249

"여기서 항쟁이 나면 건국제는 물 건너갈 겁니다. 하지만 확실히 이대로 덮기에는 너무 비열하죠."

리리카가 끙끙거리다가 손을 들었다. 세 사람의 시선이 리리카에게 향했다.

"소수 정예로 쳐들어가서, 그런 나쁜 짓을 한 놈을 찾으러 왔다고 말하고 족치면 어떨까요?"

"안 돼."

"안 되고만."

"안 되죠."

세 사람이 동시에 안 된다고 해서 리리카는 당황했다.

"왜요? 좋은 방법 같은데."

아틸이 말했다.

"그 소수 정예에 네가 들어가는 거 같아서 하는 말이야."

리리카가 눈을 찡그렸다.

"아니에요. 제가 생각해도 저는 거기에 적합하지 않단 말이에요. 그리고, 음. 저도 나름 생각이 있어요. 부르면 딱 좋을 사람이 있거든요."

아틸은 갸웃했고, 재즈가 말했다.

"슬마 폐하를 불러 불자는 건 아니겠죠?"

"당연하지!"

리리카가 씩 웃었다.

아틸은 뭔가 잘못 먹은듯한 표정을 짓고 있었고, 디아레는 생글생글 웃고 있었으며, 피요르드는 리리카에게 "그런 차림이셔도 귀여우시네요." 하는 이야기를 했다.

존은 이 조합을 어떻게 봐야 하나, 하는 얼굴을 했다.

바라트 소공작이 여기서 왜 나와?

피요르드 바라트는 이야기를 전부 듣고 고개를 끄덕였다.

"그런 사람이라면 찾아서 혼내 주는 게 맞겠죠."

"그렇지?"

"네."

피요르드가 부드럽게 웃었다. 그의 외모는 이런 곳에 있어도 빛나는 별처럼 보였다.

그러니까.

'바라트 소공작이라는 걸 다들 알아볼 가능성이 크다는 거지.'

그리고 그 더러운 일을 시키는 윗선에 바라트 공작가가 연결되어 있다면, 이 일은 저쪽에도 큰 혼란을 가져다줄 게 틀림없었다.

물론 바라트 공작가가 직접 손을 대지 않고 하수인을 쓰고 있을 테지만, 그 하수인이든 그 위쪽이든 이 이야기가 귀에 들어가지 않을 리가 없었다.

'리리카, 잘 자랐네.'

존은 감탄했다. 그리고 신기하게 바라트 소공작을 바라보았다.

'그 역시도 그 사실을 모를 리가 없을 텐데.'

시선을 눈치챈 듯 바라트 소공작이 이쪽을 보았다. 존은 한 번 본 적이 있는 그를 다시금 바라보았다. 다시 봐도 오싹한 미모였다.

인간 같지 않다.

그런 그가 리리카 앞에서만 사르륵 녹는 꼴이 너무 노골적이었다. 오히려 속이는 건지, 진심인지 헷갈릴 정도였다.

아틸이 말했다.

"디아레를 부른 건 이해하겠어, 그런데 이 녀석을?"

그가 더러운 것을 가리키듯 손가락질하자, 리리카가 어허 하고 그 손가락을 접어 주었다.

"사람을 손가락으로 가리키면 안 돼요."

쓰레기는 쓰레기통에 버려야 해요, 급의 지적을 당하자 아틸은 입을 떡 벌렸다.

피요르드가 미소 지었다.

"괜찮습니다. 저도 필요한 게 있으니까요."

리리카가 의아한 얼굴로 피요르드를 보았고, 아틸의 표정이 변했다.

"뭔데?"

"수도의 인신매매 조직을 여럿 부쉈다고 하셨죠? 그때 얻었던 그 자료를 받고 싶습니다."

리리카가 눈을 찌푸렸다. 아틸이 히죽 웃었다.

"그런 이야기라면 빠르지."

거래라면 차라리 편했다. 물론, 이 둘이 산딸기 동맹이 아니었다면 자료를 주고받으며 이딴 짓을 하는 일은 없었을 테지만. 동맹이라고 해도 스스럼없이 도움을 주고받기에는 간격이 있었다.

이 정도가 적당하다.

"그리고 흑구파의 이야기도 궁금하고요."

느긋한 어조에 아틸이 고개를 끄덕였다. 디아레가 둘 사이를 살피고 빙긋 웃었다.

"그럼 다 끝난 거죠? 저기, 누가 더 많이 죽이는지 내기하지 않을래요?"

"디아레!"

리리카가 저도 모르게 목소리를 높이자 디아레가 어깨를 움츠렸다. 그녀가 제 말벗의 눈치를 보며 팔짱을 꼈다.

"그럼, 음. 그럼, 죽이지는 않고 전투 불능으로 만들기?"

"응, 물론 위험하다면 어쩔 수 없지만—"

"안 위험해요. 일반인들."

디아레가 히죽 웃었다. 그녀의 송곳니가 돋보였다.

"그런데 정말 죽이지만 않으면 괜찮은 건가요? 죽이지만 않으면?"

디아레의 말에 리리카가 고개를 끄덕였다.

"응, 살아 있기만 해도 괜찮아. 살아 있다는 건 그만큼 대단한 일이거든."

"알았어요. 그럼, 누가 많이 무릎 부술지 내기해요!"

디아레가 한쪽 팔을 높이 들며 외쳤다. 피요르드가 갸웃하며 손깍지를 낀 손을 쭉 뻗었다.

"그러지 말고 관절로 하지요."

"전투 불능에 빠지려면 다리를 못 쓰게 해야 하는 거 아냐?"

아틸이 피요르드의 말에 딴지를 걸자 피요르드는 그냥 웃었다. 재즈가 말했다.

"이것들이 사람 무서븐 줄 모르고만. 우리 쪽 아를 때렸을께 그짝에서 함정을 파놨을지, 안즉 몰르는 거고. 일반인이라 다 약한 것은 아닝께."

재즈가 디아레를 집어 말하자 디아레가 재즈를 빤히 보다가 눈을 가느다랗게 떴다.

"울프 출신의 기사를 이겼다면서?"

"글재."

"울프가라도 다 똑같지 않아."

"귄족이 아니라고 다 똑같은 거슨 아녀."

"한 번 보지."

디아레가 에헴 하고 어깨를 쭉 폈다.

"그리고 너도 날 잘 봐."

"……."

재즈는 떨떠름한 얼굴로 디아레를 보다가 시선을 돌렸다. 존이 팔짱을 꼈다.

"다들 옷 갈아입고, 얼굴에도 뭘 좀 뒤집어쓰죠. 지금 너무 노골적인데. 다들 유명인이고."

그 말에 서로 얼굴을 마주 보았다가 고개를 끄덕였다. 잠시 후, 비슷한 셔츠와 바지로 갈아입은 일행은 서로를 바라보았다.

리리카가 말했다.

"어쩐지 같은 링(ring)인 것처럼 보이네."

"같은 링이죠. 산딸기 링!"

디아레가 하하 웃었다. 그리고 모두가 복면이나 가면을 하나씩 챙겼다.
리리카가 말했다.

"다들 부적 가지고 있지?"

"네."

"그럼요."

"있어."

"없는디."

재즈가 당당히 말했다. 리리카가 "아." 하고 그를 바라보았다. 그러고 보니 재즈는 비교적 최근에 일행이 돼서 아직 부적을 만들어 주지 않았다.

"그렇구나. 그럼 일단 내 부적을 줄 테니까."

리리카가 품에서 금화로 만든 제 부적을 꺼내는데 피요르드가 자신의 부적을 재즈에게 내밀었다.

의아해하며 재즈가 부적을 받자, 피요르드가 리리카의 손에서 그녀의 부적을 받아갔다.

"이렇게 하면 되겠지요."

"잠깐만, 되긴 뭐가 돼. 야! 그거 도로 내놔. 나랑 바꿔."

아틸이 피요르드에게 제 부적을 내밀었지만, 피요르드는 웃으며 거절했다.

"싫습니다."

"뭐야? 재즈 이 멍청아, 그걸 주면 어떡해."

"아니, 부적은 다 똑같은 것 아니여? 뭔 소리데."

"전 황녀님이 절 생각하면서 만들어 주신 제 부적이 제일 좋아요!"

디아레의 말에 상황이 정리되었다. 리리카가 한숨을 폭 내쉬고 말했다.

"다들 조심히 다녀와. 아틸도 조심해요."

"네, 다녀올게요."

디아레가 마지막까지 크게 손을 흔들어 보인 후에 가벼운 걸음걸이로 일행을 따라갔다.

마지막까지 리리카는 걱정되어 까치발을 하며 멀어지는 일행을 배웅했다.

"괜찮을까요?"

"저 조합이면 어지간한 사태에는 대응할 수 있을 거 같은데."

존이 중얼거렸다. 리리카는 일행이 완전히 사라지자 손을 접어 내리며 존을 바라보았다.

"그런데, 아저씨."

"응?"

"전면전까지는 얼마나 걸릴까요?"

리리카의 말에 존은 눈을 부릅떴다가 쓰게 웃었다.

"리리카가 이 거리의 아이라는 걸 잊었네."

"전 이 거리의 아이랍니다."

리리카의 말에 존은 미소 지었다.

보통 빈민가 출신이라 해도 사회에서 번듯한 지위를 얻게 되면 빈민가 출신이라는 걸 숨기기 마련이다.

자신의 약했던, 별로였던 과거를 깔끔하게 없는 것처럼 덮어버리고 지금의 나만이 진짜 나인 것처럼 행동하곤 했다.

하지만 리리카는 그러지 않았다. 약하고 더러웠던 그때의 나도, 지금의 나도, 전부 자부심을 가지고 인정하고 있었다.

존은 그녀의 어깨를 두들겼다.

"안으로 들어가서 이야기하지."

"네, 아저씨."

리리카가 빙긋 웃었다.

"에잇, 죽어라!"

"끄아악!!"

디아레가 주워든 몽둥이로 상대방의 무릎을 가격하자 남자는 비명을 지르며 나뒹굴었다.

"아따, 죽이지 않겄다고 했잖여?"

재즈가 말하자 디아레가 머리카락을 하나로 묶어 올리며 답했다.

"실전에서는 항상 죽이겠다고 기합을 넣지 않으면 안 돼. 에잇, 죽어랏!"

저 '에잇, 죽어랏' 외치는 기합은 기합이라기엔 무척 가벼워서 추임새처럼 느껴졌지만, 그녀의 힘과 속도는 전혀 그렇지 않았다.

재즈는 그녀가 그렇게 외칠 때마다 관절이 부서지는 사람들을 보고 혀를 찼다.

흑구파의 본거지 중 하나인 2층짜리 선술집이었다. 낡은 목조건물 안에는 술과 담배 찌든 내가 가득했다. 콜린 일행을 덮친 놈들이 분명 이곳으로 들어갔다는데, 나올 기미가 안 보였다.

아틸이 외쳤다.

"우리 쪽 애를 건드린 놈만 내놓으라니까!"

"웃기지 마!"

"고작 애들 넷일 뿐이야! 쳐라!"

광탄이 번득였다.

쭉 뻗어 나간 사슬이 발사된 마탄을 전부 쳐냈다. 피요르드가 사슬을 회수했다.

재즈와의 싸움 이후로 그는 사슬이 제법 자신과 조합이 좋다는 걸 깨달았다. 휴대하기도 간편해서 여러모로 연습 중이었는데, 모처럼 실전이니 적극적으로 활용하고 있었다.

"말도 안 돼!"

"지금 마격총을 쳐낸 거야?"

재즈가 혀를 찼다.

"거시기 아그들이 고작 넷이라고 생각한 거든 느그들이 잘못 생각혔다."

"아, 총 쏜 인간은 죽여도 될까요?"

디아레가 그렇게 말하며 단 한 번의 도약으로 2층 난간 위로 뛰어 올라갔다.

"뭐, 뭐야!"

"에잇, 죽어라!"

여기저기서 우당탕거리는 소리가 났다. 디아레가 웃는 소리가 길게 퍼져 나갔다.

"뭐가 이상한데요."

피요르드의 말에 재즈가 고개를 끄덕였다.

"사람이 느므 적은디?"

"디아레, 돌아와."

아틸이 소리치자 "싫은데요~!" 하는 목소리가 멀리서 들려왔다.

"아니, 저게?"

아틸이 어이없어하는데 디아레가 돌아왔다. 아틸은 '싫다면서 왜 왔냐?' 하는 말을 꾹 참았다.

그녀가 말했다.

"저기, 다들 도망가는걸요."

피요르드가 말했다.

"일단 우리도 나가죠. 역시 함정일—"

수 있다. 라고 말하려는 순간 안쪽에서부터 폭발이 일어났다.

"!!"

기름을 충분히 먹여 둔 목조건물은 순식간에 불길에 휩싸여 타오르기 시작했다.

빈민가는 본래 집들이 다닥다닥 붙어 있는 구조다. 갑작스러운 폭발음에 모두가 고함을 지르며 뛰쳐나왔다.

"부, 불이야!"

"이게 무슨 일이야?"

'콰쾅!'

그때 다시 폭발이 일어나며 건물 지붕이 터져나가고 화염이 솟구쳤다.

"아이고!! 안에 흑구파 놈들 있나?"

"쉿, 저기, 저기 모여 있네."

"아이고, 빨리 불 꺼야 하는데. 이게 무슨 일이야! 물 가져와!"

"불이야! 불이야!"

"안에 기름통이라도 쌓아 뒀나, 미쳤어. 미쳤어."

다들 욕지거리를 내뱉으면서 허둥지둥 물을 뜨러 움직였다.

"안에 다들 들어가 있는 거 맞지?"

"네, 그 선생이란 놈이랑 재즈가 들어가는 걸 봤습니다."

"제길, 존 웨일도 같이 올 줄 알았는데."

흑구파 조장들이 모여서 혀를 차며 투덜거렸다.

"놈들이 쳐들어와서 불을 지른 거야. 알았어?"

"맞아, 구두닦이 놈들이 갑자기 와서 불을 지른 거라고!"

조장들이 주변 사람들 들으라고 윽박지르기 시작하자, 안내했던 구두닦이 소년이 소리쳤다.

"그럴 리가 없잖아! 안에 있으면서 불 지르는 사람이 어디 있어?!"

"뭐야?"

"너 뭐라고 했냐."

"어이! 다들! 여기 불 지른 놈이 있다!"

소리치며 흉흉한 기세로 소년을 에워싸는데 허둥지둥 물통을 들고 오던 사람들이 "어어?" 하는 얼빠진 소리를 내기 시작했다.

"어?"

"어어? 불이 줄어드는 거 맞지?"

"내 눈이 이상한 건가?"

"아, 아녀. 불이 줄어드는 게 맞는데……?"

사람들의 웅성거림에 조장들은 시선을 돌렸다. 기세 좋게 타오르던 불길이 점점 더 약해지고 있었다. 마치 누가 안쪽에서 불을 전부 빨아들이고 있는 듯한 모양새였다.

새까맣게 그슬린 건물에서 불이 완전히 사라졌다. 연기만 짙게 타오르고 있었다.

모두가 멍하니 그 말도 안 되는 광경을 지켜보았다. 그때 안에서 누군가가 걸어 나오며 소리쳤다.

"아, 검댕이 묻었어. 싫어, 정말 싫어. 싫어어. 기름 냄새나요. 기름 냄새. 어유. 끈적거려."

"……."

"살았으면 됐잖아? 넌 그 입 좀 어떻게 안 되냐?"

"싫어요. 이잉."

"워메, 진짜 죽는 줄 알았소잉."

네 사람이 쭐레쭐레 걸어 나오자 모두가 입을 떡 벌리고 그 광경을 바라보았다. 아틸이 제 머리를 털어내며 말했다.

"그래서, 누구야? 불 지른 놈."

피요르드는 입을 꾹 다물고 불쾌감을 참았다. 당장 가서 깨끗하게 씻고 싶었다. 머리카락 속에 재가 떨어진 것 같았다. 옷도 더럽고, 불편하고, 무척 짜증이 나 있었다.

"빨리 처리하죠."

피요르드가 차갑게 말했다. 아틸이 입을 떡 벌리고 있는 흑구파 조장들을 발견하고 흐 웃었다.

"그래, 봐주려고 했는데, 어디 오늘 끝장을 보자."
그의 등 뒤에서 건물이 우르르 무너져 내렸다.

존과 리리카는 싸구려 목제 컵에 차를 마시며 이야기를 나눴다.
"여기도 여러모로 복잡하네요."
"복잡하지. 계파도 여럿이고. 게다가 몇 년 전에 새로 생긴 칠성(七星)파라는 조직 있는데, 급속도로 커졌지."
"그럼 흑구파는요?"
"칠성에게 밀려서 덩치가 작아진, 예전에는 컸던 조직이야. 그러니 우리 쪽이 마음에 안 들어 시비를 걸지."
존이 혀를 찼다.
리리카가 "흠." 하고 여러 가지 생각을 하다가 말했다.
"그럼 싸움은 전면전이 되지 않을 가능성이 높겠네요. 덩치가 비슷하니까요."
존이 히죽 웃었다.
"그렇지."
존이 가진 조직과 칠성은 규모가 비슷했다. 흑구가 존에게 시비를 거는 것은, 존의 조직원들은 대부분 폭력을 휘두르지 않고 건실히 살고 있는 사람들이기 때문이었다.
"일단 아이들을 또 건들지는 않겠지만, 그래도 황실이랑 엮어 두는 게 좋겠어요. 건국제 연극이요. 미리 공연해 버리는 게 어떨까요?"

"미리?"

"건국제 당일만 공연하지는 않을 거잖아요. 거리에서 며칠 동안 먼저 공연하고, 그러고 나면 어머니께 부탁해서 황실로 와서 연극을 공연해 달라고 하겠어요."

리리카가 싱긋 웃었다. 황족다운 지극히 정제된 우아한 미소였다.

"그러면 황실의 비호를 받는 아이들이 될 텐데, 건드리는 건 어려워지겠지요."

존 웨일이 감탄했다.

"제법 권력을 사용하는 방식에 익숙해졌네."

"이래 봬도 타카르니까요."

빈민가의 아이니까요, 라고 말하는 것과 마찬가지의 자부심으로 리리카가 그리 말했다. 존은 아쉬워하는 얼굴을 했다.

"역시 양딸로 삼았으면 걱정 없이 은퇴할 수 있었을 것 같은데. 그래도 잘 지내는 걸 보니까 다행이라는 생각도 든다."

리리카가 웃었다.

"그래도 그때 그렇게 권유해 주셔서 기뻤어요. 날 그렇게 생각해 주는 사람이 있다는 게 무척 힘이 됐으니까요."

"내가 아니라도 눈이 있는 사람이라면 다 똑같이 생각했을 거야."

존의 말에 리리카가 쑥스러운 듯 웃었다. 그때, 바깥에서 달려온 남자가 소리 질렀다.

"불이야! 불이 났어!"

존이 자리에서 벌떡 일어났다. 빈민가의 화제는 모두가 힘을 합쳐야 할 큰일이다.

"불? 어디서?"

"그 흑구파 놈들 선술집에서 불이 났어요! 선생님이랑 재즈가 들어가 있는데!"

"!!"

리리카가 깜짝 놀라 튀어 오르듯 자리에서 일어났다. 얼굴이 새하얗게 질렸다.

"그, 그럼 안의 사람은······."

"일단 가자. 리리카, 여기에 있으라고 하고 싶은데—"

"갈 거예요."

리리카가 그렇게 말하며 허둥지둥 제 모자를 다시 쓰는데 제대로 쓰기가 힘들었다. 존이 그녀의 모자를 바로 씌워 주며 말했다.

"진정해. 다들 호락호락하게 당할 사람들이 아니잖아. 그러니까 괜찮을 거야."

그때 뒤이어 또 다른 사람이 달려왔다.

"큰일 났어요!"

"불난 소식이라면 들었어."

"아니, 불은 꺼졌는데, 선생이랑 다들 그대로 흑구파 본거지로 쳐들어가 버렸어요!"

존이 눈을 찌푸렸다.

"뭐?"

남자가 허둥지둥 손짓하며 말했다.

"다들 엄청 화가 나서 쳐들어갔다니까요. 어쩌죠, 대장? 우리도 협력

해야 하는 거 아녀요?"

"불이 꺼졌다는 게 무슨 말이야?"

"아니, 갑자기 그냥 불이 꺼졌다니까요? 활활 타오르던 불이 줄어들더니 픽, 꺼졌어요."

흥분해서 횡설수설하는 남자를 보고 존이 턱을 쓰다듬었다.

"그러니까 흑구파 놈들이 함정을 팠는데, 그게 깨지고. 다들 본거지로 담판을 지으러 갔다는 거지?"

존의 말에 남자가 고개를 마구 끄덕였다.

"역시 우리도 가야 하는 거죠? 당장 애들 모아서 지원을……."

"아서라. 지금 중요한 건 그쪽이 아냐. 일단 애들 모아서 불난 데로 보내. 사람들 마음을 먼저 다독이고. 나도 그리로 가마."

리리카는 안도의 한숨을 내쉬었다. 다들 무사하다니 다행이었다.

"알았어? 한 박자씩 늦게 움직이는 게 관건이야. 화재 현장을 보고서, 그다음 흑구파를 보러 갈 거다. 어차피 다 죽일 수는 없고, 죽여서도 안 돼. 어쨌든 한동네에 사는 놈들이니까. 흡수해 버리는 게 가장 낫지."

존이 그러며 마지막으로 리리카를 바라보았다.

"그리고 불이 꺼진 일에 대해서는 황녀님의 명성을 슬쩍 빌리고 싶은데."

"어?"

"마법 소녀 리리카 황녀님 목격담을 만들고 싶어서 말이야."

"……."

리리카는 천장을 보았다가 길게 한숨을 내쉬었다.

"알겠어요."

아틸이든 피요로드든 권능을 쓴 게 틀림없었다. 이 사건을 어떤 사람이 수상하게 생각한다면(아니, 생각하겠지만), 혹시나, 어쩌면, 아틸의 정체가 들통이 난다면…….

'그렇게 만들고 싶지 않아.'

아틸의 즐거워하던 얼굴이 떠올랐다. 연극을 준비하던 노력도 알 수 있었다. 그저 시선을 끌어 시간을 벌어 주는 것뿐이라 해도 기꺼이 '지나가던 리리카 황녀님이 불을 끄다.'라는 기사를 받아들일 작정이었다.

"고마워."

존이 인사했고, 리리카가 고개를 저었다. 그때 바깥에서 누가 헛기침을 했다.

"대장, 손님이 오셨는데……."

"손님? 아."

문이 열리고 덩치 큰 남자가 걸어 들어왔다. 리리카는 멋쩍은, 그러나 반가운 얼굴을 하며 인사했다.

"안녕, 라우브."

라우브는 천천히 한쪽 무릎을 꿇었다.

"주공."

"미안, 이렇게 오래 걸릴 줄 몰랐는데. 그리고 라우브가 와 줘서 마음이 좀 편하네."

"마음이 편하세요?"

뒤쪽에서 브린이 등장했다. 사복 차림의 브린은 언제나 신선한 느낌을 주었다.

"브린!"

브린이 눈을 찌푸렸다가 미소 지었다.

"네, 아가씨."

언제나처럼 완벽한 측근 시녀의 미소에 리리카는 사과했다.

"미안합니다."

사과하니 브린은 웃었고, 라우브가 고개를 들었다. 리리카가 슬그머니 두 사람에게 다가가 말했다.

"역시 두 사람이야. 딱 좋은 타이밍에 와 줬어."

"오는 길이 소란스럽던데, 무슨 일이 있는 건가요?"

브린의 말에 리리카가 헤헤 웃으면서 말했다.

"일이 좀 있는데, 그건 나중에 설명하고 일단은······."

그녀가 존을 슬쩍 바라보자, 존이 헛기침을 하고 말했다.

"그럼 목격담에 쐐기를 박으러 갈까요."

리리카가 작게 속삭였다.

"왜 베일을 써야 하는 거야?"

"얼굴을 좀 가리는 게 나아요."

브린도 마주 속삭였다. 리리카는 입고 나왔던 옷으로 갈아입은 상태였다.

브린은 웨일의 부하를 손가락으로 부려 커다란 흰 앞치마와 비싼 베일을 사 오게 했다.

먼저 새하얀 앞치마로 옷 전체를 감싸고, 제 머리핀을 브로치 삼아 베일을 고정해 주었다. 길게 늘어진 베일이 리리카의 옷 뒤쪽을 살짝 가려 주었다.

입고 나온 옷으로 아이들을 만났다고 하니, 옷을 숨기기 위한 호구지책이었다.

워낙 베일이 임팩트가 있어서 옷으로 시선이 잘 가지 않았다. 거기에 브린은 리리카에게 펜던트를 달라고 한 다음, 그걸 한 뼘 정도 길이의 봉에 달고, 봉에는 리본을 달았다.

"눈에 너무 띄잖아!"

"그게 좋은 거예요. 얼굴에서 시선을 분산시켜야 하는 거니까요. 알려지고 싶지 않으신 거죠?"

"으응."

언제 챙겼는지, 남자들이 잽싸게 천막을 쳐 주었다.

리리카는 베일을 쓰고 걸어 나가 화재 현장의 무너진 건물을 마법으로 대충 정리했다.

봉을 높이 들어 올려 일부러 커다랗게 마법진을 그려 마법을 쓰자 모두가 탄성을 터트렸다.

그리고 다친 사람이 있는지 묻고, 다친 사람들을 고쳐 주었다.

물론, 리리카는 단 한마디도 하지 않았다.

존 웨일이 부지런히 움직이며 줄을 세우고, 구경꾼을 적당히 돌려보내고, 불을 끈 것도 리리카라는 이야기를 흘렸다.

"세상에, 어쩐지 불이 그냥 사라지더라고."

"그럼 그게 황녀님께서 불을 꺼 주신 거야?"

"그렇대. 범인을 쫓고 계시다가 다른 사람들이 범인을 쫓는 걸 보고 다친 사람이 있을까 돌아오신 거래."

"세상에나. 저런 높으신 분께서 우리를 신경 써 주실 줄이야."

"여기에서 사셨잖아."

수군수군하던 소리는 곧 만세 소리로 변했다. 목격담을 변조해내고 사람들이 지나치게 모여들기 시작하자 존 웨일이 손짓했다.

"자자, 다들 물러나!"

"황녀님은 구경거리가 아냐."

"우리는 흑구파 쪽에 가 봐야겠다. 이 일을 추궁해야겠어."

"황녀님은 이제 떠나실 겁니다."

그냥 걸어가면 임팩트가 없기 때문에, 라우브가 리리카를 번쩍 안아 올렸다. 그리고는 훌쩍 지붕으로 뛰어올라서 사라지자 모두가 와아 소리를 질렀다.

"늑대 기사!"

"만세! 황녀님 만세!"

"마법 소녀!"

모두가 환호하며 모자를 벗어 흔들었다. 얼마 가지 않아 라우브는 인적 없는 좁은 골목으로 잽싸게 내려갔다.

리리카의 얼굴은 새빨갛게 달아올라 있었다.

"정말, 정말로 부끄러웠어."

힘주어 말하고 라우브를 올려다보니, 라우브는 언제나처럼 태연한 얼굴이었다. 리리카는 이유는 모르겠지만 그 얼굴에서 조금 우쭐한 기색을 읽을 수 있었다.

대기하고 있던 브린 역시 그 기색을 눈치챘는지 어이없어하며 말했다.

"뭐가 그렇게 기분 좋은 건지. 자, 황녀님. 이리 오세요."

베일을 벗겨 주고, 앞치마를 벗겨내자 본래 입고 왔던 옷이 나타났다. 리리카는 재빠르게 봉과 펜던트도 분리해 버렸다. 펜던트만 남자 그제야 마음이 편해졌다. 주머니 속에 줄에 펜던트를 연결해서 도로 펜듈럼을 만들었다.

"이제 돌아가자."

놀랍게도 아틸은 이미 돌아와 있었다. 피곤한 얼굴로 앉아 있다가 리리카가 들어온 걸 보고 활짝 웃었다.

"누구야, 이게. 우리 마법 소녀님 아냐? 어이쿠."

뒤쪽에 라우브와 브린을 보고 그는 헛숨을 삼켰다. 라우브와 브린이 인사하는 걸 그가 손을 들어서 저지했다.

"됐어. 여기서는."

피요르드가 자리에서 일어났다.

"리리."

"피요르드, 괜찮아? 엄청 피곤해 보이는데."

"아뇨, 피곤한 게 아니라 정신적으로……. 얼른 가서 씻고 옷도 갈아입고 싶습니다."

리리카는 고개를 끄덕였다.

"정말로 고생했어. 와 줘서 고마워."

"황녀님이 부르신다면 어디든지 달려갈 겁니다."

그가 손을 내밀었고, 리리카가 마주 잡자 깊이 허리를 숙여 리리카의 손등에 입 맞췄다. 그가 미소 지었다.

"베일을 쓰신 모습을 보지 못해서 아쉽군요."

"정말로 부끄러웠어."

리리카가 손등으로 뜨거워진 얼굴을 누르며 답했다. 피요르드가 허리를 펴고 아틸을 돌아보았다.

"그럼 자료는 다음번에 받겠습니다."

"그래."

아틸이 손을 흔들었다.

전우애라도 싹튼 걸까?

둘 사이의 적의가 누그러진 게 보였다. 리리카는 무슨 일이 있었는지 궁금했지만 꾹 눌러 참았다.

지금 물어볼 일은 아니다.

피요르드가 아쉬워하며 손을 놓아 주고는 먼저 자리를 떴다. 이어 디아레가 기지개를 쭉 켰다.

"황녀님, 저 좀 보세요."

"디아레, 얼굴이 왜 그래?"

"검댕투성이죠? 이게 다 그놈들이 불을 질러서 그래요, 불을."

"맞아. 갑자기 불이 났다면서. 정말 고생했어. 미안해. 이렇게 큰일이 될 줄은 몰랐는데."

"아니에요. 이런 건 큰일이 아니에요. 그냥요."

15장 십 대 271

슬슬 디아레가 리리카에게 달라붙어 왔다.

"그냥 조금의 위로가 필요하다고 할까요."

그 말에 리리카는 웃으며 디아레의 머리를 쓰다듬어 주었다.

"고마워, 디아레."

"후후."

디아레는 기분 좋게 웃었다.

"말벗 좋은 게 뭐겠어요? 유일한 말벗이니까요. 앞으로도 언제든지 불러 주세요. 불 속이라도 달려갈 거예요."

디아레가 그러더니 라우브를 힐끗 보고 말했다.

"라우브랑 함께 있으셨다면서요?"

"응."

"아, 싫다. 아쉬워라. 늑대 기사는 내 자리였는데. 저번에 삽화도 같이 나왔잖아요."

디아레가 시무룩해졌다.

'아, 라우브 기분이 좋아 보였던 게 그거 때문인가?'

'진짜 늑대 기사'라면서 디아레 삽화가 실린 거 신경 쓰고 있구나······.

리리카는 "다음에 또 같이 나가면 되지." 하고 디아레를 달랬다. 그 말에 디아레는 "정말이에요?" 하고 활짝 웃으며 손을 붕붕 흔들어 다짐을 받고는 먼저 가겠다고 쪼르르 사라졌다.

기사단 훈련 시간이 가까워졌다고 하며 말이다.

두 사람을 보내고 나서 브린이 말했다.

"황녀님, 저희도 이만 돌아가 봐야 해요. 준비할 일들이 아직 남아 있어요."

이 말은 사실 리리카를 향한 말이라기보다는 아틸을 향한 말에 가까웠다. 아틸이 손을 휙 저었다.

뒤로 물러나라는 표시였다.

이런 몸짓에 익숙한 브린과 라우브는 즉각 뒤로 물러났지만, 재즈는 한 박자 늦게 반응했다.

리리카가 아틸에게 바싹 다가갔다. 아틸이 낮은 목소리로 말했다.

"난 가서 콜린 녀석 상태 살펴보고, 애들 좀 확인하려고."

"혼자서 괜찮으시겠어요?"

"너랑 가는 게 더 문제야. 재즈를 데리고 갈 테니까 문제없어."

"알겠어요. 하지만……."

"알아. 더는 연관되지 않을 거야. 그보다 그 아이디어 들었어."

"네?"

"연극 말이야. 황궁에 초대하자며."

"아, 네."

아틸이 씩 웃었다.

"잘했어."

그가 그녀의 머리를 쓰다듬어 주었다. 리리카는 고개를 끄덕였다.

"다 어머니께 배운 거죠."

"빈민구호사업으로 황후마마께서 빈민가에 관심이 있으시다는 건 모두 알고 있으니까, 그렇게만 되면 존에게 더 큰 도움이 될 거야."

공식적으로 빈민가 아이들이 황궁에 초대받는 게 얼마나 대단한 일인가?

아마 금일봉도 크게 받겠지.

다른 아이들에게도 '하면 된다'는 희망을 주면 된 거다.

리리카는 아틸을 가만히 바라보다가 작게 말했다.

"아틸, 계속 해도 괜찮지 않아요? 여기서는 아틸을 아는 사람도 적고……."

"안 돼. 이미 너무 사적으로 관여했어. 감정적으로 중요한 결정들을 내리면 안 돼."

"감정이 없으면, 중요한 일도 없을 거예요."

리리카의 반박에 아틸은 눈을 살짝 뜨고 웃었다.

"말솜씨가 날이 갈수록 좋아지는데? 그러게, 리리카가 황제 하면 내가 편하게 다닐 텐데."

"!!"

리리카는 그대로 토끼처럼 눈을 동그랗게 뜨고 굳어 버렸다. 그 이야기를 들은 다른 사람들은 필사적으로 이야기를 못 들은 척하며 바닥을 바라보기 바빴다.

아니, 물러나라는 신호를 했으니, 못 들은 척하는 게 당연했지만, 농담이라도 할 만한 농담이 아니었다.

리리카가 굉장히 이상한 얼굴을 하고 말했다.

"아틸이 아니었으면, 저 지금쯤 땅에 엎드려서 절대로 그렇지 않다. 저는 능력이 부족하다. 아틸이야말로 최고다. 하고 빌고 있었을 거예요."

"뭐야, 꼬맹이. 그런 건 또 누가 가르쳤어?"

"틸라가 가르쳤죠."

"그런데 안 빌어?"

놀리듯 그가 웃으며 말하자 리리카가 한숨을 내쉬고 큼 헛기침을 하며 말했다.

"아틸이 아니면 누가 황제를 하겠어요? 저로서는 도저히 불가능한 일이에요. 아틸이 꼭꼭 맡아줬으면 좋겠어요. 아틸 최고, 아틸 능력자, 아틸 만세."

마지막에 주먹을 쥔 양손을 들어 올려 작게 흔들자 아틸이 "얼씨구." 하고는 고개를 치켜들었다.

"부족한데, 그 정도로 봐주마. 여동생이니까."

"성은이 망극, 하면 안 되는 거죠?"

아마 황제에게만 쓸 수 있는 관용구였던 것 같다.

"어. 그리고 지금 이 대화, 잘못하면 숙부님께서 날 죽여 버리실 수도 있는 대화야."

황태자에게 황위 계승을 부추기는 발언은, 황제를 향한 반역 의지로 느껴지기 충분했다.

리리카가 진지한 얼굴을 했다.

"왜 귀족들이 다들 배짱이 좋은지 알겠어요."

이런 말을 하면 목이 휙휙 날아가는 세상에서 살고 있으니 그렇지.

두 사람은 마주 보았다가 웃었다. 아틸이 천천히 자리에서 일어나 리리카를 안아 주었다.

"오늘 여러모로 고마웠어, 도토리 양."

"꼬맹이에서 신분이 격상한 건지 아닌지 알 수가 없는데요."

"왜 귀엽잖아, 도토리."

아틸이 그러며 그녀를 풀어 주었다.

"돌아가. 나도 금방 돌아갈 테니까. 더는 브란을 괴롭혀서도 안 되고,

진짜로 건국제 퍼레이드를 준비하긴 해야 해."

"그리고 저랑 아침 식사 약속도 잊지 마세요."

"네, 네."

아틸이 고개를 끄덕였다. 리리카가 물러나려는데 재즈가 쓱 다가왔다. 그가 뭔가 내밀어서 보니까 새까맣게 변한 금화였다.

리리카가 깜짝 놀랐다.

"까맣게 변했네?"

"한 번 대신해 준 거죠. 기름통 터질 때 요래 된 것 가튼디, 덕분에 나가 살아브렀네."

"진짜로 다행이다."

"한 번 살려 주셨응께, 난중에 꼭 갚겠소."

"응, 아냐—"

리리카가 고개를 흔들다가 기시감을 느꼈다.

'어라?'

어디서 한 번 이런 적이 있지 않았던가?

까매진 금화를 바라보고, 재즈를 한 번 바라보았다. 재즈가 고개를 살짝 기울였다.

리리카가 눈을 가늘게 떴다.

"재즈, 혹시 나에게 돈 준 적 있어?"

재즈가 그녀의 손에 금화를 돌려주며 말했다.

"또 떨어트리면 큰일 나."

뚜렷한 표준어와 함께 재즈가 히죽 웃었다. 리리카가 "아!" 하고 그를 보았다.

소중한 은화를 양손으로 꼭 쥐고 가다가 넘어졌는데, 은화를 떨어트렸다. 그 은화를 주운 소년을 보고 리리카는 벌벌 떨었다.

그가 그걸 가지고 그대로 도망갈 것 같았다. 하지만 소년은 말없이 그냥 은화를 돌려주었다.

그러면서 '또 떨어트리면 큰일 나.'라고 말했다. 집에 와서 은화를 꽁꽁 숨겨 두느라 완전히 잊고 있었다.

은화를 받은 일의 흥분이 너무 커서 중간에 넘어졌던 일은 그냥 잊은 것이었다.

리리카가 말했다.

"말을 하지, 그걸 어떻게 기억해?"

"했잖여."

재즈가 다시 씩 웃었다. 아틸이 "왜? 뭔데?" 하고 끼어들었다. 리리카가 재즈를 가리키며 말했다.

"예전에 은화를 떨어트렸을 때 주워 준 사람이에요."

"근데 그게 뭐."

아틸이 눈을 가늘게 뜨며 묻자 리리카는 손가락을 접으며 어깨를 으쓱했다.

"아니, 그냥 아는 사람이라는 게 신기해서요."

아틸이 회의주의자 같은 시선을 재즈에게 돌렸다. 재즈는 그냥 어깨를 으쓱해 보였다. 아틸이 리리카에게 말했다.

"너 빨리 가. 얼른 가."

"네? 앗, 아."

아틸에게 떠밀려 쫓겨나듯 건물에서 나왔다. 아틸이 문을 탁 닫아

버렸다.

황당한 얼굴로 리리카가 브린과 라우브를 돌아보았다.

"지금 봤어?"

브린이 웃었다.

"쫓겨나셨네요."

"말도 안 돼."

리리카는 눈을 찡그렸다가 새까맣게 탄 금화를 손끝으로 문질러 보았다. 탄 부분이 벗겨지려나? 했는데 벗겨지지 않았다.

단단히 검은색이 덧씌워진 거 같았다. 리리카는 그 금화를 바라보다가 두 사람을 보았다.

"돌아가자."

다음 날 신문에 커다란 삽화가 실렸다. 리리카는 빽 소리쳤다.

"나, 나 이런 막대기 안 들었는데!"

"그러게요, 분명히 짧은 막대기였는데."

브린이 신문 삽화를 오리며 "저도 아직 부족하네요." 하고 혀를 찼다.

거기에는 긴 베일을 흩날리는 리리카가 긴 막대기를 제사장처럼 치켜드는 장면이 그려져 있었다.

물론 막대기 가장 윗부분에는 리리카의 상징이나 다름없는 마법 소녀 펜던트가 놓여 있었다. 그것도 무척 크게.

마법 소녀, 빈민가의 화재 진압!

 신문 기사를 본 아틸은 신나게 웃으며 놀려댔고, 리리카는 부모님께 불려가서 끙끙거리며 상황을 설명해야 했다.
 어머니도, 아버지도, 의심을 눈초리를 거두지 않으셨지만 그래도 자세한 건 파고들지 않겠다―라는 태도를 취했다.
 "이게 다 아틸 때문인데, 지금 웃음이 나와요?"
 "응."
 아틸이 싱글싱글 웃으며 리리카를 바라보았다. 그녀는 신문을 구겨 그에게 던졌고, 아틸은 관대하게 맞아 주고는 다시 호탕하게 웃었다.
 그러나 곧 그의 표정이 심각해졌다.
 "이제 곧 퍼레이드야."
 "알아요."
 "숙부님과 숙모님은 수도에 머무르실 테지만, 우리는 아냐. 게다가 따로따로 움직이게 될 거라고. 조심해."
 "네."
 무슨 일 있겠어요? 라는 말은 하지 않기로 했다.
 '이런 말을 하면 꼭 무슨 일이 생기는 거 같단 말이지.'
 리리카는 그저 조심하겠다고 이야기했다. 어차피 기사단을 끌고 이동하는 행렬이다. 딱히 문제가 생길 것 같지 않았다.
 "탄을 너에게 붙여 주고 싶은데."

아틸이 탄식하듯 하는 말에 리리카는 고개를 저었다.

"아니에요. 탄은 아틸이랑 가는 게 당연하죠."

"사실 기사 단장은 수도에 남아 있어야 하는 거 아니냐? 아, 귀찮아. 가는 내내 잔소리해대는 거 아냐? 내가 왜 울프를 말벗으로 안 뽑았는데."

아틸이 투덜거렸다. 하지만 황제를 호위하는 탄이, 황위 계승자인 아틸을 호위하는 건 상당히 의미 있는 일이었다.

리리카가 그를 쿡 찔렀다.

"공연은요? 애들은 다들 괜찮은 거죠?"

"다들 씩씩해. 오늘부터 거리에서 공연 시작했어."

"와. 보러 가고 싶은데."

리리카가 그렇게 말하면서 턱을 괴었고, 아틸은 "그러게." 하며 쓴웃음을 지었다. 그가 자리에서 일어나며 말했다.

"하지만 여기서 더 도망가면 안 되니까. 아직 건국제 옷도 안 맞췄거든."

리리카는 입을 떡 벌렸다. 그녀는 벌써 한 달 전부터 옷을 맞추는 중이었다.

"아직도요? 아니, 그렇게 옷이 빠르게 나와요?"

"글쎄."

"아니, 밤새도록 일할 의상실 사람들이 가여워요."

"그러니까 이제 안 도망가잖아."

그렇게 말하는 아틸을 리리카는 잠시 가만히 바라보았다. 아틸은 그녀의 시선에 가볍게 이마를 튕기고 "그럼 간다." 하고는 방을 나섰다.

리리카는 자리에서 일어나 그를 배웅하고 자리로 돌아왔다. 브린이 리리카의 표정을 살폈다.

"왜 그러세요?"

"아니, 아틸은 힘들겠구나, 싶어서."

그가 성인이 되면 옥좌를 물려받게 된다. 그게 아틸에게 큰 부담이라는 걸 리리카는 어렴풋이 알 수 있었다.

"이번 퍼레이드가 그래도 많은 도움이 되실 거예요."

"그럴까?"

"그럼요. 퍼레이드를 하면서 영지를 돌고, 귀족들을 규합하고. 황제파를 결집시키실 거고, 귀족파 쪽과도 교류를 나누시겠죠. 어쨌든 모두 제국의 신하니까요."

"그렇구나. 나도 다니면서 아틸에게 힘이 되어 주세요, 하면 되는 건가?"

"네, 굳이 그런 표현까지는 아니더라도 호의적으로 상대를 대하시는 걸로도 충분해요."

"응."

"모든 귀족이 태양궁에 들어올 수 있는 건 아니고, 감히, 황족을 대접할 기회를 얻을 수 있는 것도 아니니까요. 분명 이번에는 우리 영지에 들리지 않으시려나, 다들 목을 빼고 기다리겠죠."

"길은 어떻게 정해?"

"일곱 개의 루트가 전통적으로 정해져 있고, 그중에서 뽑기를 합니다. '황제의 길'이라고 불리는 가도들이지요."

"아하."

지리 수업을 떠올리며 리리카가 고개를 끄덕였다. 라우브로서는 그다지 달갑지 않은 이야기였다.

　호위에게는 이동하는 모든 루트가 오픈되어 있다는 게 퍽 즐거운 일만은 아니었다.

　"음악회며 무도회에 초청되실 테니까 각오하시는 게 좋아요."

　브린의 말에 리리카가 고개를 끄덕였다. 익히 각오한 바였다.

　하지만 한편으로는 제국의 일부라도 가로지르는 긴 여행이 기대되기도 했다.

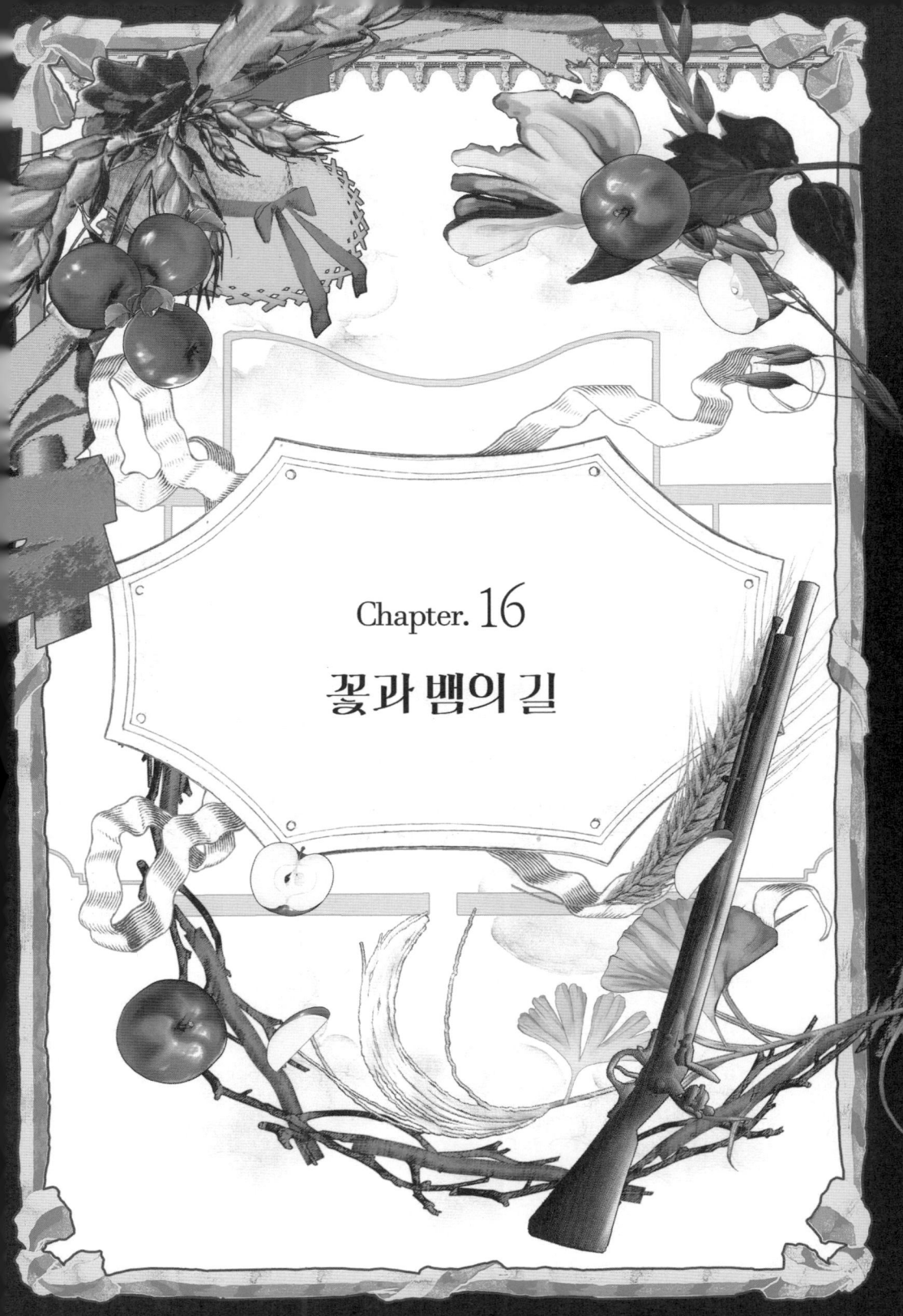

Chapter 16
꽃과 뱀의 길

건국제 당일이 되었다.

리리카는 성장한 어머니의 모습을 보고 한숨을 삼켰다. 머리에 섬세한 티아라를 쓰고 길고 화려한 옷자락을 늘어트린다. 다이아몬드 단추 장식이 달린 어린 양가죽 장갑은 빈틈없이 꼭 맞아떨어졌다.

금색 머리카락을 화려하게 틀어 올렸고, 잘록한 허리를 강조한 드레스는 숨 막히게 아름다웠다.

리리카는 제 드레스가 바닥에 끌릴 정도로 길지는 않고, 머리카락도 틀어 올릴 수 없다는 게 한탄스러웠다. 그저 감탄만 나왔다.

"어머니, 너무 아름다우세요. 정말로, 너무 아름다우세요."

루디아가 웃었다.

"고마워, 리리. 리리도 세상에서 가장 예쁜걸."

리리카는 그 말에 부끄러워졌다. 루디아의 말대로 리리카 역시 사랑스러웠다. 비단으로 된 머리끈을 매고 겹겹이 사랑스러운 드레스로 몸을 감쌌다.

매끄러운 검은색 비단 양말에 에메랄드 장식이 달린 구두는 굽이 높아서 리리카는 그 점이 마음에 들었다.

어른스러운 느낌이 물씬 나는 기분이었다.

아틸은 들킬까 봐 참석하지 않았지만—사실 리리카는 거리가 너무 멀어서 얼굴을 알아볼 수 있을지 알 수 없었다.— 아침에 빈민가 아이들의 건국제 연극을 관람하고, 식전 행사를 거친 후 퍼레이드만 남아 있는 상태였다.

퍼레이드용인 가장 화려한 의상으로 갈아입고서 수도를 한 바퀴 도는 행렬이 이어진다. 그리고서 리리카와 아틸은 통속에 손을 넣어 표를 뽑는데, 수도를 벗어날 때까지 표를 보지 않는 게 관례라고 한다.

수도를 나가서야 어느 루트로 이동할지 알게 되는 셈이었다.

그때 바깥에서 나팔소리가 들려왔다. 대기실 문이 열리고 알테어스가 들어왔다.

리리카는 숨을 삼켰다.

결혼식 때는 화동으로 정신이 없었고, '어머니가 결혼? 폐하와?' 하는 마음에 자세히 못 봤는데.

'평소에는 옷을 대충 입고 다니시니까.'

잘생겼다는 건 알고 있었지만, 이렇게 차려입은 모습을 보는 건 또 남달랐다.

새하얀 예장이 몸을 감쌌다. 지나치게 화려한 유색 보석 장식이 달린 망토 끈도, 아버지의 얼굴 아래에서는 그다지 빛을 발하지 않는 듯 보였다.

반듯한 이마 아래 우수 짙은 푸른 눈동자, 남자다운 콧날. 새삼스럽게, 어머니에게 잘 어울리는 분이라고 리리카는 감탄했다.

알테어스가 장갑 낀 손을 내밀었다. 루디아가 웃으며 그 손 위에 제 손을 미끄러트리듯 얹었다. 두 사람이 현관 쪽으로 걸어가기 시작하는 걸 멍하니 보고 있는데, 아틸이 손가락을 튕겼다.

"리리카, 야, 도토리. 정신 차려."

"아, 앗. 아틸. 아틸도 멋있네요."

리리카가 그제야 아틸에게 시선을 던졌다. 아틸은 그 말에 씩 웃으며 리리카에게 허리를 숙이고 손을 내밀었다.

리리카는 새침한 표정으로 그의 손에 제 손을 올렸다. 굽 때문에 제법 키가 큰 느낌이라 기분 좋아졌다.

하늘궁에서 현관 밖으로 나오자마자 귀족들이 만세 부르는 소리가 들려왔다.

뚜껑 없는 마차에 이미 어머니와 아버지는 올라타 있었다. 풍성한 깃털 장식 달린 여섯 마리의 말이 끄는 육두마차였다.

그 뒤에 네 마리 말이 끄는 사두마차가 준비되어 있었다. 마차 뚜껑은 없어서 탑승객이 고스란히 노출되기 때문에 기사단들의 예민도는 높아졌다. 탄이 주변을 살피고 손을 들자 마차가 출발했다.

마차가 하늘궁을 출발해 궁 밖으로 나가자 기다리던 사람들의 환호성이 터져나갔다.

리리카가 그 자리에서 움찔할 정도의 외침이었다. 아틸이 속삭였다.

"괜찮아. 손 흔들어."

아틸은 미소 지으며 손을 흔들어 주었다. 리리카도 배운 대로 우아하게 천천히 손을 흔들었다. 가능한 최대한 많은 사람과 눈을 맞추려고 애쓰며 느릿하게 주변을 둘러보았다.

사람들이 던지는 종이꽃과 생화가 바닥에 떨어지고 바람에 날렸다.

"황제 폐하 만세!"

"용이여, 영원하라!"

"황후마마 만세!"

모두가 소리를 지르며 모자를 벗어 흔들었다.

"황태자 전하 만세!"

"황녀님! 마법 소녀!!"

리리카를 부르는 목소리도 상당히 컸다. 물론 '마법 소녀'를 외치는 소리이기는 했지만 말이다.

리리카는 사람들 사이에서 존을 본 것 같았다. 힘껏 손을 흔들었다.

폭발적인 군중의 열기에 마음속 깊은 곳까지 고양되어서 리리카도 크게 들떴다. 그녀는 아틸을 돌아보고 싶었지만, 그랬다가 그녀와 한 번이라도 눈이 마주치고 싶어 하는 사람들을 놓칠까 봐 그럴 수가 없었다.

느리다면 느리고 빠르다면 빠른 퍼레이드가 마무리되었다. 밤이 되면 어마어마하게 마정탄을 터트려 불꽃놀이를 한다고 아틸이 알려 주었다.

그러나 그것은 수도에 남은 자들의 몫이고, 리리카와 아틸은 옷도 갈아입지 못한 채 홀로 나섰다.

거기에는 몇몇 귀족 대표들이 서서 의식을 지켜보고 있었다.

표를 섞고, 부정행위가 없는 걸 확인한 후에 리리카와 아틸은 각자 손을 집어넣어 네모난 상자를 꺼냈다.

이 상자 안에 길의 이름이 적혀 있었다.

아틸이 리리카의 어깨를 꽉 잡으며 말했다.

"무슨 일이 생기면 바로 도망쳐. 알았어? 도망치는 거야."

"도망치는 게 최선이라면 도망칠게요."

아틸은 눈을 찌푸렸다가 한숨을 내쉬었다. 리리카는 오히려 아틸이 걱정되었다. 아니, 양딸인 자신보다 진짜 피가 통하는 황위 계승자 쪽이 더 위험하지 않겠는가?

"아틸이야말로 조심해요. 아틸이 도망치겠다고 약속해 주면, 나도 약속할게요."

"……도망치는 게 최선이라면."

아틸의 말에 리리카는 눈을 찡그렸다가 고개를 끄덕였다.

"알겠어요. 그래도 제가 엄청 엄청 걱정할 거라는 건 잊지 말아 주세요."

"그래."

아틸이 걱정스럽게 리리카의 뺨을 어루만졌다. 가능하면 그의 말벗들을 그녀에게 붙여 주고 싶지만, 그의 말을 따를 말벗들이 하나도 없었다.

'하필 올해 열세 살일 게 뭐야.'

리리카의 생일을 일 년 정도 뒤로 미뤘어야 했다는 엉뚱한 생각을 하고 그가 한숨을 삼켰다.

"전하, 가셔야 합니다."

파이가 옆에 와서 말했다. 오래 지체할 수 없었다. 본래라면 리리카와 이렇게 대화를 하는 것도 허락되지 않는 일이었다.

"나중에 보자."

"네, 다시 봐요."

리리카가 인사했다. 그런 리리카의 뒤에서 라우브가 말했다.

"저희도 이만 가야 합니다."

"응."

리리카가 고개를 끄덕이고 브린과 라우브를 따라 걸었다. 화려하게 입은 옷들을 하나씩 벗어던지고 여행하기 좋은 복장으로 갈아입었다. 시녀들이 부지런히 움직였다.

긴 장갑은 짧은 여행용 장갑으로 바뀌고, 굽 높은 구두는 단단한 여행용 부츠로 바꿔 신는다.

여행용 트렁크는 이미 전부 실려 있었다.

아틸과는 다른 방향으로 나가기 때문에 마주칠 일이 없었다. 튼튼한 여행용 마차 앞에는 디아레가 기다리고 있었다. 아는 얼굴을 보니 안심이 되어 리리카는 활짝 웃었다.

"디아레. 같이 가 줘서 고마워."

"당연히 같이 가야죠."

디아레가 씩 웃었다. 마차를 타고 궁 밖으로 향하니, 기다리던 사람들이 다시 만세를 불렀다.

리리카는 얌전하게 창문 안에서 손을 흔들어 주었다. 함성에 유리장이 울리는 게 느껴질 정도였다.

광장을 지나 수도를 빠져나오자 놀라울 정도로 조용해졌다. 퍼레이드가 완전히 끝나면 빵을 선물로 나눠 주기 때문에 모두가 광장에서 기다리고 있을 터였다.

"이제 상자를 열어 보지요."

브린도 호기심 가득한 얼굴을 해 보였다. 리리카의 옆자리에 앉은 디아레도 고개를 쭉 뺐다.

리리카가 상자를 열고 쪽지를 꺼냈다.

"와아……."

디아레는 기운 없는 함성을 지르는 재주가 있었다. 리리카는 쪽지를 브린에게 보여 주었다.

바라트에서 시작해서 산다르 영지로 이어지는 길이었다.

브린이 눈을 찡그리고 창문을 열었다.

리리카를 호위하기 위해 기사단을 이끌고 있는 건 카온 바르갈리라는 중년 남성이었다.

리리카는 한 번도 본 적이 없는 사람이었는데, 울프 기사단이 아니라 산악경비대 출신이라고 했다.

백발이 섞인 회색빛 머리카락은 대충 자른 듯 구불구불했고, 표정은 엄격했다.

커다란 활과 화살통이 가장 먼저 눈에 띄는 사람이었다.

카온이 다가왔다.

브린이 말했다.

"꽃과 뱀의 길이에요."

카온이 살짝 미간을 찡그렸다가 말했다.

"알겠습니다. 그러면 일단 바라트령을 들러야겠군요."

그가 멀어지고 사람들에게 방향을 지시하는 소리가 들려왔다.

리리카가 물었다.

"그럼 바라트령을 가장 먼저 들르게 되는 건가? 지도로는 황령 바로 옆이던데."

"그렇죠. 아마 일주일이면 바라트 성에 도착할 거예요."

브린이 고개를 끄덕였다.

거기서부터 일곱 개의 영지를 거쳐 아래로 내려가 마지막으로 산다르령에 도착하게 된다.

리리카가 창문 밖을 바라보았다.

"바라트령에 누가 있을까? 바라트 공작이 직접 맞이하려나?"

"가능성이 있죠. 자신의 영지에 황족이 지나간다는 걸 알면 전속력으로 달려 돌아갈 테니까요."

그때 라우브가 다가와 마차 창을 두드렸다.

브린이 창을 열자 라우브가 말했다.

"아틸 전하께서는 '오소리와 눈의 길'이라고 하십니다."

리리카가 눈을 휘둥그레 떴다.

"완전히 정반대잖아?"

디아레가 아쉬운 표정을 지었다.

"반대로 뽑았으면 좋았을 뻔했어요. 그러면 저희 영지도 들렀을 텐데."

"울프령이야 다음에 들르면 되지."

"그거랑 이건 다른 느낌이거든요. 아, 정말로 아쉽다."

디아레가 고개를 흔들다가 창문 밖으로 카온을 바라보았다.

"그래도 카온 경의 호위면 배울 건 많겠네요."

리리카가 물었다.

"그러고 보니 카온은 산악경비대라고 그랬지? 난 한 번도 본 적이 없어."

"음, 그야 눈바위 산맥 근처에서 떠나지 않으니까요. 저희도 교대하거나 식량을 사러 내려온 산악경비대만 가끔 봐요."

"수해와의 경계지?"

"네, 저희 영지의 검은 숲도 일부는 수해와 닿아 있으니까요. 마수 일에 대해서는 동지죠."

'바르갈리'라는 성을 입 안에서 한 번 더 읊조리고 리리카가 작게 물었다.

"그럼 바르갈리 가문의 문장은 뭐야?"

디아레가 웃으며 양손 집게손가락만 세워 머리에 뿔을 대는 시늉을 해 보였다.

"뿔이 멋지게 휜 산양이에요."

수도에서 바라트 저택까지는 얼마 걸리지 않았다.

길도 워낙 정비가 잘 되어 있어, 커다란 구멍이나 거친 구간이 없어서 무척 순조로웠다.

바라트 저택은 그야말로 화려했다.

타카르의 정원이 자연스러운 모습이 강조되어 있다면, 바라트의 정원은 한 치의 오차도 없이 정원사의 손길이 닿은 모습이었다.

나뭇잎 하나도 밖으로 튀어나오는 모습 없이 전부 다듬어져 있었다.

커다란 정문이 열리고 마차를 타고 긴 정원을 가로지르며 리리카는 바라트 저택을 바라보았다.

본래 성이었던 것을 저택으로 개축했다고 들었는데, 그래서 그런지 성탑이 한쪽에 남아 있는 게 보였다.

색색의 대리석으로 아름다운 문양을 그린 화려한 저택이었다.

마차에서 내리니, 제복을 맞춰 입고 도열해 있는 바라트 기사들과 그 뒤쪽에 사용인들이 보였다.

그리고 가장 앞에는 바라트 공작이, 그 뒤에는 피요르드와 리제르트가 서 있었다.

'전원 다 있구나.'

라우브의 손을 잡고 마차에서 내리니 바라트 공작이 아주 약간 무릎을 굽혔다가 폈다.

"어서 오십시오, 바라트 저택에 오신 것을 환영합니다."

"이렇게 바라트 영지에 오게 되어 기쁘군요. 즐거운 이틀이 될 것 같네요."

"이미 오늘 저녁에 만찬과 무도회를 준비해 뒀습니다. 피요르드."

피요르드가 앞으로 한 걸음 나왔다.

"안내해 드려라."

"예, 각하. 황녀님, 이쪽으로 모시겠습니다."

디아레는 바라트 공작이 직접 안내하지 않는 게 불쾌했지만, 굳이 티 내지 않고 황녀님의 뒤를 따라 걷기 시작했다.

라우브가 바싹 따라왔다.

안내된 방 역시 화려했다.

전면 창으로 정원이 내려다보이고, 창틀에는 전부 금칠이 되어 있다.

묵직한 포도주빛 벨벳 커튼이 무게감을 더해주었다.

서재를 지나 침실을 둘러보고 응접실로 나오니 시녀들이 대기하고 있었다.

피요르드가 말했다.

"이틀 동안 황녀님의 시중을 들 시녀들입니다."

여섯 명의 시녀가 공손히 인사했다.

타카르보다 훨씬 더 금욕적인 분위기의 제복으로 더운 날에도 몸에 딱 붙고 목까지 올라와 빈틈이 없는 옷이었다.

'더울 거 같아.'

그런 생각이 들었다. 리리카가 고개를 들어도 된다고 손짓했다.

서재로 향하며 리리카는 장갑을 벗기 시작했다. 브린은 짐을 풀어두라고 시키기 위해 응접실에 남았다.

디아레와 피요르드, 그리고 리리카가 서재에 들어섰다.

아치형 문이 활짝 열려 있었다. 라우브가 호위를 위해 문 앞에 섰다.

리리카가 벗은 장갑을 책상 위에 올려 두고 피요르드를 바라보며 싱긋 웃었다.

"오랜만이에요, 바라트 소공작."

피요르드는 리리카의 맨 손등에 입 맞추고 몸을 폈다.

"오랜만입니다. 리리카 황녀님."

그는 제집에 이렇게 리리카가 서 있다는 게 너무 이상했다.

'바라트 소공작'이라는 호칭도 너무 낯설었다.

손님방에 리리카가 서 있는 모습을 볼 수 있을 거라고는 상상도 못 했는데, 이렇게 보게 될 줄이야.

외부에서는 그녀와 마주친 적이 없었기에, 리리카의 사무적인 태도가 당연하다는 걸 알면서도 가슴 한구석이 따끔거렸다.

처음에 리리카 황녀가 '꽃과 뱀의 길'을 지난다는 이야기를 들었을 때, 그 충격은······.

한참 멍하니 그 서신을 바라보고 있었다.

한창 진행될 건국제고 뭐고 바라트 공작가는 바로 공작가로 내려갈 채비를 했다.

"공작님까지 굳이 내려가지 않으셔도······."

그런 말을 하며 몇몇 귀족들이 불만스러운 얼굴을 했다.

그러자 바라트 공작이 "그쪽이 더 즐거울 거 같아서요." 하는 의미심장한 말을 남기고는 그대로 바라트령으로 내려온 것이었다.

리제르트는 어쩐지 잔뜩 얼어붙어 있었고, 피요르드는 그런 리제르트에게 어디까지 이야기를 해야 할까 고민했다.

그와 그녀는 도축장에서 함께 순서를 기다리고 있는 상태였다. 단지 그는 여기가 도축장이라는 걸 알았고, 리제르트는 아니라는 것뿐.

알린다 해도 리제르트의 행동에 변화가 있을지, 그건 그도 알 수 없었다.

'나는 황녀님처럼은 못 되는군.'

리리카 황녀님이라면 리제르트에게도 손을 내밀었겠지만, 자신은 그렇게는 할 수 없었다.

그는 한숨을 삼키고 눈앞의 리리카를 바라보았다. 여행복 차림의 그녀도 눈부셨다.

"만찬이 준비되어 있다고요?"

리리카의 물음에 피요르드가 고개를 끄덕였다.

"네, 저녁 만찬과 무도회가 준비되어 있습니다. 괜찮으시다면 참석해 주십시오."

"호의를 거절할 수는 없죠."

리리카가 도발적인 표정으로 피요르드를 바라보았다.

"그 유명한 바라트 소공작을 무도회에서 뵙게 되는 게 무척 기대가 되는군요."

피요르드는 만들어진 미소가 깨질 것 같은 걸 가까스로 참았다.

그는 처음으로 깨달았다.

리리카와 자신이 무척이나 아슬아슬한 관계라고.

리리카가 어느 날 그를 '바라트 소공작'이라고 부르고 문을 닫아 버리면, 거기서 끝이었다.

그 오두막도, 정원도, 아무리 기다려도 그녀는 오지 않을 터였다.

아니, 그녀의 측근들에게 쫓겨날지도 모른다.

순식간에 그녀는 성벽에 에워싸여 그가 볼 수 없는 사람이 되어 버리겠지.

그녀가 그 사이로 손을 뻗어 주고 있기에 가능한 관계다.

그렇게 생각하니 발밑이 불안정해지는 기분이 들었다.

리리카가 내밀어 준 손은 굳건하고, 놓지 않겠다고 약속하고 있었다.

하지만 이런 한마디에도 놀랍도록 사고가 부정적으로 흐른다.

리리카의 미간이 미묘하게 좁아졌다.

그의 상태가 이상하다고 느낀 건지도 모른다.

피요르드는 재빠르게 말했다.

"제가 만찬장으로 에스코트하는 영광을 베풀어 주실 수 있을까요?"

리리카가 그 말에 눈을 깜박이더니 미안한 표정을 지었다.

"거절할게요. 오늘 에스코트는 라우브 경께서 맡아 주실 거라."

"아, 그러시군요. 알겠습니다."

생각보다 충격이 커서 순간 피요르드의 표정이 흔들렸다.

재빠르게 수습하고 피요르드는 고개를 숙였다.

"이만 물러가 보겠습니다."

"안내 고마웠어요."

피요르드는 인사하고 방에서 물러났다.

리리카는 그가 떠난 걸 보고 한숨을 내쉬며 디아레를 보았다. 그녀가 "잘하셨어요." 하고 답했다.

"어색해 보였어?"

"네, 무척. 그런데 그렇게 공손하게 말씀하실 필요가 있었을까요?"

"그게 더 거리감이 느껴져서?"

"그건, 그렇지요."

디아레는 깨닫고 고개를 끄덕였다. 잠시 리리카가 자신을 그렇게 대하시는 걸 상상해 보았다.

"……."

오싹했다.

악몽에 나올 것 같았다.

상냥하게, 하지만 정중하게 거리를 두고, 그저 지나가다가 만난 사람처럼 인사하고 떠나간다면…….

리리카가 한숨을 폭 내쉬고 속삭였다.

"그래도 피요르드에게 좀 미안하네. 그렇지?"

"네, 하지만 어쩔 수 없지요."

바라트가의 규정이라며 그쪽 멋대로 호위 기사의 동석을 허락하지 않을 수도 있었다.

에스코트해서 회장 안까지 확실히 들어가는 티켓을 손에 넣는 게 중요했다.

다른 곳이라면 이렇게 날카롭지 않겠지만, 여기는 바라트다.

방심할 수가 없었다.

브린이 짐 푸는 걸 꼼꼼히 감독하는 이유가 있다. 리리카가 주먹을 꼭 쥐고 말했다.

"하지만 어쨌든 모처럼 바라트니까, 즐겨 주겠어."

"맞아요, 맞아요, 움츠러드는 것도 싫죠."

디아레가 고개를 끄덕였다.

멀리서 듣고 있던 라우브는 '모처럼', '바라트', '즐긴다'라는 세 단어가 어떻게 한 문장에 들어가는 걸까, 의아했지만 주공께서 그러신 거면, 그러신 거겠지. 하고 고개를 숙여 보였다.

리리카가 응접실로 나와서 짐을 정리하고 있는 시녀 중 한 명을 불렀다.

"옷을 갈아입고 싶은데."

"도와 드리겠습니다."

"황녀님, 제가—"

"아냐, 브린은 짐 푸는 거 보고 있어. 옷만 골라 줘."

브린은 잠시 망설이다가 고개를 끄덕였다.

편안한 전원풍의 드레스를 건네니 시녀가 드레스를 품에 안고 조용히 따라 들어왔다.

디아레가 말했다.

"그럼 저도 제 방으로 가서 옷을 갈아입고 올게요."

"응."

디아레가 물러나자 라우브는 어색하게 방 한쪽 구석에 섰다.

그래도 시녀와 황녀님만 한 방에 남겨둘 수는 없었다.

패티코트를 바스락거리는 소리가 들리고 옷감이 스치는 소리가 났다.

잠시 후 리리카가 파티션 밖으로 나왔다.

거울을 보는데 라우브가 말했다.

"황녀님, 뒤쪽의 리본이 비뚤어져 있습니다."

리리카가 목 뒤를 손으로 더듬으며 "어? 그래?" 하고 되물었다.

그러며 시녀를 바라보니 시녀가 고개를 숙였다.

"죄송합니다. 죄송합니다. 황녀님."

리리카는 순간 뜨악한 표정을 지었다.

그 표정에 라우브는 경계하며 리리카 가까이로 걸어왔다.

짐을 풀고 있던 브린이 일을 멈추게 하고 걸어 들어왔다.

안에서 일어나는 일에 귀를 쫑긋 세우고 있었기에 작은 소란에도 민감했다.

"무슨 일이세요?"

"응, 리본이 비뚤게 매어졌대. 어때?"

리리카가 돌아서자 브린이 "저런." 하고 미소 지었다.

"제가 다시 매 드릴게요. 이 시녀는 어떻게 할까요?"

고개를 푹 숙인 시녀를 바라보고 리리카는 응접실 밖에 나란히 선 시녀들을 바라보았다.

리리카가 빙긋 웃었다.

"아냐, 리본은 괜찮아. 일단 말채찍을 가져와."

라우브는 놀라 리리카를 바라보았고, 브린은 별다른 반응 없이 짧은 승마용 채찍을 가지고 돌아왔다.

시녀가 새하얗게 질렸다.

"죄, 죄송합니다. 황녀님. 죄송합니다. 용서해 주세요."

그녀가 무릎을 꿇고 싹싹 빌기 시작했다. 리리카는 그걸 무시하고 말채찍을 허공에 휘둘렀다.

'휙휙—'

탄력 있는 채찍이 날카로운 소리를 냈다.

시녀는 부들부들 떨면서도 천천히 손등을 내밀었다.

리리카는 톡 가볍게 그 손등을 쳤다.

흠칫하고 시녀가 어깨를 움츠렸다. 그리고는 눈을 크게 뜨고 리리카를 바라보았다.

리리카가 빙긋 웃고 말채찍을 도로 브린에게 건네주며 시녀에게 말했다.

"이제 다시 리본을 매줘."

"네, 네."

시녀가 떨며 자리에서 일어나 리리카의 리본을 매었다.

브린이 말했다.

"짐도 대강 정리되었으니, 차를 내오라고 할까요."

"응."

리리카가 물러나라고 손짓하고 한숨을 내쉬었다.

라우브가 응접실로 이어지는 한쪽 문을 닫고, 다른 한쪽 문은 반만 열어 뒀다.

남아 있던 브린이 리리카에게 말했다.

"잘하셨어요."

"응, 왜 그랬지?"

리리카가 갸웃했다. 라우브는 이해하지 못해 둘을 바라보았다.

리리카가 그에게 웃으며 말했다.

"리본 말이야. 일부러 비뚤게 한 거야. 시녀가 그걸 놓칠 리가 없잖아? 그냥 보면 아는 건데."

"그렇군요."

라우브가 고개를 끄덕였다. 브린이 말했다.

"그대로 넘어가셨으면, 놀린 것도 모르는 멍청이라는 소문이 났겠죠. 혼내시길 잘하셨어요."

리리카가 시녀들에게 관대한 걸 알기에 할 수 있는 장난질이었다.

리리카가 픽 웃었다.

"이제 시녀를 말채찍으로 때린 악녀라고 소문나지 않을까?"

브린이 의아한 얼굴로 물었다.

"말채찍으로 시녀의 손등을 때린 정도가 악녀인가요?"

"아니야?"

놀란 리리카의 얼굴에 브린이 고개를 끄덕였다.

리리카는 힘이 빠져서 책상에 엉덩이를 기댔다.

"정말이지, 귀족이란."

그때 시녀 한 명이 조심스럽게 문가에 서서 손님이 왔음을 알렸다.

"손님?"

"네, 리제르트 공녀님께서 오셨습니다."

리리카는 두 사람을 한 번씩 바라보고 응접실로 나가며 말했다.

"들어오시라고 해."

리리카가 소파에 앉자, 리제르트가 들어왔다. 그녀가 우아하게 커트시를 해 보이고 방긋 웃었다.

"안녕하세요, 황녀님. 뵙게 되어 반갑습니다."

"나도 반가워, 리제르트 공녀."

그 사이 리제르트도 제법 귀부인 같은 자세를 할 수 있게 되었다.

잠시 형식적인 인사말을 나누고 그녀가 권유했다.

"황녀님, 같이 정원을 산책하지 않으시겠어요?"

리리카는 흔쾌히 리제르트를 따라나섰다.

'합법적으로 바라트 저택을 둘러볼 수 있다면 둘러봐야지.'

바라트의 정원은 굉장했다.

자그마한 양산을 들고 리리카는 실컷 정원 구석구석을 구경했다.

리제르트는 제법 설명을 잘했고, 인위적으로 풀어놓은 토끼가 뛰어가는 걸 보니 여러 의미에서 놀라웠다.

설명에 맞장구를 치기만 하면 돼서 대화는 편했다.

사실만 이야기하는 사교용 대화라고 할까.

리리카는 리제르트의 옆모습을 바라보았다.

그녀가 피요르드의 모습을 훔쳤을 때가 떠올랐다.

"리제르트 공녀."

"네, 황녀님."

"아직도 인형을 좋아해?"

"네, 무척이요."

리제르트가 그렇게 말하며 주머니에서 작은 인형을 꺼내 보였다.

리리카는 아, 하고 작게 입을 벌렸다.

리제르트가 도로 인형을 주머니에 넣으며 말했다.

"큰 인형을 들고 다닐 수는 없지만, 늘 함께랍니다."

"그렇구나. 무척 작은 인형이네. 어디서 구한 거야?"

처음으로 리제르트는 약간 망설이다가 말했다.

"직접 만든 거예요."

"그거 대단한데?"

제법 정교해 보이는 인형이었다. 직접 만든 거라고는 생각도 못 했다.

"왜 그렇게 인형을 좋아하는 거야?"

리리카의 질문에 리제르트는 오래 생각했다. 바람이 살랑살랑 기분 좋게 불었다.

"……제 마음대로 할 수 있으니까요."

생각 끝에 나온 리제르트의 대답에 리리카는 "그렇군." 하고 고개를 끄덕였다.

인형 속에 둘러싸인 세계는 확실히 그럴지도 모른다.

누구도 상처 입히지 않고, 상처받지도 않으며 모든 게 내 뜻대로 되는 세계. 하지만 그건 굉장히 외로운 일이 아닐까.

"인형이 마음에 드시면 제 방에 오셔서 구경하지 않으실래요? 굉장히 많답니다."

"그럴까?"

걷기도 슬슬 지치는 참이라 리리카는 그 제안을 받아들였다.

리제르트의 방은 북향이었다. 햇빛이 잘 들지 않았지만, 덕분에 시원하기는 했다.

그 어두컴컴한 방에 무수히 많은 인형이 놓여 있었다.

리리카는 놓여 있는 인형의 수에 압도당하는 기분을 느꼈다.

종류도 각양각색이었는데, 천으로 된 봉제 인형이 가장 많았다.

크기도 재질도 다양한 인형들이 선반에 가득했다.

"정말로 인형을 좋아하네."

"예쁘지요?"

"으응."

리리카는 고개를 끄덕였다. 리리카만큼 커다란 곰 인형의 존재감은 굉장했다.

리제르트는 어느 사이인가 인형 하나를 품에 끌어안고 있었다.

봉제 인형들을 지나면 그다음은 매끄러운 도자기 인형들이 있었다.

한눈에도 무척 값비싸 보이는 도자기 인형이 놓여 있는 걸 보고 리리카는 감탄했다.

크기도 세 살짜리 아이만큼 크고, 생김새도 아름다웠다.

머리카락도 털실 같은 게 아니라 진짜 사람의 머리카락을 사용한 듯했다.

감탄사가 나올 만큼 예쁜데 여럿이 모여 있는 걸 보니 좀 오싹한 느낌도 들었다.

"이 인형 굉장한데?"

"네, 그런데 저는 별로 좋아하지 않아요."

"그래?"

역시 좀 무서워서? 하고 돌아보는데 대답은 뜻밖이었다.

"약하니까요."

도자기이니, 강도가 약하다는 말인가? 하고 갸웃하는데 리제르트가 말했다.

"이 인형은 선물로 드릴게요."

그녀가 작은 인형을 내밀었다.

여자아이의 모습을 한 손바닥만 한 봉제 인형이었다.

털실로 머리카락 삼고, 눈은 반짝이는 단추로 만들었다. 입고 있는 옷도 제법 고급스러웠다.

거절하기 애매한 선물이라 리리카는 고개를 끄덕였다.

"고마워."

브린은 더러운 걸 받는 건지, 소중한 걸 받는 건지 모를 조심스러운 자세로 손수건을 펼쳐 내밀었다.

리제르트가 봉제 인형을 손수건에 놓으며 말했다.

"이름은 사사라고 해요. 이 아이는 행복한 아이네요."

브린이 손수건으로 인형을 감싸서 옆에 다른 시녀에게 건넸다.

리제르트가 웃으며 말했다.

"피곤하실 텐데, 제 부탁을 들어주셔서 감사합니다."

"아니야. 나도 즐거웠어. 이틀밖에 묵지 못하니까. 하지만 만찬을 위해서는 이만 쉬는 게 좋겠군."

"네, 황녀님."

리제르트가 커트시를 해 보였다. 리리카는 고개를 끄덕이고 제 방으로 돌아왔다.

외출용 드레스를 실내복으로 갈아입고 리리카는 소파에 푹 퍼졌다.

디아레도 때마침 돌아왔다. 디아레가 자리에 앉자 리리카는 물러서라는 손짓을 해 보였다.

시녀들이 재빠르게 응접실에서 빠져나갔다.

그녀는 저택 안과 연무장을 구경했다고 말하며 자리에 앉았다.

"시종이 가까이 있어서 비밀 통로 같은 건 못 찾아봤지 뭐예요. 아쉬워라. 황녀님은 어떠셨어요?"

디아레의 말에 리리카는 웃음을 터트렸다.

"나도 못 찾았어. 대신 봉제 인형을 받았지."

"봉제 인형이요? 먹을 거나 내올 것이지."

마치 디아레의 말을 기다렸던 것처럼 브린이 스콘과 차를 내왔다.

디아레는 탄성을 내질렀다. 리리카도 배고프던 참이라 반가웠다.

"맛있다."

"행복해요……."

달고 묵직한 간식은 입속에서 살살 녹았다.

그제야 무척 피곤하고 배고프다는 걸 알았다.

마차에서 내리자마자 너무 신경 쓸 일이 많았다.

"피곤해. 정신적으로 피곤해."

"이제 막 마차 여행을 끝내고 오셨는데, 정원 산책이라니. 그것도 말을 타는 것도 아니고 걷다니."

브린이 불만을 표했다. 리리카가 고개를 끄덕였다.

"참, 아까 그 봉제 인형 보여 줘."

"인형 선물도 불길해요."

브린이 그렇게 말하며 봉제 인형을 가지고 왔다.

라우브가 다가와 봉제 인형을 바라보았다. 리리카가 이리저리 봉제 인형을 만져 보았다.

브린이 물었다.

"괜찮으세요?"

"응, 딱히 이상한 건 안 보이는 걸? 라우브가 보기에는 어때?"

라우브에게 봉제 인형을 내미니 그가 이리저리 살펴보고 킁킁 냄새를 맡았다가 눈을 찌푸렸다.

"왜요? 독이라도 있어요?"

16장 꽃과 뱀의 길

"아뇨, 향료 냄새가 강하게 납니다."

"그래? 난 모르겠는데?"

리리카가 인형을 돌려받아 킁킁거렸지만, 그냥 천에서 나는 먼지 냄새뿐이었다.

그건 브린도 마찬가지였다. 디아레는 굉장히 수상쩍은 표정으로 인형을 바라보았다.

"저는 안 맡는 게 좋을 거 같아요. 신기하네요. 그렇게 냄새가 나면 보통 이렇게 떨어져 있어도 맡아져야 하는데……."

브린이 봉제 인형을 바라보며 말했다.

"그럼 울프만 맡을 수 있는 냄새라는 거네요. 괜찮아요?"

"아뇨."

라우브는 한숨을 삼켰다.

"당분간은 코를 못 쓸 거 같습니다."

심각한 발언인데, 리리카는 어쩐지 웃음이 나오는 걸 꾹 눌러 참았다.

브린이 눈을 찌푸리며 입술을 툭툭 두들겼다.

"그럼 울프 전용 향료라는 거네요. 코를 못 쓰게 하기 위한. 바라트는 정말 굉장하군요. 약초의 천재들이에요."

칭찬인지, 비아냥인지 알 수 없는 어조였다.

"왜 그런 향료를 쓴 거지?"

리리카가 봉제 인형을 바라보았다. 작은 만큼 만든 사람의 정성이 느껴지는 인형이었다.

전체적으로 아주 촘촘히 바느질하고, 털실로 만든 머리카락도 섬세했다.

양 뺨이 발그레한 건 어떻게 물들인 건지 신기했다.

입이 그려져 있지 않았지만, 완성도가 무척 높은 귀여운 인형이었다.

"정찬 자리까지 회복될까요?"

브린의 말에 라우브가 "아마도 괜찮을 겁니다." 하고 답했다.

디아레가 말했다.

"저도 있으니까요."

"하지만 정찬에서 자리를 어떻게 배치할지 알 수가 없으니……."

브린이 한숨을 내쉬었다. 파트너인 라우브가 그녀와 나란히 앉을 것이라는 사실이 그나마 위안이었다.

"정찬이 끝나고 곧바로 무도회라니. 바라트는 정말."

환대라면 환대고, 학대라면 학대였다.

"하여간 두고 보죠. 긴장은 풀지 마시고요."

브린의 말에 일행은 모두 고개를 끄덕였다.

리리카는 두근두근한 마음으로 드레스를 입은 제 모습을 비춰보았다.

"나 정찬은 처음이야."

"그야 아직 성인이 아니시니까요."

쿡쿡 웃으며 브린이 답했다.

본래라면 늦게 시작하는 저녁 만찬에 초대받을 일 따위 없지만, 지금은 특수한 상황이었다.

리리카는 무릎을 덮고 내려오는 드레스 길이에 만족했다.

머리카락은 어머니처럼 구불구불하게 컬을 넣고 높이 올려 묶어 풍성하게 떨어지게 했다. 그 위에 장신구들을 거침없이 달았다.

팔목까지 오는 장갑도 어른의 상징처럼 느껴졌다.

"라우브도 멋있네."

라우브는 기사 복장이 아닌 정장을 입고 있었는데 극도로 절제되어 있는 복장이었다.

어차피 그는 기사인지라, 비싼 장신구를 몸에 걸치는 게 허락되지 않는다.

신분에 따라 엄격하게 장신구도 제한되어 있는 터였다. 하지만 하나같이 고급옷감이라는 건 알 수 있었다.

재단사에게 특별히 주문한 맞춤 정장은 그에게 잘 어울렸다.

"슬슬 시종이 올 시간이네요."

시계를 확인하고 브린이 말하자 라우브가 팔을 내밀었다.

리리카는 빙긋 웃고 그의 팔에 손을 얹었다. 디아레가 한숨을 내쉬며 말했다.

"제가 에스코트해 드릴 수 있으면 더 좋았을 텐데요."

"그건 어쩔 수 없지."

리리카의 말에 디아레가 "그러니까요." 하고 다시금 아쉬운 표정을 지었다.

그때 시종이 와서 정찬이 곧 시작됨을 알렸다.

세 사람은 브린의 배웅을 받으며 시종을 따라갔다.

만찬장은 척 보기에도 호화스러웠다.

리리카는 눈을 크게 뜨지 않기 위해서 애썼다.

리리카가 들어서자, 만찬장에 있던 모든 사람들이 자리에서 일어나 예를 표했다.

'앉아 있는 자리가 곧 지위를 나타내는 거라고 했지.'

기사에 불과한 디아레는 끝 쪽이었다.

그나마 맨 끝이 아닌 건 리리카의 말벗임을 배려해서일까?

라우브는 리리카의 파트너이기에 동석했다.

가장 상석이 리리카의 자리였고, 그 오른쪽이 바라트 공작의 자리였다.

리리카가 자리에 앉자 그제야 모두가 착석했다.

피요르드와 리제르트는 리리카의 왼쪽에 앉아 있었다.

만찬장은 눈부시게 아름다웠다. 리리카는 순수하게 감탄했다.

어머니의 만찬장도 분명 아름다울 테지만, 아직 한 번도 본 적은 없었다.

"다들 앉지."

리리카가 자리에 앉으며 말하자 바라트 공작이 고개를 끄덕이고 앉았고, 그제야 나머지 일행이 앉았다.

차례로 음식이 나오기 시작하는데 분위기가 영 아니었다.

'와, 체할 거 같아.'

만찬이라면 대화의 장인데 대화는 극도로 적게 이루어졌다.

이게 만찬이라면 침묵의 만찬이라고 이름 붙여야 하지 않을까 싶었다.

자기들끼리 수군거리며, 리리카에게는 대화할 기회가 주어지지 않는 기묘하게 무례한 자리였다.

그래도 저 끝에서 독 따위 연연하지 않고 "더 드릴까요?"라는 예의상 질문에도 "더 주세요."라는 무례를 마음껏 범하고 있는 디아레를 보니 마음이 편했다.

리리카가 다른 사람들에게 말을 걸어도 단답형의 대답만 돌아왔다.

그것도 살짝 침묵이 있었다. 예의에 어긋나지 않을 정도로만 길게.

그러고 나면 전부 리리카를 바라보며 침묵했다.

'어머니는 이런 걸 상대로도 잘 해내시는 거겠지? 굉장하다.'

리리카는 새삼스럽게 자신이 보호받고 있었다는 사실을 자각했다.

이 상황에서 라우브는 놀랍도록 평온했다.

'대단하다, 라우브.'

리리카가 라우브를 바라보니 그가 리리카를 마주 보고 빙긋 미소를 돌려보냈다.

그걸 보니 마주 웃을 수 있었다. 그에게 침묵은 어떤 것이라도 편안한 거다.

"디아레, 맛은 어때?"

리리카의 물음에 디아레가 씩 웃으며 답했다.

"무척 훌륭합니다. 황녀님도 많이 드세요. 오늘 여행 끝나고 바로 산책하시느라 너무 배고프고 피곤하셨잖아요. 브린이 스콘을 가져오지 않았다면, 굶어 죽었을 거예요."

여전히 거침없는 말투였다.

멀찍이 떨어져 있어도 디아레의 목소리는 뚜렷하게 들렸다.

"이것도 맛있으니까 꼭 드셔보세요. 이 찐 감자 같은 거요."

"응, 고마워."

리리카는 힘이 났다. 모두가 그녀를 적대시하는 식탁에서 디아레와 라우브가 그녀와 마주 웃어 주는 게 얼마나 힘이 되는지.

'나도 맛이나 즐겨야겠다.'

리리카는 그렇게 생각하며 화려한 만찬장의 장식과 하나하나 나오는 음식들을 음미했다.

'설마 여기서 독을 내오지는 않겠지. 와, 이거 정말 맛있다.'

피요르드는 리리카의 표정이 밝아진 걸 확인하고 미소지었다.

이런 식의 음침한 따돌림이 있을 거라고 생각은 했지만, 막상 리리카가 당하고 있는 걸 보는 건 즐거운 일이 아니었다.

"바라트 공작, 음식이 무척 훌륭하군요."

리리카가 칭찬하자 바라트 공작이 매끄러운 미소를 지어 보였다.

"마음에 드신다니 다행입니다."

둘이 대화하자 만찬장에 모든 소리가 뚝 끊어지고 모두가 리리카를 바라보았다.

'싫다, 진짜.'

리리카는 그리 생각하면서도 웃음을 잃지 않았다.

이것도 싸움이다.

칼과 창이 없는 싸움이야말로 가장 치열한 싸움이었다.

'아, 그래도 주눅 든다. 화가 난다. 도망치고 싶다.'

그때마다 두 늑대가 그녀에게 힘을 실어 주었다.

리리카는 배에 힘을 꽉 줬다.

어디까지나 그녀는 황녀님이고, 사교계의 별—은 어머니지만, 하여간. 높은 지위의 사람이다.

흐트러지는 모습 따위 보일쏘냐.

리리카는 품위를 지키며 만찬을 끝냈다.

보통은 여기서 와인을 마시고, 응접실로 나가지만 지금은 무도회가 준비되어 있다.

자리에서 일어나 남자들은 응접실로, 여자들은 휴게실로 향해서 옷차림을 가다듬었다.

여기서는 같이 다녀도 되니까 그나마 숨통이 트였다.

옷차림을 다듬기 위해 오는 브린의 얼굴을 보자 눈물이 차오르려는 걸 간신히 참았다.

"브린."

"만찬은 어떠셨어요?"

"얼음장 같은 분위기였지만 맛은 좋았어. 디아레랑 라우브가 같이 들어가서 다행이야."

"고생하셨어요."

"응, 하지만 아직 무도회가 남아 있으니까. 힘내겠어."

브린이 리리카의 옷차림을 가다듬어 주고 고개를 끄덕였다.

"뭐든 경험해 보는 건 나쁘지 않지요. 게다가 다들 함께 있잖아요?"

속삭이는 말에 리리카가 작게 웃었다.

브린이 고개를 들어 차갑게 라우브를 바라보았다.

"황녀님 발을 밟으면 가만두지 않겠어요."

라우브는 침을 삼켰다.

"물론입니다."

무도회장으로 입장하자 모두가 허리를 숙이며 좌우로 비켜섰다. 리리카는 빙긋 웃었다.

리리카가 춤추지 않으면, 여기 있는 누구도 춤출 수 없다.

심술을 부려 볼까 했지만, 심술부릴 시간도 아깝다는 생각이 들었다.

'어차피 춤 신청이 안 올 테니까, 소파에 앉아서 다 같이 수다나 떨어야지.'

리리카가 라우브를 올려다보고 눈을 동그랗게 떴다.

"라우브? 왜 그렇게 긴장했어."

"주공."

"응."

"사실, 춤을 추는 게 처음입니다."

"뭐?"

리리카는 정말로 놀랐다.

라우브가 황급히 덧붙였다.

"아니, 춤을 추는 법은 압니다. 그야 기본 소양이니까요. 그런데 한 번도……."

실전에서 춰 본 적은…….

하고 뒷말이 작아졌다.

'아이고, 저런.'

부적격자인 라우브에게는 당연한 일이었으리라.

16장 꽃과 뱀의 길 **317**

무도회에 참석한 일도 적었겠지만, 참석하더라도 춤을 추지는 못했을 터였다.

누구도 그와 춤을 추지 않았을 테니까.

어쩐지 아까 브린이 했던 이야기가 복선처럼 느껴지기 시작했다.

동시에 마음이 아프기도 했다.

리리카는 자신만만한 미소를 지어 보였다.

"괜찮아, 내 리드만 따라와. 살면서 무도회에서 추는 첫 춤이 황녀님과 추는 춤이라니, 라우브 대단한데."

라우브는 진지하게 고개를 끄덕였다.

"영광입니다."

"그럼 가 볼까?"

두 사람이 플로어로 다가가자 악단이 재빠르게 춤곡을 연주하기 시작했다.

시작은 언제나 왈츠다.

라우브는 깊게 숨을 들이마셨다. 머릿속으로 스텝을 생각하며 플로어로 들어섰다.

하나, 둘, 셋.

하나, 둘, 셋.

어찌어찌 몸이 움직이기는 했다. 두 사람이 춤을 시작하자 다른 사람들도 플로어로 들어오기 시작했다.

라우브는 점점 긴장되어 주변을 바라보았다. 혹시라도 부딪치기라도 한다면…….

그러자 스텝이 꼬였다.

앗 하는 사이에 황녀님의 발을 밟아버렸다. 그가 새하얗게 질려 리리카를 바라보자, 그녀가 웃었다.

"괜찮아."

"황녀님."

"라우브, 발 보지 말고. 날 봐. 자."

라우브가 시선을 들어 올리자 리리카가 이상한 표정을 지어 보였다.

"픔—!"

순간 라우브는 웃음이 터질 뻔한 걸 간신히 참았다. 어깨가 떨려왔다. 리리카가 씩 웃었다.

"즐겨, 라우브. 발 좀 밟으면 어때? 바라트 저택에서 열리는 무도회에서 언제 또 우리가 춤추겠어? 그냥 음악에 몸을 맡겨."

라우브는 작게 웃음을 터트렸고, 리리카는 눈을 깜박였다.

'아, 웃었다.'

그러나 곧 그는 정색하는 표정으로 돌아왔다. 그래도 입가에 결국 미소가 서렸다.

"감사합니다, 주공. 정신이 들었습니다."

"에이, 춤은 정신 놓고 미친 듯 추는 거라고 했는데."

다시 라우브가 웃었다.

그의 스텝이 훨씬 더 부드러워졌다. 수십, 수백 번의 연습으로 몸에 배어들었던 게 이제야 부드럽게 흘러나오기 시작했다.

왈츠가 끝나는 시간이 아쉬울 정도였다.

연주가 끝나고, 두 사람은 정중히 마주 인사한 후에 다시 웃었다.

여기가 바라트인 것도, 모두가 그들을 보고 수군거리는 것도 전혀 신경 쓰이지 않았다.

가벼운 걸음으로 두 사람은 플로어를 빠져나왔다.

리리카가 소파에 앉자, 주변에 있던 사람들이 물러섰다.

디아레가 "와." 하고 웃었다.

"황녀님과 다니면 자리 걱정할 일은 없겠네요."

"그렇지?"

리리카가 눈을 찡긋해 보였다.

다리를 꼬고, 예의에 어긋나게 흔들며 소파에 몸을 푹 기댔다.

라우브가 레모네이드를 얻어서 돌아왔다.

가느다란 크리스털 잔에 담긴 레모네이드는 이가 시릴 정도로 차갑고 설탕이 잘 녹아들어 있었다.

밸런스가 잘 맞는 맛있는 레모네이드였다.

"이거 맛있다."

리리카의 말에 디아레도 자리에서 벌떡 일어나 레모네이드를 가지고 돌아왔다.

"바라트가 요리를 참 잘하네요."

디아레의 평가에 리리카는 웃어 버리고 말았다. 두 사람은 소파에 나란히 앉아서, 라우브와 브린은 서서 무도회를 바라보았다.

어차피 그녀가 말을 걸지 않으면, 말을 걸 수 없는 신분의 사람들뿐이었다.

그러나 눈을 마주치려 하거나 다가오는 사람은 아무도 없었다.

그러니 리리카와 디아레는 소파에 느긋하게 앉아 무도회장의 사람들을 품평했다.

리리카는 쉽게 피요르드를 발견할 수 있었다.

같이 있는 남자들보다 키가 크기도 크지만…….

"피요르드의 열애설이 매일매일 기사로 실리는 이유를 알겠어."

리리카의 말에 디아레가 고개를 끄덕였다.

"저도 눈으로 보니까 알겠어요. 굉장한걸요. 무슨 꿀에 몰려든 파리처럼 몰려들어 있네요."

화려한 드레스 차림의 여성들에게 둘러싸여, 군단처럼 움직이고 있는 게 보였다.

모두가 반짝반짝 빛나는 눈으로 발갛게 뺨을 물들이고 피요르드와 재잘재잘 떠들고 있었다.

피요르드는 우아한 미소와 함께 한 사람 한 사람에게 친절하게 답하고, 춤을 추었다.

리리카는 기분이 굉장히 이상했다.

피요르드의 인기가 높다는 건 알고 있었지만, 그걸 이렇게 눈으로 확인하는 건 처음이었다.

디아레가 고개를 설레설레 저었다.

"하여간 다들 굉장해요. 전투의 느낌이 나요."

리리카가 디아레를 돌아보자, 디아레가 씩 웃으며 제 코를 손으로 꾹 눌렀다.

"강렬한 감정은 조금 알 수 있거든요. 그런데 전투의 냄새가 나요. 저 아가씨들, 보통이 아니에요."

"사랑에 빠진 게 아니고?"

"글쎄요. 저는 전투 같은데."

디아레가 그렇게 말해, 리리카는 '하긴.' 하고 고개를 끄덕였다.

결혼 시장에서 좋은 사람을 잡는 건 남자든 여자든 중요한 일이다.

지금 여기에는 피요로드가 있으니, 여자들이 강하게 나서는 게 당연했다.

만약 어머니라면, 남자들이 전투를······.

'아니, 아버님의 시선 한 방에 다들 죽어 버렸을 거 같아.'

아무리 생각해도 아버님을 이길 만한 남자가 떠오르지 않았다.

후보 1번이었던 탄도, 목숨을 잃을 것 같았다.

'계약 기간이 끝날 때까지는 아무래도 안 되겠어.'

리리카가 그렇게 생각하며 부채를 접었다.

디아레가 그런 리리카에게 작게 속삭였다.

"그런데 저쪽에 저 사람이요. 꼭 호박벌 같지 않아요?"

"응?"

시선을 돌려 바라보니, 뚱뚱한 신사가 노란색 조끼를 입고 있는 모습이 눈에 들어왔다. 무척이나 파격적인 패션 센스였다.

브린이 옆에서 작게 말했다.

"드나이 경입니다."

"뒝벌 경 같은데?"

디아레의 말에 리리카가 참지 못하고 웃음을 터트렸다.

그 바람에 모두의 시선이 그쪽으로 쏠렸지만, 일행은 상관하지 않았다. 브린은 한 명씩 짚어가며 어떤 사람이고, 뭘 하는 사람인지 알려 주었다. 귀족 연감을 전부 외우고 있는 것 같았다.

"모처럼 바라트 가문의 파티에 왔으니, 얼굴은 알아두는 게 좋지요."

한마디로 전부 귀족파라는 말이었다.

리리카는 그 말에 새삼스럽게 모인 자들의 면면을 잘 익혀 두었다.

그런 리리카 황녀를 보며 이상한 기분에 빠진 건 귀족파 사람이었다. 아무래도 리리카 황녀에게 시선이 가지 않을 수는 없었다. 여기에 모인 사람 중에는 하늘궁조차 들어가지 못하는 사람들도 있었다.

양녀라고, 진짜 타카르가 아니라고 욕을 해도 그녀는 유명인이자 타카르였다.

심지어 마법 소녀라는 아티팩트를 가지고 있지 않은가?

본래 마이너스 스토킹을 하는 자들보다 상대에 대해서 잘 아는 사람이 없다.

그런데 막상 리리카 황녀가 와 있으니, 아무것도 하지 못한다는 것이 좀이 쑤셨다.

게다가 고립시키는 계획은 그다지 소용이 없는 것처럼 보였다.

솔직히 말하자면 황족을 사교계에서 고립시키는 것만큼 바보 같은 짓이 또 있을까 싶었다.

어차피 황녀가 말을 걸지 않으면 그 누구도 그녀 앞에서 입을 열 수가 없었다.

그들이 황녀를 고립시키는 게 아니라 황녀가 그들을 고립시키는 것 같았다.

순수한 기쁨의 웃음소리가 들릴 때면 더욱 그랬다.

황녀 일행은 뭐가 즐거운지 재잘거리며 웃고 있었다.

황녀의 옆에 있는 디아레 울프 역시 유명인이라 모를 수가 없다.

송곳니의 주인.

사람들은 바라트 공작의 눈치를 보았다.

바라트 공작은 첫 춤을 추고서 리리카 황녀와 마찬가지로 소파에 앉아 담소를 즐기고 있었다.

몇몇이 슬그머니 "황녀를 저대로 둬도 됩니까?" 하고 물었다.

바라트 공작은 샴페인 잔을 들어 올리며 미소 지었다.

"편한 대로 하지 그래?"

사람들은 서로 얼굴을 마주 보았다. 가서 말을 걸어도 된다는 건지, 안 된다는 건지 알 수 없었다.

안대 너머의 표정을 읽을 수 없어서 더욱 그러했다.

그러나 항상 젊음과 호기심이 이기는 법이었다.

한 남자가 씩씩하게 걸어갔다.

눈이 마주쳤지만, 리리카는 말을 걸지 않고 그저 싱긋 웃어 주었다.

그는 결국 옆에 있는 디아레에게 말을 걸었다.

"디아레 경, 한 곡 추지 않겠습니까?"

디아레는 남자를 보고 리리카를 보았다.

리리카가 한 손을 들어 올리며 으쓱하자 디아레는 자리에서 일어났다.

"추지요."

결투 신청이라도 받은 듯한 씩씩한 목소리였다.

마침 파트너가 번갈아 바뀌는 카드릴이 시작될 참이라 두 사람은 플로어로 들어갔다.

그리고 나자, 리리카를 향한 시선이 쏟아졌다.

말을 걸어 보고 싶다.

궁금하다.

다가가고 싶다.

물론 그렇지 않은 사람들도 있었다.

저런 것에게 말을 걸다니.

따돌리기로 약속한 거 아니었나?

나중에 공작님께 무슨 경을 치려고?

브린이 재미있다는 표정으로 리리카에게 몸을 숙였다.

"인기 좋으신데요, 황녀님."

"어떻게 할까? 출까?"

"후후, 모처럼 무도회이시니 마음껏 즐기시죠."

브린의 말에 리리카는 가장 마음에 드는 남자에게 지그시 시선을 주었다.

어머니께서 그렇지 않았는가?

'남자? 그냥 빤히 보고 있으면 알아서 다가오잖아?'

역시 어머니의 말씀이 옳았다.

그는 눈이 마주치자 놀랐다가, 리리카가 그를 빤히 바라본다는 걸 깨닫고는 홀린 듯이 다가왔다.

"피엘 경."

리리카가 빙긋 웃자 그는 리리카가 제 이름을 알고 있다는 사실에 깜짝 놀랐다.

그러나 놀람도 한순간, 그는 미소 지으며 재빠르게 말했다.

"황녀님, 한 곡 출 수 있는 영광을 주시겠습니까?"

"물론이지."

리리카가 그 손을 잡고 일어났다. 모두의 시선이 이쪽을 향해 쏠렸다.

피엘은 가슴을 쭉 펴고 리리카를 플로어로 인도했다.

피요르드는 속이 부글부글 끓고 있었다.

웃고 있지만, 짜증이 치밀어 올랐다.

플로어를 돌 때마다 웃으며 춤을 추고 있는 리리카의 모습이 시야에 들어왔다. 남자들이 홀린 듯이 그녀를 바라보고 있는 걸, 피요르드는 쉽게 눈치챘다.

왜냐면 자신도 그렇게 리리카를 바라볼 수밖에 없었으니까.

리리카는 늘 어머니와 비교해서 자신은 평범하다고 말하지만, 평범할 리가 없었다.

아름다운 청록색 눈동자는 샹들리에 아래에서 깊은 호수처럼 빛나고, 춤을 추며 발갛게 달아오른 뺨 덕분에 새하얀 피부가 도드라졌다.

반짝이는 눈동자, 부드럽게 움직이는 가느다란 팔다리, 매끄럽게 춤추는 갈색 머리카락.

그리고 그 표정.

예의범절에는 약간 어긋난 듯한, 입술을 꾹 다문 미소가 아니라 환하게 웃는 얼굴은, 보는 사람으로 하여금 시선을 뗄 수 없게 만들었다.

그녀와 이야기하고 싶어지게, 그러면 어쩐지 자신도 즐겁게 웃을 수 있을 것처럼.

어떤 부드러운 원 안으로 그녀가 끌고 들어가 줄 것처럼 느껴졌다.

피요르드는 그가 맛본 것을 잘 알았기 때문에, 다른 자들이 신경 쓰였다.

"많이 신경 쓰이시나요?"

저도 모르게 리리카를 빤히 바라보고 있었는지, 옆에 있던 여성이 물어왔다.

피요르드는 빙그레 웃었다.

"아무래도 그렇지요."

"너무 걱정하지 마세요. 이틀 후면 영영 가 버릴 사람인걸요. 그런 출신이니 이런 화려한 구경을 해 보기나 했겠어요? 저렇게 실실 웃기나 하면서……."

그녀가 부채를 펼치며 코웃음을 쳤다. 피요르드는 진력이 나서 그녀에게 춤을 청했다.

춤추는 동안은 누구와도 대화하지 않아도 되었다.

왈츠만 아니라면 말이다.

춤과 춤 사이에는 긴 쉬는 시간이 이어졌다.

피요르드는 남은 춤곡을 세어 보았다. 앞으로 세 곡 정도면 무도회가 끝날 것이다.

그는 깊게 숨을 들이켰다. 화려한 드레스를 입고 빙글빙글 도는 리리카를 보기만 하는 건 이제 진력이 났다.

그는 홀을 가로질러 리리카가 앉아 있는 소파로 향했다.

춤을 끝낸 리리카가 그에게로 시선을 들어 올렸다.

뜻밖이라는 표정이었다. 그러나 곧 미소 지었다.

"바라트 소공작, 참 즐거운 무도회네요."

"칭찬해 주셔서 감사합니다. 황녀 전하, 괜찮으시다면 저와 한 곡 춰 주시지 않겠습니까?"

피요르드가 정중히 청하자 리리카의 눈이 순간 반짝 빛났다. 그리고 곧 그녀는 다리를 꼬아 쭉 뻗으며 답했다.

"죄송해요, 제 댄스카드가 이미 다 차 버려서요."

춤출 사람의 이름을 적어 두는 걸 댄스카드라고 하는데, 지금은 거의 쓰지 않는다.

하지만 저 관용구는 아직 남아 있었다.

한마디로 말하자면,

'당신이랑은 추지 않아요.'

라는 뜻이었다.

주변이 살짝 술렁거렸다.

피요르드는 움찔하지도 않고 표정을 수습했다.

"그거 아쉬운 일이군요, 다음에 기회가 있기를 바랍니다."

"저도 그러길 바라지요."

리리카가 그러며 자리에서 일어났다. 이제 자정이 넘었다. 그녀가 시계를 바라보며 말했다.

"전 이만 들어가 봐야겠네요. 즐거운 무도회였어요. 환대 감사합니다, 바라트 소공작."

"제가 입구까지 모셔다 드리겠습니다."

"괜찮아요. 소공작마저 빠지면, 무도회의 흥이 식어 버릴 거예요."

리리카는 그렇게 말하고는 가뿐히 무도회장을 탈출했다.

리리카는 침대에 눕자마자 그대로 푹 잠들었다.

불이 모두 꺼지고, 저택에는 고요함만 감돌고 있었다.

침실 앞에서 호위를 서고 있던 라우브는 시선을 느꼈다.

"?"

의아해하며 고개를 돌렸는데, 처음 보는 아이와 눈이 마주쳤다.

흠칫했다가 그는 곧 도자기 인형이 소파 다리에 몸을 반쯤 숨긴 채 서 있는 걸 발견했다.

'인형?'

의아했지만, 그가 자리를 옮기기를 바라는 술책일 수도 있어 그는 제자리를 지켰다.

다른 기사가 문 앞을 지키고 있을 테니 인형을 넣어 둘 만한 사람은 시녀뿐이었다.

그러나 시녀가 움직였더라면 그가 진작 알아챘을 터였다.

그가 눈을 찌푸리고 문 쪽으로 시선을 돌렸다가 다시 인형을 보았다.

가까워졌다.

소파 뒤에 서 있던 도자기 인형은 이제 소파에서 완전히 나와서 소파 테이블 앞에 서 있었다.

유리구슬로 만든 눈동자가 빤히 이쪽을 바라보았다.

라우브는 그 눈을 마주 본 후, 한 번 더 시선을 재빠르게 옆으로 돌렸다가 다시 인형을 보았다.

"!!"

인형은 아까보다 훨씬 더 빠르게 이동해 있었다.

이제 그와의 거리는 다섯 걸음 정도밖에 남지 않았다.

그는 천천히 엄지로 코등이를 밀어 올렸다.

'찰칵.'

작은 소리와 함께 도집에서 도가 발도하기 좋게 약간 올라왔다.

마주 보고 있으니 인형의 입꼬리가 점점 올라가기 시작했다.

희미한 미소에서 활짝 웃는 웃음이 되더니—

'파삭.'

한순간 산산조각 났다.

동시에 라우브는 번개처럼 발도하며 뒤에 선 사람에게 칼날을 들이댔다.

"……"

"……"

라우브와 피요르드 사이에 침묵이 흘렀다.

피요르드가 양손을 느리게 들어 올리며 말했다.

"리제르트의 인형은 단숨에 부숴 버리는 게 좋아. 어설프게 타격하면 골치 아파지거든."

"……"

라우브는 대답하지 않고 있다가 천천히 검을 뗐다.

그가 피요르드에게 말했다.

"주공께서 명하시지 않았다면, 당장 당신을 베어 버렸을 겁니다."

그 말에 피요르드의 얼굴이 어두워지는 게 아니라 도리어 밝아졌다.

"황녀님이 뭔가 말씀하셨나?"

"오시면 깨우라고요."

라우브의 말에 피요르드는 입술을 꽉 깨물었다.

그렇지 않으면 얼굴 근육이 다 풀려서 이상한 얼굴이 될 것 같았다.

라우브가 침실 안으로 들어가더니 잠시 후 나오며 퉁명하게 말했다.

"들어가시죠."

"고마워, 라우브 경."

피요르드는 행복해졌으므로, 누구에게나 감사할 준비가 되어 있었다.

침실로 들어가니 창가에 리리카가 서 있었다.

불을 켤 수 없기 때문인지, 커튼을 열고 있는 모습이 보였다.

창으로 달빛이 쏟아져 내렸다.

리리카는 창가에 서서 달을 바라보다가 고개를 돌려 웃었다.

"안녕, 피요."

피요르드 바라트는 순간, 이 찰나가 아주 길어지기를 바랐다.

그녀가 그의 집 창가에 서 있고, 그를 맞이하며 '안녕' 하고 웃어 주는 이 순간이.

그냥, 이대로. 이렇게만 있는다면 그는 그 무엇이라도 감당할 수 있을 거 같았다.

'그리고, 내가……'

피요르드는 쓴웃음을 지었다.

'내가 할 수 있는 건, 그걸 바라는 것 정도지.'

바라는 것 이상을 할 수는 없었다.

그는 그걸 깨달았다.

그녀는 달과 같이 저 높은 곳에 있고, 그는 바라만 볼 뿐 닿을 수는 없었다.

"피요?"

리리카가 의아해하며 그에게 다가왔다.

귀여운 가운을 걸치고 천천히 다가와 살짝 작은 손으로 그의 뺨을 감쌌다.

온기에 굶주려 달빛에서도 온기를 찾는 사람처럼 그는 게걸스럽게 굴지 않으려 애썼다.

피요르드는 고개를 기울여 그 손바닥에 온기를 느끼다가, 충동적으로 그 손을 움켜쥐고 손바닥에 입을 맞췄다.

천천히 눈을 내리뜨며 리리카를 바라보자, 그녀의 눈이 동그래진 게 보였다.

'아차.'

그는 애써 태연한 척하려 노력했다.

충동적으로 한 일이 아닌 양 포장하려 미소 지었다.

리리카의 뺨이 붉게 달아올랐다.

그녀는 얄미운 사람을 보는 것처럼 그를 바라보며 손을 잡아 뺐다.

"정말 피요르드는, 그러니까 열애설이 자꾸 나는 거야. 알아?"

"저는 늘 진심인데요."

"바로 그게 문제야."

리리카가 달아오른 얼굴을 양손으로 감싸고, 그를 노려보았다.

그러나 그의 웃는 얼굴을 보자 곧 화내는 것도 됐다 싶었다.

"문제가 있을지도 모른다고 생각했는데, 아닌가 보네."

"문제가요?"

"응, 연회 중에 피요 표정이 이상했는걸. 그래서 혹시 날 신경 쓰고 있는 걸까, 싶어서. 마지막에 피요 춤 신청도 거절해 버렸잖아. 연기라는 걸 알아도 마음 상할 수도 있고. 그래서, 어쩌면 올지도 모른다고 생각했어."

말하고 리리카가 작게 웃었다.

"바라트 저택에서 우리 둘이 한밤중에 침실에서 만나다니, 이거 들키면 어떻게 되는 거야?"

"글쎄요."

고개를 기울이며 피요르드는 생각에 잠겼다.

들키면? 글쎄.

차라리 들켜 버리는 편이 좋겠다는 생각도 들었으나, 차마 그걸 말하지는 못했다.

"바라트 공작이 엄청나게 화내지 않을까?"

리리카의 말에 피요르드는 고개를 흔들었다.

"각하의 생각은 저도 모르겠습니다."

리리카는 흠, 하고 팔짱을 꼈다. 이어 그녀가 물었다.

"그래서, 무슨 일로 찾아왔어?"

"혹시 오늘 기분 상하셨을까 하고."

내뱉고서 피요르드는 자신과 리리카가 똑같은 생각을 했다는 걸 깨달았다.

리리카도 그 생각을 했다. 웃음이 터졌다.

"괜찮았어. 그렇군, 바라트령은 이런가. 하고 고개를 끄덕였지. 피요르드가 자부심을 가질 만하구나, 했어."

리리카의 말에 피요르드는 웃었다.

그 웃음을 물끄러미 바라보다가 리리카가 말했다.

"저기, 피요."

"네, 리리."

"말해 줄 수 있어? 피요를 그렇게 힘들게 하는 게 뭔지."

그와 그녀는 표면적으로는 완전히 모른 척하고 있다.

피요르드가 무언가를 위해서 그렇게 한다는 건 알고 있었다.

그래서 그가 힘들어한단 것도.

피요르드는 입술을 깨물었다.

"……황녀님께서 많이 참아 주고 계신다는 건—"

알고 있다, 라는 말이 끝나기도 전에 리리카가 그의 손을 꽉 잡았다. 그녀가 힘주어 말했다.

"아냐, 피요. 단 한 번도 참은 적 없어. 내가 피요를 참은 적은 없어. 내가 힘들어서 그러는 게 아니라, 피요가 힘들어 보여서 그래."

삼키고 숨기는 말들이 쌓여서, 결국 독이 되는 게 아닐까.

"힘들고 괴로운데 내 앞에서 억지로 웃는 거라면 굉장히 슬플 거 같아. 피요가 계속 싸우고 있다는 건 알아. 그게 바라트 공작님과 관련되어 있다는 것도 알고. 하지만 단순히 온건파와 강경파의, 그런 싸움이 아니라는 것도 알아."

피요르드는 리리카와 손을 마주 잡았다.

그가 몸을 숙였다.

그의 이마가 툭 그녀의 어깨에 와 닿았다. 리리카가 웃으며 그의 등에 팔을 둘렀다.

"꼭 지금 이야기하라는 게 아니라, 언젠가 피요가 이야기하고 싶은 생각이 들었을 때 해도 괜찮아."

"어째서 황녀님은."

"제가 기뻐할 말만 해 주시는 걸까요."

리리카가 장난스럽게 뒷말을 잇자 그가 한숨을 내쉬었다.

'아, 제길.'

그답지 않은, 거친 말이 마음속에서 올라왔다.

등을 꼭 안은 그녀의 팔이 사랑스러웠다. 얼굴이 달아올라 보여 주고 싶지 않았다.

마음속 깊은 곳에서부터 환희가 날뛰었다.

고작 이런 말로,

고작 이런 일로,

고작,

고작.

아주 작은,

그러나 전부인 말로.

피요르드는 진정할 때까지 리리카의 어깨에 마음껏 이마를 대고 있었다. 등을 토닥이는 손길을 음미했다.

이쯤 되니, 그도 슬슬 뻔뻔해지기 시작했다.

얼굴이 가라앉은 걸 깨닫고 고개를 들며 그가 말했다.

"나중에 리리 주변에 남자들이 생기면, 꼭 제가 가장 먼저 옆에서 볼 거라는 걸 잊지 말아 주세요."

"뭐어?"

리리카는 어이가 없어 눈을 크게 떴다가 웃음을 터트렸다.

"피요까지 그러면 곤란한데. 아틸로도 충분하다구. 게다가 남자라니, 글쎄……."

리리카가 갸우뚱해서 피요르드는 하고 싶었던 말을 했다.

"하지만 무도회에 참석한 남자들 괜찮지 않았나요? 황후마마께서 뽑아 주신 사람들이지요?"

"응, 그랬지만……."

"후보들이 아닐까요."

"무슨?"

"그야 남편 후보죠."

"으엑?"

리리카가 이상한 소리를 내며 피요르드를 바라보았고, 그는 생글생글 웃었다.

"설마."

리리카는 고개를 흔들었다가, 문득 아버님께서 몇몇 남자애들을 따로 불러 나갔던 일이 떠올랐다.

갑자기 얼굴에서 핏기가 가셨다.

'디아레가 했던 말이 정말이었던 건가? 정말로 데리고 나가서 협박을? 아냐, 설마? 아버님이 그런 짓을 하신다고?'

"리리, 너무 심각하게 생각하지 말아요. 황후마마께서도 시험 삼아 그러셨을 거라고 생각해요."

"으, 으응……."

대답하며 리리카는 생각에 잠겼다.

'하지만 난 계약 황녀인걸. 황녀를 그만두게 될 텐데 결혼이라니, 어림 없지.'

그러나 피요르드가 충분히 오해할 만한 상황이기는 하다.

그가 그렇다면 다른 사람도 그렇게 생각하지 않을까?

'브린과 라우브는 아니겠고. 그래서 두 사람은 아무 말도 안 했나 보다.'

리리카는 재빠르게 당황을 벗어던지고 피요르드의 어깨를 툭툭 가볍게 두들겼다.

"괜찮아, 결혼 안 할 테니까."

피요르드의 표정이 이상해졌다. 리리카는 제 말이 어디가 이상했나, 하다가 "아!" 하고는 허둥지둥 말했다.

"아니, 내가 결혼 안 한다고 피요르드가 안심해야 할 이유는 없지, 그런 게 아니라."

"아뇨, 안심했어요."

피요르드가 웃으며 답해 줘서, 리리카는 다시 얼굴이 달아올랐다.

피요르드에게는 늘 이리저리 끌려다니는 기분이 들었다.

하지만 그게 싫지 않았다.

리리카가 헛기침을 하고 본론으로 이야기를 돌렸다.

"하여간, 피요가 이야기하고 싶을 때. 응?"

"네, 지금이라도 이야기해 드리고 싶지만, 그 전에 이야기할 상대가 있어서요."

"……리제르트?"

"네."

피요르드가 고개를 끄덕였다. 이건 그만의 일이 아니라 리제르트 역시 관련된 일이었다.

어쨌든 그 사실을 전하고서 리리카에게 말하는 게 순서에 맞을 것이다.

리리카가 고개를 끄덕였다.

피요르드가 물끄러미 리리카를 바라보다가 말했다.

"아까 바래다 드리지 못해서, 묻지 못했던 말인데. 굿 나잇 키스를 해도 되나요?"

리리카는 까치발을 하고 뺨을 돌렸다.

"그럼 되지."

피요르드는 리리카가 이 말을 잘 이해한 걸까, 의아해하면서도 순순히 그녀의 뺨에 입 맞췄다.

"그럼 주무세요."

"응."

피요르드는 리리카의 홍조가 도는 뺨을 사랑스럽게 바라보다가 그대로 사라졌다.

리리카는 잠시 양손을 꼭 쥐고 가슴에 손을 올렸다.

심장이 콩닥콩닥 뛰었다.

"하아."

길게 숨을 내쉬고 리리카는 창문 커튼을 닫다가 멈췄다.

'달빛이 너무 예쁘다. 조금 열어 둬야지.'

그녀는 커튼을 다 닫지 않고 잠자리로 향했다.

푹신한 베개에 얼굴을 묻고 잠시 아까 했던 이야기를 떠올렸다.

'남편이라.'

그녀는 그 아이들의 얼굴을 떠올려 보려 애쓰다가 '그래도 피요르드가 제일 잘생겼는걸.' 하는 결론을 내린 후 그대로 잠들었다.

피요르드는 망설이다가 리제르트의 방으로 향했다.
자고 있지는 않을 터였다.
'방금 인형이 움직이는 걸 봤으니까.'
응접실에 들어서니 소파에 리제르트가 앉아 있었다.
그녀가 빤히 피요르드를 바라보다가 웃으며 자리에서 일어나 커트시를 해 보였다.
"안녕하세요, 오라버니, 안녕하세요."
피요르드는 예의 바르게 인사를 받고 사과했다.
"한밤중에 이렇게 깨워서 미안해."
"아니에요. 깨어 있었는걸요. 그래서 무슨 일이신가요?"
피요르드는 시선을 느꼈다.
가득 쌓인 인형들이 그를 빤히 바라보고 있었다.
"할 이야기가 있어. 내가 알아낸 사실에 대해, 너도 알 권리가 있다고 생각해. 바라트니까."
리제르트는 의외의 이야기를 들은 듯 눈을 깜박였지만, 곧 고개를 끄덕이고 자리를 권했다.
피요르드가 자리에 앉자 그녀가 그 옆자리에 앉았다.

리제르트는 인형을 만들던 모양인지, 테이블 위에 반짇고리가 열려 있었다.

"일단 천천히 내 이야기를 다 듣고 질문해 줘."

"좋아요."

리제르트가 고개를 끄덕였다.

피요르드는 어디서부터 이야기를 해야 하나 하다가 결론부터 말하기로 했다.

"공작 각하께서는 우리 둘 다 살려 둘 생각이 없으셔."

리제르트가 웃는 얼굴로 말했다.

"알고 있는 사실 아니었나요?"

"아니, 둘 중 하나만 살려 둔다는 게 아니라, 우리 두 사람 모두 삼키실 작정이야."

"……."

리제르트는 고개를 갸웃했다. 피요르드는 천천히 설명했다.

바라트 가문의 서류와 실험에 대해서 구체적인 내역을 찾고 있던 그는 조금씩 남은 단서들을 추적했다.

바라트가 완전해지기 위해서 인체실험을 한다는 건 이미 알고 있는 일이었다.

무엇보다 타카르와 같은 권능을 가지기 위해 애썼다.

타카르보다 뒤처지는 건 딱 그 한 가지라고 생각했기 때문이다.

마수의 힘을 얻기 위해 끔찍한 일들이 자행되었으나, 진척은 느렸다.

"하트의 여왕을 발견하기 전까지는."

"그건 제가 부쉈어요."

"조악한 복제본을. 진품은 아니지."

피요르드의 말에 리제르트는 지그시 그를 바라보았고, 그는 말을 이었다.

"하트의 여왕을 가지고 실험에 실험을 거듭해서, 한 가지 사실을 알게 됐지. 마수의 힘을 직접적으로 빼내서 사람에게 넣으면 대부분 죽어. 하지만 그 힘이 인간을 한 번 거치면 이야기는 달라지지."

마수의 피와 살을 섞든, 약을 먹이든, 아니면 하트의 여왕으로 뽑아낸 힘을 넣어 살아남은 자든.

인간에게 적응된 힘을 하트의 여왕으로 뽑아내어, 다른 인간에게 넣는 건 '비교적' 수월했다.

피요르드가 비뚜름히 웃었다.

"능력이 뽑힌 자는 오래 살지 못하지. 아니, 애초에 그런 실험체들은 수명이 짧아. 바라트는 애초에 수명이 길지 않은 거지."

그도, 리제르트도. 남은 수명이 인생을 즐길 만큼 길지는 않을 터였다.

그런데.

"그런데 공작 각하는 무척 오래 살고 계시지 않아?"

무척 젊고 아름다운 어머니를 보고 있노라면 나이를 잊기 쉽다.

그러나 천천히 연도를 세어 보면 보기보다 나이가 훨씬 많다는 걸 깨닫게 된다.

여기서 피요르드는 벽에 부딪혔다.

그 뒤로 바라트의 연보를 뒤져가며 단서를 찾으려 애썼으나 한계가 존재했다.

"바라트라고 해도 능력은 각각 다르지. 각하의 능력은, 아마, 뿌리를 내려서 모든 걸 빨아들이시는 힘일 거라 생각해."

그렇다면 얼마만큼 많은 힘을 축적했을지 알 수 없었다.

"혈연 사이가 힘을 빼앗고 심기도 훨씬 수월하다고 하더군."

피요르드는 가능한 모든 걸 설명하되 제 감정은 배제하려 애썼다.

"분명 부모와 형제도 전부 삼키신 거야. 그러니 우리도 완성이 되면 삼키시겠지. 완전한 바라트가 되기 위해서."

그걸 위해서 키워진 거다.

먹히기 위해서, 가축처럼.

그나마 애정의 편린이라도 찾으려고 했던 그가 너무나도 어리석었다. 조금쯤은 그래도, 연민이라도 가지고 있지 않을까, 생각했다.

그는 스스로도 놀라웠다.

이런 생각은 진즉에 포기했다고. 어머니를 향한 애정은 버렸다고 생각했는데, 여전히 충격이 있었다.

그렇게 당하고도 아직도, 마음 한편에 어머니를 위한 자리가 남아 있었던 거다.

리제르트가 물었다.

"그래서요?"

리제르트의 물음에 피요르드는 담담히 답했다.

"그러니 그분이 하시는 모든 일들은 그저 게임이라고."

그동안 얼마나 많은 힘을 비축했을지 피요르드는 알 수 없었다.

오랫동안 바라트가 대대손손 내려오며 타카르를 이기기 위해 발버둥 쳤던 그 모든 걸 먹어 치운 사람이 저기에 있다.

그는 그가 최고의 걸작품이라는 걸 알았다.

하지만 설마 이렇게 되기 위한 걸작이라는 건 생각조차 하지 못했다.

품평회에 나온 돼지가 된 기분이었다.

아직도 피요르드가 궁금한 부분은 남아 있었다.

자료를 가지고 최대한 추리한 부분이 저 정도였다. 심증만 가지고 있는 부분도 있다.

그 수많은 실험들이 전부 실패만 했을까?

성공했다면 성공한 자들은 그와 리제르트만 빼고 어디로 간 걸까?

피요르드는 쉽게 떠올릴 수 있었다. 신선한 고기를 포크와 나이프로 써는 바라트 공작을.

분명 피요르드가 하고 있는 일도 그저 흥미롭게 지켜보고 있겠지.

그렇게 생각하면 힘이 빠진다.

이걸 알아낸 그 날,

리리카를 찾아가지 않을 수가 없었다.

지금도 눈을 감으면 그 아름다운 산호섬과 빛나던 바다가 떠올랐다.

그가 죽으면, 공작은 큰 낭패를 볼 터였다. 그는 제법 훌륭한 먹잇감이니까.

죽어서 하는 탈출은 쉽다.

무척이나.

하지만 그렇게 하지 않겠다고 약속했다. 그러니 그는 발버둥치는 수밖에 없었다.

도무지 머릿속을 알 수 없는 상대와 나란히 앉아, 먹고 먹히는 게임을 하기로.

"후후."

리제르트가 싱긋 웃더니 번개같이 반짇고리로 손을 뻗었다.

천을 자르기 좋은, 재단용 커다란 가위를 집어 들어 찔러왔다.

반사적으로 피요르드가 손목을 잡아 밀어내자, 가위는 소파에 푹 깊이 꽂혔다.

리제르트가 씩 웃었다.

"그래서요? 그래서요? 그래서?"

리제르트가 반대 손을 반짇고리에 뻗기 전에 그가 발로 테이블을 걷어찼다.

요란한 소리와 함께 테이블이 넘어갔다.

"너무해."

리제르트가 우는 소리를 내고 힘으로 가위를 뽑아내려 했다.

'찌지직—'

가위가 움직이자 소파 천이 찢어지기 시작했다.

피요르드는 그녀가 움직이지 못하게 강하게 힘을 줬다. 리제르트가 그를 노려보았다.

"그래서 도망가려고요?"

그와 똑 닮은 눈동자가 이글이글 타오르기 시작했다.

"도망가려고? 혼자서 이 링에서 내려가려고? 말도 안 돼. 안 되죠. 우리가 여기 올라오기 위해서 얼마나 많은 죽음을 삼켰는데. 어머니 혼자서만 먹은 것처럼 말하네요. 사실 당신도 나도 먹었으면서."

"……!!"

순간 손에 힘이 빠졌다.

리제르트가 가위를 뽑아낸 순간, 피요르드가 그녀의 팔을 힘껏 잡아당겼다.

앗, 하고 리제르트의 상체가 앞으로 휙 끌려왔다.

몸을 빼며 피요르드가 리제르트의 머리를 소파에 꽉 눌렀다.

이어서 사정을 봐주지 않고 등도 무릎으로 눌러 고정했다.

리제르트가 이를 악물었다.

"난 도망가지 않아! 당신도 도망갈 수 없어! 죽일 거야! 당신을 죽일 거야! 죽이고서, 어머니의 착한 아이가 될 거야."

소리치던 목소리가 너무나 나긋나긋해져서 피요르드는 소름이 돋았다.

말이 통하지 않는다.

리제르트는 안간힘을 쓰며 그의 손 아래서 탈출하려 애썼다.

"도망간다고 해도 어쩔 건데? 우리에게 다른 길이 있나요? 아니, 이것밖에 모르는데, 이것밖에 없는데. 제대로 살 수 있을 거 같아?"

리제르트의 말이 비수처럼 그를 찔렀다.

그 역시 그런 생각을 하고 있었으니까.

"왜? 타카르 계집이랑 어울리니까 뭐 달라진 줄 알았나 보지? 웃기시네. 당신은 바라트의 수치야! 푸고, 사다!"

리제르트가 소리 지르자 커다란 곰 인형 두 마리가 튀쳐나왔다.

피요르드가 시선을 주자 인형이 반으로 쫙 찢어지면서 솜뭉치가 튀어나왔다. 피요르드는 거기서 멈추지 않고 시선만으로 인형들을 부수기 시작했다.

"꺄아아악!!"

리제르트가 비명을 질렀다.

"죽일 거야, 죽여 버릴 거야아아, 피요르드 바라트으으으!!"

'탁!'

그때 지팡이로 바닥을 내려치는 소리가 났다.

피요르드도, 리제르트도 놀라 고개를 들었다. 아무런 인기척도 없이 바라트 공작이 와서 서 있었다.

지팡이를 들고 꼿꼿한 자세로 서서 그녀가 말했다.

"시끄럽구나. 손님도 계시는데, 버릇없이 굴다니."

리제르트의 표정이 순간 공포에 사로잡혔다.

"아, 아니에요. 죄송해요, 어머니. 죄송해요."

"제가 리제르트를 자극했습니다. 죄송합니다."

피요르드가 리제르트를 놓아 주며 말하자 바라트 공작은 물끄러미 그를 바라보았다.

두 사람이 자리에서 일어나 옷차림을 정돈했다. 바라트 공작이 천천히 입을 열었다.

"피요르드, 네가 오해하는 게 하나 있구나."

"……."

어디서부터 어디까지 들었을까? 하는 고민은 단숨에 사라졌.

전부 들었다.

"무슨 오해입니까?"

피요르드가 고개를 들자 바라트 공작은 여전히 태연한 얼굴로 답했다.

"나 역시 링 위에 올라와 있지. 너희만 있는 게 아니야."

리제르트는 작게 숨을 삼켰다. 피요르드는 저도 모르게 소파에 놓인 가위에 시선을 주었다.

바라트 공작이 가볍게 웃는 소리가 났다. 아차, 하고 공작을 바라보니 그녀가 빙긋 웃었다.

"방금 죽일 수 있을까, 생각했지? 좋아. 피요르드 바라트, 내 걸작품답구나. 네가 강해져서 날 삼킨다면 그것도 좋겠지. 누구든 강한 자가 바라트를 이어야 하니까. 하지만 둘 다 가망이 보이지 않는구나. 이 어미의 노력이 참으로 헛된 거 같아."

마지막 말은 농담인지 아닌지 알 수가 없었다.

피요르드는 빈정거리는 말을 늘어놓고 싶은 걸 참았다.

지금은 심기를 거스를 때가 아니었다.

"참으로 공정하군요."

하지만 말이 튀어 나가는 건 참을 수가 없었다. 바라트 공작이 미소 지었다.

"인생은 공정하지 않아. 단 한 번도, 누구에게도 그런 적이 없지."

바라트 공작이 피요르드와 리제르트를 바라보았다. 공작의 입술이 잔혹한 미소를 지었다. 즐거운 목소리로 그녀가 명령했다.

"그럼 서로 죽여."

리리카는 느지막이 일어났다.

전날 밤 브린이 "피곤하실 테니, 내일 아침 일정은 전부 취소하겠습니다." 하고 말하며 이불을 덮어 주었다.

덕분에 해가 중천에 떠올랐을 때가 되어서야 부스스한 얼굴로 일어날 수 있었다.

세수하고 옷을 갈아입었다. 잠을 너무 자서 그런지 오히려 배가 고프지 않았다.

어릴 때 먹었던 아주 엷은 홍차에 비하면 조금 더 진한 홍차로 아침을 깨우며 느릿느릿 버터 바른 빵을 먹었다.

그때쯤 디아레도 어슬렁어슬렁 밖으로 나왔다.

"디아레, 일어났어?"

"네, 으. 여기 진짜 미쳤어요. 밤새 무슨 싸움을 그렇게 해 대는지."

"싸움?"

"네, 엄청 시끄럽게 소리치고, 쿵쾅거리고. 라우브 경은 괜찮았어요?"

그 말에 리리카가 라우브를 돌아보니, 새삼스럽지만 그도 피곤해 보이는 것 같았다.

"라우브도 싸움 소리 들었어?"

"네, 들었습니다. 아무래도 바라트 공자와 공녀가 싸우는 것 같더군요."

"어……."

리리카는 어젯밤 일을 떠올렸다.

분명 피요르드가 리제르트에게 이야기한다고 했는데, 그것 때문에 싸움이 난 건가.

"심한 것 같았어?"

"글쎄요. 모르긴 몰라도 인형이 엄청 많이 찢어진 거 같던데요."

디아레가 털썩 자리에 앉으며 하품을 했다.

그녀가 턱을 괴며 히 웃었다.

"평소라면 새벽에 검술 연습해야 하니까 일찍 일어나야 했을 텐데, 그래도 늦잠 잘 수 있어서 좋았어요."

브린이 그녀 앞에도 찻잔을 놓아 주었다. 디아레는 행복한 표정을 지었다.

"이렇게 편안하게 밥을 먹을 수 있다니, 디아레는 행복해요."

"디아레가 행복하면 나도 좋아. 그보다 인형 찢어지는 소리라니. 인형이?"

피요르드가 인형을 쫙쫙 찢는 모습을 상상해 봤지만, 그에게 영 어울리지 않았다.

"……그 인형, 움직입니다."

라우브의 말에 모두가 놀라 그를 바라보았다. 라우브가 말했다.

"어제 새벽에 도자기 인형이 혼자 움직이는 걸 봤습니다."

잠시 세 사람은 침묵했다. 브린이 가장 먼저 질색하며 말했다.

"인형이 움직였다고요? 혼자?"

"네, 시선을 다른 곳에 주면 가까워져 있더군요."

"괴담 같네요."

디아레가 말했다. 브린이 멈칫하더니 종종걸음으로 멀어졌다가, 다시 가까워졌다.

"없어졌어요."

"응?"

"받은 인형이요. 안 보여요."

"어?"

16장 꽃과 뱀의 길

"제가 분명히 상자에 넣어 두었는데, 지금 보니 상자가 비어 있군요."

"……"

리리카는 혼자 움직이는 인형을 머릿속에 그려보았다.

'음, 무해해 보이는데.'

워낙 작은 인형이라, 딱히 위협이 될 것 같지는 않았다.

그래도 주의는 해 두는 게 좋을 듯했다.

"나올 때가 되면 나오겠지. 그때까지 잘 부탁해, 두 사람."

리리카의 말에 늑대 두 명이 고개를 끄덕였다.

"카온 경에도 알려 두겠습니다."

라우브의 말에 리리카가 "응, 그게 좋겠다." 하고 고개를 끄덕였다.

"그런데 이상하네. 정말로 아무것도 안 느껴졌는데."

마법사로서, 리리카는 약간 자존심이 상했다.

그녀가 살펴봤을 때 아무것도 못 느꼈는데, 스스로 움직인다니.

"바라트는 바라트의 방식이 있는 거겠죠."

브린이 리리카를 위로했다. 리리카는 작게 한숨을 내쉬고 고개를 끄덕였다.

늦은 아침 식사를 끝내고 옷을 갈아입고 나오니, 바라트 공작의 전령이 기다리고 있었다.

"어젯밤 지나치게 환대하였다는 마음에 오늘은 푹 쉬시라는 공작 각하의 말씀이십니다. 편히 저택을 돌아다니셔도 좋고, 말을 타셔도 좋습니다. 부디 바라트 저택을 즐겨 주십시오. 필요하신 게 있으시다면 무엇이든 말씀해 달라고 하셨습니다."

"알겠네. 필요한 게 있으면 그때 이야기하도록 하지."

리리카의 말에 전령은 인사하고 뒷걸음질 쳐서 물러났다. 리리카가 잠시 생각하다 시녀에게 말했다.

"어제는 리제르트 공녀에게 정원 안내를 받았으니, 오늘은 바라트 소공작에게 안내를 받고 싶구나."

"알겠습니다, 황녀님."

시녀가 고개를 숙여 보였다.

잠시 후 사람이 도착해, 답변을 가져온 시종인 줄 알았더니 피요르드 본인이었다.

"바라트 소공작."

리리카가 자리에서 일어났다. 찬찬히 그를 살펴보았다. 옷깃 밑에 붕대를 감은 게 얼핏 보였다.

그가 우아하게 인사해 보였다.

"좋은 아침입니다, 황녀님."

"응."

"같이 말이라도 타러 나가시겠습니까?"

"좋아."

"그럼 잠시 후에 시종을 보내겠습니다."

그 말을 전하려고 직접 온 걸까, 했지만 리리카는 그냥 고개만 끄덕였다.

승마용 드레스로 갈아입고, 리리카는 아래로 내려왔다.

피요르드가 승마복 차림으로 입구에 서 있다가 리리카를 보고 인사했다.

마차 여행이 지루해질 때를 대비해서 샛별이를 데려왔기 때문에, 리리카는 익숙한 말 위에 올랐다.

디아레와 라우브, 호위 기사 몇몇이 뒤를 따랐다.

리리카와 피요르드가 나란히 달리자 앞뒤로 거리를 두고 기사들이 점점이 따라왔다.

두 사람은 말없이 달렸다.

말발굽 소리는 경쾌했고, 지나가는 전원풍경은 지극히 아름다웠다.

마을을 들르지는 않았지만, 성 근처의 마을 역시 아기자기한 모습일 게 틀림없었다.

피요르드의 안내에 따라 말을 몰며 점점 오르막길을 오르기 시작했다.

길 양쪽으로는 야생화가 아름답게 피어 있었다. 가끔 염소나 양 한두 마리가 앉아서 풀을 뜯는 모습도 볼 수 있었다.

'말을 타고 와서 다행이다.'

그런 생각을 하고 꼭대기에 도착하니 시야가 탁 트여 있었다.

"와."

리리카가 작게 탄성을 내뱉었다. 언덕 아래로 멀리 바라트 저택이 내려다보였다.

피요르드가 말에서 내려, 리리카가 내리는 걸 도와주었다.

두 사람은 언덕에 나란히 서서 아래 풍경을 바라보았다. 리리카가 말했다.

"정말 예쁘다. 바라트 공작 저택은 꼭 인형의 집 같네."

이렇게 위에서 보니 좌우 대칭적인 정원의 깔끔한 모습이 더욱 잘 보였다.

피요르드가 리리카를 물끄러미 바라보자, 리리카가 새끼손가락에서 반지를 뺀 후에 제 손바닥에 올렸다.

주변이 고요해졌다.

"어쩐지 나올 이야기가 중요한 이야기 같아서."

리리카의 말에 피요르드가 쓴웃음을 지었다. 웃고 그는 리리카를 바라보았다.

그는 천천히 어제 리제르트에게 했던 이야기를 리리카에게도 했다.

리리카의 눈동자가 동그래지는 걸 보고 피요르드가 말했다.

"그리고 '그럼 서로 죽여.' 그렇게 말하더군요. 웃긴 게 뭔지 아십니까? 그 순간, 리제르트뿐 아니라 저도 반응했다는 겁니다. 방어만 했다고 스스로 이야기하고 싶지만, 아니에요. 투견장의 개처럼 싸웠지요. 바라트 공작이 '농담이었는데.' 하고 말하기 전까지 말이죠."

그는 이를 악물었다가 허탈한 웃음을 지었다.

"그렇게 벗어나려고 애쓰고 있었는데, 그 말 한마디에 그냥 반응한 겁니다. 잘 길든 개처럼."

피요르드는 비참한, 가장 비참한 이야기를 털어놓았다. 리리카의 투명한 눈동자가 괴로움으로 흔들렸다.

"피요."

리리카는 눈썹을 모았다.

"나 너무 화가 나. 너무 화가 나. 피요 잘못은 아무것도 없어. 그건 피요 잘못이 아니야."

리리카는 입술을 깨물었다.

"지금 완전 꽉 안아 주고 싶은데, 주변에서 봐서 못 안아 주겠어. 그런데 안아 주고 싶어. 에잇."

리리카는 참지 않고 그를 와락 끌어안았다.

피요르드가 크게 움찔했다. 리리카가 "앗." 하고 고개를 들었다.

"그러고 보니 상처가 있었는데, 괜찮아? 내가 갑자기 안아서."

"……괜찮습니다. 그렇게 깊은 상처가 아니에요."

그는 그러며 고개를 들었다.

주변에 호위로 서 있던 기사들의 눈이 굴러 나올 듯 커진 걸 볼 수 있었다.

개와 고양이같이 보이던 두 사람이었으니 다들 이 상황에 무척 당황했으리라.

피요르드는 시선을 느끼며 보란 듯이 천천히 리리카의 허리에 양팔을 두르고 깍지를 꼈다.

리리카가 심각하게 말했다.

"난 피요를 알아. 죽이려고 그랬다면, 리제르트가 피요를 이길 수 있을 리가 없는걸. 피요가 애썼다는 걸 알고 있어. 이렇게 상처 입으면서, 리제르트를 해치지 않으려고 애썼다는 걸 알아."

리리카의 말에 피요르드는 "그런 걸까요?" 하고 되물었고, 리리카는 고개를 힘차게 끄덕였다.

"만약에 나랑 피요르드가 있는데, 공작이 그런 이야기를 했다고 생각해 봐. 달랐을 걸?"

"……그렇죠."

아마 그 순간, 공작을 죽이러 달려들었겠지.

"그리고."

그녀가 고개를 번쩍 들었다.

"이건 내 생각인데, 피요. 이 문제는 피요가 생각하는 방식대로 풀어서는 안 될 거 같아."

그녀가 깊게 숨을 삼키고 단호하게 말했다.

"나랑 도망치자!"

피요르드는 눈을 깜박였다. 그가 잘못 들었는지 확인하고 싶었다.

"다시 한 번 말씀해 주시겠어요?"

"도망치자, 아니, 도망이라고 하니까 이상한데. 일단 피요는 공작과 멀어질 필요가 있어."

리리카가 피요르드를 살며시 놓아 주었고, 피요르드는 아쉬워하면서도 그녀를 한 박자 느리게 놓아 주었다.

'나랑 도망치자는 말을 듣고 싶었던 건데.'

삼류연애 소설에나 나올 법한 말이라 생각했는데, 리리카의 입에서 나오니 그리 달콤할 수가 없었다.

솔직히 말해서 삼류연애 소설이면 충분했다.

어떤 시련과 좌절 속에서도 해피엔딩이라니, 이보다 더 눈부실 수 있을까.

그런 이야기를 간단히 싸구려라고 치부할 수 있는 사람은 인생에 별다른 곤경도 좌절도 없었던 사람이겠지.

리리카가 근처 나무에 등을 기대며 팔짱을 꼈다.

"그런 사람이랑 같이 살면서 멀쩡할 수 있을 리가 없잖아? 계속 상처받을 거야. 그러니까 가능하면 멀어져서 마음을 재정비하는 게 좋다고 생각해. 아무리 상관없는 사람이라고 해도 그런 말들을 계속 들으면 아프니까."

리리카는 어릴 때를 떠올렸다.

어머니가 지금 그녀를 무척 사랑하는 걸 안다. 어머니의 품은 따뜻하고 기분 좋고, 속삭이는 말들은 전부 달콤한 것뿐이다.

그런데도.

지금도 떠올리면 아픈 기억들이 있었다.

아픈 말들이 있었다.

'그런데 계속 그런 말을 오랫동안 들으면 누구라도 제대로 생각할 수 없게 될 거야.'

리리카가 피요르드에게 이어 말했다.

"그리고 생각이 정리되면 좀 다른 방향이 보일지도 모르잖아? 피요는 도망치는 게 싫을지도 모르지만, 그게 최선일 때도 분명히 있어."

리리카가 끙끙거리며 이어 말했다.

"그리고, 그리고 피요. 난 잘은 모르지만. 단순히 '바라트 공작을 이기겠다.', '물리치겠다.' 이런 게 전부여서는 안 되지 않을까."

"……안 된다고요?"

"응, 뭔가 좀 더. 그보다. 음. 피요가 행복해지는 방향의 목표였으면 좋겠어."

"행복……."

생각지도 못한 말을 들은 사람처럼 피요르드가 되뇌었다.

리리카는 멋쩍어져서 어깨를 으쓱하며 말했다.

"물론 피요가 나보다 더 오래 생각하고, 겪었으니까. 내가 모르는 부분도 있겠지. 하지만 그래도 그랬으면 좋겠다는 게 내 마음이야."

"생각해 보겠습니다."

피요르드의 말에 리리카는 활짝 웃어 보였다.

"그거면 됐어. 충분해. 그럼 다음은 어디를 안내해 줄래? 오늘은 피요랑 즐거운 시간을 보내겠어."

그녀가 반지를 도로 새끼손가락에 끼우고는 싱긋 웃어 보였다.

카온 바르갈리는 오랫동안 산맥에서 일을 해 와서 생존과 척살에 대해서는 무척 잘 알고 있었다.

그러나 호위업무는 처음이었다. 그것도 황족의 호위라니.

그에게 임무가 내려올 줄은 몰랐으나, 이것도 하나의 경험이려니 했다.

'흐음……'

그는 작성해야 하는 호위일지를 바라보았다. 그날 있었던 일을 작성하여 위쪽에 보고를 올려야 했다.

특히 황후가 직접 황녀에게 접근하는 모든 인간에 대해서 적어 달라고 부탁하였다.

"흠……"

그가 다시금 신음을 흘렸다. 아까 낮에 봤던 광경이 잊히지 않았다.

> 황녀님께서 아티팩트를 꺼내시니 두 분의 말소리가 들리지 않고, 갑자기 바라트 소공작을 끌어안으셨는데

16장 꽃과 뱀의 길

여기까지 쓰고 나서 그는 다시금 문장을 검토했다.

'사실은 사실이니.'

> 바라트 소공작도 황녀님을 마주 안고

황녀님은 눈치채지 못하셨겠지만, 바라트 소공작은 그 순간 고개를 들어 주변의 기사들을 바라보았다.

'그 표정이라니.'

당황한 것 같지도 않았고, 놀란 것 같지도 않았다.

그저 의미심장한 미소만 보냈을 뿐.

'으음······.'

카온은 작은 황녀님이 마음에 들었다.

양녀라는 것도 알았고, 빈민가 출신이라는 것도 알고 있었다.

게다가 마법 소녀라는 엄청난 아티팩트의 소유자라는 것까지.

실제로 만난 황녀님은 그가 했던 예상과는 전혀 다른 인물이었다. 카온은 그녀가 퍽 마음에 들었다.

어쩐지 손녀 같은 기분이 들게 하는 황녀님이었다.

'그런데 그런 얼굴만 반반한 놈팡이와.'

그는 잠시 발끈했지만, 곧 평정을 되찾았다.

아직 황녀님은 어리고, 얼굴이 반반한 남자에게 끌릴 나이다.

'하긴, 황녀님은 사실 우정에 더 가까운 느낌이셨던 듯한데. 그 바라트 소공작의 시선이.'

마음에 안 든다.

하지만 이런 사적인 감정까지 보고서에 적을 수는 없어서, 카온은 사실만 적어넣었다.

> 두 분은 함께 이곳저곳 돌아다니시며 온종일 승마를 즐기셨습니다. 중간에 가져온 바구니를 열어 식사도 하셨고

'이 정도 사담은 되겠지.'

> 무척 즐거워 보이셨습니다.

카온은 이렇게 마침표를 찍었다. 그다음은 저택에 돌아왔다는 이야기이니 대충 적어도 되는 일이다.

카온은 나머지 내용을 적어 마무리한 뒤에 접어 인봉했다.

바라트령은 수도와 가까우니, 전령에게 맡기면 금방 보고서가 올라가리라.

바라트령을 떠난 후로 여행은 순조로웠다.

남쪽으로 내려가면 내려갈수록 날씨가 더워지는 것만 빼면 말이다.

리리카의 옷차림은 점점 얇아져서 하늘하늘한 옷감으로 된 옷을 자주 입게 되었다.

그것마저 힘든 날에는 샛별이를 타고 달렸다. 시원한 바람을 맞으면 그나마 살 것 같았다.

가는 곳마다 환영회와 만찬이 열렸고, 또래의 아이들은 리리카를 숭배하는 표정으로 눈을 반짝이며 바라보았다.

특히 그녀 또래의 남자아이가 있다면, 예외 없이 리리카와 어떻게든 이야기를 나누고, 편지라도 보낼 친분을 얻으려 애썼다.

들르는 영지는 권족만이 아니라 아주 작은 남작령도 포함되어 있었다.

황족이 오는 파티를 연다고 하니, 영지 없는 귀족들도 어떻게든 리리카의 얼굴을 한 번 보려고 안간힘을 썼다.

물론, 주최하는 가문에서 초대장을 보내지 않으면 소용없으니, 꽃과 뱀의 길 가도에 있는 귀족들은 호가호위 권력을 마음껏 즐겼다.

오늘도 그런 날이었다.

하급귀족들의 '내 평생에 황녀님을 보게 되다니.' 하는 초롱초롱한 표정, 눈이라도 마주치면 '제발 말을 걸어 주셨으면.' 하는 간절함.

리리카는 최대한 골고루 인사를 하려 애썼다.

그렇게 무도회가 끝나고 나면 늘 피곤했다.

리리카는 구두를 벗어 던지고 소파에 몸을 묻었다.

"피곤하지 않으세요? 바로 잠자리에 들지 않으시고요."

브린이 물었다.

"응, 자야 하는데."

리리카는 요즘 계속 묘한 꿈을 꾸고 있었다. 사막이 나오는 꿈이었다.

예전처럼 용이 나오지는 않았다. 사람도 보이지 않았다. 그저 아름다운, 밤의 사막에 서 있을 뿐이었다.

'계속 같은 꿈을 꿀 수도 있나?'

차라리 이야기가 진행된다면 뭔가를 알 수 있을 텐데, 그저 사막이라니.

"자야지."

리리카가 소파에서 일어났다. 묘한 꿈을 꾸지만 그렇다고 무섭거나 두렵지는 않았다.

오히려 빨려 들어갈 만큼 아름답고 평온한 광경이었다.

바람에 모래산들이 무너지고 세워지는 광경은 봐도 봐도 질릴 것 같지 않았다.

새하얀 모래는 달빛 아래 찬란하게 빛나, 여기가 꿈이라는 사실을 알려 주었다.

덥지도, 춥지도 않은 흰 모래사막의 밤.

'오늘 밤에도 꾸려나?'

리리카는 침대에 누워 눈을 감았다.

'아, 역시.'

또 꿈이다.

꿈이라는 걸 알 수 있다는 것도 놀라운데, 이렇게 생생한 것도 새삼스럽게 신기했다.

'여전히 예쁘다……'

멍하니 모래사막을 바라보았다.

밤하늘을 올려다보면 별이 쏟아질 듯 가득하고, 커다란 초승달이 아름다움을 자랑했다.

그 밤하늘을 바라보는데 누군가 말을 걸었다.

"아름답지요?"

놀라 리리카가 뒤를 휙 돌아보았다.

거기에는 후드를 쓴 키 큰 남자가 서 있었다.

놀랐지만, 두렵지는 않았다. 오히려 그리운 느낌마저 들었다.

"누구세요?"

남자는 그저 빙그레 웃었다.

"수도에서 멀어지니 꿈에 나올 수 있어서 다행입니다. 용은 눈치가 빨라 무섭다니까요."

그가 그렇게 말하며 후드를 벗었다.

긴 남색 머리카락과 단정한 이목구비가 보였다.

"이렇게 만나게 되어서 무척 기쁩니다. 마지막 마법사. 최후의 문을 닫을 자."

그가 가슴에 손을 얹었다.

"나는 최초의 마법사, 첫 번째 문을 연 자."

리리카가 살짝 입을 벌렸다. 최초의 마법사가 빙긋 웃었다.

"다시 한번, 만나서 반갑습니다."

"!!"

리리카는 눈을 번쩍 떴다. 낯선 천장이 보였다. 멍하니 천장을 바라보다가 리리카는 양 뺨을 꾹 눌러 보았다.

'꿈……인데 꿈이 아닌 거 같지? 이게 무슨 꿈이람?'

그러고 보니 예전에도 이런 꿈을 꿨던 것 같다.

그때는 두 사람이 나왔었는데, 그때도 그녀를 보고 '마지막 마법사'라고 했다.

'마법에 대한 수업 같은 걸 하는 듯했지.'

아마 그 두 사람 중 한 사람이 아닐까, 싶었다.

'어떻게 꿈에 나오는 거지? 최초의 마법사면 이미 죽지 않았을까? 그보다 최후의 마법사라는 게 뭐지. 내 뒤로는 더 이상 마법사가 나오지 않는다거나…….'

"으음."

고민을 해 봐도 답이 나오지는 않을 터였다.

수도에서 멀어졌다―아버님의 눈에서 벗어났다고 하는 걸 보면 아버님이 무서워서 꿈에 나오지 않은 것 같았다.

'그렇게 생각하니 좀 하찮은걸. 아, 아버님이 그 꿈을 꾸지 말라고 하신 것도 이 일과 관련이 있는 걸까?'

하지만 궁금했다.

그녀가 최후의 마법사라는 게 정확히 무슨 말인지, 이게 무슨 꿈인지,

그가 왜 그녀의 꿈에 나오는지, 어떻게 나올 수 있는지.

'내 꿈이잖아. 내가 더 유리하지 않을까? 나도 많이 컸고.'

리리카는 그렇게 생각하며 눈을 감았지만, 다시 잠들었을 때는 사막의 꿈을 꾸지 않았다.

'거기까지 꿈을 꾸고, 더는 안 나오다니……!'

리리카가 한숨을 푹 내쉬었다. 디아레가 그런 리리카에게 권했다.

"황녀님, 답답하시면 내려서 걸을까요? 다리를 움직이면 기분이 훨씬 나아지실 거예요."

"응, 그럴래."

리리카의 말에 마차가 잠시 멈췄다.

리리카와 디아레 그리고 브린까지 우르르 마차에서 내려서 마차를 따라 걷기 시작했다.

"마차 여행이 이제 지겨워지고 있어."

"지겨울 만하죠. 계속 앉아 있으니까 엉덩이도 아프고, 허리도 아프고."

"디아레는 말 타고 이동해도 될 텐데, 나 때문에 계속 마차를 타서 미안해."

"아니에요, 어차피 말도 오래 타면 아픈걸요."

디아레가 손사래를 쳤다.

"그보다 무슨 일 있으세요? 요즘 기분이 별로 안 좋아 보이시는걸요."

"아니, 글쎄. 꿈속에서 말이야."

"네."

"말을 하다가 말더라고."

"네?"

디아레가 갸웃하자 리리카는 처음부터 이야기해야겠다, 하고 입을 열었다.

"내가 얼마 전에 꿈을 꿨는데—"

"황녀님!"

디아레가 그녀를 휙 잡아당겼다.

'우직!'

'쿵!'

마차 뒷바퀴가 동시에 빠지더니 마차가 한쪽으로 주저앉았다.

커다란 바퀴가 좌우로 데굴데굴 구르다가 넘어졌다.

기사단원들이 재빠르게 리리카의 주변으로 모여 원을 그리며 섰다.

"괜찮으세요?"

디아레가 황급히 물어 리리카가 고개를 끄덕였다.

"응, 괜찮아."

그때 땅이 작게 울렸다.

모두가 방패를 들고 발검했다. 리리카는 허둥지둥 제 펜듈럼을 손에 쥐었다.

카온이 사방을 매서운 눈으로 살폈다. 조금씩 울림이 커지는데 적의 모습은 보이지 않았다.

바닥의 돌들이 탁탁 튀어 올랐다.

한순간 모든 게 잠잠해졌다.

기묘한 침묵이 주변을 감쌌다. 리리카는 저도 모르게 바닥을 내려다보았다.

카온이 소리쳤다.

"아래다!"

'콰콰광!!'

순간 땅속에서 거대한 물체가 솟아올랐다.

몸이 순식간에 위로 튕겨 올라갔다가, 바닥으로 추락했다.

"?!"

어떻게 된 건지 세상이 빙글빙글 돌았고, 정신을 차렸을 때는 라우브의 품에 안겨 바닥에 착지한 후였다.

'저게 뭐야?'

바닥을 뚫고 나온 것은 두더지와 천산갑이 섞인 듯한 모양의 거대한 마수였다.

그녀가 타고 온 마차보다 좀 더 컸다. 단단한 비늘로 덮여 있어서 칼이 잘 들어가지 않는 모양이었다.

"다친 곳은?"

"없어."

리리카의 답에 라우브는 바로 리리카를 내려놓았다.

안고 있는 채로는 호위하기가 어렵다는 걸, 예전 경험으로 배웠다.

"꾸이익!"

마수가 몸을 움츠리자 비늘이 가시처럼 뾰족하게 섰다가 순식간에 발사되었다.

"악!"

"으악!"

가까이에 붙어 있었던 기사들 몇몇은 피하지 못하고 비명을 질렀다.

디아레는 쳐냈고, 라우브는 막아 냈다.

"방심하지 마! 2차 공격이 온다!"

카온이 소리쳤다.

발사되어 날아가 버린 줄 알았던 가시가 공처럼 부풀어 오르더니 각자 의사를 가진 것처럼 움직이기 시작했다. 단단한 쇠공에 얻어맞은 것처럼 공에 얻어맞은 기사들이 쓰러졌다.

'아, 안 보여.'

눈으로 따라갈 수 없는 속도였다.

공격 마법은커녕, 상대를 향해 마법을 펼치려고 해도 눈으로 봐야 할 텐데, 볼 수가 없었다.

"켄타나(강철방패)!"

리리카는 일단 제 주변에 방패를 둘렀다. 그러자 기사들의 움직임이 한결 더 편해졌다.

'브린은?'

리리카는 쓰러져 있는 브린을 보고 비명을 질렀다.

"브린!!"

저도 모르게 다리가 움직였다.

리리카가 달려나가는데 공격이 날아들었다.

'쿵!'

'쿵!'

공격이 방어막에 가로막히며 요란한 소리가 났다. 진동이 느껴졌다.

리리카는 숨을 삼켰다.

이대로 달릴 수는 있지만, 브린에게 가까이 가면 저것들이 브린을 상처입힐 것 같았다.

멈춰선 리리카를 지나쳐 달려간 라우브가 브린의 상태를 살폈다.

가시가 옆구리를 찢고 지나간 듯 출혈이 심해 보였다.

"여기서 뭐 해요? 황녀님 곁에 있어야지."

브린이 얕게 숨을 헐떡이며 상체를 일으켰다.

그때 휙 날아들어 온 공을 라우브가 마주 주먹으로 후려쳤다.

'펑!'

딱딱한 가죽이 터지는 듯한 기묘한 소리와 함께 마수가 터졌다.

안에는 공기만 들어 있는 것처럼 터진 가죽공 비슷한 게 바닥에 떨어졌다.

리리카는 브린에게 달려갔다.

"브린, 브린."

"괜찮아요. 이게 보기에만 이렇게 심해 보여요."

"……."

라우브가 브린의 상처 윗부분을 툭 쳤다.

"!!"

"라우브!"

"심하지 않다길래."

브린이 죽일 듯이 라우브를 노려보기 시작했다.

그때 디아레의 고함이 들렸다.

"이 개자식아아아아!!"

디아레가 땅굴로 다시 들어가려는 마수의 꼬리를 붙잡고 있었다.

그러나 가벼운 그녀의 몸은 질질 끌려가고 있었다.

바닥에 발을 박아 넣고 버티고 있지만, 힘들어 보였다.

"라우브, 가서 도와줘."

"하지만—"

"난 방어막이 있잖아. 괜찮아. 그보다 저 마수를 빠르게 처리하는 게 날 지키는 거야."

리리카의 말에 라우브는 망설이다가 자리에서 일어났다.

그때 카온이 쏜 화살이 마수의 눈에 명중하자, 마수가 다시 소리를 질렀다.

두툼하고 넓적한 앞발로 사방에 흙을 퍼내서 뿌리기 시작했다.

'쿵쿵쿵!'

반쯤 땅을 파고들었을 때 마수가 다시 소리를 질렀다.

"꾸이이익!"

동시에 바닥에서 날카로운 가시가 솟구쳐 올라왔다. 브린이 손을 뻗었으나 한 박자 늦었다.

가시가 리리카를 관통했다.

너무 아파서 비명도 나오지 않았다. 폐에서 숨이 새어 나오는 소리만 헉 하고 났다.

오른쪽 어깨가 뚫렸다.

앉아 있었기에, 그녀의 방어막은 반구형이었다.

땅속에서 뭔가가 올라온다는 생각은 하지 못했다.

무방비한 상태로 가시가 솟구쳤을 때, 리리카는 그대로 꿰뚫릴 수밖에 없었다.

"황녀님!"

누군가가 비명을 질렀다.

집중력을 유지할 수 없으니, 마법도 그대로 스르륵 녹듯이 사라져 버렸다.

바닥을 뚫고 나온 가시를 마수가 회수했다.

리리카의 상처에서도 가시가 쑥 빠져나가 바닥에 구멍만 남기고 사라졌다.

"허윽."

리리카는 그 자리에서 쓰러질 것 같은 걸 눌러 참았다.

'툭, 투툭.'

바닥에 피가 떨어졌다. 누군가가 쓰러지려는 그녀를 붙잡았다.

"황녀님."

리리카는 눈을 깜박였다.

당연히 브린일 것이라 생각했는데, 피요르드의 얼굴이 보였다.

그의 얼굴이 너무 창백해서 유령 같았다.

"죄송합니다, 제가 따라오는 게 늦어서 그만."

리리카는 멍하니 그를 바라보았다. 현실감이 들지 않았다. 그냥 너무 아프고, 상처 부위를 불로 지지는 듯했다.

한순간, 그가 멈칫했다.

리리카는 그가 보는 게 뭔지 보려고 눈을 굴렸다.

온몸이 저릿저릿했다. 아프고, 저리고, 상처가 간지럽고, 시야가 흐릿했다.

피요르드가 브린의 손목을 붙잡고 있는 게 보였다.

브린에 손에 단검이 들려 있었다.

"황녀님 옆에서 떨어져!"

브린이 소리쳤다.

리리카가 괜찮다고 말하려는데 혀가 움직이질 않았다. 피요르드가 리리카를 브린에게 맡겼다.

그가 일어서는 모습이 보였다.

"황녀님, 정신 차리세요, 황녀님!"

브린이 외치는 소리가 멀어진다. 귀에서 이명이 들리기 시작했다.

리리카는 그걸 마지막으로 정신을 잃었다.

'또 사막이야!'

리리카는 어이가 없어졌다. 그녀는 이마를 짚었다가 놀라 제 어깨를 바라보았다.

'꿈속이라 그런가, 멀쩡하네.'

분명히 어깨를 꿰뚫렸는데 멀쩡했다.

"문제는 관통상보다 독이지요. 하지만 훌륭하게 약을 만들어 놓은 거 같은데요?"

들려온 목소리에 리리카는 이번엔 놀라지 않은 채 고개를 돌렸다.

인사만 하고 사라진 첫 번째 마법사가 서 있었다.

그녀가 그를 바라보다가 제 가슴에 손을 얹고 말했다.

"리리카 나라 타카르."

그리고 그를 가리킨다. 그는 웃고 고개를 숙였다.

"에르히입니다."

"정말요?"

"네, 멋진 이름이지요?"

"그렇긴 해요."

리리카가 순순히 고개를 끄덕이자 에르히가 웃었다.

남색의 긴 머리카락은 얼마나 긴 건지, 후드 밖으로 나온 머리카락의 일부만 해도 이미 허리쯤에 닿아 있었다.

리리카가 제 몸을 어루만지고 그를 바라보았다.

"왜 이런 꿈을 꾸는 거죠? 에르히는, 그러니까, 죽은 게 맞죠?"

이제 다른 사람에게 존칭을 붙이지 않는 게 익숙해졌다.

리리카의 말에 에르히가 고개를 끄덕였다.

"물론 죽었습니다. 육체는 먼지로 돌아가서 흔적도 남지 않았지요. 영혼도 분명히 어디론가 떠나지 않았을까요?"

"그럼 당신은 뭐죠?"

"당신의 마법이지요."

"……"

순간 이해가 가지 않아 리리카는 미간을 좁혔다.

"좀 걸을까요?"

에르히의 말에 리리카는 고개를 끄덕였다.

고개를 들어 하늘을 올려다보니 오늘은 반달이 사막 하늘을 비추고 있었다. 그리고서 사막을 보니—

"와아—"

새하얀 은빛이었던 모래사장이 이제는 황금빛이었다.

황토색이 아니라 금이 섞인 듯 찬란한 빛으로 반짝거렸다.

리리카는 발밑의 모래를 한 줌 쥐었다가 펴 보았다.

아주 고운 모래알에 금빛이 섞여 흘러내렸다. 꿈속이기에 가능한 아름다운 광경이다.

"너무 예뻐요."

"황녀님의 마음이 아름다우니까요."

그 말에 리리카가 그를 돌아보며 묘한 표정을 했다.

"왜요?"

에르히가 묻자 리리카가 답했다.

"제가 아는 사람과 비슷한 이야기를 하는 거 같아서……."

피요르드가 생각났다는 이야기는 하지 못했다.

"그거 영광이군요."

에르히가 웃었다. 리리카가 그를 보다가 턱 하고 버티고 섰다.

"다 좋은데, 용건이 있으면 빨리 말해 주지 않을래요? 나 얼른 깨고 싶은데. 다들 걱정할 거란 말이에요. 그보다 그냥 잘 때 찾아오지 않고 이럴 때 찾아오는 건 뭐람."

"음, 잘 때 찾아가고 싶은데, 황녀님이 깊이 잠들지 않으셔서……. 심층 의식에 도달하기가 어렵다고 할까요. 하여간 하필 이런 때라는 건 저도 그렇게 생각합니다. 하지만 황궁에 돌아가기 전에 이야기를 끝내고 싶기도 했고요. 가면 못 할 수도 있으니까요."

그가 손가락 끝을 모았다가 벌려 보였다.

"불을 내뿜는 자가 있으니 말이죠."

"폐하 말이지요?"

"네."

"그럼 역시 시간 낭비할 필요 없겠네요. 어서 이야기를 시작해 주세요."

"음, 어쩐지 아쉬운걸요. 이럴 때는 옛날, 옛날부터 시작해야 하는 건데……. 그럴 만한 시간이 부족하군요. 그럼 본론만 이야기하자면. 용의 저주를 풀어 줘요, 마지막 마법사여."

"용의 저주, 아! 인로가 이야기했던 그 이야기 말이군요."

용이 저주에 걸렸다나? 그런 이야기를 했었지, 아마.

"하지만 저는 용이 어디 있는지 모르는걸요. 그리고 어떻게 저주를 풀지요?"

"저주는 지금 용과 이 나라와 인로가에 걸려 있습니다. 인로가 이 저주를 한데에 묶어버렸지요. 한 가지만 풀리면 나머지도 풀려 버리게 말이죠."

"나라에도 저주가 걸려 있다고요?"

"갇혀서 아무 데로도 못 나가고 있잖아요? 수해와 바다 안개, 그리고 사막 때문에요."

"그럼 저주가 풀리면 그 밖으로도 나갈 수 있는 건가요?"

"네, 밖에는 무엇이 있는지 모르지만."

에르히가 빙긋 웃었다.

리리카는 규모가 커지는 이야기에 눈을 크게 떴다.

"그럼 어떻게 저주를 푸는데요?"

"용의 저주만 푼다면, 나머지 저주도 풀릴 겁니다."

"그럼 용은 어디서 찾죠?"

리리카의 질문에, 에르히가 '어라?' 하고 말했다.

"알테어스가 용이잖아요."

"!!"

리리카는 눈을 번쩍 떴다. 너무 놀라 심장이 두근거렸다.

'여긴, 천막?'

"황녀님, 일어나셨어요?"

브린이 조용조용한 목소리로 말을 걸어왔다. 시선을 돌리니 그녀 옆에 브린이 앉아 있었다.

리리카는 잠시 멍하니 브린을 바라보았다.

'알테어스가 용이래? 폐하가? 용? 정말로? 어라? 아버님이 용? 어머니도 알고 계신 건가? 용? 뭐지?'

단어가 빙글빙글 돌고 머릿속도 빙글빙글 돌았다. 브린이 대번에 가까워졌다.

"황녀님, 괜찮으신가요? 제 목소리가 들리세요?"

그녀의 목소리에 걱정이 가득해서 리리카는 일단 '아버지가 용'이라는 이야기는 밀어두기로 했다.

깊게 숨을 들이마셨다가 내쉬고 고개를 끄덕였다.

"응, 일어났어. 나 오래 잤어? 여기가 어디야?"

리리카는 천천히 몸을 일으켰다. 브린이 그녀가 일어나는 걸 재빠르게 도와주었다.

슬쩍 오른쪽 어깨를 보니 붕대가 감겨 있는 게 보였다.

아프지는 않고, 당기는 느낌이 났다. 연고를 아낌없이 발라서 상처가 이미 재생된 모양이었다.

"황녀님께서 정신을 잃으셔서 제대로 휴식을 취하시는 게 좋을 거 같아 막사를 차렸어요. 상처는 어떠세요?"

"아프지 않아. 그냥 좀 당기기만 할 뿐이야."

"다행입니다."

"브린은? 상처 괜찮아?"

"네."

"아까 라우브처럼 눌러 보게 하지 말고."

리리카의 말에 브린이 곤란한 표정을 지었다.

리리카가 길게 숨을 내쉬었다.

"내 펜던트 줘."

"막 일어나셨는데요."

"그러니까. 나도 완치시키고, 브린도 그렇게 할 거야."

"알겠습니다."

브린이 펜던트를 들고 와 리리카는 치유마법을 사용했다.

몸이 가뿐해지는 게 느껴졌다. 브린에게도 마법을 사용해 주었다.

"다른 기사들은? 일단 카온을 들어오게 해."

"일단 옷부터 갈아입고요."

붕대를 감느라 가운만 입은 상태여서, 리리카는 고개를 끄덕였다.

편한 옷으로 갈아입고, 리리카는 보고를 들었다.

카온은 리리카의 부상에 대해 처벌받기를 청했지만, 리리카는 기각하고 이야기를 들었다.

"바라트 소공작이 도와주어서, 마수를 잡을 수 있었습니다."

"꿈이 아니었나?"

리리카는 당황했다.

"네, 일단 따로 격리해 둔 상태입니다. 말씀으로는……."

카온이 헛기침을 하고 시선을 슬쩍 돌리며 말했다.

"가출하셨다고."

"어?"

"가출."

"응."

"하셨다고 합니다."

리리카는 눈을 휘둥그레 떴다. 카온이 흠흠 하고 다시 헛기침한 뒤에 말했다.

"딱히 구속하지는 않았습니다. 만나 보실 거라면 라우브 경과 동행하시지요."

"아, 으응."

리리카는 어안이 벙벙했지만 일단 고개를 끄덕였다. 이어 창백해진 라우브와 디아레가 들어왔다.

디아레는 양팔을 붕대로 칭칭 감고 있었다.

다리에도 부목을 대고 있다.

목발도 없이 걸어들어오는 걸 보고 리리카는 경악했다.

"디아레!"

"황녀님, 눈을 뜨셔서 다행이에요. 몸은 괜찮으세요?"

"내가 디아레에게 물어야 할 거 같은데?!"

리리카가 소리 지르자 디아레가 멋쩍게 웃었다.

"송곳니가 있었는데도, 이 모양이네요. 아무래도 단련을 좀 더 해야겠어요."

인간 상대 실전은 익숙하지만, 크기가 다른 마수에 대한 경험이 부족한 걸 뼈저리게 느꼈다.

게다가 옷도 그렇다.

비늘을 세우는 마수의 꼬리를 붙잡고 있으니 양팔이 멀쩡할 리가 없었다.

"마수 갑옷이라도 마련해야 했는데."

디아레가 한숨을 내쉬었다.

리리카는 펜듈럼을 허둥지둥 꺼내 디아레의 상처를 치료하고, 곧바로 라우브에게도 마법을 걸었다.

이 사람들은 절대 아프다고 말하지 않으니, 그녀가 먼저 행동해야 했다.

라우브가 물었다.

"몸은 괜찮으십니까?"

"응, 멀쩡해. 미안, 걱정을 끼쳤네."

"아닙니다. 제가 황녀님과 떨어지는 게 아니었는데……."

"아냐, 이건 진짜 내 실수야. 라우브에게 가라고 한 것도 나잖아? 주변만 방어하면 될 줄 알았지. 바닥까지 해야 할 줄은."

실전 경험이 없는 그녀 잘못이었다.

아니, 멀리 떨어져 있는 상태에서 땅 밑으로 공격할지 어떻게 알았겠어?

"아닙니다. 제가 곁에 있었다면 피할 수 있었을 겁니다."

"저 역시도 바로 곁에서 지키지 못했으니, 제 불찰입니다."

브린 역시 깊이 사과했다.

리리카는 곤란한 표정을 지었다가 말했다.

"어, 그러면 두 사람 다 다음 달 감봉하는 걸로 하자."

"알겠습니다."

라우브가 고개를 숙였다.

브린은 황녀님이 너무 무르시다고 생각했지만, 여기서 또 입을 열만큼 뻔뻔하지는 못했다.

그녀도 그저 고개를 숙였을 뿐이었다.

"그럼 다른 사람을 보러 가자."

"네, 황녀님."

디아레가 웃으며 따라붙었다.

라우브도 슬그머니 옆에 섰다. 브린은 저녁을 준비하겠다고 하며 천막 문을 열어 주었다.

시간이 이미 늦어서 모닥불을 피우고 저녁 식사를 준비하는 냄새가 났다.

기사들은 기합이 바싹 들어가 있었다. 주변 경계를 철저히 하고, 순찰까지 하는 모양이었다.

리리카는 부상자들을 치료하며 돌아다녔다.

다행히도 사람이 죽지는 않았지만, 마차를 끌던 말 중 두 마리가 죽어 버려서 마음이 아팠다.

다리가 부러진 말은 리리카가 고칠 수 있었다.

영락없이 안락사시켜야 한다고 생각했던 기사는 자기 부상이 나은 것보다 말이 나은 걸 훨씬 기뻐하며 리리카에게 몇 번이나 고개를 숙였다.

멀리 도망가 버린 말 중에는 돌아오지 않는 말도 있었는데, 그건 어쩔 수 없다고 했다.

다행히도 샛별이는 도망갔다가 돌아와서 리리카는 몇 번이나 샛별이의 목을 쓸어 주었다.

전부 둘러보고서 마지막으로 피요르드를 만나러 갔다.

천막 앞은 기사 두 사람이 지키고 서 있었다.

막사 안으로 들어서니 피요르드가 자리에서 벌떡 일어났다.

한달음에 다가오려다가 라우브의 제지에 멈췄다.

"황녀님, 상처는 괜찮으세요?"

"응, 마법이 있잖아."

리리카가 걱정하지 말라고 웃으며 손을 팔랑거렸다.

"그보다 피요르드는 어떻게 된 거야? 가출……했다고."

"황녀님의 말씀이 맞다는 걸 알았습니다."

"응?"

피요르드가 목소리를 낮췄다.

"같이 도망치자고 해 주셨지요."

"어? 아, 어? 맞아. 그랬지."

혼란에 빠졌다가 리리카는 고개를 끄덕였다. 그리고 자신과 함께 도망치자는 말에 가출한 피요르드를 보았다.

'음……. 어떻게 하지. 일단 나랑 같이 여행하고, 황궁에서 머무르게 하면 되겠지? 그때처럼 손님방을 빌려서…….'

'짝!'

피요르드가 손뼉을 쳤다.

"황녀님."

"어?"

생각에 잠겨 있던 리리카가 놀라 고개를 들었다. 피요르드가 웃었다.

"황녀님께 책임져 달라고 할 생각 없습니다. 황녀님께서 그렇게 말씀해 주셨지만, 선택한 건 접니다. 책임도 제가 져요. 제 한 몸 정도는 건사할 수 있으니 걱정하지 않으셔도 됩니다."

"그래도……."

"정말로 괜찮습니다. 뭐랄까요. 오히려 홀가분한 기분입니다."

"그래?"

"네, 타카르에 충성을 바친다는 건 생각하기도 싫은 일이지만, 황녀님도 타카르라고 생각하면 애정을 바치는 일쯤이야 아무것도 아니지요."

"어? 아니, 피요, 그게."

나 조금 있으면 타카르 그만두는데, 라는 말이 저도 모르게 튀어나올 뻔했다.

16장 꽃과 뱀의 길

당황한 리리카에게 피요르드는 웃어 보이고 가슴에 손을 얹었다.

"어설픈 자존심을 세워서는 이도 저도 안 된다는 걸 알았습니다. 그래서 바로 자리를 박차고 나왔지요. 짐은 적당히 쌌는데, 최대한 빠른 속도로 따라 왔지만……. 결국 황녀님이 부상당하는 걸 막지 못했으니 제가 부족한 탓입니다."

"이게 왜 피요르드 탓이야?"

"마차가 거기서 그렇게 된 게 리제르트 때문이라고 해도요?"

"어?"

피요르드가 뒷주머니에 손을 넣었다가 라우브가 발도하려는 걸 보고 손을 들었다.

"그냥 아까 주운 걸 보여 드리려는 겁니다. 천천히 꺼낼게요. 인형 조각입니다."

그러며 피요르드가 주머니에서 찢어진 인형을 꺼냈다. 그 인형을 보자마자 리리카는 소름이 쭉 돋았다.

리제르트에게 받았던 인형이었다. 없어졌지만 바라트 저택을 나와서 괜찮다고 생각했는데.

피요르드가 설명했다.

"아마 짐에 섞여들어 따라왔을 겁니다. 적당한 위치에서 마차 바퀴에 달라붙어 축을 고장 낸 거겠지요. 잔해를 살펴보는데 튀어나와서 찢어 버리는 수밖에 없었습니다."

피요르드가 속을 채운 솜을 일부 빼서 보여 주었다.

"이 안에 들어 있는 솜은 특수한 냄새가 납니다."

"아!"

리리카는 저도 모르게 라우브를 돌아보았다. 라우브의 후각을 마비시켰던 그 냄새인가?

"울프는 맡을 수 있는 냄새인가요? 신기하군요. 훈련 시킨 마수에게 통하는 냄새거든요. 지금은 인형이 찢어져서 전부 날아갔겠지만."

한마디로 증거가 하나도 남아 있지 않다는 이야기다. 리리카는 어이가 없어졌다.

"나를 공격하는 건 괜찮아."

"안 괜찮습니다."

"무슨 말씀이십니까."

두 남자가 동시에 말해서 리리카는 당황했다.

"아니, 그게. 나 말고 다른 사람을 다치게 하는 게 싫어서……."

"황녀님을 해치려면, 호위 기사들을 다 해치워야 하는 게 당연한 일이지요. 게다가 황녀님을 공격하는 게 괜찮다는 말은 목숨 걸고 황녀님을 지킨 사람을 모독하는 말입니다. 지키는 쪽도 각오하고 있으니까요."

피요르드가 드물게도 미간을 좁히며 빠르게 말했다.

리리카는 잠시 머뭇거리다가 사과했다.

"실언했어요. 미안합니다."

저도 모르게 존대가 나왔다.

"아닙니다. 다정한 마음에서 나온 말이라는 건 알지만, 일하는 자들의 마음을 깎아내리지는 말아 주세요."

"명심할게."

리리카가 주먹을 꾹 쥐었다.

그렇다.

16장 꽃과 뱀의 길 **383**

그녀를 지키는 일에 모든 걸 걸고, 자부심을 느끼는 기사들에게 '내가 당하는 게 나았다.'라는 말은 그들이 하는 일을 무시하는 것과 다름없었다.

"그럼 이제……."

피요르드가 빙그레 웃었다.

"제 처분은 어떻게 되나요, 황녀님."

리리카는 빤히 피요르드를 바라보았다.

어쩐지 리리카가 '참수다.'라고 명령해도 웃으면서 '그렇군요.' 하고 대답할 것 같았다.

'게다가 왜 이렇게 신났지?'

리리카는 피요르드가 들떠 있다는 걸 알 수 있었다. 평소의 피요르드와는 뭔가가 달랐다.

'가출해서 신났나? 하지만 신날 때가 아닌 거 같은데.'

종종 이런 귀족적인 배짱을 리리카는 도무지 이해할 수가 없었다.

'산딸기 동맹 맹세에 [목숨은 소중히]라는 문구를 추가해야 할까 봐.'

한숨이 나올 것 같았지만, 지금은 한숨을 쉴 때가 아니었다.

대신 리리카는 깊이 숨을 들이마셨다.

"바라트 소공작."

리리카 나름대로 위엄 있는 목소리를 내자 피요르드는 그 자리에서 한쪽 무릎을 꿇었다.

"바라트 공작가가 나에게 해를 끼치려 했다는 건 사실. 그러나 소공작인 그대가 나서서 음모를 밝히고 내 기사들을 도왔으니, 그것으로 상벌을 갈음하도록 하지."

리제르트가 해치려고 하고, 피요르드는 구하려고 했으니 더하기 빼기로 치자.

"감사합니다."

피요르드가 머리를 숙였다.

리리카는 잠시 멈췄다가 말을 이었다.

"앞으로의 활약도 기대하겠네."

리리카는 피요르드가 앞으로도 원하는 대로 살았으면, 하는 마음을 담아서 그렇게 말했다.

그 말에 피요르드가 고개를 들고 리리카를 보다가 빙긋 웃었다.

"기대에 부응하도록 애쓰겠습니다."

"그럼 일단 일어나고. 음, 우리랑 같이 갈래? 이제 더 가면 산다르령이고, 거기서 다시 수도로 돌아갈 거거든. 혼자 다니는 것보다는 그래도 함께 다니는 게 안전할 거 같아."

"네, 그리고 황녀님."

"응."

"인형을 조종하려면 가까이에 있어야 합니다."

라우브와 디아레에게서 살기가 확 퍼져나갔다.

리리카는 소름이 쭉 돋아서 움찔했고, 디아레가 "앗." 하며 리리카의 팔을 문질렀다.

"죄송해요, 저도 모르게 화가 나서. 뭐야? 근처에 있다면 이야기를 해야죠? 걔가 어떻게 나올지 알고?"

"아까 카온 경에게 이야기했습니다만, 인원을 분산시키는 것보다는 모여서 호위에 집중하는 편이 낫다고 판단하신 거겠지요."

디아레는 입술을 내밀었고, 라우브는 시선을 살짝 아래로 내렸다.

리리카는 삼엄해진 경비를 생각하며 고개를 끄덕였다.

어떤 마수가 또 있을지 모르는데, 인원을 분산시켜서 주변을 수색하는 건 바보짓이다.

"하지만 확실히 귀찮네요."

디아레가 콧바람을 흥 내뱉으며 팔짱을 꼈다.

"분명히 그게 목적이겠죠."

피요르드의 말에 리리카가 '그럴지도.' 하고 고개를 끄덕였다.

디아레가 잠시 생각하다가 말했다.

"그럼 저 혼자서라도 찾아보면 안 될까요?"

"안 돼. 위험해."

리리카가 단호하게 말했다.

"저 도망치는 것도 자신 있어요. 만약 누군가 발견하면 신호탄을 터트리고 재빠르게 도망칠게요."

"안 돼."

디아레가 입술을 삐죽였지만, 더는 아무 말도 하지 않았다.

리리카가 피요르드에게 말했다.

"일단 피요는 내 손님이라고 해 둘게."

"얌전히 있겠습니다."

피요르드가 싱긋 웃었다. 리리카는 고개를 끄덕였다.

리리카는 천막을 나가 카온을 불렀다.

"카온, 피요르드에게 이야기를 들었는데, 주변에 인형 조종사가 있을 수도 있다고."

"예, 하지만 믿을 수 있는 정보인지 신뢰하지 못하는 상태여서 수색을 하지는 않고 있습니다."

리리카는 새삼 황제파 사람이 바라트를 얼마나 신뢰하지 않는지 깨달았다.

"응, 나는 피요르드의 이야기를 믿지만, 수색을 가지 않은 건 잘한 일이라고 생각해. 각개격파 당할 가능성도 있고."

"그렇습니다."

"하지만 작은 인형이 숨어들어 올 수도 있으니까, 경계할 때 그 부분을 알려 둬."

"네, 황녀님."

카온이 슬며시 물었다.

"그럼 바라트 소공작에 대한 처우는 어떻게 할까요?"

"내 손님이야."

"알겠습니다."

카온은 별말 없이 물러났다.

리리카는 그제야 자신이 무척 배고프다는 사실을 깨달았다.

막사로 돌아가니, 브린이 건더기가 가득한 스튜를 끓여 두고 기다리고 있었다.

"아, 진짜 맛있는 냄새. 브린 최고야."

"잔뜩 끓였으니까 마음껏 드세요."

여행 중에 어떻게 이런 걸 뚝딱 만들어 내는지, 리리카는 브린이 놀랍기만 했다.

큼지막한 감자와 고기까지 들어간 토마토스튜였다.

"여행 중에는 딱딱한 육포랑 빵을 먹는 건 줄 알았는데."

"장기여행이라면 그럴지도 모르지만, 저희는 마을을 끼고 이동하잖아요. 그때그때 신선한 재료를 공급받을 수 있으니까요."

브린이 후후 웃었다. 리리카가 물었다.

"다른 사람들은?"

"만드는 방법을 알려 줬으니 비슷하게 만들고 있을 거예요. 자, 걱정 말고 그릇을 주세요."

리리카가 내민 나무 그릇 가득 브린이 스튜를 담아 주었다.

한 그릇 가득 받아들고 리리카는 행복한 얼굴을 했다가, '아' 하고 브린을 보았다.

"브린, 피요르드를 내 손님으로 맞이하기로 했어."

"알겠습니다."

대답하고 눈치 빠른 그녀가 덧붙였다.

"바라트 소공작에게도 식사를 가져다드리지요."

"응. 고마워."

"아닙니다. 황녀님의 손님이라면 당연한 일이죠."

브린이 스튜를 한 그릇 던 후에 나갔다가 돌아왔다. 돌아온 브린이 의아한 얼굴로 물었다.

"왜 안 드시고 계세요?"

리리카가 라우브와 디아레를 가리켰다. 브린이 이상한 표정을 하며 다시 물었다.

"왜 안 드세요?"

"허락을 받아야 할 거 같아서……."

디아레가 침이라도 흘릴 듯한 어조로 말하자 브린은 "어휴 참." 하면서도 기분이 좋은 듯 가득 퍼서 두 사람에게도 스튜를 주었다.

리리카가 잽싸게 말했다.

"둘 다 편히 먹어. 어차피 여행인데 서로 이런 거 따지지 말자."

"감사합니다."

"네."

굶주린 늑대 두 마리가 스튜를 먹어치우는 동안 리리카는 스튜를 음미했다.

"정말 맛있다. 브린은 천재야."

"별말씀을요."

브린이 웃으며 마지막으로 제 몫을 떴다.

넷 모두 막사용 낮은 의자에 앉아서 그릇을 들고 먹는 간이식사였다. 습격 때문에 이렇게 된 거긴 하지만 야영하는 기분이라 나쁘지 않았다.

'크게 잃으면 작게 얻는 것도 있는 법이라고, 구두닭이 아저씨가 그랬지.'

다행히 한 사람도 죽지 않았으니까, 하고 리리카는 스튜를 맛있게 먹었다.

'피요도 맛있게 먹었으면 좋겠다.'

다음 날 아침, 디아레가 리리카에게 말했다.

16장 꽃과 뱀의 길   389

"황녀님. 제가 어젯밤 내내 생각해 봤는데요."

"응."

"역시 적을 주변에 두고 다니는 건 너무 귀찮을 거 같아요."

"그야 그렇지만."

"마법으로 어떻게 안 될까요?"

"마법으로?"

"네, 예전에 폐하께서 적을 찾아내신 적 있잖아요. 물론 마법 소녀 아티팩트로 펼칠 수 있는 마법에는 한계가 있다는 건 알지만······."

디아레가 한숨을 푹 내쉬었다.

"사실 어젯밤에 몇 번이나 혼자 튀어 나가고 싶은 걸 꾹꾹 참았거든요. 어떻게 안 될까요?"

"음, 고민을 좀 해 볼게."

리리카의 말에 디아레의 얼굴이 확 밝아졌다.

"네!"

피요르드는 손님이니 리리카와 함께 마차를 타기로 했다.

리리카는 팔짱을 끼고 고민했다.

'추적이라. 추적. 음. 너무 막연한데.'

"디아레, 수색 범위는 어느 정도가 좋아?"

"넓으면 넓을수록 좋죠."

"하지만 너무 멀리 있으면 쫓아갈 수 없잖아? 그리고 멀어진 걸 확인하면 굳이 쫓아갈 필요도 없고."

"아, 그러네요. 그럼 지금은, 음. 5km 내외라고 해 둘게요."

순식간에 쫓아가서 박살 낼 수 있는 거리다. 피요르드는 옆에서 종이를 받아 뭔가를 쓰는 중이었다. 그가 이야기를 듣고 고개를 들었다.

"추적마법을 쓰시려고요?"

"응, 마법 소녀 아티팩트로……."

점점 변명이 궁색해졌다.

리리카는 그런 생각을 하며 제 펜듈럼을 꺼내 들었다.

마법사가 된 기분을 만끽하게 해 주는 아티팩트.

'진짜 아버님께 감사해야 해.'

아니었으면 마법을 쓰지 않고 어떻게 살았을까?

"전부터 생각한 건데, 마법 소녀는 정말로 굉장하네요. 이런 힘을 가진 아티팩트가 있다는 게 놀라워요."

디아레가 반짝반짝 빛나는 펜듈럼을 바라보며 감탄했다.

"응, 나도 놀라워."

리리카도 고개를 깊이 끄덕였다. 마법에 대해서 알면 알수록 놀라웠다.

디아레가 웃었다.

"하지만 타카르의 권능도 놀랍죠."

"그, 렇지."

갑자기 '네 아버지가 용'이라는 꿈 이야기가 떠올라 리리카는 한 박자 늦게 반응했다.

'그러고 보니 꿈을 이어서 안 꿨네.'

아버지가 용이라면, 저주에 걸려서 인간이 되었다는 이야기인 거겠지?

인간이 되는 저주라니.

그러면 저주를 풀면 본래대로 용이 되어서, 멀리 떠나 버리시는 걸까?

'떠나시는 건 싫은데. 그렇지만 저주라니 괴로우시겠지. 아냐, 일단 이 생각은 그만하자. 해결이 안 돼.'

리리카는 생각을 떨쳐버리려 고개를 휘휘 흔들고 다시 마법에 집중했다. 피요르드가 종이를 내려놓았다. 달리는 마차 안에서도 그의 글씨체는 흔들림 없이 우아했다.

얼핏 그걸 보고 리리카가 물었다.

"뭘 적는 거야?"

"수도에 도착하면 연락할 곳에 미리 편지를 쓰는 거예요. 산다르 후작가에 부탁하면 편지를 보내는 정도야 해 주겠지요."

"그렇겠지."

리리카가 고개를 끄덕였다. 피요르드가 빙긋 웃고 말했다.

"추적하는 상대를 알아볼 수 있는 표식이 나타나는 게 좋겠지요. 추적자에게만 보이게요. 그리고 황녀님은 이미 리제르트를 아시니까, 리제르트를 대상으로 해서 찾아내는 방법을 쓰시면 됩니다. 리제르트와 추적자 양쪽을 다 대상으로 하는 마법이 되겠네요. 그리고 수색 범위를 순차적으로 늘려가며 확인하는 것도 좋아 보입니다. 5, 10, 15, 이런 식으로요."

순간 멍했다가, 곧 그게 추적 마법에 대한 이야기라는 것을 알아듣고 리리카는 탄성을 질렀다.

"그러네. 음, 알았어. 그렇다면······."

브린이 옆에서 석판을 내주었다. 마법진을 그린 종이를 그때그때 소각 처분하는 것도 귀찮아서, 쓰고 지울 수 있는 석판이 훨씬 더 편했다.

리리카는 마법진을 그리고 수정하기를 반복했다.

옆에서 디아레가 근질근질하다는 얼굴로 빤히 석판을 들여다보았다.

리리카는 몇 번이나 지우고 다시 쓴 끝에 석판에 마법진을 완성했다.

"좋아. 이거면 될 거 같은데. 일단 시험 삼아서 해 볼까?"

"황녀님, 황녀님."

디아레가 조르듯 말했다.

"잡으면 죽여도 돼요?"

"엥, 안 되지."

리리카가 말하고는 아차 싶었다. 생각해 보니 리제르트를 잡아도 어떻게 할지 아직 결정하지 못했다.

"바라트 공작가로 돌려보내는 게 최선이겠죠."

브린의 말에 리리카가 "역시 그게 제일 무난하겠지?" 하면서 마법진을 바라보았다.

'확실한 물증이 없으니까.'

어제 천산갑 마수 때는 너무 놀라서 사용하지 못했는데, 사실 리리카는 피요르드에게 '나름의 방법을 찾아라'라는 이야기를 들은 후 만든 마법이 있었다.

알테어스는 이 마법에 대해 듣고는 "금지해야 마땅한 무시무시한 마법이다." 하고 말했다.

'사실, 그렇지. 무서운 마법이지…….'

이 마법을 리제르트에게 쓰면 안 되겠지.

'아무리 화가 나도. 맞아.'

리리카는 마법진을 내려다본 후에 펜듈럼을 들었다.

피요르드는 종이를 엎고 흥미진진한 눈으로 펜듈럼을 바라보았다.

디아레의 눈도 더욱 반짝거린다. 리리카는 괜히 헛기침을 한 다음, 디아레에게 말했다.

"그럼 일단 디아레를 추적자로 설정한 다음에 마법을 걸게."

"네!"

"알레오라일(안개 속 금빛 추격자)."

원래라면 훨씬 긴 문장이 되었겠지만, 이제는 세련되게 단축어로 만들 수 있었다.

마력이 퍼져 나가는 이미지는 안개로 설정했다.

안개처럼 마력이 순식간에 퍼져 나간다.

"푸르(대상) 리제르트 바라트, 일로(추격자) 디아레 울프."

"아!"

디아레가 작게 소리를 냈다.

그녀의 눈에 금색 강아지가 보이기 시작했다. 털이 복슬복슬하고 크기는 손바닥 위에서 데굴데굴 구를 수 있을 만큼 작았다.

이리저리 허공을 향해 냄새 맡는 시늉을 하기 시작했다.

"컹!"

금빛 개가 갑자기 짖더니 빙글빙글 꼬리를 잡으려 돌다가 다시 디아레를 보고 짖었다.

"이 새끼, 찾았다!"

흥분한 디아레가 달리던 마차 문을 걷어차듯 열었다.

안쪽에서 아우성이 터져 나왔다.

물론 밖에서도 놀란 기사들이 달려 나왔다. 그러나 디아레는 아랑곳하지 않고 그사이를 미끄러지듯 달려 나갔다.

"디아레!"

리리카가 당황해 마차에서 내려 손나팔을 불렀지만, 디아레의 모습은 순식간에 사라졌다.

"황녀님, 무슨 일입니까?"

카온이 놀란 얼굴로 다가왔다. 리리카는 이마를 짚었다.

"미안, 아니. 아니, 디아레를 혼자 보내면 안 될 거 같아."

다가온 라우브에게 리리카가 말했다.

"라우브. 디아레를 따라가 줘. 리제르트를 추적하는 마법을 썼는데, 디아레가 발견하자마자 뛰쳐 나가 버렸어."

라우브는 리리카를 혼자 두고 가기가 망설여졌다. 리리카가 눈치채고 작게 말했다.

"부탁이야. 지금 디아레를 쫓아갈 수 있는 건 라우브밖에 없어."

송곳니의 주인인 디아레의 달리기 속도를 따라갈 수 있는 건, 같은 울프이면서도 힘이 강한 라우브뿐이다.

혹시 디아레가 혼자 갔다가, 빠져나올 수 없는 상황이 된다면?

기사는 무조건 2인 1조가 기본이라고 들었다. 리리카의 부탁에 라우브는 한숨을 삼켰다.

"라우브 경, 황녀님의 호위는 내게 맡기게."

그때 카온이 라우브의 등을 떠밀어 주었다.

라우브는 그 말에 가볍게 고개를 숙여 보인 후, 디아레를 쫓아 말을 달렸다.

리리카는 부끄러워졌다.

디아레 때문에 모든 행렬이 멈춘 상태 아닌가?

"미안, 카온."

저도 모르게 사과하니 카온이 활짝 웃으며 말했다.

"아닙니다. 추격자를 붙이고 이동하는 쪽이 더 기분 나쁘지요. 추적 마법이라니 대단하십니다."

일단 칭찬하고 카온이 엄격한 목소리를 냈다.

"무엇보다 황녀님께서는 그리 쉽게 사과하시면 안 됩니다. 사과하면 반드시 배상을 요구받게 되니까요."

카온의 말에 리리카는 '맞아.' 하고 그를 바라보았다.

하야에게 몇 번이나 '미안하다는 말을 하면 안 됩니다.'라고 들었는데도 습관적으로 사과가 먼저 나왔다.

게다가 황족의 사과는 '막대한 짐'이 될 수도 있다고 그랬지.

"그럼 미안하지는 않지만, 불편을 끼쳤군. 어차피 이렇게 된 거 잠시 쉬었다가 가지."

리리카가 얼른 말을 고치자, 카온은 웃는 얼굴로 고개를 끄덕였다.

"그럼 그렇게 하지요. 주변 경계를 하고, 말에서 내려서 다리를 좀 풀라고 하겠습니다."

휴식이 주어지자 몇몇은 말을 타고 좀 더 바깥으로 경계하러 나갔다.

다른 사람들은 말 곁에서 다리를 풀었다.

리리카 일행도 마차에서 내려서 주변을 걸으며 다리를 풀었다.

리리카는 피요르드와 나란히 걸으며, 묻고 싶었던 걸 물었다.

"피요는 괜찮아?"

"뭐가요?"

"리제르트 말이야."

그래도 여동생인데, 다치거나 잡힌다면 마음이 상하지 않을까?

"괜찮습니다. 지금 여동생을 걱정할 수 있는 능력이 되지 않거든요. 여동생도 받아들일 생각이 없고요. 일단 능력을 키운 후에야 다음 이야기를 할 수 있겠죠."

"피요."

"네."

"무척 기분 좋아 보여."

피요르드가 그 말에 눈을 깜박이고 리리카를 돌아보았다.

어딘지 늘 우울한 기색이 엮여 있던 그의 눈동자는 이제 환하고 들떠 보였다.

"무척 기분이 좋으니까요."

피요르드가 웃었다.

"도망치는 건 지는 거라고 생각했는데, 울새 황녀님. 황녀님이 답을 주셨다는 걸 알았습니다. 도망친 후에야, 그다음이 가능하단 걸요."

"그래? 난 도망치자는 말밖에 안 했는데."

"네, 하지만 같이 가자고 해 주셨죠. 거기서 뭔가 빛을 봤답니다."

"그래?"

"네."

리리카는 잘 모르겠어서 이리저리 머리를 굴려 보았지만, 역시 잘 모르겠다.

하지만 '같이'라는 게 사람에게 용기를 준다는 건 알았다.

'그런 맥락의 이야기겠지?'

"그럼 피요는 수도에 가면 어떻게 할 생각이야?"

16장 꽃과 뱀의 길   397

"네. 일단 수도에 가면 어음을 잔뜩 발행할 겁니다."

"어음?"

"음, 언제까지, 어디서 돈을 갚겠다고 쓰여 있는 증표지요."

"피요, 돈 있어? 아, 하긴 바라트 소공작이니까……."

"후후, 아뇨. 저는 돈이 없어요. 가벼운 짐만 들고 나왔는걸요."

"그런데도 어음을 쓸 수 있는 거야?"

"네, 그야 바라트 가문이 돈을 갚아 줄 거라고 하면 분명 큰 어음을 쓸 수 있겠죠?"

"어……. 그렇겠지?"

빚 지지 않는 건실한 인생이 최고라고 생각하며 살아온 리리카는 벙벙해졌으나 고개를 끄덕였다.

"어차피 바라트인데, 이용할 건 이용해야겠죠. 어음을 잔뜩 발행한 후에 수해로 갈 겁니다."

"수해?"

"네, 거기서 개척단을 모집하고 고용할 거예요. 바라트 소공작이 돈을 뿌린다면 많이 올 테죠. 그렇게 해서 수해를 개간할 거예요."

"거기는 개간이 어렵다고, 들어가면 누구나 다 길을 잃는다고 들었는데."

"네, 그러니까 안 들어가고 개간하면 됩니다."

리리카는 혼란해졌으나, 피요르드는 말을 이었다.

"그래도 시간과 돈이 많이 들겠지요. 그렇게 수해를 개척한 다음에 황제 폐하께 바칠 겁니다."

"뭐?"

이야기가 도무지 따라갈 수 없는 방향으로 이어지고 있었다.

"그걸 바치면 어떻게 해? 그럼 어음은 어떻게 갚아?"

당황해 어쩔 줄 모르는 리리카의 얼굴을 보고 피요르드가 가볍게 소리 내어 웃었다.

그가 소리 내어 웃는 걸 보고 리리카는 정신이 번쩍 들었다.

'아, 역시. 밝아졌어.'

"두고 보세요, 리리."

피요르드가 다정하게 그녀의 손을 잡으며 속삭였다.

"분명히 잘 될 테니까."

호언장담하는 피요르드를 보고 리리카는 고개를 끄덕였다.

황제에게 그 개척지를 줘 버리면 손해 보는 게 아닐까, 어음을 못 갚으면 어떻게 되는 걸까, 하는 걱정이 들었지만.

'나도 모아 둔 돈이 있으니까! 그리고 피요르드가 이렇게 밝아졌는데.'

위급한 상황이면 어떻게든 되겠지.

무이자로 돈을 빌려줄 각오를 다지고 리리카가 피요르드의 손을 꽉 마주 잡았다.

"응, 피요가 하고 싶은 거 다 해."

나 돈 많아.

리리카의 말에 피요르드가 다시 가볍게 웃었다.

그때 기사 단원들 사이에서 작게 소란이 일어났다. 리리카도 소란을 따라 시선을 돌렸다.

하늘에 연기로 된 신호탄이 쏘아진 게 보였다. 카온이 달려왔다.

"황녀님, 마차로 들어가셔서 방어막을 펼치고 계십시오."

"응, 알았어."

리리카, 브린, 피요르드는 마차로 들어가 문을 닫았다. 리리카가 펜듈럼을 꺼내 들었다.

"켄타나(강철방패)."

이번에는 완벽한 원형의 방어막을 만들었다.

커다란 창문을 내다보면서 리리카가 누구에게라고 할 거 없이 물었다.

"디아레랑 라우브가 잡아 오고 있을까?"

"쫓기는 걸 수도 있죠."

브린은 느긋하게 마차 의자에 푹 몸을 묻은 채로 답했다.

리리카가 그녀를 돌아보았다가 다시 창문에 딱 붙었다.

"브린도 참. 아, 오나 봐."

저쪽에서부터 흙먼지가 피어오르는 게 보였다.

"어……? 어어…….?"

리리카의 목소리가 이상하게 커지기 시작했다. 브린이 슬쩍 창가를 바라보았다.

라우브와 디아레가 열심히 달려오는 게 보였다.

물론 이쪽을 향해 정면으로 달려오는 게 아니라 비스듬히 선회하고 있었다.

그 뒤로 뭔가 커다란 도마뱀 같은 것과 벌떼 같은 게 날아오거나 달려오는 것 같았다.

카온이 망원경을 들어 멀리 바라보고 혀를 찼다.

리리카도 브린이 건네준 오페라글라스를 눈에 걸쳤다.

"인형?!"

마차만 한 크기의 도마뱀 인형이었다. 재질이 뭔지는 모르겠다.

"저렇게 큰 인형은 어떻게 만든 거지? 진짜 큰데?"

게다가 주변에 쫓아오던, 벌떼 같은 것들 역시 전부 인형이었다.

인형이 튀고 달려들어 두 사람을 공격하고 있었다.

카온은 정체를 확인한 후 순간 당황한 듯했으나 곧 불화살을 명령했다.

궁수들이 불화살을 준비하기 시작했다.

"집합!"

카온이 외치자 기사들이 일사불란하게 진영을 만들기 시작했다.

마차를 중심으로 해서 두 겹의 반원을 그렸다.

이제 리리카에게 보이는 건 말 엉덩이와 기사들의 뒷모습뿐이었다.

그 사이로 이리저리 고개를 흔들며 리리카는 앞의 상황을 파악하려 애썼다.

"1조는 라우브 경과 디아레 경을 도와 저것들을 공격한다. 2조는 남아서 대기하라. 1조 지휘는 온다 경에게 맡기겠네."

"네, 명 받듭니다."

온다 경이 기사단 일부를 이끌고 달려나갔다.

"실례하겠습니다."

피요르드가 마차 창을 열었다.

"카온 경, 잠시 이야기를 해도 괜찮을까요?"

카온이 말에 탄 채 뒷걸음질 치는 놀라운 승마술을 보여 주며 마차로 다가왔다.

"무슨 일입니까?"

"저 인형들에게는 불도 검도 통하지 않습니다."

16장 꽃과 뱀의 길 401

"!!"

리리카가 눈을 휘둥그레 떴다.

"가능하면 조종자를 잡아서 전투 불능의 상황에 빠트리는 게 최선이 겠죠."

그때 저쪽에서 출발했던 기사 중 한 명이 빠르게 달려 돌아왔다.

"카온 경!"

"무슨 일인가?"

그는 목소리를 낮춰서 속삭이듯 말했다.

"디아레 경의 말에 따르면, 저 도마뱀 인형 괴물 안에 리제르트 양이 있다고 합니다."

"뭐? 본인이 먹힌 건가?"

"네, 스스로 먹힌 것 같다고."

카온의 눈을 가늘게 떴다. 그때 리리카가 말했다.

"그럼 리제르트를 전투 불능에 빠트리면 되는 거지? 내가 할 수 있어."

리리카가 입술을 꾹 깨물었다.

"아버님이 금지하신 마법이지만, 이것밖에는 방법이 없어."

리리카의 말에 모두가 심각한 표정이 되어 그녀를 바라보았다.

"정말로 괜찮으시겠습니까?"

"응, 괜찮아. 하지만 마법진 위로 유인해야 하는데, 할 수 있겠어?"

"그건 가능합니다. 혹시나 무리하시는 건 아니신지요."

"아냐, 정말로 괜찮아."

리리카가 고개를 흔들었다.

"날 공격했으니, 그대로 돌려보낼 수 없어. 압송해서 데려가야 해. 내 생각에는 정체가 들키기 전에 그대로 도주하는 게 아닐까 싶은데…….”

"그럴지도요.”

카온이 고개를 끄덕였다. 리리카가 진지하게 말했다.

"그런데 안에 들어간 게 리제르트라는 걸 아는 사람은 몇이나 되지?”

"전령과 저희뿐입니다.”

"그럼 그걸 비밀로 해 줘.”

"그걸 어떻게 비밀로 하지요?”

잡히고 나면 알게 될 거 아닌가?

리리카가 말했다.

"그게 이 마법의 핵심이야.”

"알겠습니다. 그렇다면 포획계획을 세우지요.”

리제르트는 초조함에 입술을 깨물었다.

'설마 날 찾아올 줄은 몰랐어!'

이 넓은 곳에서 자신을 찾아낼 거라고는 상상도 못 했다.

'어머니께서 귀찮게 하라고 하셨으니까. 몇 번 치고 빠질 생각이었는데.'

소리 지르며 달려오는 디아레를 보고 깜짝 놀라서 도마뱀 인형 안으로 숨어 들어갔다.

'정체를 들키면 안 돼.'

그녀가 잡히지 않으면 심증뿐, 물증은 없다. 하지만 달려온 것은 두 사람뿐이었다.

―그렇다면 해치워 버리자.

리제르트는 입맛을 다셨다.

두 사람뿐이라면 충분히 해치울 수 있다.

그렇게 생각하고 달려들었는데, 생각과는 다르게 달려온 남자가 여자애의 뒷덜미를 붙잡고 도망치기 시작했다.

단숨에 머릿속에서 신경이 타오르듯 흥분되기 시작했다.

쥐를 쫓는 고양이가 되었다.

리제르트는 두 사람을 쫓기 시작했다. 빠르게 따라잡아서 두 사람을 죽여 버려야지.

다른 인형들도 모두 동원했는데, 얄밉게도 두 사람은 이리저리 잘 피했다.

리제르트는 그만 흥분해서 상당히 길게 쫓아오고 말았다.

'하지만 아직 거리가 있어.'

멀리 마차가 얼핏 보였지만, 리제르트를 마차에 접근시키고 싶지 않은지 둘은 마차를 피해서 달리기 시작했다.

'보는 눈앞에서 삼켜 주지!'

리제르트는 입술을 몇 번이나 혀로 핥으며 도마뱀 인형을 조종했다.

기사단원들이 달려와 활을 쏘았으나 인형에게 화살이 통할 리 없다.

'조금 더, 조금만 더.'

잡힐 듯 잡힐 듯 아슬아슬한 뒷모습에 도마뱀의 혀를 몇 번이나 찔렀지만, 그때마다 간발의 차로 잽싸게 피했다.

열이 한껏 오른 머리가, 한순간 가라앉았다.

'안 되겠어. 이대로 계속 가면 내 힘이 먼저 떨어질지도 몰라. 일단 돌아간 다음에 재정비를 하자.'

리제르트가 천천히 속도를 줄였다. 다른 인형들도 마찬가지였다. 그때 두 사람이 휙 돌아서더니 도마뱀 인형의 다리를 꽉 붙잡았다.

'어어?'

리제르트는 놀랐지만, 곧 가시 공격을 하려 했다.

그때.

"비아레 비아라 루키아르!"

높은 목소리가 들렸다. 주변이 환하게 빛나기 시작했다.

시야가 순식간에 어지러워졌다.

'툭.'

몸이 어딘가로 떨어졌다. 압박감이 느껴지자마자 힘이 단숨에 빠져나갔다.

비명을 참은 건 그녀가 바라트이기 때문이었다.

이리저리 움직여 보려고 해도 팔다리가 이상하게 움직였다.

뭐가 뭔지 알 수가 없었다.

그때 갑자기 칼로 천을 찢는 소리가 났다. 그리고 불쑥 사람의 얼굴이 나타났다.

"야옹, 야옹, 야오오오옹!"

라우브는 커다란 도마뱀 인형 속에서 샴고양이 새끼를 꺼냈다.

고양이는 자기 목소리에 충격을 받은 듯 입을 다물었다.

눈동자가 동그래지고 온몸이 빳빳해지는 게 보였다.

리리카가 슬픈 얼굴을 했다.

"결국 이 마법을 써 버렸어……."

브린이 이상한 얼굴을 했다.

"그러니까, 저게 리제르트 바라트인 거지요?"

"응. 누구든 저 인형 안에 있었던 사람이야."

"진짜로 고양이가 된 건가요? 아니면 인간으로 의식은 있나요?"

"인간으로 의식은 있지만, 고양이잖아? 인간이기에 가질 수 있는 능력은 다 박탈당한 상태야."

인권을 조롱하는 짓이지.

라우브는 새끼 고양이의 뒷덜미를 잡고 다가왔다. 그의 손만 한 작은 고양이는 여전히 충격에서 회복하지 못한 모습이었다.

"이거라면 압송하기도 쉽겠군요."

카온 역시 새끼 고양이를 바라보며 한마디 했다.

하지만 황녀님이 왜 이 마법을 숨기려 했는지도 알겠다.

"다른 기사들에게는 처음부터 고양이였다고 해 두는 게 어떨까요?"

카온의 말에 리리카가 고개를 끄덕였다.

"그렇게 해 줘."

사람을 고양이로 바꾼다는 건 웃음이 나올 일이지만, 정적을 처리하거나 납치할 때 이보다 더 간편한 일이 어디 있겠는가?

깊이 곱씹으면 오싹한 마법이었다.

브린이 물었다.

"도망가지 못하게 어디에 넣어 둬야겠네요. 지금은 끈에 묶어 두죠. 황녀님, 정말로 지금 아무런 능력도 없는 거지요?"

리리카가 고개를 끄덕였다.

"응, 진짜로 그냥 새끼 고양이일 뿐이야."

"좋습니다."

브린은 라우브의 손에서 새끼 고양이를 받아들었다.

"일단 끈으로 묶어 바구니에 넣어두겠습니다."

"응."

리리카가 고개를 끄덕였다.

브린은 굉장히 즐거운 얼굴로 새끼 고양이를 들고 갔다.

그녀의 손안에 쏙 들어가는 새끼 고양이는 무척이나 귀여운 얼굴이었다.

그 리제르트인데도 불구하고 말이다.

카온이 고개를 흔들었다.

"폐하께서 왜 금지하셨는지 알겠습니다. 무시무시한 마법이군요."

"그렇지?"

"원래 모습으로 돌아올 수도 있는 겁니까?"

"응, 돌릴 수 있어."

"그나마 다행이군요."

카온이 안심한 얼굴을 했다. 브린이 돌아와 말했다.

"하지만 이런 마법까지 쓰실 수 있다는 건 비밀로 하는 게 좋겠어요."

물끄러미 카온을 바라보자, 카온이 고개를 끄덕였다.

"알겠습니다. 정체를 아는 기사들에게는 함구령을 내리도록 하지요. 다른 자들에게는 그저 가엾은 새끼 고양이가 아티팩트의 제물로 쓰인 거라고 하겠습니다."

"부탁하지."

리리카가 덧붙여 카온이 고개를 숙여 보이고 사라졌다.

기사들의 입을 단단히 틀어막은 일행은 추격자 없이 가뿐하게 이동 준비를 시작했다.

디아레는 불편하던 감정이 완전히 싹 내려간 얼굴이었다.

"정말로 다행이에요. 황녀님 정말로 대단하세요."

"아냐, 하지만 그보다 디아레."

리리카가 눈을 부릅떴다.

"갑자기 그렇게 뛰쳐나가면 어떻게 해? 카온 경과 라우브, 그리고 다른 기사들에게도 사과해."

디아레는 고개를 푹 숙였다.

다른 일에는 꺾이지 않는 디아레도 황녀님께 혼나는 일이라면 달랐다.

"죄송합니다."

"잘 풀려서 다행이지. 큰일 날 수도 있었어."

"네. 죄송합니다."

순순히 잘못을 인정한 디아레는 곧 옆에 서 있는 라우브에게 사과했다. 이어 카온에게 사과한 뒤에 다른 기사들에게도 일일이 사과하러 돌아다녔다.

리리카는 팔짱을 끼고 그 모습을 바라보았다. 그때 슬쩍 피요르드가 다가왔다.

"리제르트가 새끼 고양이가 되었다고 들었습니다."

"아, 응."

리리카는 멋쩍은 표정이었다. 피요르드가 빙긋 웃었다.

"훌륭하네요."

"그렇게 생각해?"

"네. 이로써 각하께서 무슨 생각을 하실지 앞으로가 무척 즐거워졌습니다."

둘 다 사라진다면 어떻게 생각할까?

'각하라면, 리제르트가 죽었다고 생각하실 수도 있겠지. 나라도 그런걸.'

죽어서 어디 묻혔거니, 그런 생각이 들 터였다.

'하지만 고양이라니.'

그는 다시 웃음이 나왔다.

전투 불능 상태가 될 뿐 아니라, 적과 아군의 전의가 단숨에 꺾이는 방법이었다.

그 고양이가 리제르트라는 걸 모르는 기사들은 새끼 고양이에 대해 궁금해하며 가엾은 고양이의 운명을 한탄했다.

'내가 승리에는 여러 가지 방향이 있다고 이야기하기는 했지만……'

이런 방향일 줄이야.

분명 황녀님도 고심해서 그런 방법을 생각해 내셨겠지.

그 방법이 무척이나 황녀님답다고, 피요르드는 생각했다.

"일단 수도에 돌아갈 때까지는 고양이로 놔둘 생각이야."

소곤소곤 리리카가 속삭여 피요르드는 고개를 끄덕였다.

"그게 좋겠지요."

저 모습이면 도주한다 해도 상관없을 듯했다. 체력이 없어서 얼마 가지 못할 거 같으니까.

카온이 이쪽으로 다가왔다.

"그럼 출발해도 될 것 같습니다."

"그래. 시간이 지체되어 괜찮을까? 일정에 문제는 없겠지?"

"네, 여행은 여러모로 일정을 넉넉히 잡으니까요, 괜찮습니다."

리리카는 고개를 끄덕였다.

마차에 다시 올라타니 브린이 슬쩍 바구니 한쪽 뚜껑을 열어서 안을 보여 주었다.

담요 속에서 새끼 고양이가 쌔근쌔근 잠들어 있었다.

살펴보니 가느다란 끈을 목이 아닌 가슴과 다리 사이로 엮어서 하네스를 채워 둔 상태였다.

리제르트라는 걸 알고 봐도 귀엽다.

"크기를 보니 대충 5, 6주 정도 된 것 같아요. 고양이니까, 고양이랑 똑같이 대하면 되겠지요."

브린의 말에 리리카는 고개를 끄덕였다.

피요르드는 주둥이와 발 부분이 까만색인 샴고양이를 가만히 바라보았다.

처음으로 제 여동생이 귀엽다고 생각했다.

그 후 일정은 순조로워서, 마지막으로 산다르에 도착했다.

이때쯤에는 정말로 날씨가 견딜 수 없이 더워졌다. 리리카는 산다르 일족처럼 헐렁하고 얇은 옷을 입고, 마차 창문을 활짝 열어 두었다.

"와, 햇빛 진짜 장난 아니다."

수도에서 맞이했던 여름과는 완전히 달랐다. 아래로 내려갈수록 태양과 열기가 강해졌다.

리리카는 더위에 축 늘어져 신세 한탄을 했다.

"하필 여름에 남부로 내려가는 길을 뽑은 내가 잘못했네."

분명 아틸은 올라갈수록 쾌적함을 맛보고 있겠지.

"하지만 눈보라 성까지 가시려면 고생하실 거예요."

"아, 하긴."

리리카는 속으로 아틸의 무사안일을 빌었다. 리리카가 브린을 힐끗 바라보았다.

브린의 무릎 위에서 리제르트가 쌕쌕 잘도 자고 있었다.

요 며칠 반항하며 발톱을 세우고 몇 번이나 도주를 시도하다가 결국 완전히 포기한 모양새였다.

그렇다고 브린이 끈을 풀어 주는 일은 없었지만, 바구니에만 갇혀 있는 삶에서는 벗어난 상태였다.

그런 새끼 고양이를 브린이 유심히 보고 있었다.

"왜 그래?"

브린이 걱정스럽게 말했다.

"이상하게 배가 딱딱하고 상태가 안 좋아 보여서요."

"응?"

"보세요."

새끼 고양이의 배가 불룩했다. 리리카가 눌러 보니 확실히 빵빵했다.

"요즘은 밥도 안 먹어요."

피요르드가 그 말에 축 늘어진 리제르트를 받아들고 이리저리 살폈다. 디아레가 옆에서 말했다.

"배에 똥 찬 거 아녀요?"

거침없는 말에 모두가 휘둥그레져서 디아레를 바라보았다. 디아레가 갸웃하며 말했다.

"하지만 요 며칠 화장실 가는 것도 못 봤는걸요?"

"제가 풀숲에 내려놓기는 했는데……."

브린이 중얼거렸다. 피요르드가 정중하게 리제르트를 브린에게 돌려주었다.

디아레가 말했다.

"저번에 들으니까 새끼 고양이는 배변 유도를 해 줘야 한다고 하던데요."

"배변 유도?"

리리카가 갸웃하자 브린이 말했다.

"하지만 그건 아주 어린 고양이에게만 해 주는 거예요. 이 고양이는 그래도 그 정도는 아닌데."

"음, 하지만 문제가 있는 거니까. 해 보면 어떨까요?"

그 말에 손안에서 리제르트가 격렬하게 거부를 표하기 시작했다. 야옹거리는 소리가 거세졌다.

하지만 그래 봐야 모두에게 새끼 고양이로 보일 뿐.

인간으로서의 존엄은 이미 멀어진 상태였다.

"좋아요, 그럼 마차가 멈추면 시도해 보죠."

잠시 후, 휴식을 위해 마차가 멈춰 서자 손수건과 따뜻한 물이 준비되었다.

"방법은 알지만 해 본 적은 없는데……."

갸웃하자 디아레가 다른 기사를 데리고 왔다.

"이분이 새끼 고양이를 키워 본 적이 있대요."

"네, 마구간에서 몇 마리 정도……."

"아, 그럼 부탁을 좀 드려도 될까요?"

"뭐야? 무슨 일이야?"

"새끼 고양이가 변비래."

"아이고, 저런."

고양이를 키워 본 기사들이 이런저런 조언을 늘어놓았다.

귀여운 샴고양이 새끼를 연민하는 여론이 피어올랐다.

리리카가 일행과 조금 떨어져 피요르드와 대화를 나누는 사이 브린과 디아레, 그리고 기사들이 머리를 맞댔다.

"앗, 이 녀석, 가만히 있어!"

"어디 보자, 이렇게 엉덩이를 문질러 주면……."

"아, 나온다, 나온다!"

"어이쿠, 이렇게 작은 몸에 이렇게 똥이 많이 차 있었다니."

기사들이 수군거리는 소리가 들려왔다.

피요르드는 정말로 무시무시한 마법이라고 생각했다.

'정말로 인권이 사라지는 마법이군.'

사람만큼 겉모습에 쉽게 현혹되는 동물이 또 있을까.

피요르드는 고개를 휘휘 저었다.

"리리."

"응?"

"왜 폐하께서 그 마법을 금지하셨는지 알겠습니다."

"그렇지?"

리리카가 작게 한숨을 내쉬었다.

'아버님은 심지어 본인이 저주에 걸리셨는걸. 인간이 되셨으니까. 내 마법을 보고 더 불쾌하셨을지도 몰라. 잠깐.'

리리카의 머릿속에 반딧돌이가 켜졌다.

'그럼 리제르트를 인간으로 돌리는 것과 아버님을 용으로 돌리는 방식이 비슷하려나?'

그녀가 만든 마법이라 역산할 수 있었다.

아버님께 걸린 저주는 그녀가 만든 게 아니지만, 비슷한 방식이라면 역산할 수 있지 않을까?

'하지만 아버님은 저주가 알려지는 걸 싫어하시는 거 같았어. 그래서 꿈도 꾸지 말라고 하신 거고. 아.'

리리카는 그제야 알테어스가 왜 '어른의 문제는 어른이'라고 이야기했는지 깨달았다.

알테어스는 리리카가 이런 꿈을 꾸게 될 거라는 걸 알고 있었을지도 모른다.

'음…….'

고민하다가 리리카는 어머니께 의논하자고 결심했다.

'어머니가 아버님을 잘 알고 계시니까.'

어쩐지 어머니는 그가 용이라는 것도 이미 알고 있을 것 같았다.

고심하는 리리카의 얼굴을 보다가 피요르드가 말했다.

"하지만 그 마법이 가장 좋은 해결책이었습니다. 리제르트도 죽는 것보다는 낫지요."

"응, 맞아. 살아 있는 게 최고야."

피요르드의 말에 상념에서 빠져나와 리리카가 맞장구쳤다.

"참, 황녀님."

"응."

"산다르에 저와 함께 도착하면."

"응."

"분명 산다르 측에서 황녀님께 슬쩍 '피요르드 바라트를 몰래 처리할까요?' 하고 이야기를 할 텐데요."

"뭐?"

리리카는 놀라 저절로 목소리가 높아졌다. 하지만 피요르드는 태연해 보였다.

"아마도 황녀님의 의향을 묻지 않고 절 사막에 파묻지는 않을 테니까요."

"아마?"

"묻지 않고 묻을 정도로 산다르가 무모하지는 않겠지요."

"묻어?"

어이가 없어 되물을 수밖에 없었다. 피요르드가 쿡쿡 웃었다.

"네, '묻을까요?' 하고 물을 텐데, 그때 너무 놀라지 마시고 그냥 손님이라고만 말해 주세요."

리리카는 입을 벌리고 피요르드를 바라보았다. 피요르드가 빙긋 웃었다.

"공식적으로 따라온 것도 아니고 가출해서 합류했다는 바라트의 소공작을 몰래 쓱싹 하기 참 좋은 상황 아니겠습니까?"

그의 행방을 알고 있는 사람은 리리카와 기사단뿐.

전부 황제파 사람들이다.

바라트 소공작을 처리한다고 해도 분명 입 다물고 있어 줄 것이다.

그럼 바라트 소공작은 가출한 후에 소식이 끊어진 사람이 되겠지.

리리카는 오싹 소름이 돋았다.

"난 아무 생각 없이 피요에게 같이 가자고 했는데……."

생각해 보니 리리카가 바라트 공작 일행과 함께 귀족파 영지를 들르는 것과 마찬가지인 모양새였다.

"피요."

리리카가 그의 손을 꼭 잡았다.

"믿어 줘서 고마워."

"황녀님을 믿지 않으면 제가 누구를 믿겠어요?"

피요르드가 손을 마주 잡고 웃어 보였다.

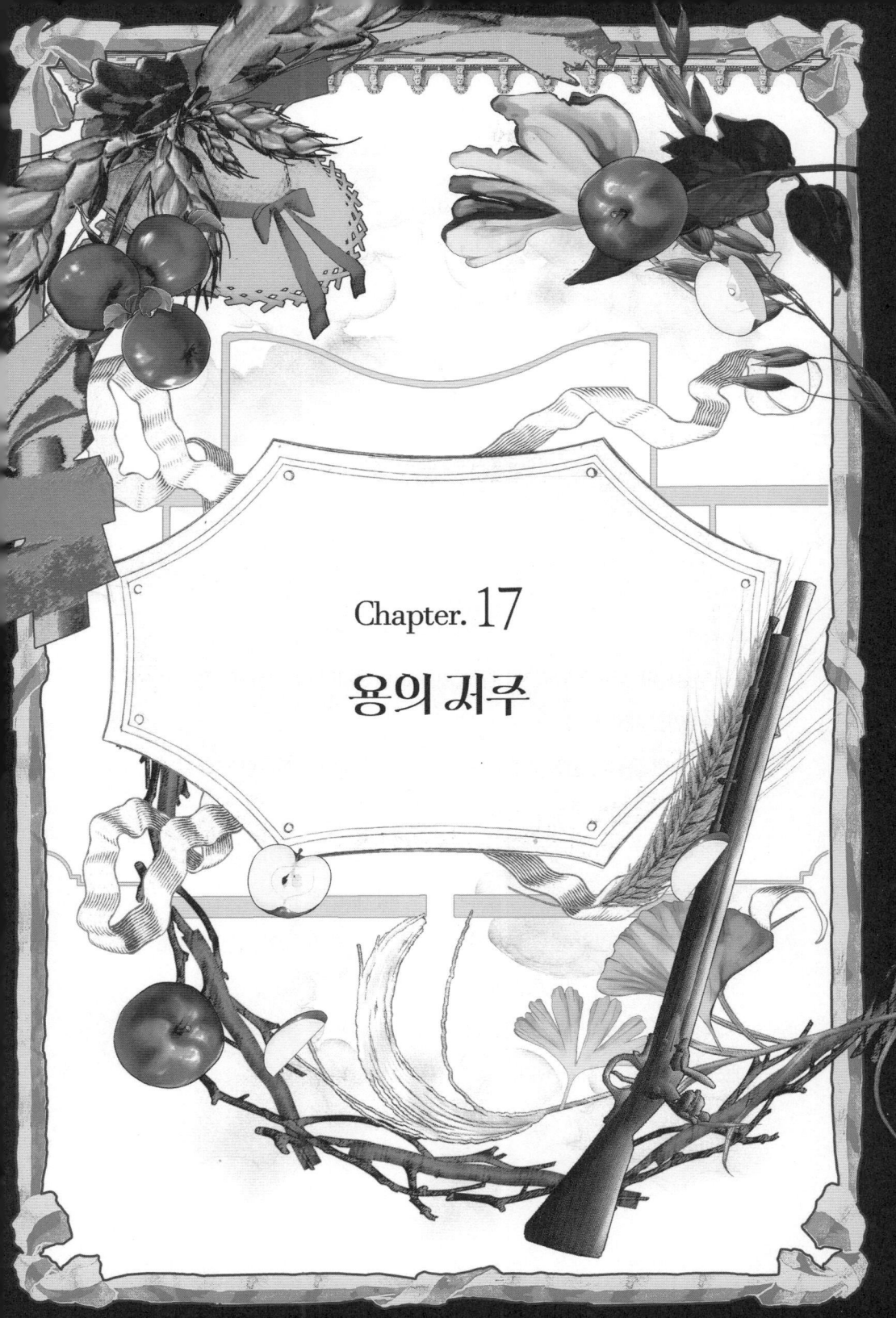

Chapter. 17

용의 저주

Chapter

17

용의 저주

남부로 내려갈수록 날씨가 더워지기도 더워졌지만 갑작스러운 폭우가 내리는 일도 잦아졌다.

그럴 때면 흙길이 완전히 진창이 되어서 마차 바퀴가 진흙탕에 빠지는 일도 생겼다.

예정에 없던 일이 자주 일어나 노숙하는 일도 잦아졌다. 한밤중에 어마어마한 천둥 번개에 깜짝 놀라서 깨어나기도 했다.

리제르트도 꼬리와 털을 빳빳하게 세우고 얼어붙어 있어서, 리리카는 조심조심 손으로 리제르트를 토닥여 주었다.

그렇게 폭우가 지나가고 나면 또 언제 그랬냐는 듯이 날씨가 쨍하게 개었다. 그리고 무척 더웠다.

묵묵히 비를 맞으며 가는 기사들을 볼 때마다 리리카는 안타까웠다.

다행히도 산다르 저택이 가까워질 때쯤에는 맑은 날이 더 많았다.

산다르 저택에 도착하자 리리카는 탄성을 내질렀다.

새하얀 집이었다.

하야에게 배울 때 삽화로 보기는 했지만, 삽화와 비슷한 듯 전혀 달랐다.

대리석이 아니라 새하얀 석고 칠을 한 것처럼 눈부신 흰색이 햇빛을 튕겨내고 있었다.

종종 탑처럼 솟은 곳에는 양파 모양 지붕이 올려져 있었다.

층수는 2층으로 그렇게 높지 않아 보였고, 뜰 가운데 있는 직사각형의 긴 분수대가 있어 보기만 해도 시원하게 느껴졌다.

마차가 멈춰 서자 라우브가 마차 문을 열었다.

"산다르 후작."

리리카가 라우브의 손을 잡고 마차에서 내리며 웃어 보였다.

산다르 후작이 남부 특유의 인사인 공수를 해 보이며 허리를 숙여 보였다.

"황녀님을 뵙습니다. 저희 산다르 저택에 오신 것을 진심으로 환영합니다."

디아레가 내리고, 이어 피요르드가 내렸다. 산다르 후작의 눈에 이채가 어렸다.

리리카가 얼른 말했다.

"피요르드 공자가 내 손님으로 동행했어. 갑작스럽게 손님을 한 명 더 늘려서 미안하네."

"아닙니다. 자, 이쪽으로 오시지요."

마지막으로 브린이 고양이가 든 바구니를 들고 내렸다.

산다르 후작이 직접 저택을 가로질러 안내하며 안부를 물었다. 놀랍게도 저택 안은 서늘했다.

창마다 아름다운 문양의 나무틀이 끼워져 있었다. 유리창이 커다란 기존 저택과는 느낌이 달랐다.

안쪽 역시 굉장히 화려했다. 타카르가 저택 안을 화려한 그림으로 장식한다면, 산다르는 문양으로 장식하고 있었다.

"그래도 참으로 다행입니다."

후작의 말에 리리카가 의아한 얼굴을 했다.

"무엇이 말인가?"

"이때쯤에는 비가 어마어마하게 쏟아지는데, 다행히도 비가 그리 많이 오지 않는군요. 이런 맑은 날씨는 오랜만입니다."

"그래?"

"네. 맑은 날이 얼마나 갈지는 모르겠지만 말입니다."

안내받은 방은 크고 화려했다. 사방 벽에는 설화석고로 만든 섬세한 조각이 가득했다.

창문은 활짝 열 수도 없고, 크지도 않았다. 게다가 저택은 무척이나 재미있는 구조였다.

'ㅁ'자 건물이 여럿 붙어서 저택을 이루고 있었다. 바깥보다 안이 더 화려했다.

중정은 넓고 아름다웠다. 페리가 그녀가 머무는 동안 시녀를 자청하며 옆에 남았다.

"석고 장식은 열이 들어오는 걸 막기 위한 거예요. 햇빛이 강렬하기 때문에 벽이 금방 뜨거워지거든요."

"그렇구나."

확실히 석고벽과 부조에 손을 대니 서늘했다. 바깥의 태양을 생각하면 창문이 크지 않은 것도 이해되었다.

"이렇게 날씨가 달라지다니 신기해. 책으로 배우기는 했지만, 체험하는 건 다르네. 파이가 겨울만 되면 왜 그렇게 난리 치는지 알겠어."

웃음 섞인 목소리로 말하니 페리도 몸을 떨었다.

"저도 수도의 겨울은 생각만 해도 추운걸요? 하지만 눈이 궁금하기는 해요."

"다음 겨울에 수도에서 보면 되겠네."

"음, 한 번은 볼 만하겠죠."

과연 눈이 그럴 가치가 있을까? 하는 긴가민가한 얼굴로 페리가 말했다. 리리카는 가볍게 웃었다.

산다르까지 도착하니 긴장이 풀렸다. 사실 다시 돌아갈 길을 떠올리면 까마득한데, 벌써부터 끝났다는 생각이 들었다.

"오늘은 푹 쉬시고, 내일부터 영지를 안내해 드릴게요. 더우시죠? 시녀에게 얼음과자를 가져오게 할게요. 어머, 이 바구니는 뭐죠?"

페리의 말에 리리카가 답했다.

"아, 오다가 새끼 고양이를 주웠어."

"고양이요?! 봐도 되나요?!"

"그럼."

브린이 조심스럽게 바구니 뚜껑을 열자 뽕 하고 새끼 고양이가 튀어나왔다.

"꺄악!"

페리가 양 뺨을 감싸 쥐며 비명을 질렀다.

"세상에, 너무 귀여워요! 이게 뭐야, 정말 예뻐! 우와, 와아."

페리는 어쩔 줄 몰라 하며 발을 동동 굴렀다.

"이름이 뭐예요? 저, 제가 잠깐 데리고 가도 돼요? 시녀들에게 보여 주고 싶어요!"

리리카가 브린을 보았고, 브린이 고개를 끄덕이며 말했다.

"네, 하지만 절대로 잃어버리지 않게 해 주세요. 이름은, 리제라고 해요."

"그럼요! 리제야, 리제. 어머, 정말 귀여워. 아, 정말 귀여워!"

방금까지 시녀를 자처하더니, 페리는 새끼 고양이에 푹 빠져서 리제르트를 들고 나갔다.

그녀가 나가자 리리카가 걱정스럽게 물었다.

"괜찮을까?"

"그럼요. 다들 잘 돌봐줄 거예요."

변비 사건 이후로 리제르트는 완전히 포기한 듯 순순히 어르는 손에 몸을 맡겼다.

화장실도 잘 가고 밥도 잘 먹는다.

쓰다듬으면 골골거리는 소리를 내기도 했다. 종종 브린이 늘어트린 리본에 앞발을 휘두르기도 했다. 아무리 봐도 새끼 고양이 생활에 완벽하게 적응한 듯 보였다.

리제르트는 멍하니 주변을 둘러보았다.

'내가 이렇게 될 줄은……'

충격이 지나가자 허탈이 찾아왔다.

화장실을 못 가서 괴로워하다가 모두의 앞에서 볼일을 본 사건 이후로는 반항이고 뭐고 그냥 다 놓았다.

그러자 다른 게 눈에 들어오기 시작했다. 굉장히 이상한 기분이 들었다.

"이것 봐! 새끼 고양이야!"

페리가 리제르트를 시녀들에게 내밀자 시녀들이 모두 "꺄!" 하고 목소리를 높였다.

"세상에, 진짜 새끼네요."

"뭐야, 너무 귀여워요."

"어디서 나신 거예요?"

"황녀님이 오시다가 주우셨대."

"세상에, 와, 진짜 너무 귀엽다."

요즘 리제르트는 한평생 들어보지 못한 말들을 쏟아지게 듣고 있었다.

모두가 자신만 보면 얼굴이 환해지면서 "아, 세상에. 귀여워." 하는 말을 쏟아낸다.

누구나 눈을 빛내며 듬뿍 호의를 담아 그녀를 대했다.

그건 리제르트의 단단한 마음 벽에 조금씩 스며들었다.

만약 벽을 부수려 두들긴다면 더욱 단단히 벽을 보수했을 거다.

하지만 스며드는 건 어쩔 수 없었다. 단단히 올린 벽 틈 사이로 달콤한 애정이 스며들어 뚝뚝 떨어졌다.

피요르드로 변신했을 때와는 전혀 달랐다. 그때처럼 피요르드로 보이기 위한 노력을 하지 않아도 되었다.

"냐옹!"

그게 괜히 화가 나서 발톱을 세워 앞발을 휘둘러 봐도.

"아, 화났어! 어떡해, 화났어."

"네가 갑자기 얼굴을 들이미니까 그렇지. 아, 진짜 귀엽다."

돌아오는 말은 귀엽다는 말뿐이었다.

그게 굉장히 이상했다.

마음이 싱숭생숭했다.

이상한 생각이 자꾸만 흘러넘쳐서 괴로웠다.

'쓸데없는 생각하지 말자.'

리제르트는 애써 고개를 흔들다가 옆으로 벌렁 넘어졌다.

"아, 정말 귀여워. 잠깐만, 털실 뭉치 같은 거 좋아하나?"

"가지고 올게요!"

리제르트는 즐거워하는 시녀들의 얼굴을 보았다.

'내가 누군지도 모르고.'

귀찮고 어리석은 인간들이지만.

'조금만 어울려 줄까.'

어차피 여기에는 그녀가 누군지 아는 사람이 아무도 없었다.

리제르트는 시녀가 굴린 털실 뭉치를 향해 맹렬히 달려들었다.

산다르 가문의 대접은 융숭했다.

리리카는 잘 몰랐지만, 사냥제 이후로 황제와 산다르 영지 사이에 이런저런 이야기가 잔뜩 오간 듯싶었다.

'그때 내가 뭔가 받아내지 않았길 잘했지.'

어른들의 일은 어른들에게 맡겨 버려 다행이었다.

산다르 가문에서 내주는 차는 정말로 훌륭해서 리리카는 밤낮으로 냉차를 달고 살았다.

후작과 단둘이 독대하는 시간도 가졌다.

"바라트 소공작은 사막 여행이라도 보낼까요?"

그가 아무렇지도 않게 대화 중에 물어와서 리리카는 순간 생각 없이 대답할 뻔했다.

차를 마시는 중이라 대답이 한 박자 늦어져서 다행이었다.

"아니, 내 손님이니까 내가 수도까지 데리고 가려고."

리리카가 대답하자 산다르 후작은 "알겠습니다." 하고 고개를 숙였다.

그 후에 산다르 후작은 황제와 황태자에게 올리는 서신을 리리카 손에 공손히 맡겼다.

이어진 새로운 남부 세력들과 함께하는 정찬이나 무도회도 편안했다.

모두가 호의적이었고, 무엇보다 아틸에 대한 좋은 이야기가 가득했다. 리리카는 몇 번이나,

"맞아, 오라버니께서는 정말 멋지신 분이셔."

하고 아틸을 추켜올렸다.

자칭 시녀인 페리는 옆에 찰싹 달라붙으려다가 디아레에게 사정없이 튕겨 나가고는 했다.

그때마다 씩씩거리며 가느다란 동공으로 디아레를 노려보면서도 절대로 기죽지 않는다는 점이, 자존심 강한 후작가 아가씨다웠다.

산다르에서 모든 일정이 끝나고 리리카는 리제르트를 받아들었다. 페리가 무척 아쉬워하며

"두고 가시면 안 될까요?"

하고 졸랐으나, 리리카는 단호하게 안 된다고 말했다.

며칠간 페리 손에 있으면서 어지간히 잘 먹고 잘 놀았는지 새끼 고양이는 살이 쪄서 동글동글해져 있었다.

털에도 윤기가 반지르르 흘렀다.

피요르드는 그걸 보고 불안했는지 리리카에게 귓속말로 물었다.

"정말로 새끼 고양이가 되어 버린 건 아니겠죠?"

"응, 아니야. 아니…… 아닐 거야."

"……."

"내가 만들기는 했지만, 사람에게 이 마법을 걸어 본 건 처음인걸? 하지만 제대로 만들었어. 정신과 영혼은 보존되게 했단 말야."

"그렇군요."

피요르드가 쓴웃음을 지었다.

"인간일 때보다 새끼 고양이가 된 지금 그녀가 더 행복해 보인다는 건, 비참한 일일까요? 아니면……."

리리카는 그의 말이 슬퍼서 그의 손을 잡아 위로를 전했다.

피요르드는 희미하게 웃었다. 그가 리리카의 말을 인용했다.

"하지만 살아 있으면 얼마든지 나아질 수 있으니까. 괜찮은 거지요?"

"응, 괜찮은 거야."

리리카가 단호히 말했다.

산다르에서 수도까지 올라오는 길은 짧다면 짧고, 길다면 길었다. 이제 마차 여행도 진력이 나서, 리리카는 얼른 집에 도착했으면 했다.

'집.'

리리카는 그 생각을 더듬었다.

'집.'

그녀는 이제 황궁을 집이라고 생각하고 있었다.

'3년 후면 떠나는데…….'

막상 그때가 다가오는 게 두려워졌다. 모두가 자신을 '속였다'라고 비난하면 어떻게 하지?

리리카는 작게 끙끙거렸다.

하지만 지금은 피요르드에게 중요한 시기고, 그런 이야기를 할 때가 아니었다.

'나중에 기회가 있겠지.'

그리고 그녀는 황궁을 떠난다 해도 열심히 모두에게 편지를 쓸 생각이었다. 황궁을 찾아갈 수는 없으니까 열심히 편지를 써 보내야지. 그녀를 미워하면 사과해야지.

'신분이 다르니까 이제는 만날 수 없어!'

그런 생각은 애초에 리리카의 마음속에 없었다. 그녀 자체가 신분과 상관없이 사람을 만나기 때문이었다.

단, 규칙은 잘 알고 있었다.

신분이 높은 쪽에서 그런 마음이 있을 때만 만날 수 있다.

만약 피요르드와 아틸이 그녀를 거부한다면 리리카로서는 어쩔 수가 없는 일이었다.

그래도 편지는 계속 보내야지.

"저기, 디아레. 그리고 피요르드."

"네."

"무슨 일이세요?"

"나중에 나에게 무척 화날 일이 생기면 말야. 내가 계속 계속 편지를 보낼 테니까, 읽어 주기다?"

디아레도 피요르드도 무슨 말인가 싶어 리리카를 바라보았다. 그녀가 진지하게 말했다.

"나중에 나에게 무지무지 화나는 일이 생길 수도 있잖아. 리리카 따위 너무해, 안 볼 거야. 이러면서."

디아레가 웃었다.

"그런 일이 있을 리가 없잖아요?"

"아냐. 세상에 그런 일이 없는 건 없어."

피요르드도 이상하다는 얼굴로 리리카의 표정을 살폈다. 브린만은 무슨 말인지 알아들었다.

그녀의 무릎 위에서 배를 드러내고 자는 리제르트를 쓰다듬으며 브린이 말했다.

"맞아요, 세상일은 알 수 없죠."

가장 가까운 측근 시녀까지 그렇게 나오니 피요르드의 시선이 날카로워졌다.

그러나 그는 캐묻지 않고 약속했다.

"알겠습니다. 그때가 되면 아무리 화가 나도 편지는 꼬박꼬박 읽겠습니다."

"응, 고마워. 디아레는?"

"저도요."

여전히 얼떨떨한 표정이었지만, 디아레도 약속했다.

리리카는 그제야 마음이 놓였다.

디아레가 물었다.

"그럼 황녀님, 제가 무척 황녀님을 화나게 하는 일이 생겨서, 황녀님께서 이제 디아레를 안 볼 거야, 라고 하시면 어떻게 되나요?"

"음, 일단 디아레에게 왜 그런 일을 했는지 물어볼 거야. 그리고도 납득이 안 가면, 그때는 디아레도 편지를 보내 줘."

디아레가 고개를 끄덕였다.

"알겠습니다."

"저도 참고하겠습니다."

피요르드도 대답했다. 리리카는 빙긋 웃어 보였다.

긴장이 풀려서 그런지 졸음이 몰려오기 시작했다. 브린이 졸음을 참는 리리카를 금방 알아채고 말했다.

"황녀님, 졸리시면 그냥 주무세요."

"응, 그래도 될까?"

"그럼요. 자, 편히 기대서 주무세요."

쿠션을 이리저리 배치하며 브린이 빤히 피요르드를 바라보기 시작했다.

'황녀님이 주무시는 걸 지켜볼 건가요? 설마, 아니겠죠.'

그런 시선이었다.

피요르드가 헛기침을 하고 말했다.

"전 잠시 마차 밖을 달리고 오겠습니다."

"어? 응."

가볍게 마차 벽을 두드려 마차를 세우고 피요르드가 내렸다. 디아레도 내리겠다고 말했다.

둘이 내리자 리리카는 좀 더 편한 자세를 취할 수 있었다. 브린이 마차 창 커튼을 내렸다.

안이 어두워지고, 리리카는 금방 꿈속으로 빨려 들어갔다.

'이럴 줄 알았어.'

리리카는 오아시스 옆에 서 있었다. 그녀는 어쩐지 분통이 터져서 주변을 둘러보았다.

"아니, 너무 마음대로 구는 거 아니에요?"

"마음대로 구는 게 아니라, 황녀님은 가드가 단단해서 어지간하면 꿈을 꾸게 하기가 힘든걸요. 저야말로 문을 열어 달라고 부탁하고 싶습니다."

에르히가 한숨을 내쉬며 슬그머니 모습을 드러냈다. 리리카는 어리둥절해졌다.

"그래요?"

"당연하죠. 살아 있는 황녀님 쪽이 훨씬 더 강합니다. 저는 그저 핏줄에 남은 사념 찌꺼기 같은 존재인걸요."

에르히가 싱글싱글 웃으며 하는 말에 리리카는 잠시 생각에 잠겼다.

오늘의 오아시스는 밤이 아니라 황혼 무렵이었다.

사막의 황혼은 무시무시할 정도로 농도가 짙어서 어쩐지 빨려 들어갈 것 같았다.

오아시스조차 붉게 물들어 있었다.

한 번도 사막을 실제로 본 적이 없으니, 꿈속의 풍경이 진실인지는 모르겠지만 오싹할 정도로 아름다운 풍경이었다.

"일단 그럼 질문할게요. 내가 마지막 마법사라는 게 무슨 뜻이에요?"

"말 그대로입니다. 당신을 끝으로 마법사의 시대는 닫힙니다. 더는 마법사가 태어나지 않을 거예요. 마력 자체가 사라져 갈 테고, 아티팩트들도 폐기 처분되겠지요."

"어째서요?"

리리카의 물음에 에르히는 "음." 하고 묘한 웃음을 지었다.

"긴 설명과 짧은 설명, 어느 쪽이 좋으신가요?"

"짧은 거요."

"처음 이 땅에 도착한 자들이 모두 다 마법사라는 건 알고 계시지요?"

"네."

"마법으로 인해서 원래 있었던 세계가 부서진 것도 알고 계십니까?"

"그건, 몰랐어요."

"순혈 마법사들은 대부분 다정하고 상냥한 성격입니다. 기원을 마법으로 만드는 힘을 가지고 있으니, 성격이 나쁘면 큰일 나겠죠."

"음, 그야 그렇겠네요."

"하지만 시간이 흐르니, '그런 자만 태어나는 건 아니더라.' 그런 이야기죠. 아니면 너무 다정했기에 문제가 됐나?"

에르히가 그렇게 말하고 손을 뻗자 오아시스 속의 물이 솟구쳤다.

물이 사람 비슷한 모양을 갖추자 에르히가 손가락을 튕겼다.

그 인형 위에 빛나는 둥근 원이 띄워졌다.

"가장 강력한 마법사, 모든 마법사의 대표, 그러니까 왕에게는 무척 사랑하는 사람이 있었습니다."

물속에서 인형이 하나 더 솟구쳤다.

"그리고 마법사 왕을 사랑하는 또 다른 사람도 있었죠."

세 번째 인형이 나타났다.

"자, 짝사랑하던 사람은 다정한 두 연인을 보고 생각합니다. 저 사람만 없으면."

리리카가 깜짝 놀라 에르히를 바라보았다. 에르히가 쓴웃음을 지었다.

"그린 듯한 치정사건이지요? 그래서 가장 강력한 마법사는 자신의 연인을 잃고 맙니다."

물이 와르르 허물어졌다.

"그래서 마법사 왕은 절망해서 기원하죠."

[이럴 수가. 나는 너 말고는 아무것도 필요 없는데. 네가 없는 세상 따위 원하지 않아. 네가 없는데 어떻게 모든 게 멀쩡히 움직이고 있는 거야? 내 소중한 사람이 없는 세상 따위 멸망해 버려라.]

리리카는 눈을 휘둥그레 떴고, 에르히가 손을 내젓자 남아 있던 왕도 무너져 사라졌다.

"이렇게 해서 마법사의 섬은 산산조각이 나게 되었습니다. 그때 타카르가 나섭니다."

리리카는 침을 삼켰다.

이제 물 위에는 용과 인간의 모습이 나타났다.

"남은 자들을 데리고 탈출해 달라고 타카르가 용에게 부탁하죠. 용은 거절합니다. 너희는 너무 위험해졌다. 멸망하는 게 옳다."

리리카는 용의 생각도 충분히 이해했다. 생각으로 세상을 멸망시키다니, 그건 너무 위험한 힘이다.

"타카르는 그래서 마법사임을 포기하겠다, 즉 마법을 버리겠다고 맹세합니다. 그녀와 탈출한 모든 자들도 그리 맹세했지요."

"아."

리리카는 작게 소리를 냈다.

에르히가 짝 손뼉 치자 물 인형들이 전부 사라졌다.

"그래서 용은 남은 자들을 일부 데리고 탈출합니다. 강력한 마법사 왕의 기원을 무효시킬 만한 능력을 갖춘 마법사는 없었지만, 비틀 수는 있었지요. 그가 말한 '세상'을 '마법사 섬'으로 한정시켰습니다. 그리고 탈출에 성공했죠."

이야기를 듣던 리리카가 이상한 표정을 했다.

"그럼 마법사가 더는 태어나지 않아야 하는 거 아닌가요?"

"맞아요. 그렇지요. 그게 맞습니다."

에르히가 고개를 흔들었다.

"하지만 문제가 생긴 겁니다. 그 섬에서 무시무시한 일이 생겼지요. 타카르가 알테어스에게, 용에게 인간이 되는 저주를 걸어 버린 겁니다."

리리카는 입을 헤 벌렸다.

"그, 그럼 정말로 아버지가 용이란 말이에요?"

"네."

거대한 사실을 투척하고 아무렇지도 않은 얼굴을 하는 에르히가 얄미웠다.

리리카는 놀랐지만 동시에 '아, 역시' 하는 생각이 들었다.

'아버지가 용이라니. 어쩐지 어울려. 하지만 용의 후손이 아니라 진짜 용이었다니. 멋있어.'

머릿속 혼란 가운데서도 생각이 긍정적인 방향으로 착실하게 나아가는 가운데, 에르히가 설명을 이었다.

"더 이상 마법사가 태어나지 않으면 저주를 풀 수가 없죠. 그래서 인로가 혈통에 저주를 겁니다."

여기서 인로가 나오는구나.

하야가 떠올라 리리카는 침을 꿀꺽 삼켰다.

"전에도 이야기했지요? 저주를 묶었다고요. 인로는 대강 이야기하자면 이런 식으로 마법을 틀었습니다. 마법이 존재 하는 한, 마법사는 태어난다."

"그게 전에 이야기했던……."

"네, 용의 저주, 이곳에서 나가지 못하는 저주. 그리고 인로의 저주입니다. 마지막으로 인로가에 저주를 건 이유는, 금제를 걸면 강한 힘을 발휘할 수 있기 때문인데. 그쪽은 넘어가고."

에르히가 별거 아니라는 듯 손을 흔들고 말했다.

"그래서 그 마법을 풀 수 있을 만큼 강력한 마법사가 태어나기를 오래도록 저는 기다리고 있었습니다. 마지막 마법사가 태어나 마법의 시대를 닫기를 말이죠. 마지막을 질질 끌고 있어도 불쌍하지요."

"……그럼 아버님은……."

제가 저주를 풀 수 있는 사람이라는 걸 아셨을까요?

하지 못한 말을 에르히는 알아들었다.

"모든 걸 알고 계셨을 겁니다."

"그런데 왜……."

풀어 달라고 하지 않았을까?

"어린 당신에게 짐을 지우고 싶지 않으셨겠죠. 저야 더는 기회가 없을 거 같아서 잡았지만."

에르히가 빙긋 웃었다가 한숨을 내쉬었다.

"사실 하고 싶은 이야기들이 더 많습니다. 하지만 더 많은 이야기가 더 많은 정답을 알려 주는 건 아닙니다. 저도 고민이 되는군요."

리리카는 그를 바라보다가 말했다.

"그럼 어떻게 할지 부모님께 먼저 상의해도 되나요?"

에르히는 멍하니 그녀를 보았다가 마구 웃기 시작했다.

"네, 물론입니다. 아, 그렇죠. 미성년자는 언제나 보호자와 상의하는 게 옳습니다."

그는 그러며 다시 웃었다. 조명이 꺼지듯 모든 게 깜깜해졌다.

"그럼 상의하시고 다시 찾아 주세요."

리리카는 눈을 떴다.

마차 진동이 느껴졌다. 저도 모르게 하품하니 브린이 말했다.

"좀 더 주무세요."

"아냐, 지금 계속 자면 밤에 못 잘걸? 나도 그냥 내려서 걸을래."

"알겠습니다."

브린이 마차 커튼을 열고 리리카의 신발을 바꿔 주었다.

리리카가 물었다.

"나, 얼굴 괜찮아?"

"네, 괜찮으세요."

그때 브린의 치마폭에 쌓여 있던 리제르트가 야옹거렸다.

"리제도 같이 나갈래?"

리리카가 묻자 리제르트가 고개를 끄덕였다. 리리카는 그녀를 안아 들고 멈춰 서 마차에서 내렸다.

맑은 공기를 깊게 들이마시고 내쉬었다. 아까 꾼 꿈을 다시 생각해 보았다.

'잊어버리기 전에 어디에 정리해 두고 싶은데, 정리해 둘만 한 이야기도 아닌걸.'

"황녀님. 깨셨어요?"

디아레가 달려와 물었다. 리리카가 고개를 끄덕였다.

"응, 일어났어."

"계속 황녀님이랑 있을 수 있으니까 무척 좋은걸요. 이제 여행이 끝나는 게 아쉬워요."

"돌아가서도 계속 같이 있을 수 있잖아?"

리리카의 말에 디아레가 "그렇죠? 그렇네요!" 하고 활짝 웃었다.

루디아는 느긋한 표정으로 차를 마셨다. 한 손에는 보고서가 들려 있었다.

표정은 느긋하지만 속내는 그렇지 않았다.

'피요르드 바라트가 동행해? 끌어안아? 갑자기 이게 또 다 무슨 일이람?'

리리카와 피요르드가 표면적으로 거리는 두지만, 개인적인 친분을 유지하는 건 알고 있었다.

하지만 이걸 이렇게 공공연하게 드러낼 거라고는 생각을 못 했는데.

'설마?!'

그 얼굴 반반한 녀석이 내 딸을 꾀어낸 거 아닌가?!

17장 용의 저주

리리카가 피요르드에게 호감을 가지고 있는 건 사실이었다. 무척 예쁘다는 발언도 했고.

어린아이들이 예쁜 것에 호감을 가지는 거야 당연한 일이다. 시간이 지나면 다른 중요한 게 있다는 걸 알게 되리라.

그렇게 생각하며 억지로 둘을 떼어놓지는 않으려 했는데…….

'설마……. 내 딸이……. 설마…….'

머릿속이 복잡해졌다.

다시금 카온이 올린 보고서를 잡아먹을 듯 바라보며 문장 하나하나를 낱낱이 쪼개 보았다.

'좀 더 다양한 남편 후보들을 들이밀어 봐야 하나. 아냐, 그래도 다 얼굴이 괜찮은 녀석들만 골랐다고. 아무리 생각해도 피요르드 바라트는 그냥 규격 외잖아.'

찻잔을 내려놓고 루디아는 리리카가 돌아오면 이 문제에 대해서 심도 있게 이야기해 봐야겠다고 생각했다.

'그리고…….'

그녀는 아틸 쪽에서 온 보고서도 보았다. 아틸은 순조롭게 여행을 지속하고 있는 모양이었다.

탄의 이야기를 들으면 아틸은 복작거리는 울프가의 대식구들에게 실컷 시달린 후에 눈보라 성으로 이동한 것 같았다. 아마 지금쯤은 그쪽도 여행을 끝나고 수도로 올라오고 있으리라.

아무래도 거리가 있어서 전령이 오가는 시간이 기니 사이가 무척 벌어졌다.

"황후마마."

시녀장이 다가왔다. 루디아는 시선을 돌렸다.

"황녀님께서 이틀 거리에 와 계신다고 합니다."

"벌써? 세상에."

루디아는 환하게 웃으며 자리에서 벌떡 일어났다.

"아틸은? 연락이 없나?"

"아틸 전하께서는 아직 연락이 없으십니다."

"그래, 그쪽이 더 오래 걸리나 보구나. 알았어. 당장 환영회를 준비하지. 아니, 내가 직접 마중을 나가겠어. 폐하께도 알려 드리게."

시녀장은 루디아가 직접 마차로 마중을 나갈 것이라는 소식을 알테어스에게 전했다. 알테어스도 동행하겠다고 했다.

하루 거리라도 순식간에 수행원의 수가 불어났다.

중간에 알테어스가 짜증을 내며,

"당장 수를 반, 아니 삼분의 일로 줄여."

라고 하지 않았으면 그야말로 길게 늘어트린 행렬이 되었으리라.

전원풍으로 느슨하게 머리를 묶고 한 손에 늘씬한 파라솔을 들고서 루디아는 한숨을 내쉬었다.

"왜 굳이 오겠다고 해서 일을 늘리고 그래요?"

"싫은가?"

"그건……."

루디아는 알테어스를 바라보다가 시선을 돌렸다.

"아니지만요."

"그럼 된 거지."

그가 싱긋 웃고 목소리를 낮춰 속삭였다.

"난 그대가 솔직할 때가 참 좋더군."

전날 밤이 생각나 루디아의 뺨이 확 달아올랐다.

"그건, 당신이……!"

"내가 뭐? 내가 뭐랬는데?"

웃는 그가 얄미워 루디아는 입술을 깨문 후에 파라솔로 그를 탁 쳤다. 알테어스는 큰소리로 웃음을 터트리고 아내를 안아 올려 마차에 태웠다.

이제 한낮에도 선선해서 뚜껑 없는 마차를 타고 달리기에 딱 좋은 날씨였다.

루디아는 레이스 장갑을 낀 손으로 차양을 만들어 하늘을 바라보았다. 새하얀 뭉게구름이 유화물감으로 그린 듯 아름다웠다.

"알테어스."

"음?"

"아직도 날 좋아해요?"

갑작스러운 물음이었지만, 알테어스는 태연히 단어를 정정했다.

"사랑하지."

"그런데."

그녀가 시선을 그에게 돌렸다.

"무척 느긋해 보이는데요."

"뭐야, 불만인가?"

"그게 아니라, 그냥. 음. 우리 계약 기간도 끝나 가는데……?"

알테어스가 재미있다는 표정을 지으며 다리를 꼬았다.

"초조하게 날뛰면서 감금하지 않아서 걱정된다면, 그쪽은 걱정할 필요 없다고 말해 주고 싶군. 난 보통 인간보다 인내심이 많거든."

루디아가 파란 눈을 깜박였다.

알테어스는 재미있다는 생각이 들었다.

그녀는 분명히 자신보다 더 깊게 인간을 알고, 경험도 같은 나이 인간의 두 배일 테지.

그래 봐야, 그의 나이에 비하면 아무것도 아니다.

인간과 다른 존재를, 인간은 얼마나 이해할 수 있을까?

그래서 그를 용이라고 생각하는 그녀가 뱉는, 그가 인간이라면 하지 않았을 순진한 질문이 나오는 게 무척 귀엽게 느껴졌다.

"만약 그대가 다른 남자를 고른다면 이야기는 달라지겠지만 말이야."

그의 목소리가 농밀하고 부드러워졌다.

"그렇다면 그대가 원하는 대로 감금이나 납치나, 뭐 기타 다른 여러 가지 선택지를 고려해 볼 수 있겠지만."

"원한 적 없거든요?"

루디아가 눈을 찌푸렸다.

"그대 딸이 무서우니 관두겠어."

알테어스가 이야기를 마무리했다. 루디아는 그게 농담인지, 아니면 진담인지 알 수가 없었다.

알테어스는 싱긋 웃었다.

사실 그녀가 다른 남자를 선택한다 해도 그렇게 하지는 않을 터였다.

그런 선택을 하면 루디아의 성격상 꺾이기는커녕 더더욱 치받아 올 테니 말이다.

뭐, 그녀가 남자를 고르면 그 남자에게 심장병이 생기거나, 급성 알레르기가 생기거나, 지병이 악화되거나 할 뿐이겠지.

가엾게도.

알테어스는 그렇게 생각하며 루디아에게 미소를 보내 주었고, 루디아는 어이없다는 표정을 지었다.

그는 문득 궁금한 점이 생겼다.

"그럼 반대로 그대는 초조하지 않은가?"

"뭐가 말인가요?"

"내가 멋진 남자라서 그대가 잠깐이라도 자리를 비우면 다른 여자가 그 자리를 차지하려 들지 않을까, 같은 불안."

"그건 당신을 좋아해야지만 생기는 불안이잖아요?"

"날 좋아하잖아?"

"아, 그래요?"

"그래, 어젯밤에는 분명."

루디아가 파라솔 끝을 검처럼 들어 올렸다.

"더 이상 지껄이면 찌르겠어요."

"황제 앞에서 그렇게 말하고도 멀쩡히 살아 있는 사람은 그대뿐이야."

"아, 그야 당신이 날 좋아하니까 그렇죠."

"알고 있다니 다행이군."

루디아는 흥하고 파라솔로 그의 다리를 한 번 더 탁 쳤다.

"아이쿠."

알테어스는 다리를 문지르며 너스레를 떨었다.

잠시 후 그가 하늘을 올려다보고 중얼거렸다.

"활공하고 싶을 만큼 좋은 하늘이군."

루디아는 그 말에 눈을 깜박였다. 생각지도 못한 따끔한 통증이 어딘가를 찌르는 걸 느꼈다.

눈을 감으면 지금도 용인 그의 모습이 생생했다.

오아시스에서의 그 모습을 단 한 번도 잊은 적 없었다.

'그가 용이 된다면. 저주가 풀린다면.'

더는 그녀를 사랑하지 않겠지.

복잡한 기분이 들어 루디아 역시 시선을 하늘로 돌렸다.

정말로, 비행하고 싶은 마음이 절로 드는 아름다운 하늘이었다.

리리카가 올 경로를 예상해 길목에 진을 치고 있던 루디아 일행은 얼마 지나지 않아 리리카 일행과 만났다.

"어머니? 아버지?"

놀란 리리카가 마차에서 내려 달려나왔다.

두 사람 역시 기다리던 마차에서 내렸다. 리리카가 환하게 웃으며 달려왔다.

"어머니! 아버지!"

리리카는 먼저 루디아의 치마폭에 폭 싸였다가, 다음은 알테어스에게 번쩍 들렸다.

루디아가 말했다.

"어쩐지 탄 것 같은걸?"

"남쪽을 다녀왔으니 어쩔 수 없어요."

리리카가 씩씩하게 말했다. 루디아는 고개를 끄덕였다.

"그리고……."

시선이 자연스럽게 모두를 제치고 피요르드에게 향했다.

모두가 두 사람의 등장에 무릎을 꿇고 고개를 숙이고 있었다.

그러니 그녀가 바라보는 걸 알 수 없을 텐데도, 피요르드는 반응했다.

좀 더 고개를 숙이는 걸 보면 알 수 있었다.

"피요르드 소공작이 동행할 줄은 몰랐는데."

목소리에 희미하게 날이 선 게 느껴져서 리리카는 움찔했다.

알테어스가 그런 그녀의 등을 가볍게 토닥였다. 그러자 굳었던 몸이 풀어지는 게 느껴졌다.

"감사하게도 황녀님의 호의로 동행하게 되었습니다."

"그래."

루디아가 피요르드에게서 시선을 떼고 빙긋 웃었다.

"다들 리리카 황녀를 수행하느라 고생했네. 일어나게."

"망극합니다."

모두가 인사하고 자리에서 일어났다. 루디아가 부녀를 돌아보며 웃어 보였다.

"그럼 돌아가죠."

그 말이 끝나자 모두가 일사불란하게 움직였다. 마차에 어떤 구성원으로 탈지, 수행원은 어떻게 할지 하는 절차가 순식간에 합의되었다.

리리카는 부모님과 함께 뚜껑 열린 마차를 탔다.

피요르드는 마차를 타고, 나머지 일행은 전부 말을 탔다.

피요르드는 그걸 깨닫고 마차 안에서 한숨을 내쉬었다. 마차 안에는 그 말고 한 마리가 더 타고 있었다.

"꼭 수도로 압송당하는 기분인데."

피요르드가 한탄조로 농담하니 리제르트는 제 일이 아니라는 듯 길게 하품했다.

"너무하네."

그는 쓴웃음을 지었다. 문득 피요르드는 드물게 그가 리제르트와 단둘이 된 상태라는 걸 깨달았다.

"이렇게 되었으니 말해 두는데, 너 즐거워 보여."

"……."

고양이는 눈을 딱 감고 몸을 둥글게 말았다.

"인간으로 있을 때보다 고양이일 때가 더 행복해 보이는 건 이상한 일이야. 그리고 그 이상한 일을 만든 건 어머니라고 생각해."

리제르트가 한쪽 눈을 떠서 피요르드를 바라보았다.

"도망친다고 말했지만, 난 도망치는 게 도망치지 않는 거라는 걸 알게 됐어. 내가 자리 잡으면 널 데리러 갈게. 네가 원할지는 모르겠지만. 하여간 널 두고 도망가 버리는 거 아냐."

이제 리제르트는 눈을 감고 양 앞다리를 모은 후에 거기에 얼굴을 푹 파묻었다.

완강하게 듣지 않겠다는 뜻이라는 걸 알겠는데, 그게 꽤 귀여운 몸짓이라 피요르드는 웃었다.

리리카는 손짓, 발짓하며 열심히 장대한 모험에 대해 이야기했다.

알테어스와 루디아는 고개를 끄덕이고, 감탄사를 던지며 이야기를 들어주었다.

그리고 리제르트가 고양이가 되었다는 부분에서는 둘 다 눈을 휘둥그레 떴다.

리리카는 시무룩해져서 고개를 숙였다.

"죄송해요, 아버지. 분명히 쓰면 안 된다고 하셨는데……."

"아니, 정말로 고양이로 만든 거니? 그럼 야옹거리기밖에 못 하는 거야?"

루디아의 질문에 리리카가 고개를 끄덕였다. 알테어스가 말했다.

"그 마법진이라면 내가 봤는데, 정신을 건드리는 건 아니었어, 마치……."

내가 걸린 것과 비슷하게, 라는 말이 튀어나올 뻔해서 말끝이 흐려졌다.

그가 고개를 흔들었다.

"하여간 고양이지만 인간으로서 정신과 영혼은 유지하고 있을 거야. 인간으로 돌아왔을 때도 고양이였을 때 겪었던 모든 일이 기억나겠지."

"그렇군요."

루디아는 고민하다가 리리카를 힐끗 바라보았다.

"리리."

"네."

"그대로 계속 놔둬도 되지 않을까?"

"음, 굳이 그럴 필요가 있을까요? 리제르트는 황녀인 저를 공격했고, 그건 정식으로 재판을 받아서 처벌하는 게 더 나을 거 같아요."

루디아는 잠시 고민하다가 알테어스를 보았다.

"어떻게 생각해요?"

"바라트 공작이 리제르트를 버리는 패로 썼다는 생각."

"아, 저도 그렇게 생각했어요. 하지만 굳이 그럴 필요가 있을까요? 대체."

대체 무슨 의도가 있는 걸까.

이런 식으로 굴면 제 살 깎아 먹기가 아닌가?

황족을 공격했으니, 바라트 공작가에게 반역죄를 물을 수도 있었다.

"어쨌든 공작과 이야기를 해 봐야겠군."

알테어스가 빙긋 웃었다. 리리카는 어깨를 살짝 움츠렸다가 펴면서 말했다.

"아, 그리고 아버지, 부탁이 한 가지 있어요."

"뭔데?"

"피요르드가 알현을 신청하면, 한 번만 만나 주시면 안 될까요?"

순간 루디아와 알테어스, 두 사람의 표정이 날카로워졌다. 리리카가 그걸 눈치채고 당황해 손을 내저었다.

"아니에요, 피요가 저에게 부탁한 게 아니라. 오는 내내 깨달았어요. 제가 너무 안일하게 생각하고 있었다는 걸요."

황제파 영역을 피요르드와 함께 여행하니 피부에 와 닿았다.

17장 용의 저주 **449**

"피요가 바라트고 저는 타카르지만, 그래도 나는 나고 피요는 피요지. 그렇게 생각했거든요. 근데 외부에는 전혀 그렇게 보이지 않잖아요. 그걸 새삼스럽게 다시 알게 됐어요."

산다르 후작이 사막 여행을 시켜 주겠다고 이야기를 하는 순간 더욱 실감했다.

"그래서 피요가 알현을 요청해도 들어주지 않으실지도 모른다고 생각하니까……. 불안해져서……."

리리카가 양손을 맞잡고 불안한 표정으로 말했다.

"제가 꾀셔서 피요르드가 가출을 한 거거든요."

"가출?"

알테어스는 되물었다.

루디아는 순간 눈앞이 깜깜해지는 기분을 맛보았다.

저 자식이 순진무구한 내 딸을 꾄 게 틀림없다고 생각했는데, 범인이 내 딸이라고?

"뭐라고 했는데?"

어질어질해진 루디아에 비해서 알테어스의 목소리에는 흥미진진함이 묻어났다.

"그게 말이죠."

리리카는 열심히 그동안의 이야기를 했다.

공작이 피요를 괴롭히는 것 같다. 너무하다. 그래서 나는 도망쳐도 괜찮다고 말했다. 하지만 피요는 도망치지 않겠다고 했고—

'그 이야기를 해도 될까?'

바라트 공작이 그를 죽이려고 한다는 이야기는 피요르드가 해야 할 이야기인 듯했다.

그래서 그 부분은 대충 넘기고 '어머니의 괴롭힘이 심해져서', '그녀가 같이 도망치자고 했다'라는 이야기로 마무리했다.

"흠. 그래서 쫓아왔다?"

"네."

"그리고 리제르트도 쫓아온 거고?"

"그렇죠."

"그리고 고양이가 되었다?"

"네."

"그럼 지금 바라트 공작가의 후계자는 우리가 다 데리고 있는 셈이군."

알테어스가 즐거운 듯 웃으며 루디아를 바라보았다.

"바라트 공작가에도 얄미운 사촌이 있지 않나?"

"네?"

"그쪽이 우리의 얄미운 사촌이고."

알테어스가 씩 웃었다.

"그쪽의 얄미운 사촌이 우리지."

리리카는 갸웃했고, 루디아는 눈을 크게 떴다.

알테어스가 말했다.

"알현을 청해 온다면 허락하지. 무슨 이야기를 할지 궁금한데."

"감사합니다."

리리카가 눈을 빛냈다. 알테어스가 고개를 흔들었다.

"됐어. 귀여운 딸의 부탁인데 이 정도는 해 줘야지."

리리카는 쑥스러워하며 몸을 꼬았다.

이삼 일 뒤에 아틸이 돌아왔다.

이번에는 리리카까지 온 가족이 마중 나갔다.

기대치 않았던 일이라 아틸은 쑥스러워 입술을 꽉 깨물었다가, 결국 웃음을 터트렸다.

그는 여행에 진저리를 쳤다.

"야, 울프가 진짜. 와, 인원수가 엄청 많더라. 걔네 가문의 구십 퍼센트는 우리가 먹여 살리고 있는 거 아니냐?"

그 인원수의 대부분이 기사일 거 아냐, 우리가 먹여 살리는 거지.

투덜투덜하면서 그는 고개를 내저었다.

파이는 양손으로 얼굴을 감싸고,

"지옥, 거기는 새하얀 지옥이었어요. 황녀님, 거기는 지옥이에요. 지옥······."

하며 몸을 떨었다.

인로 가문까지 가야 한다고 결정되었을 때 파이가 "앗, 저는 급한 일이 생겨서 이만." 하고 마차에서 뛰어내리려는 걸 재즈가 꽉 붙잡았다고 했다.

"오메, 놀라부럿네. 고런 풍경이 있고. 세상이 넓긴 넓소잉. 아니, 물을 뿌링게 허공서 그냥 얼어 블드만."

재즈는 어처구니없다는 표정으로 말했는데, 무척 즐거워 보였다. 파이는 그런 이야기를 들을 때마다 정신적 고문을 당하는 것처럼 몸을 떨었다.

리리카가 자신의 여행 이야기를 해 주자 아틸이 눈을 찡그렸다.

그가 찻잔을 내려놓고 말했다.

"아무리 생각해도 이상하네."

"뭐가 말이에요?"

"왜 나보다 널 노리지?"

"그야 제가 아틸보다……."

만만해서, 라는 끝말을 듣기도 전에 알아들은 아틸이 중간에 끊고 답했다.

"아니, 그런 것치고는 집요해. 그렇게 할 정도면 날 노리는 게 낫지. 굳이."

아틸이 팔짱을 꼈다.

"집요한 악의가 느껴진단 말야? 그렇다고 뭔가 총동원하는 것도 아니고……. 그럼 리제르트 바라트를 수도로 압송한 거지?"

"네."

"하, 재판에 부쳐지겠고……. 그런데도 바라트 공작은 꿈쩍하지 않고 있고?"

"네, 리제르트의 단독 행동이었다면서, 이상할 정도로……."

순순히 납죽 엎드리고 있었다.

"그라믄 그거이 문제가 안 될 맹키로 중한 것이 있겄제."

재즈가 말했다.

모두가 그를 돌아보았다. 재즈가 멋쩍은 듯 뺨을 긁적거렸다.

"글잖애? 그라도 상관없는 무언가가 있고, 그거슬 들키고 싶지 않응께 납작 엎드리는 거 아녀."

"그게 대체 뭘까."

아틸은 그렇게 중얼거리며 눈을 감았다. 리리카도 궁금해졌다. 안대를 쓰고 있던 바라트 공작이 생각났다.

'마음의 창인 눈을 들여다보는 게 싫다고 했었지.'

아무에게도 보여 주고 싶지 않은 그 마음속, 그 어두운 물밑에서 바라트 공작은 무엇을 품고 있는 걸까?

파이가 슬쩍 고개를 들고 물었다.

"그리고 피요르드 소공작과 같이 올라오셨다고 했지요?"

"응."

"그럼 소공작은 지금 뭘 하고 있습니까?"

"금모래 상단과 만나고 있어."

"상단을요?"

"응."

리리카는 차마 피요르드의 계획을 모두에게 이야기할 수는 없었다. 피요르드는 상당히 자신만만해 보였지만, 일이 잘 풀리지 않으면 어쩐단 말인가?

'폭삭 망하게 될지도 몰라. 어휴. 피요르드의 뜻대로 일이 잘 풀리게 해 주세요.'

리리카는 마음속으로 빌었다.

리제르트는 아직 고양이의 모습을 하고 있었다. 그녀는 푹신한 침대 위에서 뒹굴거리다가 카펫으로 뛰어내렸다.

그녀가 머무르는 곳은 고위 귀족을 위한 감옥으로, 지하가 아니라 꼭대기 층에 위치하는 감옥이었다.

내부는 하급 귀족이 머무는 수준으로 갖춰져 저택의 방과 똑같았다.

저택과 다른 점은 창문에 쇠창살이 있다는 것과 문에 자물쇠가 채워져 있다는 점이다.

'이대로 고양이이고 싶어.'

저도 모르게 떠오른 생각에 온몸이 굳었다.

피요르드의 말이 생각났다.

'고양이일 때가 더 행복, 한가? 나는.'

고양이로 사는 게 더 행복하니까, 인간으로 돌아가고 싶지 않은 걸까?

'안 돼. 리제르트. 정신 차려. 네가 겪었던 그 모든 일들을 생각해 봐.'

이런 식으로 도망칠 수는 없다. 이런 식으로 도피할 수는 없다.

'피요르드는 도망쳤지만, 난 아냐.'

난 도망치지 않겠어.

리제르트는 어머니를 떠올렸다. 그러자 단박에 기가 꺾였다. 이대로 돌아갈 수 있을까?

아니, 분명 자신은 멀쩡히 돌아가지 못하겠지.

'황족에게 위해를 가한 자는 어떻게 되지? 나 죽는 걸까?'

리제르트는 눈을 질끈 감았다. 마차 여행에서 있었던 일들이 떠올랐다.

모두가 새끼 고양이인 그녀에게 친절했다. 심지어 리제르트가 고양이라는 걸 아는 사람들도 그녀에게 험하게 굴지 않았다.

'그리고 그 여자애.'

타카르도 아니면서, 뻔뻔하게 타카르의 이름을 내걸고, 아티팩트의 힘을 빌려 쓰면서 자기 힘인 양 자신만만한 표정을 하고 있는 리리카를 생각하면 더더욱 괴로웠다.

그녀와 그녀 일행의 분위기는 부드러웠다.

한 번도 맛보지 못한 동글동글한 분위기가 그들 사이에 가득했다.

어처구니없을 정도로 관대한.

리제르트 자신도 적의 손에 잡혔으니 겪어야 할 일들을 각오했는데, 그런 일들은 전혀 벌어지지 않았다.

고양이가 되었으니 목에 끈을 묶고 마차의 말에 매달아 질질 끌거나 하는 정도의 괴롭힘을 당할 줄 알았다.

아니면 털을 불로 태우거나, 꼬리를 붙잡아 이리저리 흔들거나. 그런 장난감 취급을 하려고 고양이로 만들었다고 생각했다.

아무 반항도 하지 못하고 그런 일을 꼼짝없이 당하겠구나.

각오를 다졌는데, 누구도 자신에게 그런 짓을 하지 않았다.

심지어 그들과 함께 있을 때 피요르드는 한 번도 보여 주지 않던 표정과 웃음을 보여 주었다.

미적지근한 물에 몸을 담그고 있는 듯한 감각이 이상하고 불쾌하고 혼란스러웠다.

'물론 수치스러운 일은 잔뜩 겪었지만…….'

모두 앞에서 겪었던 일을 떠올리니 다시 인간으로 돌아가기 싫어졌다. 그런 수치를 당하고 레이디로 살 수는 없었다.

리제르트는 혼란스러운 마음이 되어 몸을 웅크렸다.

이대로 고양이로 있을 수 있다면.

안 돼, 그럼 피요르드의 말을 인정하는 게 되어 버리잖아.

그때 단단히 닫힌 문이 철컥하고 열리는 소리가 났다.

익숙한 얼굴이 보였다.

라우브가 들어오고, 이어 리리카가 들어왔다.

"일이 바빠서 이제 왔어. 마법을 풀어 줄 때네."

리제르트는 굳어 버렸다. 이대로 도망치고 싶었다.

그녀는 눈을 감았다.

'아, 결국 나는 고양이로 있고 싶었던 거였을까.'

리리카가 펜듈럼을 꺼내 들어 주문을 외웠다. 마법진이 빛을 발하고 리제르트는 인간의 모습으로 돌아왔다.

"이틀 후에 재판에 넘겨질 거야."

리리카의 말에 리제르트는 입을 열었다.

야옹이 아니라 제대로 된 목소리가 나왔다.

"……공작 각하께서는요?"

"네 단독 행동이라고 하셨어."

리리카의 말에 리제르트는 고개를 푹 숙였다. 긴 머리카락에 표정이 가려 보이지 않았다.

리리카는 리제르트를 바라보다가 감옥을 나왔다.

"괜찮으십니까?"

라우브가 조심스럽게 물어서 리리카는 그를 보고 작게 미소지었다.

"응, 괜찮아. 부작용 없이 멀쩡해 보여서 다행이야."

"그렇습니다."

"그럼 보고하러 가자."

리리카가 집무실로 돌아와 알테어스에게 리제르트를 원래대로 돌려 놨다고 말했다.

"상태는?"

"음, 바로 바라트 공작에 대해서 물어봤는데 똑바로 대답했어요. 정신은 괜찮은 거 같아요. 자세한 검사는 하지 않았지만요."

"그건 의사에게 맡기는 게 낫겠지."

알테어스가 고개를 끄덕였다. 리리카는 빤히 아버지를 바라보았다.

'용.'

"왜?"

푸른 눈이 이쪽을 쓱 넘겨다 봐서 리리카가 말했다.

"저 의논할 일이 있는데요."

"뭔데?"

"여기서는 말고, 그리고 어머님과 함께요."

"흠?"

진지한 얼굴을 한 딸아이를 보고 알테어스는 고개를 끄덕였다.

갑자기 요즘 루디아가 부쩍 걱정하고 있는 일이 떠올랐다.

―리리카가 피요르드를 좋아하고 있는 거면 어떻게 하죠?

알테어스는 "애들끼리 좋아할 수도 있지."라고 말했다가 루디아와 한바탕했다.

'그런 이야기라면 루디아가 분명히 또 뒷목 잡고 쓰러질 텐데. 미리 언질해 두는 게 좋겠군.'

"그럼 나중에 자리를 마련하지."

"네, 감사합니다."

리리카가 무릎절을 해 보이고는 탄과 라트에게 손을 흔들고 집무실을 나갔다.

탄이 웃었다.

"황녀님이 날마다 귀여워지시네요."

"그러게요. 황후마마께서 황녀님의 남편 후보를 고르셨다는 이야기를 들었는데, 산다르도 후보에 넣어 주시지 않을까요."

"내 딸에게 손대려면 날 똑바로 볼 정도는 되어야지."

알테어스의 말에 탄과 라트는 눈을 가늘게 떴다.

'그런 십 대가 어딨어?'

'그런 어른도 드뭅니다.'

그런 말이 목구멍까지 올라왔지만 꾹 눌러 참았다.

여기서 더 말을 해 봐야 좋은 꼴을 볼 것 같지 않았다.

"뭐, 황녀님 연애사보다 황태자 전하의 혼인이 더 먼저 이뤄져야 할 것 같긴 합니다."

탄이 슬쩍 말을 돌리자 라트가 뒷말을 받았다.

"아틸 전하께서는 마음에 드는 영애가 없으시답니까?"

"글쎄."

알테어스가 갸웃했다.

"나중에 낚시나 가 봐야겠군."

탄이 그 말에 싱긋 웃었다.

"요즘 아틸 전하도 좋아지셨고, 같이 낚시 다니는 것도 좋아 보이네."

오랜만에 나오는 평대였다. 알테어스는 픽 웃었다.

제 이름을 탁탁 불러대고, 평대까지 하는 사람은 드물었다. 그걸 자신이 허락하고 있는 사람도 드물고.

알테어스가 황제의 동생으로 알려지기 전에 만났던 적이 있었기에 가능한 일이었다. 입궁한 자신을 보고 턱이 빠질 듯 놀라던 탄의 얼굴이 선했다.

'그러니까 울프 저 자식이 인간으로서는 괜찮은 놈이라는 것도 안단 말이야.'

그래서 루디아에게서 최대한 멀리, 황궁에서 쫓아내고 싶은 마음도 종종 들었다.

하지만 아쉬운 마음도 동시에 들곤 했다.

"왜 그래?"

알테어스가 빤히 보니 머쓱해져서 탄이 물었다. 비딱하게 그를 보던 알테어스가 입을 열었다.

"탄 울프."

"네."

부름에 탄이 공손히 답한다.

"잘해."

밑도 끝도 없는 말이었지만, 탄은 고개를 끄덕였다.

"잘하겠습니다."

"그래."

알테어스가 만족스럽게 고개를 끄덕이자 라트는 '으, 싫다.' 하는 표정으로 알테어스를 바라보았다.

"저는 알아서 그냥 갈 테니까, 그런 말씀은 삼가 주시죠."

의도가 명확하지 않은 압박은 달갑지 않다, 하는 라트의 말에 알테어스는 눈썹을 치켜올렸다가 씩 웃어 보였다.

바라트 소공작이 수해를 개척하러 떠난다는 소식이 수도 사교계에 쫙 퍼졌다.

물론 어마어마한 어음을 발행했다는 소식도 함께.

차차가 리리카에게 슬쩍 귀띔했다.

"피요르드 공자님께서 실패하신다면 금모래 상단도 파산할 거예요."

리리카는 어음의 금액이 궁금해서 물어 보았다가, 머리가 빙글 도는 기분을 맛봤다. 그녀가 황녀 노릇을 하며 매해 버는 돈 따위는 아무것도 아닌 액수였다.

"그, 그만큼 현금을 융통할 수나 있는 거야?"

"음, 융통이 안 되니까 어음을 발행한 거죠?"

그러며 차차가 웃었다.

리리카는 소름이 쭉 돋았다. 금액이 너무 크니 현실감마저 사라질 지경이었다.

"괜찮아요, 바라트 공작가를 담보로 거셨는걸요. 바라트 영지를 몽땅 팔아치우면 어떻게든 될 거예요."

차차의 말에 리리카는 목이 타 그저 차만 들이켰다.

매일매일 착실한 저축을 모토로 살아가는 리리카에게는 너무나도 먼, 다른 세계의 이야기처럼 들려왔다.

그래서 피요르드가 떠난다는 인사를 하러 왔을 때 저절로 걱정이 될 수밖에 없었다.

부적을 주머니 하나 가득 만들어 넘겨 주며 리리카가 말했다.

"몸조심하고, 저기, 피요. 돈 아껴 써야 해."

피요르드는 리리카의 말에 웃었다.

"네, 저도 아무렇게나 쓸 생각은 없습니다."

"응……."

괜찮을까, 하는 걱정이 가득 담긴 리리카의 얼굴을 보며 피요르드가 그녀의 손을 잡고 손등에 입 맞췄다.

"황녀님."

"응?"

"정말로 좋아합니다."

앗, 하고 리리카의 얼굴이 화르륵 달아올랐다.

"저, 정말로, 피요는. 피요는."

말이 잘 나오지 않는다.

그 표정을 보고 피요르드가 작게 웃자 리리카는 주먹으로 그를 퍽퍽 때렸다.

이런 장난은 질이 안 좋다고 말하고 싶지만, 말해 봐야 '사실인데요.'

라거나 '진심입니다.'라는 답만 돌아올 게 뻔했다.

그가 수해로 떠나자 사교계의 시선은 바로 리제르트 바라트의 재판에 꽂혔다.

공방은 치열하게 이뤄졌다.

황족 위해, 즉 반역죄로도 볼 수 있는 이 죄는 돌이킬 수 없는 죄다. 그러니 정확한 증거가 필요했다.

리제르트가 황녀님을 직접적으로 공격했다는 증거는 증언밖에 없었다. 그것도 직접적으로 공격했는지는 몰랐다.

그녀는 그저 인형 속에 있었을 뿐이다. 그녀에게 인형을 조종하는 능력이 있다는 증거가 있는가?

그녀가 공격한 게 아니라, 그녀도 그저 인형에게 먹혔던 피해자인 게 아닐까?

무슨 소리, 리제르트 바라트가 인형을 모으는 게 취미라는 건 모두가 알고 있다.

그럼 그녀가 그 인형에 왜 들어가 있었겠는가?

당연히 조종하니까 들어가 있었던 것 아니겠는가.

리제르트는 그녀의 모든 혐의를 부인하고 입을 다물고 있었고, 바라트 공작가에서 보낸 대리인이 대신 입을 놀렸다.

디아레는 분노해서 펄펄 뛰었다.

"역시 그냥 고양이로 만드는 게 아니었어요! 아니, 고양이로 영원히 놔두는 건데!"

길게 이어진 공방은 결국 리제르트를 1년간 근교 신전에 감금하는 걸로 결론이 났다.

그녀가 적극적이든 아니었든 인형에 들어가 있었던 건 사실이고, 그 인형이 황녀 일행을 공격한 것도 사실이었다.

그녀가 직접 공격했다는 증거는 없지만, 공격하지 않았다는 증거도 없었다.

'그러니 1년간 수도원에서 나오지 않고 몸가짐을 반성하도록.'

이라는 판결이 내려졌다.

양측 다 찜찜하고 애매하게 끝난 판결이었다. 판결을 가지고도 말이 많았지만, 그 이야기는 곧바로 쏙 들어가 버렸다.

피요르드 바라트가 수해의 대규모 개척에 성공했다는 소식이 들려왔기 때문이었다.

수해는 모험을 떠나는 곳이지, 개척하는 곳이 아니다.

개척지랍시고 동부 수해 부근에서 깔짝거리는 치들이 있기는 하지만 적극적인 의지를 가진 사람들은 아니었다.

피요르드는 돈을 뿌려 그런 자들을 모으고 단숨에 수해를 개척해 버렸다.

수해에 도끼질을 한 게 아니라 권능을 써서 나무를 통째로 뽑아내 버렸다는 이야기였다.

수해의 나무들은 아름드리나무들이 대부분이어서, 그렇게 뽑아낸 나무를 목재로 가공하니 어마어마한 양의 목재들이 나왔다.

그런 난폭하고 막무가내인 방식으로 수해를 개척했다는 소문이었다.

리리카는 입을 떡 벌렸다.

'분명히 수해에는 마법이 걸려 있다고 하지 않았어?'

하여간 피요르드는 그런 식으로 밤낮없이 일해서 이제 상당히 넓은 땅을 개간했다고 했다.

그 성과를 가지고 수도로 올라온다는 소식이 들렸다.

신문에서는 연신 그 이야기뿐이었다.

> **수해 개척 최초 성공!**

> **수해의 아성 무너지다!**

> **바라트 공작령이 늘어나다?!**

리리카는 그런 신문들을 바라보다가 한숨을 내쉬고 신문을 접었다. 브린이 물었다.

"왜 그러세요?"

"아니, 앞으로 어떻게 될까 하고."

피요르드는 어마어마한 돈을 빌렸고, 그걸로 수해를 개척했다.

거기까지는 뭘 하려는 건지 알겠지만.

'이걸 황령으로 바치면 그냥 빈털터리가 되지 않아?'

고생해서 얻은 땅인데.

리리카의 얼굴에 걱정이 드리워진 걸 보고 브린이 갸웃했다.

"소공작님이 걱정돼서 그러시나요? 수해 개척에 성공하는 쾌거를 이루셨잖아요."

"응, 그렇지."

그런데도 여전히 탐탁잖아 보이는 리리카였다. 브린이 라우브를 슬쩍 보았다.

'뭔가 아는 거 있어요?'

그런 눈이었지만, 라우브는 고개를 저을 수밖에 없었다. 그러자 브린의 눈이 가늘어졌다.

'쓸모없긴.'

표정만으로도 그런 말을 충분히 전달하고 그녀가 말했다.

"혹시 리제르트 공녀 때문에 그러시는 건가요?"

"응? 아냐. 제대로 증거 수집을 못 한 건 내 잘못이니까. 그건 어쩔 수 없지."

리리카가 고개를 흔드는데, 전령이 도착했다.

"은룡실로부터 부름입니다."

"어머니께서?"

"네."

"바로 찾아뵙겠다고 말씀드려."

리리카는 머리만 다시 손질해서 묶고 은룡실로 향했다.

어머니는 심각한 표정으로 앉아 있었다. 리리카는 걱정되어 인사하고 다가갔다.

"어머니, 무슨 일이세요?"

"아, 리리. 어서 오렴."

루디아는 미소를 지어 보였다. 그녀도 신문 기사를 본 참이었다. 그리고 그녀는 이 이야기가 사실이라는 것도 알고 있었다.

피요르드 바라트가 수해 개척에 성공하다.

이건 영지가 없는 귀족이라면 눈이 돌아갈 이야기다. 하지만 그건 일단 제쳐 두고.

얼마 전에 알테어스가 지나가듯 했던 말이 떠올랐다.

―리리카가 당신과 나에게 진지하게 할 이야기가 있다던데? 혹시 피요르드에 대한 이야기 아냐?

그 이야기가 무척이나 충격적이면서도, 납득이 되기도 했다.

하지만 지금 이 상황에서…….

"리리카."

"네, 어머니."

"엄마가 하나 물어볼 텐데, 솔직히 이야기해 줬으면 좋겠어."

리리카가 갸웃하며 고개를 끄덕였다.

루디아는 손을 흔들어 응접실에 있는 모든 사람을 내보낸 후에 리리카의 손을 꼭 잡고 물었다.

"혹시 피요르드를 좋아하니?"

리리카는 약간 벙찐 얼굴로 루디아를 바라보았다.

"네, 그야 좋아하죠?"

순순한 말이어서 루디아는 고개를 내저었다.

"아니, 그게 아니라. 애인이나 남편감으로 말야."

"!!"

직설적인 질문이었다. 리리카는 그야말로 관통당한 기분이었다. 작살에 꽂힌 물고기가 이런 심정일까?

생각지도 못한 일격이었다.

"네? 아니, 저는, 한 번도, 어라? 그런 생각을……."

더듬더듬 혼란 속에 빠진 머릿속에서 단어들이 튀어나왔다.

'내가? 피요를? 내가? 피요를? 어라?'

리리카의 반응을 보고 루디아는 고개를 끄덕였다. 만족스러운 미소가 저절로 얼굴에 퍼졌다.

동시에 딸아이에게 미안해졌다.

"아니구나, 엄마가 오해할 뻔했네. 다행이다. 괜한 질문 해서 미안해."

안도의 말에 리리카는 저도 모르게 질문이 툭 튀어 나갔다.

"제가 피요를 좋아하면 안 되나요?"

그 말에 루디아의 얼굴이 진지해졌다. 그녀가 리리카에게 말했다.

"리리, 엄마는 리리가 행복해졌으면 좋겠어. 좋은 남자를 만나는 것도 인생에서 무척 중요한 일이란다. 피요르드 바라트? 얼굴은 예쁘지. 그래. 하지만 그건 잠깐이야."

루디아가 후 하고 숨을 내쉬었다.

"리리, 사랑은 잠깐이야. 지나가면 끝나는 거란다. 이번 한 번밖에 없을 것 같지만 그렇지 않아. 헤어지면 또 다른 사람이 오는 거야……."

말하면서 루디아는 점점 마음속이 복잡해졌다.

이제 이 말이 리리카에게 하는 말인지, 스스로에게 하는 말인지 알 수가 없어졌다.

"피요르드는 좋은 조건을 가진 아이가 아냐. 리리는 가능하면 행복하고 좋은 가정에서 평범하게 자란 사람이랑 결혼했으면 좋겠어."

"……."

리리카는 살짝 입을 벌리고 어머니를 바라보았다. 그렇게 말하는 어머니의 얼굴은 무척이나 슬퍼 보였다.

"영원이나 사랑 같은 거……. 그거 그냥 한때야. 그냥 소나기처럼. 스쳐 지나갈 뿐인……."

말꼬리가 흐려진다. 루디아는 입술을 깨물었다.

한순간, 루디아가 고개를 들고 웃어 보였다.

"미안, 놀랐지? 어머니가 너무 진지해서. 리리는 그런 마음이 아닌데, 엄마가 너무 앞서가 버렸네."

리리카는 머뭇머뭇 어머니가 잡은 손을 마주 잡았다.

"저기, 어머니."

"응?"

"폐하와 잘 지내고 계시죠?"

허를 찔린 듯 루디아는 움찔했다가 고개를 끄덕였다.

"그럼 잘 지내지. 못 지낼 일이 어디 있겠니? 계약은 계약인걸."

웃으며 그렇게 말하는 어머니를 보고 리리카는 그 이야기를 곱씹어 보았다.

계약은 계약이다.

맞다.

하지만 리리카만 해도 무 자르듯이 모든 걸 단번에 끊어낼 수 있을 것이란 생각은 들지 않았다.

화를 내면 어떻게 해야 하나,

이런 생각을 하고 있지 않은가?

계약이라고 해도 맺은 관계까지 계약인 걸까?

아버지와 같이 있는 어머니를 볼 때면, 그리고 어머니와 같이 있는 아버지를 볼 때면.

'계약. 음……'

리리카는 씩씩하게 목소리를 높여 말했다.

"저는 두 분이 무척 잘 어울리시는 거 같아요."

루디아가 깜짝 놀라 리리카를 바라보았다.

"그, 그러니?"

갑작스러운 말에 대답이 흔들려서 나온다. 리리카가 고개를 끄덕였다.

"네, 그리고. 어머니, 제 생각에……"

리리카가 손을 입가에 대고 속삭였다.

"폐하께서는 정말로 어머니를 사랑하시는 거 같은데, 어머니는 어떠세요?"

이번에는 루디아의 얼굴이 달아올랐다.

'앗!'

리리카는 번득 눈치를 챘다.

어머니를 가장 좋아하니까, 어머니를 늘 보고 있으니까, 어머니의 반응이 뭔지는 잘 알았다.

'어머니도 좋아하시는구나!'

"얘는! 이건 그냥 계약일 뿐이야. 그리고 아까 엄마가 이야기했지."

사랑은 다 한때야.

"하지만 그건 분명."

리리카가 진지하게 말했다.

"서로에게 달렸다고 생각해요."

한때인지, 아닌지는.

"그런 걸까?"

어딘지 맥빠진 어머니의 목소리에 리리카가 격려하듯 말했다.

"그럼요. 음, 어. 제 생각에 사랑은 공기 같은 거예요. 바람이 살랑살랑 불 때도 있고, 태풍처럼 격렬하게 불 때도 있잖아요."

리리카가 손가락을 빙글빙글 돌려 보였다.

"태풍처럼 격렬하게 불다가, 바람 없는 잔잔한 날이 되면 '뭐야? 공기가 존재하는 거야?' 싶지만. 지금 온화하게 주변을 감싸고, 숨으로 들이켜는 것도 공기라는 걸 깨닫게 되면, 사랑스러워지지 않을까요?"

리리카가 쑥스럽게 웃었다.

"저는 그런 사랑은 해 보지 않아서 잘 모르겠지만요."

루디아는 리리카의 얼굴을 바라보다가 웃었다.

"맞아. 엄마와 리리카 사이도 그렇지."

"네, 그렇죠."

리리카가 웃으며 고개를 끄덕였다. 루디아가 잠시 생각하다가 진지하게 딸아이의 눈을 바라보았다.

"리리, 이건 다른 이야기인데."

"네, 어머니."

"엄마에게 화나거나 슬펐던 일 있지?"

"네? 아뇨, 그게."

갑자기 너무 갑작스러운 이야기를 하니 더욱 당황스러웠다.

"엄마가 얼마 전에 알테어스와 이야기를 하다가 깨달은 건데, 엄마가 예전에 리리카에게 마구 화낸 적 있었잖아?"

"……네."

"그때 리리카는 상처받았을 거고. 그래서 그런 것들에 대해서 미안하다고 다시 사과하고 싶었어."

"아니에요, 저는 지금 무척 행복하고, 어머니께서 그때는 힘드셨으니까, 그러니까……."

"응, 맞아. 그때 엄마는 제정신도 아니고, 무척 괴로웠지만. 그렇다고 리리카에게 상처 주는 게 옳은 건 아니었어."

리리카는 머뭇거렸다. 그런 이야기를 하면 어머니가 무척 상처받으시지 않을까?

그때는 어머니가 힘들었으니까, 이해할 수 있다. 그리고 계속 잘해주고 계시는걸.

하지만.

그래도 생각나는 말들이 있다.

"어, 어머니께서."

"응."

"너만 없었으면, 하셨을 때……."

"엄마가 잘못 말했네. 미안해, 리리카. 내 소중한 딸인데."

"그리고, 돈 못 벌어온다고, 겨울에 저 추운데……."

하나씩 지금도 뚜렷하게 기억하는 말이, 상처 입었던 이야기가 튀어나온다.

루디아는 하나하나 사과해 주었다. 미안하다고, 그때는 엄마가 무능력했고, 널 제대로 지켜 주지 못했다고 말했다.

아니에요, 라고 하면서도 리리카는 눈물이 흘러나왔다.

아니에요, 아니에요.

그런데도 너무 아팠어서.

놀랍게도 그렇게 이야기를 하고 어머니의 말을 듣고 나니 떠올릴 때마다 아팠던 게 더는 아프지 않았다.

많이 큰 딸을 끌어안고 루디아가 젖은 목소리로 말했다.

"미안해, 리리. 엄마의 엄마 이야기를 들은 적 있니?"

"아니요."

"리리의 외할머니는, 그러니까 내 어머니는 무척 엄격한 사람이라서 아이는 채찍으로 다스려야 한다고 생각했지. 특히 예쁜 여자아이는 타락하기 쉽다고."

처음 듣는 어머니의 이야기였다. 리리카는 눈을 휘둥그레 뜨고 들었다.

그건 차갑고 무서운 이야기였다.

리리카는 저도 모르게 어머니를 꽉 끌어안아 주었다. 루디아가 웃고 딸을 마주 안으며 말했다.

"그래서 엄마는, 리리카의 다정함이나 성실함을 굉장하다고 생각해. 내 배에서 어떻게 이런 딸이 나왔을까? 리리카는 엄마의 자랑이야."

그 말에 리리카의 뺨이 달아올랐다.

"어, 어머니도. 어머니도 제 자랑이에요. 늘, 언제나, 빈민가에서도 어머니를 자랑스럽게 여겼어요."

루디아는 가볍게 숨을 삼켰다.

아아.

그 말 한마디로 모든 게 녹아내리는 기분이 들었다. 루디아는 힘껏 딸을 끌어안았다.

이제 딸은 꽉 힘주어 안아도 찌부러지지 않을 만큼 컸다.

이 아이는 얼마나 더 먼 길을 달려 나가게 될까.

리리카가 자랑스러워할 수 있는 엄마로 계속 있고 싶었다.

모녀는 눈물 젖은 얼굴로 마주 웃고, 낮부터 침대에서 방탕하게 하루를 보냈다.

그동안의 있었던 일들과 쓸데없는 일들을 나눴다.

그날의 일정은 모조리 취소했다.

저녁이 늦어서야 파했다. 리리카를 돌려보내고, 루디아는 느지막이 목욕을 즐겼다.

침실로 돌아오니 알테어스가 상체를 팔에 기댄 채 누워 있었다.

"리리카랑 계속 있었다면서."

루디아가 침대에 걸터앉아 젖은 머리를 수건으로 꾹꾹 누르며 말했다.

"그래요. 저번에 했던 이야기 기억나요? 왜, 함부로 했던 기억은 남는다고 이야기 했었잖아요."

"아, 그랬지."

"그래서 리리카에게 그런 기억이 있으면 사과하고 싶다고 그랬죠."

"잘 끝났나 보군."

"그래요."

말하고 루디아는 알테어스를 가만히 바라보았다. 알테어스가 그녀를 마주 보았다.

루디아가 입을 열었다.

"그리고 사랑은 지나가는 거라고, 한때라고 그런 이야기도 했어요."

알테어스가 그 말을 가만히 듣다가 물었다.

"내 쪽 이야긴가? 아니면 당신?"

루디아가 제 머리카락을 감싼 수건을 꽉 쥐었다.

"한때가 아니라고 이야기할 수 있어요? 그저, 신기한 경험을 한 사람을 만나서, 그저 잠깐 끌렸고. 육체적으로 동했을 뿐이고."

그녀의 목소리가 점점 열기를 띠며 높아졌다. 리리카와 감정적인 이야기를 했기 때문일까?

그녀가 그 앞에서 가지고 있었던 마지막 얄팍한 방패마저도 사라져 버리는 기분이었다.

수레국화보다 파란 눈이 그를 쏘아보는 듯, 호소하는 듯 바라보았다.

"지나가면 그만인, 그런. 그러면 남겨진 사람은 그저 비참할 뿐인걸요. 당신은 용이고, 황제지요. 가지고 싶은 건 다 가질 수 있고, 즐기고 싶은 건 전부 즐길 수 있어요. 그저 손에 잘 들어오지 않는 장난감이 신기해서, 몇 번이나 건드리다가 막상 넘어오면 질려서 버리는."

루디아는 입술을 깨물었다.

이야기하다가 혼자서 감정적으로 되어 버렸다. 눈물이 치밀어 오르는 걸 애써 눌렀다.

제 약점과 아픔을 고스란히 상대에게 노출하는 건 처음이었다. 언제든지 인간은 서로를 물고 뜯으니까. 절대로 이런 모습을 보이거나, 이런 이야기는 한 적이 없는데.

그녀는 필사적으로 마지막 방어막을 끌어모았다. 적어도 그 앞에서 이런 이야기를 하다가 우는 꼴을 보이고 싶지는 않았다.

얼마나 멍청해 보이겠는가?

루디아는 고개를 들었다. 그녀는 울고 있지 않았다. 루디아는 최대한 낮고 냉정한 목소리를 뽑아냈다.

"그런 유희가 아니라고 장담할 수 있나요? 난 그런 거에는 질렸어요. 난……."

말끝을 흐리며 루디아는 입술을 깨물었다.

'쓸데없는 말을 너무 많이 했어. 이런 이야기까지 할 필요는 없었는데.'

혹시나 이런 말 때문에 그가 자신을 쉽게 보지 않을까? 가볍게 생각하지 않을까? 온통 남자에게 상처받는 일밖에 없었던 루디아는 어떻게든 그 상처를 가리고 싶었다.

"루디아."

알테어스가 그녀를 불렀다.

화난 목소리가 아니라 부드러운 목소리였다.

알테어스가 침대에서 몸을 일으켰다. 그의 손이 살짝 그녀의 뺨에 닿았다.

"불안해하는 건 내 쪽인 줄 알았는데."

생각지도 못한 말에 그녀는 눈을 크게 떴다.

'불안? 알테어스가?'

루디아의 표정을 보고 알테어스가 픽 웃었다.

"인간은 같은 인간 쪽이 더 좋지 않나? 난 불사는 아니지만, 불로하지. 누군가에게 살해당하지 않는 이상은, 이 모습 이대로 죽지 않아. 보통 인간은 반려와 함께 늙어 가고 싶어 하고."

그가 갸웃하고 말했다.

"거기에 황제직도 내려놓을 예정이고, 그렇다면 난 분명 수도를 떠나서 살게 되겠지. 그대는 파티며 사교계며 무척 좋아하잖아? 날 선택하면 그것들에서도 멀어지게 될 거야."

뺨을 감싸고 살짝 가까워졌다. 입술이 가볍게 붙었다가 떨어졌다.

그가 재미있다는 듯 웃었다.

"불리한 조건을 가진 건 아무래도 나야. 그대는 얼마든지 괜찮은 평범한 인간을 선택할 수 있으니까."

"……평범한 인간은 질렸어요."

루디아의 말에 알테어스는 웃음을 터트렸다. 그런 그를 루디아는 빤히 바라보았다.

그녀가 마지막 방어막을 내렸는데도, 알테어스는 그녀를 상처 주지 않았다. 그의 말은 지나치게 달고 부드러웠다. 그는 기꺼이 제 마음도 열어, 그의 불안을, 약점을 보여 주었다.

용은 거짓말을 하지 않는다.

한순간, 그가 했던 모든 말들이 전부 새롭게 느껴졌다. 음절마다 그녀의 마음속에 스며들어 왔다. 루디아는 속수무책이 된 기분이었다.

얼떨떨하고, 이상한 감정에 속이 울렁거렸다.

알테어스는 루디아의 표정을 잃고 웃음을 멈추고 물었다.

"왜?"

"아니……."

그녀는 새삼스럽다는, 무척이나 새삼스럽다는 얼굴이었다.

"정말로 날 좋아하는 거예요?"

"……이제 와서?"

"하, 하지만……. 대체 왜요?"

"왜라니……. 이제 와서?"

다시 되물으며 알테어스 역시 당혹했고, 그다음에는 화가 났다.

"나에게 인간불신이라고 하더니, 인간불신인 쪽은 그쪽이었군."

"잠깐, 내가 오해하기는 했지만……."

"그동안 내 말과 행동이 우스웠나? 아니면 전부 장난이라고 치부했어? 웃겼나? 용의 구애에 함께 밀고 당기는 기분이었어?"

"아니, 나는—"

답지 않게 루디아는 제대로 말할 수가 없었다. 이상하게 눈물이 나올 것 같았다. 그가 거칠게 입 맞춰 왔다. 루디아는 숨을 삼켰다.

'아.'

어딘가로 툭 떨어지는 기분이었다. 알테어스가 낮게 말했다.

"나도 이제 장난은 그만두지."

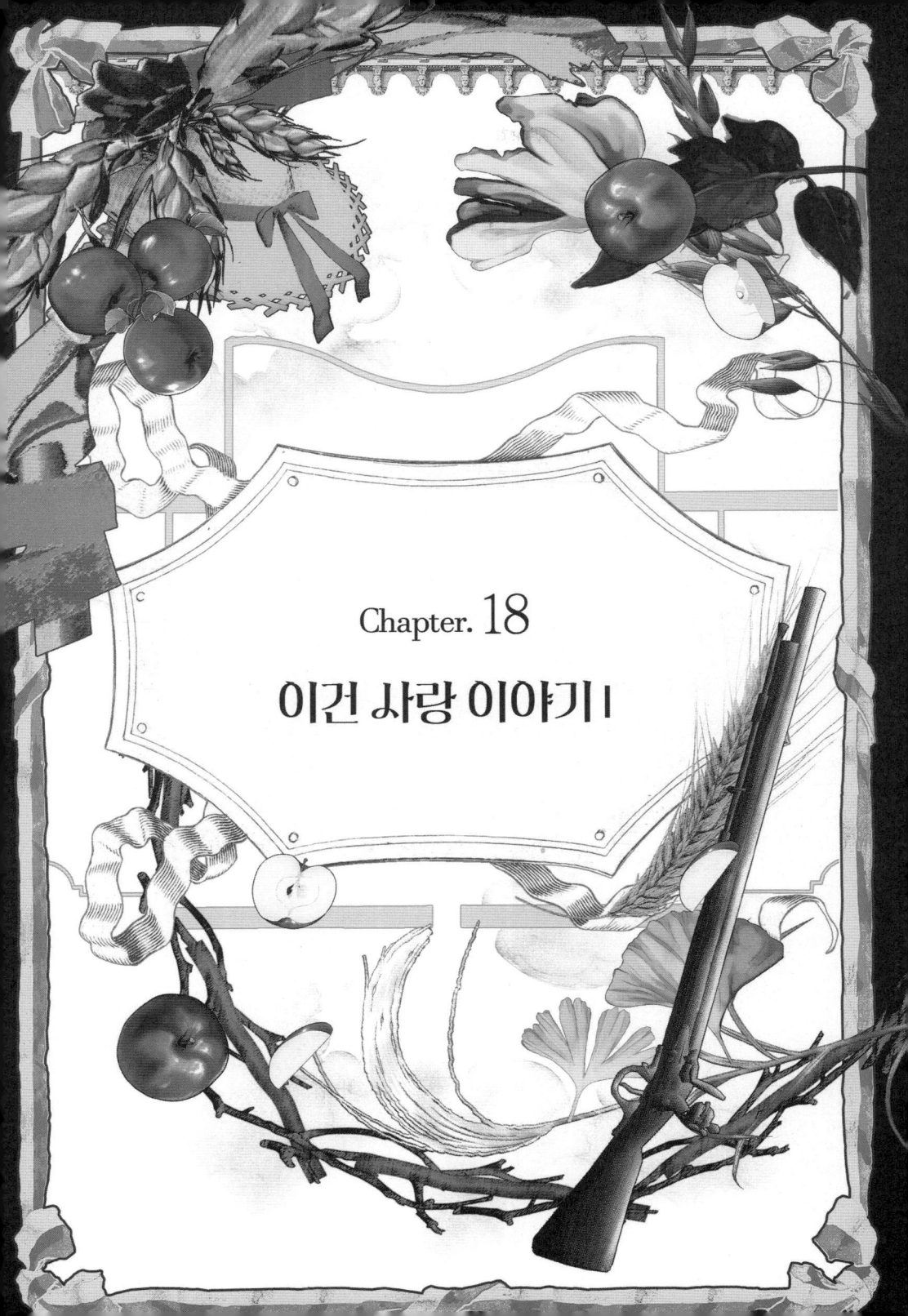

Chapter 18

이건 사랑 이야기 Ⅰ

집무실에 칼바람이 불고 있었다.

탄과 라트는 알테어스의 눈치를 보았다. 탄은 결국 "단장 일이 밀려 있어서……." 하고는 뒷걸음치며 도망쳤다.

'저, 저 의리 없는 늑대 놈.'

라트는 눈을 부릅떴지만 소용없었다.

알테어스는 요 몇 년 사이 보기 힘들었던 시큰둥한 얼굴로 서류를 보는 둥 마는 둥 하고 있었다.

'저러다가 심심하면 나가서 사람 패고 그랬는데.'

라트는 알테어스의 즉위 초반, 피바람이 불던 시절이 떠올랐다.

'아니, 갑자기 또 왜 저래. 뭐가 문제지?'

괜히 심기를 거스르다가 뱀 가죽 벨트나 지갑이 될까 봐 전전긍긍하던 때가 기억났다.

그런 찬바람을 마구 날리며 알테어스는 서류를 바라보았다. 사실 보고 있어도 글자가 눈에 들어오지 않았다.

'결국 다 헛짓이었단 말이지.'

그는 나름대로 최선을 다했다. 분명 분위기도 좋고, 그녀도 마음을 열어서 진전이 있었다고 여겼다.

이대로 쭉 간다면 별문제 없겠구나, 그런 생각을 하고 있었는데.

'원점이었단 말이지?'

하.

어이가 없어서 속이 부글부글 끓었다. 짜증이 솟구쳐 올라왔다.

그걸 다른 인간들에게 풀기 싫어서 있는 힘껏 참고 있는데, 그걸 참아야 한다는 것도 짜증이 났다.

'바라트? 바라트나 패고 올까.'

멍하니 그런 생각을 하는데 집무실 문이 열리고 빼꼼 아는 얼굴이 들어왔다.

라트는 자리에서 벌떡 일어났다.

"황녀님, 어서 오십시오."

평소보다 훨씬 더 격한 환영이었다.

리리카의 손에는 간식 바구니가 들려 있었다.

"안녕하세요, 아버님."

먼저 알테어스에게 인사하고, 리리카는 이어서 라트에게도 인사했다.

"간식 가져왔어요. 드시면서 하세요."

리리카가 간식 바구니를 열자 맛있는 냄새가 확 풍겨왔다.

"와, 맛있겠는데요? 오늘 간식은 뭔가요?"

"'퐁당 쇼콜라'라는 거래요. 자요."

아직 뜨거운 접시를 조심스럽게 꺼내서 집무실 책상에 올려놓고, 포크도 세팅했다.

찻주전자도 아직 따끈했다. 라트가 얼른 잔을 가져오며 알테어스의 눈치를 살폈다.

리리카가 다가가서 알테어스의 옷깃을 살짝 당겼다.

"아버지도 같이 먹어요, 네?"

여전히 뚱한 얼굴로 알테어스는 끌려가듯 일어나 자리에 앉았다. 여기서부터는 모두가 그가 포크를 들기만을 기다리기 때문에 들지 않을 수 없었다.

라트와 탄에게라면 포크를 던지며 심술을 부렸겠지만, 리리카에게는 그럴 수 없다.

어린아이에게 그러는 건 정말로 치사하지 않은가?

포크로 케이크를 가르니 속에 들어 있던 초콜릿이 주르륵 흘러나왔다.

"이것도 황후마마의 새 레시피인가요?"

라트의 물음에 리리카가 고개를 끄덕였다.

"어머니께서 특별히 만드신 거라고 하셨어요."

"오호라, 황후마마께서 집무실에 '특별히' 보내 주신 거군요."

라트가 고개를 끄덕인다.

"그렇죠. 그야 중요하게 생각하시는 곳이니까요."

그러며 슬쩍 알테어스를 살폈다. 알테어스는 노골적인 둘의 대화를 못 들은 척하며 초코케이크를 먹었다.

달콤한 맛에 기분이 누그러졌다.

그러고 보니 어젯밤부터 짜증이 나서 지금까지 아무것도 먹지 않았다는 게 떠올랐다.

말없이 차와 케이크를 마시는 알테어스를 바라보고 리리카는 빙긋 웃었다.

"케이크 더 있으니까, 마음껏 드세요."

"황녀님께서 먼저 드셔야죠."

"응, 그럼."

리리카도 케이크를 먹었고, 라트도 이어서 맛봤다.

달콤한 케이크와 뜨거운 차를 마시며 분위기는 부드러워졌다.

케이크를 세 개쯤 먹은 알테어스가 리리카에게 말했다.

"걸을까?"

리리카가 대답하기도 전에 라트가 '제발요.' 하고 목구멍까지 올라온 말을 차로 도로 쑤셔 넣었다.

"좋아요."

리리카가 웃으며 대답했다. 라트가 말했다.

"이건 제가 치울 테니까, 두 분은 편히 나가시죠."

"그럼 부탁할게."

리리카가 자리에서 일어나자 알테어스가 그녀를 안아 올렸다. 리리카가 눈을 휘둥그레 떴다.

"이, 이제 안기기에는 너무 컸어요."

리리카가 항의하자 알테어스가 "뭐?" 하고 그녀를 바라보았다.

리리카는 부끄러웠다.

그녀는 이제 다 컸는데. 이렇게 번쩍번쩍 안아 올리다니.

이제 그녀를 안아 올리는 사람은 아무도 없었다.

"저 다 컸다고요."

알테우스가 코웃음 쳤다.

"그래 봐야 애지."

그렇게 말하고 알테우스가 창문을 열었다. 리리카가 의아한 표정을 지었고 뒤에서 라트가 소리쳤다.

"잠깐, 폐하! 제발 문으로 다—"

알테우스가 창틀을 밟고 뛰어내려 리리카는 내적 비명을 질렀다.

'착.'

가벼운 착지음과 함께 땅바닥에 내려앉았다. 신기하게 가벼운 착지였다.

'쿵'도 아니고 '쾅'도 아니고 '착'.

리리카는 몸이 떨렸다. 위에서 라트가 창가에 몸을 내밀고 소리쳤다.

"황녀님! 괜찮으십니까!"

리리카가 괜찮다는 의미로 그에게 손을 흔들어 보였다.

라트가 위쪽에서 알테우스를 향해 한쪽 주먹을 흔들어 보이며 말했다.

"제가 창문으로 다니지 마시라고 몇 번이나…… 황녀님까지…… 위험하고……!"

알테우스가 귀를 후비며 빠르게 멀어져서 그의 외침은 띄엄띄엄 들려왔다.

리리카는 금방이라도 터져 나올 것 같은 웃음을 눌러 참았다.

알테우스의 팔은 편하고 안정감이 있었다. 그녀가 어릴 때나 커서나 별 차이가 없다니.

눈치를 보며 팔을 뻗자, 알테우스가 그녀의 손목을 잡아당겨 제 목에 둘러 주었다.

마주치는 시종이며 사람들이 놀라 황급히 물러서며 고개를 숙여 보였다.

둘이 지나가고 나면 뒤쪽에서 빤히 보는 시선이 느껴졌다. 십 분, 아니 일 분도 지나기 전에 '폐하께서 황녀님을 안고 다니시더라'라는 말이 퍼지리라.

리리카는 왜 황족 전용 정원이 만들어졌는지 이해했다.

들어오자마자 몸에 긴장이 풀린다. 이제 초가을에 접어든 날씨는 걷기에 딱 좋았다.

"아버지."

알테우스가 말없이 리리카를 바라보았다. 그녀가 약간 우물우물하더니 작게 말했다.

"어머니가 어쩐지 기운이 없으시던데요."

"그런데?"

"그런데 아버지도 기운이 없어 보이시고요."

"내가?"

"네."

리리카가 고개를 끄덕이자 알테우스는 잠시 생각했다.

'그런가? 기운이 없는 건가?'

화가 나고 짜증이 난다고 생각했는데, 리리카의 말을 들으니 '낙심'한 걸지도 모르겠다는 생각이 들었다.

'마음이 떨어지다.'

그랬다. 제 마음이 바닥에 떨어져서 흙투성이로 이리저리 굴러다니는 걸 발견한 기분이었다.

이보다 정확한 표현이 있을까 싶었다.

"싸웠거든."

알테어스의 말에 리리카가 고개를 끄덕였다. 알테어스가 힐끗 리리카를 보았다.

"그래서, 루디아도 기운이 없어 보였다고?"

자신만 이렇게 마음이 상한 게 아니란 말이지?

리리카가 깊이 고개를 끄덕였다.

"네, 아침에 제가 인사드리러 찾아갔는데, 무척이나 우울해 보이시던걸요."

"흠, 흠. 그랬단 말이지."

알테어스가 고개를 끄덕였다.

그 자신이 루디아에게 아예 영향력이 없는 사람이 아니라는 것 같아서 기분이 조금 나아졌다.

알테어스는 슬쩍 말을 돌렸다.

"어젯밤 엄마와 무슨 이야기를 한 거니?"

"아, 그게."

순간 리리카의 얼굴이 빨갛게 달아올랐다. 알테어스가 "아." 하고 물었다.

"피요르드?"

"어, 어떻게 아셨어요?!"

저도 모르게 목소리가 휙 튀어서 리리카는 제 입을 양손으로 꾹 막았다.

알테어스가 웃었다.

"아니, 얼굴이 빨갛게 돼서."

"그, 그런……."

지적을 당하니 얼굴이 더더욱 달아오른다.

리리카는 알테어스의 목을 양팔로 끌어안고 고개를 푹 숙였다.

얼굴이 따끈따끈한 걸 스스로도 느낄 수 있었다.

어젯밤에 어머니께 그런 이야기를 듣고 나서, 리리카는 새삼스럽게 제 마음을 돌아보았다.

내가?

피요르드를?

이성적으로?

침대에 누워 있다가 리리카는 이불을 걷어차 버렸다.

'말도 안 돼!'

나 피요를 좋아하는 거였어?

아니, 좋아했지만, 그렇게 좋아하는 거였어?

심장이 세차게 뛰기 시작했다. 피요르드를 떠올리니 쿵쿵쿵 북처럼 몸이 울렸다.

피요르드의 웃는 모습이나, '울새 황녀님'이라고 속삭이는 걸 떠올리니 북이 더욱 크게 울렸다.

'어, 어떻게 하지?'

와아, 와아, 와아.

피요르드를 좋아한다.

깨닫고 나니 단숨에 모든 게 새로워지는 기분이었다.

어쩐지 침대에 달린 장식조차 평소보다 더 아름답다.

리리카는 머릿속이 어질어질해지는 것을 느끼며 눈을 감았다.

새콤달콤한 레몬 머랭 파이가 떠올랐다.

쿵쿵 울리는 심장 위에 손을 얹고 그녀는 애써 잠을 청했다.

다음 날, 어머니께 이 마음을 솔직히 고백하려고 찾아갔는데, 어머니가 너무 울적해 보여 차마 이야기를 꺼낼 수 없었다.

리리카에게는 아무런 말 없이 그저 웃을 뿐이었지만 뭔가 문제가 생긴 게 틀림없었다.

복도에서 탄을 만났는데, 탄이 집무실에도 찬 바람이 쌩쌩 분다고 알려 주었다.

리리카가 어머니도 울적하다고 말하니, 탄이 눈을 크게 떴다가 쓴웃음을 지었다.

"그랬군요."

어쩐지 전부 이해했다는 말 같아서 리리카는 갸웃했다.

"그럼 먹을 거라도 들고 집무실에 가 보시는 게 어떨까요. 저는……."

탄은 시선을 은룡실 쪽으로 주었다가 웃었다.

"양쪽 다 가지 않는 게 좋겠습니다. 단장 업무도 잔뜩 밀려 있고요."

하고는 자리를 떠났다.

그래서 리리카가 간식을 가지고 집무실을 찾아간 것이었다.

리리카는 달아오른 뺨이 조금 가라앉자 다시 고개를 들었다.

알테우스는 흥미진진한 얼굴을 하고 있었다. 딸의 얼굴이 귀여웠다. 뺨이 자두처럼 물들었고, 청록색 눈동자가 반짝거렸다.

사랑스러운 것에 대해서 생각할 때, 그 사람도 사랑스러워 보이기 마련이다.

"그래? 피요르드란 말이지?"

히죽 웃으며 하는 말에 리리카가 잽싸게 입을 열었다.

"피요를 괴롭히시면 안 돼요."

"흠?"

"제, 제가 피요를 일방적으로 좋아하는 거니까……."

"허어?"

"그게 사실은 어제……."

리리카는 어머니가 피요르드를 좋아하냐고 물어보았던 것과 돌아가서 깨달은 것에 대해서 작게 말했다.

알테우스는 속으로 혀를 찼다.

'괜히 말을 꺼냈군.'

그 질문이 아니었으면 리리카는 영영 몰랐거나, 아니면 한참 나중에서야 마음을 깨달았을 텐데.

'하지만, 그래. 짝사랑이라고 생각한단 말이지. 흠흠.'

"괴롭히지 않는다고 장담할 수는 없지만."

"아버지."

리리카가 짐짓 눈을 찡그리며 알테우스를 바라보았다. 나름 위협하는 건가 생각하니 우습다.

"피요르드 바라트 녀석은 인기가 좋으니까."

"그렇죠……."

"괜한 티를 내지 않는 게 좋겠지."

"그, 그럴까요?"

"그럼. 황녀가 그렇게 나오면 너무 부담스럽지 않겠어?"

알테우스의 말에 리리카는 '그, 그런가?' 하고 곰곰이 생각에 잠겼다. 알테우스가 말했다.

"생각해 봐라. 친구라고 생각했던, 음. 아, 그래. 파이 산다르가 갑자기 널 좋아한다고 해 봐. 부담스럽지 않겠어?"

파이가?

한 번 생각해 보고 리리카는 숨을 삼켰다.

"그, 그럴 거 같아요!"

"그렇지?"

알테우스가 고개를 끄덕였다.

갑자기 끌려 나온 애꿎은 파이 산다르는 '부담'이라는 말과 함께 멀어졌다.

본인은 절대로 알지 못하겠지만.

리리카는 '그럼 어떻게 해야 할까?' 하고 끙끙 앓기 시작했다.

'적당히 밑밥을 뿌렸으니 당분간은 괜찮겠지.'

알테우스는 루디아에게도 이 이야기를 해 줘야 하는데, 하고 속으로 혀를 찼다.

그러나 루디아를 떠올리니 또 속상한 기분이 올라왔다.

그래서 한마디 덧붙였다.

"최대한 평소대로 대하고, 못 할 거 같으면 그냥 피해."

"피해요?"

"그래."

당당한 알테어스의 말에 리리카는 '그런가?' 하고 생각에 잠겼다.

사실 알테어스도 사랑을 해 본 적이 없으니 연애에는 초보였다. 그러나 리리카는 그런 사실은 전혀 몰랐다.

'아버님은 용이니까, 오래 사셨고. 경험도 많으시고.'

그럼 따르는 게 맞는 걸까.

그냥 피한다는 건 안일하긴 해도 사실 편한 방식이기는 했다.

리리카는 문득 꿈에 대해서 이야기해야 한다는 생각이 들었다.

'하지만 두 분 사이가 이러니…….'

조금 더 분위기가 좋아지면 하자.

'그렇게 급한 이야기는 아니니까, 아마도……?'

두 분 사이가 풀릴 때까지 하루, 이틀 정도는 괜찮겠지.

리리카가 알테어스에게 말했다.

"아버지, 저 잠깐 내려 주세요."

알테어스가 그녀를 내려 주자 리리카가 얼른 손을 덥석 잡았다.

"전 이렇게 손잡고 나란히 걷는 게 더 좋아요."

리리카의 말에 알테어스는 피식 웃었다. 리리카는 그런 알테어스를 바라보았다.

어머니는 아버지를 좋아하는 게 틀림없어!

그럼 아버지는 어떨까?

계약이 아니어도 어머니를 좋아하시는 걸까?

그녀는 솔직히 물었다.

"아버지."

"왜?"

이 퉁명한 '왜?'도 이제는 익숙했다. 특히 아틸의 말버릇이 이것과 똑같은 게 좋았다.

진짜 부자지간 같은 느낌이었다.

"어머니를 좋아하세요?"

리리카가 그러며 눈에 힘을 주고 부릅떴다. 조금의 표정 변화도 놓치지 않겠다는 의지였다.

알테어스는 순간 굳었다가 눈을 찌푸렸다.

'어? 뭐지?'

알테어스는 한숨을 푹 내쉬었다.

"아, 그래. 그렇단 말이지."

"아버지……?"

리리카가 조심스럽게 부르자 알테어스가 그녀의 양쪽 뺨을 잡아당겼다.

"흐하?"

잡아당겨진 뺨 때문에 발음이 새어서 이상한 소리가 나왔다. 알테어스가 손을 놓자 리리카가 양손으로 제 뺨을 문질렀다.

어안이 벙벙한 얼굴이 된 딸을 보고 알테어스가 물었다.

"티 안 나?"

"네?"

더더욱 당황한 리리카가 되묻자, 알테어스는 어이가 없어졌다.

아니, 자신은 제법 티를 냈다고 생각했는데, 왜 이런 질문을 들어야 한단 말인가?

리리카는 그제야 알테어스의 말뜻을 깨달아 얼굴이 확 밝아졌다.

그럼, 그럼.

역시 아버지도 어머니를 좋아하신다는 거지?

"저, 아버지."

어머니도 아버지를 좋아해요! 하고 말하려다가 리리카는 멈칫했다.

누군가가 피요르드에게 '사실 황녀님이 당신을 좋아한대요.'라고 말하면 싫을 것 같았다.

"뭐?"

"아, 아니. 아무것도 아니에요. 음음, 어머니랑 꼭 화해하셨으면 좋겠어요."

"……."

알테어스는 못마땅하다는 눈으로 보다가 리리카의 이마를 가운뎃손가락으로 가볍게 튕겼다.

"아얏."

리리카가 짐짓 눈을 찡그리고 이마를 문지르다가 환하게 웃어 보였다.

이제 '황제'는 조금도 무섭지 않았다.

피요르드가 수도에 올라오자마자 한 일은 알현 신청이었다.

수시로 태양궁을 드나들며 황제를 만나는 게 아니라 하늘궁에서의 정식 알현 요청이었다. 수해 개척의 성과에 대해 듣고자 하여 정말 오랜만에 정식 알현이 성사되었다.

붉은 카펫이 길게 깔리고, 수해 개척이라는 쾌거를 이룬 바라트 소공작을 환영하기 위해 사람들이 모여 있었다.

한 단 높은 곳에 옥좌가 놓여 있고, 알테어스가 비딱하게 앉아 있었다. 귀족들은 한 번도 알테어스가 똑바로 옥좌에 앉아 있는 모습을 본 적이 없다고 생각했다.

처음 즉위식이 끝나고, 옥좌에 앉을 때도 무거운 황관 따위 귀찮다는 듯 곧장 벗어 버리고 옥좌에 앉아 다리를 꼬았다. 그리고 팔걸이에 비스듬히 몸을 기댔다.

꼭 지금처럼 말이다.

피요르드는 홀 중앙보다 좀 더 앞으로 나간 곳에 멈춰 서서 무릎을 꿇었다.

"수해를 개척했다고?"

낮은 목소리인데도 홀에 잘 울렸다. 저 끝에 선 귀족들까지 모두 알테어스의 목소리를 들을 수 있었다.

"그렇습니다. 폐하."

"대단한 일을 해냈군."

"아닙니다. 바라트 공작가가 오랫동안 폐하의 은혜를 입고 있었는데, 변변찮은 성과가 없었습니다. 모처럼 얻은 토지를 폐하께 바치고 싶습니다."

피요르드의 말이 끝나자 사람들이 술렁이기 시작했다.

"그래?"

알테어스가 씩 웃었다. 피요르드는 공손히 이어 말했다.

"물론입니다. 신하의 손으로 얻은 땅은 당연히 군주의 것 아닙니까?"

기묘한 침묵이 홀을 내리눌렀다. 알테어스는 피식 웃고 손가락을 까닥거렸다.

"열 걸음 더 다가오도록."

피요르드는 자리에서 일어나 정확히 열 걸음 더 앞으로 걸어가 다시 무릎을 꿇었다. 알테어스가 빙긋 웃었다.

"신하의 충성에 은혜를 베푸는 게 군주의 미덕이지. 이제 바라트 소공작이라고 부르기는 좀 그렇군."

알테어스가 잠시 생각하는 듯하더니 자리에서 일어났다. 그가 단에서 걸어 내려와 피요르드 앞에 섰다.

'스르릉.'

그가 허리에 찬 검을 뽑는 소리가 선명했다.

"귀찮으니 약식으로 처리하지."

그가 칼등으로 탁탁 피요르드의 어깨를 두들겼다.

"이제부터는 이그나란 변경백이라고 부르겠다."

"황송합니다."

알테어스는 답하기도 귀찮다는 듯 손을 흔들고 검을 소리 나게 검집에 집어넣었다.

옥좌가 있는 단까지 올라가 알테어스는 새하얗게 질린 라트를 바라보고 싱긋 웃었다.

"그럼 새로운 변경백의 탄생을 축하하며 축하연이라도 여는 게 어때?"

소란이 일파만파 모든 곳을 쓸고 지나가는 가운데, 집무실은 고요했다. 집무실에 앉은 라트는 몸을 떨며 말했다.

"변경백은 백 년 전쯤 사라졌는데요."

"그런데."

"새로운 가문에게 변경백이요?"

"딱 좋잖아? 수해를 개척한 사람이 변경백이라니."

"바라트 소공작인 건 아시죠?"

"그게 좋은 거야."

라트는 기절할 것 같은 기분이 되었다.

"제발, 제발 폐하. 내정은 저랑 조금이라도 의논, 아니 의논은 바라지도 않습니다. 언질을 주십쇼. 실오라기 같은 언질이라도……."

변경백은 어지간한 후작 가문보다도 더 높다고 할 수 있는 직위였다. 변경을 지키는 의무를 가지고 있기 때문에 변경백이 적과 내통하면 무척이나 골치 아파진다. 또한 변경을 지키기 위해서 다른 작위와 달리 군사를 키우는 데 훨씬 더 자유로웠다.

한마디로 충성심이 무척 강한 자들에게 맡기는 자리였다.

그만큼 높은 직위이기도 했다.

"수해니까 물론, 적과 내통할 염려는 없지만. 아니, 세상에."

라트는 양손으로 얼굴을 쓸어내렸다.

알테어스는 그런 라트에게 말했다.

"네가 걱정하는 그런 일은 생기지 않을 테니 걱정하지 않아도 좋아."

"아이쿠. 이유도 말씀해 주지 않으시면서 다정하신 말씀, 참으로 뼈에 사무치게 감사하군요."

"라트 산다르."

"네."

"내가 질 거 같아?"

오만하게 말하는 타카르를 보고 라트는 숨이 막혀왔다.

변경백이 배신한다면, 최악의 사태가 와서 바라트와 이그나란이 손을 잡고 양동 공격을 한다고 해도.

"……안 지시겠죠."

내뱉고 그는 한숨을 내쉬었다.

"그런데 변경백을 내리기엔 토지가 너무 작기는 합니다."

"그건 알아서 하겠지."

라트가 다시 한숨을 내쉬었다. 그가 서류를 바라보다가 말했다.

"대체 어떻게 수해를 개척할 수 있었던 걸까요? 게다가 바라트의 권능이라니. 쉬쉬하던 능력을 대대적으로 사용할 줄은 몰랐습니다."

"쉬쉬하는 것보다는 그게 오히려 나아."

알테어스는 개척하러 내려가기 전 만났던 피요르드를 떠올렸다. 독대를 요청하기에 독대했고, 재미있는 이야기를 들었다.

'그리고 내 딸이 그 녀석을 좋아한단 말이지.'

마음에 안 든다.

안 들지만 그래도 황제로서 할 일은 해야겠지.

라트가 턱을 괴고 한숨을 내쉬었다.

18장 이건 사랑 이야기 I **499**

일단 변경백에 대한 자료를 찾아야 했다. 찾은 후, 백 년 전 사료이니 지금에 맞춰 다듬어 초안을 작성해야 했다.

그것도 가능한 빠르게.

'야근 확정이군. 역시 재상 그만둘까. 아, 정말.'

투덜투덜하면서도 그의 손과 눈은 빠르게 움직이기 시작했다.

문득 라트가 알테어스에게 물었다.

"폐하는 파티에 참여 안 하십니까?"

"내가 가면 너무 썰렁해지잖아? 주인공은 변경백인데."

"아아, 그리고 그 가문 이름 악취미라고 생각합니다."

"나는 딱 맞는다고 생각하는데."

"그러니까 악취미죠."

이그나란(ignaran).

고대어로 풀이하자면 화홍(火紅).

말 그대로 활활 타오르는 거대한 불의 붉은 색을 뜻했다.

도시를 불태운 거대한 화재의 이름에서 파생되었다고 한다.

그걸 바라트, 그러니까 꽃을 제 문장으로 삼는 가문의 후계자에게 내리다니.

역시 가문 이름으로는 악취미.

라트는 그렇게 평할 수밖에 없었다.

리리카는 거울 앞에 서서 한 바퀴 돌아보았다. 이리저리 옷을 살펴본다.

브린이 말했다.

"무척 사랑스러우세요."

"으응."

어색한 대답이 돌아와 브린이 갸웃하고 물었다.

"마음에 안 드는 부분이 있으신가요? 새 드레스로 바꿀까요?"

"아냐, 그게 아니라."

리리카가 드레스 자락을 잡아 올려 보이며 말했다.

"정강이가 보여서는 어디까지나 어린애같이 느껴져."

브린이 쿡쿡 웃었다.

"아직 긴 치마를 입으시려면 멀었지요."

"그러니까."

뚱한 얼굴로 리리카는 거울을 바라보았다. 자꾸만 어머니 생각이 났다. 아틸도 그렇지만 피요르드도 키가 크고 어른스럽다.

어른이 된 후의 한 살 차이는 그리 크지 않지만 어릴 때는 한 살 한 살이 무척 크게 느껴지는 법이다.

"피요르드는 어른인데."

긴 드레스를 입은 여성과 함께 서 있으면 무척이나 잘 어울렸다. 하지만 자신이 그 옆에 있으면 어린애처럼 보일 것 같았다.

"변경백이 신경 쓰이세요?"

브린의 물음에 리리카의 뺨이 달아올랐다. 그러고 보니 아직 브린에게는 이야기하지 않았다.

"브, 브린 있지. 나아……."

리리카는 어머니와 했었던 이야기를 몽땅 브린에게 털어놓았다.

사실 그날 밤은 엉엉 울고 돌아와서, 브린에게 '엄마랑 화해했다'라는 이야기밖에 하지 않았다.

피요르드에 대한 이야기보다, 뒤쪽 대화가 훨씬 임팩트가 커서 앞쪽을 잊었다고 해야 하나.

침대에서 스스로 깨닫기 전까지는 말이다.

피요르드를 좋아한다고 새빨개진 얼굴로 더듬더듬 말하는 리리카를 보니 브린은 여러 가지 복잡한 감정이 들었다.

'하지만 역시, 사랑에 빠진 황녀님 정말 귀여워.'

리리카가 양손을 꽉 쥐고 말했다.

"그래서, 다들 저렇게 멋진 사람들인데. 나 혼자 어린애 같아서. 옷이라도 좀 더 어른스럽게 입으면 좋겠어."

"어머, 황녀님. 남을 따라 해서는 안 돼요. 자기가 가진 가장 좋은 걸로 승부를 봐야 하는 법이랍니다."

브린이 생글생글 웃으며 리리카의 어깨를 붙잡았다.

"걱정하지 마세요. 황녀님은 세상에서 가장 귀여우신걸요. 귀여운 건 최강이에요."

브린의 말에 리리카는 벙쪘다가 웃음을 터트렸다.

"그게 뭐야. 고마워, 브린."

응원하려고 해 주는 말일 테지만, 그 말이 정말로 위로가 되었다.

"진짜랍니다. 브린 솔은 입에 발린 거짓말은 하지 않아요. 자, 보세요."

브린이 거울로 리리카를 돌려세웠다.

"누구보다 반짝이는 커다란 청록색 눈동자에 길게 드리워진 속눈썹, 반들반들 윤이 나는 갈색 머리카락, 사랑스럽게 물든 두 뺨. 누구라도 황녀님을 귀엽지 않다고 생각할 사람은 없어요."

브린의 말을 들으니 정말로 그런 것 같았다.

"……정말?"

"정말이고 말고요!"

힘주어 말하자 리리카는 에헤헤 하고 웃었다. 브린이 '크흡' 하고 주먹을 꽉 쥐었다.

아무래도 아깝다.

리리카 황녀님이 아깝다.

어디선가 하늘에서 완벽한 남자가 떨어지지 않는 이상, 우리 황녀님이 너무 아깝다.

"사, 사실 이제 피요르드의 얼굴을 어떻게 봐야 하나 하고…… 걱정했거든."

"어째서요?"

"응? 생각만 해도 이렇게 가슴이 콩닥콩닥 뛰는걸? 분명히 만나면 내가 피요를 좋아하는 걸 알게 될지도 몰라."

"으음."

브린이 갸웃하는데 리리카가 얼른 이어 말했다.

"그런데 아버지가 만약에 오늘 그러면 피하면 된다고 해 주셔서. 그런 방법을 써도 되는 걸까, 하고…….”

"써도 되죠. 되고 말고요!"

브린이 활짝 웃으며 말했다.

"그런 거야?"

"네, 그럼요. 암요. 후후 역시 폐하께서는 현명하시네요. 뭐, 아예 좋아하는 사람이 있다든가. 그런 말씀을 하시는 건 어떠세요?"

"어어?"

"슬쩍 떠보는 거죠."

"으응? 그렇지만…….”

조금 비겁한 거 같기도 하고.

브린이 싱글 웃었다.

"뭐, 그런 방법도 있다는 거지, 그대로 하시라고 말하는 건 아니에요. 자, 더 지체하셨다가는 연회에 참여 못 하시겠어요. 오늘은 일찍 돌아오셔야 해요?"

"응."

리리카는 고개를 끄덕였다.

피요르드가 변경백이 된 걸 축하하는 축하연이었다.

일반적인 무도회가 아니라 리리카도 참여할 수 있었다.

작위 수여식이란 명예로운 일에 대한 축하연이니, 황족이라면 누구나 참여해서 상대를 축하해 줄 수 있었다.

변경백이라는, 높은 작위의 수여식은 정말 오랜만이었다.

게다가 언제 시간이 났는지 피요르드가 초대장까지 보내왔다.

정중하게 격식을 갖춘 초대장으로, 본인도 바빴을 텐데 그런 게 전혀 드러나지 않았다.

물론 가장 바쁜 건 황궁의 사용인들이었다. 즉흥적으로 결정된 작위 수여식 축하연이었다.

정말로 아무것도 준비된 게 없다.

라트의 얼굴도 새하얗게 질렸지만, 시종장의 얼굴은 그보다 더 심한 새파란 색이었다. 지금쯤 미친 듯이 일하고 있을 게 뻔했다.

리리카는 다시 한번 거울을 바라보고는 주먹을 꼭 쥐었다.

"좋아."

뺨을 짝짝 두들겼다.

최대한 태연하게, 친구로서, 잔뜩 축하해 줘야지!

아틸은 팔짱을 끼고 서 있었다. 옆에 서 있던 리리카가 아틸에게 소곤거렸다.

"아틸, 속이 안 좋아요?"

아틸이 그 말에 리리카의 뺨을 잡아당겼다.

"너 디아레랑 놀더니 디아레랑 말버릇이 닮아간다?"

"아야야, 그야 파티장에 들어가기 전에 그런 얼굴을 하고 있으니까 그렇죠."

리리카가 뺨을 문지르며 말했다.

아버지도 그렇고, 아틸도 그렇고, 제 뺨이 연약하다는 걸 알아 줬으면 좋겠다.

"저 자식이 변경백이 되는 파티가 뭐가 좋아? 넌 또 여기 왜 나와?"

"그야 초대받았으니까요."

리리카가 고개를 치켜올렸다.

"아틸은요?"

"……."

"아틸도 초대장을 받았군요. 그나저나 변경백이라니, 아주 옛날에 있었던 작위죠?"

다시 생각해도 신기했다.

피요르드는 이렇게 될 걸 알고 있었을까? 그래서 황령으로 땅을 바치겠다고 한 걸까?

이제는 바라트 소공작이 아니라 이그나란 변경백이라고 불리겠지.

'피요르드 이그나란.'

입속으로 풀네임을 불러본다. 전혀 다른 사람처럼 느껴졌다.

아틸이 리리카의 손을 잡아끌었다.

"들어가자."

"네."

입구에 서니, 생각지도 못한 두 사람의 등장에 도어맨이 놀라 몸을 깊숙이 숙이며 문을 열었다.

아틸이 문을 통과하며 못 박았다.

"오늘은 춤추지 마."

"왜요?"

"'왜요'는 무슨 '왜요'야. 네 또래만 있는 거 아니니까. 추지 마. 알았어?"

리리카는 입을 비죽이다가 고개를 끄덕였다.

"황태자 전하와 황녀님 드십니다!"

시종이 큰 목소리로 둘의 입장을 알리자 사람들의 시선이 몽땅 이쪽으로 쏠렸다.

오늘의 주인공인 피요르드가 인파를 뚫고 다가왔다. 리리카가 말을 걸려는 걸 아틸이 몸으로 슬쩍 가로막았다.

"축하하오, 이그나란 변경백."

아틸이 입을 열자 피요르드가 빙긋 웃었다.

"모두 다 폐하의 은덕이지요. 와주셔서 감사합니다. 황태자 전하."

"축……"

리리카가 입을 열었다가 아틸이 툭 밀치는 바람에 옆으로 비틀거리며 말이 끊겼다.

리리카는 어이가 없어져서 아틸을 바라보았다.

아틸이 싱긋 웃는 얼굴로 말했다.

"오늘의 주인공은 이그나란 변경백이니, 모두 우리는 신경 쓰지 말게."

그러며 리리카를 데리고 자리를 뜨려는데 피요르드가 그 앞을 잽싸게 가로막았다. 아틸과 거의 부딪힐 뻔했다.

"신경 쓰지 말라니요, 제가 이 자리에 있는 게 전부 황가의 은혜 덕인걸요."

"아, 그러셔."

아틸의 입꼬리가 비뚜름하니 올라갔다.

"그럼."

이번에는 리리카가 아틸을 쳤다.

아니, 쳐서는 아틸을 비틀거리게도 할 수 없으니 그녀는 어깨로 몸통 박치기를 감행했다. 그래 봐야 아틸을 한 걸음도 움직이게 하지 못했지만, 그의 말을 끊을 수는 있었다.

"너—"

"피요르드, 축하해."

리리카가 재빠르게 말했다. 피요르드가 활짝 웃었다.

"감사합니다. 황녀님."

오늘의 피요르드는 무척이나 멋있었다. 분명히 급하게 마련한 옷일 텐데도, 오늘을 위해서 미리 준비해 둔 옷처럼 느껴졌다. 바라트에서 입었던 옷처럼 라인이 화려하지는 않았다. 하지만 절제된 라인에도 장식이 화려해서 더욱 돋보인다고 할까.

'와아.'

새삼스럽게 얼굴이 붉어져서 리리카는 이어서 할 인사말을 잊어버렸다.

"황녀님."

"으응?"

"황녀님과 춤출 수 있는 영광을 저에게 내려 주시겠습니까?"

그가 정중히 인사하며 손을 내밀었다.

리리카는 한순간 머뭇거렸다. 예전이라면 바로 손을 내밀었을 테지만, 지금은 같이 춤 같은 걸 추다가는,

'심장이 못 버티면 어쩌지?'

딱 한순간, 곤란한 표정으로 피요르드를 보게 되었다.

'찰싹.'

그때 아틸이 가볍게 그의 손을 쳐내며 말했다.

"오늘 내 여동생은 아무랑도 춤추지 않기로 약속했거든. 가자."

아틸이 그녀를 잡아끌었다.

리리카는 안도되고, 아쉽고, 미안한 여러 가지 감정이 들어 피요르드를 돌아보았다.

'아.'

리리카는 피요르드의 눈동자를 바라보았다. 발이 딱 멈춰 섰다.

―피하는 것도 좋지.

'맞아, 그것도 분명 방법이지만.'

리리카가 입을 열었다.

"댄스카드 목록에 두 번째로 적어놔도 돼?"

좋아하는 사람을 상처 입히면서까지 그렇게 하고 싶지는 않아.

피요르드가 환하게 웃었다.

"물론입니다."

"뭐? 야, 잠깐."

"아틸."

리리카가 그의 손을 꽉 잡았다.

아틸이 떨떠름한 얼굴로 그녀를 내려다보았다. 리리카는 손을 꼭 잡고 빤히 그를 올려다보았다.

빤히.

빤히.

빠안히.

"하."

결국 한숨을 내쉬면서도, 아틸은 그녀의 손을 잡아끌고 플로어로 나갔다.

"알았어? 내가 첫 번째니까 참아 주는 거야."

"네, 네."

리리카는 킥킥 웃었다. 아틸은 그런 여동생을 바라보았다.

'정말로, 내가 무슨 걱정을 하는지도 모르고. 어휴.'

어쩔 수 없다.

처음부터 그렇게 생각하지 않았는가?

'내가 지켜 주는 수밖에 없네.'

아틸은 혀를 찼다.

"춤추면서 혀 차는 거 아니에요."

리리카의 지적에 아틸이 "네가 내 마음을 알겠냐?" 하며 고개를 절레절레 흔들었다.

귀여운 여동생을 가진 것도 큰일이었다.

피요르드는 얌전히 리리카와 아틸의 춤이 끝나기를 기다렸다. 곡이 끝나고, 두 사람이 채 플로어에서 벗어나기도 전에 피요르드가 앞섰다.

아틸이 어이가 없어져서 말했다.

"이제 쉬는 시간이거든?"

"더는 기다리기가 어려워서요."

빙긋 웃고 리리카에게 손을 내밀자, 리리카는 킥킥 웃고 손을 잡아 주었다.

발그레하게 달아오른 뺨과 반짝이는 눈동자가 아름다웠다.

"좋아. 춤추자, 피요르드."

"분에 넘치는 기쁨입니다."

피요르드의 말에 리리카는 다시 웃어 버렸다. 두 사람이 플로어에 올라가니 악단이 당황했다.

쉬는 시간을 위한 연주곡을 이제 막 시작한 참이었다.

모두가 지휘자의 눈치를 보았다.

결국, 지휘자가 다시 왈츠를 연주하기 시작했다.

그 음악에 맞춰 피요르드는 리리카를 이끌었다.

계속 이렇게 리리카와 춤추고 싶었다.

그때 바라트 공작가에서 거절당한 이후로, 계속, 계속.

몇 번이나 이 순간을 꿈꿔왔다.

제대로 된 자리에서, 누구에게도 눈총받지 않고, 정당한 직위를 얻어서, 방해받지 않고 춤추고 싶었다.

그 생각만 했다.

그녀의 손을 잡고 플로어를 도는 상상.

수해에서 힘을 쓰고 나면 늘 고열에 시달리고는 했다. 몸이 타는 듯한 격렬한 고통 속에서 몇 번이나 이 생각을 했다.

일이 전부 끝나면, 작위를 받겠지.

어떤 작위라도 좋다.

바라트 소공작만 아니면 된다.

그러면 무도회에서 리리카에게 춤을 신청해야지.

멋대로 몇 번이나 고쳐서 상상해 보고는 했다.

리리카는 어떤 옷을 입었을까? 노래는 분명 왈츠겠지.

플로어는 별이 떨어지는 것 같을 것이다. 음악은 달빛처럼 흐르고. 그는 당당히 그녀의 손을 잡고서, 그 눈동자를 들여다보면서.

달착지근한 꿈을 몇 번이나.

그녀를 리드하는 손끝이 떨리는 게 느껴졌다.

괜히 힘을 주어서 꼭 잡자 리리카는 갸웃했다가 다시 웃어 보였다.

그녀의 뺨이 평소보다 더 붉었다.

"아틸이……."

리리카가 입을 열었다.

그제야 제정신이 든 것처럼 피요르드가 그녀를 바라보았다.

"분명 화났을 거야."

"나중에 사과하죠."

"더 화낼걸?"

리리카가 킥킥 웃었다. 그 웃음을 홀린 듯 바라보다가 피요르드가 입을 열었다.

"황녀님, 오늘따라."

"응?"

"오늘따라 더 사랑스러우시네요."

"!!"

단숨에 얼굴이 달아올라, 그녀는 푹 고개를 숙였다. 시야에는 발밖에 보이지 않는다.

'어, 어떻게 해.'

심장이 마구마구 뛴다.

"황녀님?"

피요르드가 의아해하며 목소리를 낮췄다. 리리카는 이대로 도망치고 싶다는 생각이 들었다.

'아, 하지만.'

가슴이 두근두근 뛰고 꽉 막힌다. 하지만, 괴로운 게 아니라.

리리카는 고개를 들었다. 그리고 지금 감정을 그대로 전했다.

"정말? 무지무지 기뻐!"

요령 없는 애처럼 직설적인 말밖에 나오지 않았지만, 어쩔 수 없었다. 더해서 언제나, 말보다 표정이 항상 더 많은 것을 이야기하고 있었다.

순간 피요르드는 할 말을 잃었다. 멍하니 그녀를 바라볼 수밖에 없었다.

리리카는 까르륵 웃었다.

'그야 도망칠 수도 있지만. 역시 도망치는 건 성미에 맞지 않아.'

그녀는 피요르드를 좋아한다.

좋아하는 건 괴로운 일도 있지만, 이렇게 즐거운 일도 많은걸.

피요르드가 춤을 청해 줬을 때 기뻤다. 예전보다 훨씬 더.

마음을 들킬까 봐 조마조마하지만 않는다면 말이다.

물론 피요르드가 그녀의 마음을 알게 되면 어떻게 될지는 모른다. 하지만 리리카는 바보가 아니라, 그녀가 피요르드의 특별한 사람이라는 걸 알았다.

지금은 그 위치를 마음껏 누리면서 어리광 피우면 안 될까?

만약에 마음이 들킨다면, 들키는 걸로 해 두자.

'지금 즐기지 않으면 손해야.'

금빛 샴페인 거품이 흔들흔들 흔들리며 톡톡 터지는 것처럼, 춤을 추며 흔들릴 때마다 마음속이 톡톡 간질간질했다.

즐거워하는 리리카의 얼굴을 멍하니 보다가 피요르드는 제 얼굴이 달아오르는 걸 느꼈다.

오늘의 황녀님은 지나칠 정도로 사랑스럽고 반짝거리고, 눈을 감아도 눈이 부셔서 참을 수 없다. 들킬 것 같아서 초조한데, 얼굴이 달아오르는 걸 막을 수가 없다. 손끝까지 심장이 뛰는 게 느껴졌다.

잠시 둘 사이에 침묵이 흘렀다. 플로어를 말없이 빙글빙글 돌았다.

리리카는 헛기침을 하고, 시선을 피요르드의 단추에 고정했다.

"하여간 축하해. 나는 정말로 어떻게 되나 걱정했어. 피요르드가 황령으로 땅을 바친다고 해서, 파산하면 어쩌나 하고……. 하지만 이제 괜찮은 거지?"

"이제 첫 번째 단추를 끼운 거죠."

질문에 답하며 피요르드는 그럭저럭 침착함을 되찾았다.

"그런 거야?"

"그런 겁니다."

피요르드가 웃으며 답했다. 그 웃음을 바라보며 리리카는 가볍게 숨을 내쉬었다.

"그래도 다행이다. 피요르드가 대단한 건 알았지만, 그래도 역시 대단하구나. 말하는 대로 다 되다니."

리리카가 장난꾸러기 같은 표정을 지었다.

"도망치길 잘했네."

"네, 도망치지 않았으면 혼자 서지도 못했을 겁니다. 황녀님께서 함께 도망치자고 해 주신 덕분이죠."

눌려 있을 때는 몰랐다.

도망쳐서 제힘으로 일을 시작하고, 그곳을 벗어나고 나서야 똑바로 바라트를 마주 볼 수 있었다.

거리를 띄운 후에야 보이는 게 있는 법이다.

도망치지 않고 맞서 싸워야 한다고 생각했는데, 도망쳐야만 맞설 수 있는 것도 있었다.

춤은 금방 끝났다.

아무래도 이어서 춤곡을 연주하기는 좀 그러니, 짧게 곡을 줄인 모양이었다.

리리카는 얼른 피요르드를 데리고 발코니 쪽으로 나섰다.

얼결에, 하지만 즐겁게 끌려오며 피요르드가 말했다.

"전하께서 화내실 텐데요."

"응, 하지만 아틸이 마음에 안 든다고 날 멋대로 할 수는 없는걸."

아틸의 걱정은 이해하지만, 그렇다고 아틸이 원하는 대로 모든 걸 해 줄 수는 없었다.

"게다가 피요르드랑 발코니에 나오는 게 큰 문제는 아니잖아."

리리카가 발코니 난간을 붙잡으며 차가운 밤공기를 깊게 들이마셨다.

달아오른 피부에 닿는 서늘한 바람이 기분 좋았다.

리리카는 눈을 감았다.

"저기, 피요."

"네."

"내가 황녀님이 아니라면 어떨 것 같아?"

눈을 뜨고 돌아보며 묻는 말에 피요르드는 망설임 없이 답했다.

"그럼 납치할 겁니다."

"뭐?"

리리카는 당황해서 그를 돌아보았다. 피요르드가 싱글 웃으며 말했다.

"아니, 손을 붙잡고 아주 멀리 도망칠 거 같아요."

"납치랑 도망은 다른 건데."

피요르드는 그냥 웃기만 했다.

만약 그녀가 황녀가 아니고, 아무것도 아니라면 그는 망설임 없이 그녀를 낚아채서 모두로부터 멀리, 아주 멀리…….

단둘만 있을 수 있는 곳으로 가 버릴 터였다.

아니, 그러고 싶었다.

피요르드가 손을 뻗어 그녀의 뺨을 감쌌다. 엄지가 부드럽게 광대를 쓸어내렸다.

"그럼 같이 도망쳐 주시려나요?"

리리카는 가만히 피요르드를 바라보았다.

"왜 도망쳐야 하는지 모르겠어."

솔직한 말에 피요르드가 웃었다. 리리카가 그가 어루만지는 뺨 쪽으로 고개를 기울였다.

"있지, 피요가 만져 주면 뭔가 그 부분이 저릿저릿해."

피요르드는 순간 얼어붙었다.

리리카는 솔직한 말을 날린 채로 천천히 긴 속눈썹을 들어 올리며 피요르드를 바라보았다.

홀린 듯 그 청록색 눈동자를 바라보다가 허둥지둥 뒤늦게 손을 떼며 물었다.

"혹시 불쾌하신가요?"

"응? 아냐! 오히려, 말하자면."

리리카가 머뭇거렸다.

"기분 좋은걸."

피요르드는 난간을 움켜쥐었다. 지금 당장 뭘 쥐지 않으면 리리카를 끌어안을 것 같았다.

발코니라 해도 커튼이 열려 있어서 둘이 뭘 하는지 훤히 들여다보였다.

뺨을 어루만진 걸로도 아슬아슬했다. 그나마 아직 두 사람 다 성인이 아니니까 넘어갈 수 있을 정도의 접촉이었다.

리리카는 난간을 양손으로 붙잡고 쭉 팔과 어깨를 잡아당겨 기지개를 대신했다.

어린아이 같은 동작이지만, 아무렴 어떤가?

'아, 솔직하니까 편하다.'

리리카가 피요르드를 돌아보고 말했다.

"그럼 이만 나가 볼까? 더 있으면 아틸이 정말로 화낼 거야."

"네, 네. 먼저 나가시죠. 저는 좀 더 있다가 가겠습니다."

"응. 나중에 또 보자, 피요."

리리카가 손을 흔들고는 발코니를 빠져나갔다.

그녀가 나간 뒷모습을 바라보다가 피요르드는 힘이 쭉 빠져서 그대로 무너지듯 난간에 기댔다.

아무에게도 이 얼굴을 보이고 싶지 않았다. 리리카가 있는 동안 관리하는 걸로도 충분하다. 얼굴 근육이 멋대로 풀려서 곤란했다.

난간에 팔을 올리고, 팔에 얼굴을 묻는다.

"하아."

저절로 숨이 흘러나왔다.

눈을 감으면 눈 안쪽이 반짝반짝 빛나는 기분이 들었다.

그녀를 만졌던 손끝이 찌릿찌릿하게 울렸다.

자꾸만 기대하게 된다.

'여기까지'라는 걸 아는 데도, 기대하게 되어 버리고 만다.

'정신 차려. 피요르드 이그나란.'

새로운 성으로 저 자신을 불러 보았다.

피요르드 바라트.

피요르드 이그나란.

양쪽 다 '그'지만 선택지가 생겼다는 것만으로도 다른 사람이 된 것 같은 기분이 들었다.

술은 한 방울도 마시지 않았는데, 취한 듯한 열기가 느껴졌다. 찬 공기를 깊이 들이마시고 그는 몸을 일으켜 세웠다.

오늘의 주인공은 그다.

여기서 더 시간을 허비할 수는 없었다. 감정의 뚜껑을 닫고 피요르드는 발코니를 나섰다.

축하연은 밤새도록 이어졌다.

"파티는 즐거우셨어요?"

씻고 나온 리리카의 머리카락에 향유를 발라 빗겨 주며 브린이 물었다.

"응, 무척 즐거웠어."

리리카는 너무 늦어지기 전에 파티에서 슬쩍 빠져나왔다.

"변경백과 춤을 추셨다고요."

"응, 아틸이 그것 때문에 화냈지만."

브린이 가볍게 웃었다.

"피하시겠다는 작전은 어떻게 하시고요?"

"그건 관두기로 했어."

브린이 거울로 리리카를 바라보았다. 서로의 눈이 마주쳤다.

"그럼 고백하실 건가요?"

브린이 조심스럽게 물어왔다. 리리카가 고개를 저었다.

"아니, 고백하지는 않을 거야. 하지만 그렇다고 피하고 도망치지도 않을래."

"알 것 같지만, 그래도 설명을 부탁드려도 될까요."

사춘기 소녀의 마음은 복잡미묘하니, 실수하지 않으려면 이야기를 들어 두는 게 좋을 것이다, 라고 브린은 생각했다.

"오늘 피요를 보기 전까지는 내 마음만 가득 차서 몰랐어. 처음에는 춤 신청을 거절할까 했거든."

"네."

"그런데 피요 표정이 충격받은 표정이었어. 나는 일단 좋아하는 사람에게 상처 주고 싶지 않고, 그리고 피요는 현재 상황이 특수하잖아."

"음, 그렇죠."

"그렇지?"

리리카가 알록달록 귀엽고 사랑스러운 크리스텔과 도자기로 가득한 자신의 화장대를 바라보았다.

"피요는 아군이 없어. 나는 계속 피요 옆에 있어 주겠다고 약속했고. 그런데 내가 피요에게 '좋아해.'라고 고백해 버리면 무척 난처할지도 모른다는 생각이 들었어."

브린이 빗을 멈추고 말했다.

"황녀님을 잃을까 봐 고백을 받아 줄 수도 있다, 그렇게 생각하셨군요."

"바로 그거야. 그건 나도, 피요도 싫잖아. 그러니까 고백은 하지 않을 거야."

"하지만 피하지는 않으시고요."

"응, 그냥 솔직하게 행동하기로 했어. 만약에 피요도 날 좋아한다면, 내 행동을 보고 고백해 주겠지?"

부끄러운 듯 리리카가 무릎으로 시선을 떨구는 게 느껴져서 브린은 미소 지었다.

"만약 아니라면 짐짓 모르는 척할 테고요."

"응."

리리카가 열심히 고개를 끄덕였다.

브린은 솔직한 황녀님이 무척 좋았지만, 그녀의 계획에 맹점이 있다는 사실도 깨달았다. 그건 바로 피요르드가 고백할 마음이 있느냐, 에 대한 문제다.

'참, 황녀님도. 그 사람이 황녀님을 좋아하는 건 빤히 보이는 일인데.'

본인은 전혀 눈치를 채지 못하고 있는 게 귀여웠다. 그리고 어느 정도는 피요르드의 자업자득 아닌가?

황녀님이 그런 말을 그냥 받아 준다는 걸 방패 삼아 친구 위치에서 귀엽다느니, 사랑스럽다느니, 좋아합니다, 같은 이야기를 잔뜩 했으니 말이다.

'반대로 그런 공격을 받으면 어떻게 나올지.'

브린은 빗을 내려놓았다.

몇 년간 자신이 반들반들하게 길을 들여놓은 갈색 머리카락을 뿌듯하게 바라보았다. 한 올 한 올 윤기가 흘러서 투명하게까지 보이는 머리카락이었다.

"전 언제나 황녀님 편이에요."

브린의 말에 리리카가 활짝 웃었다.

"고마워, 브린. 나도 브린이 있어 줘서 무척 든든해."

그때 바깥이 소란스러워졌다.

브린이 재빠르게 경계 태세에 들어갔다. 침실 문이 거침없이 열렸다. 들어온 사람을 보고 리리카는 놀라 자리에서 일어났다.

"어머니?"

루디아는 품에 베개를 안고 있었다.

"오늘은 여기서 잘 거야."

리리카는 눈을 깜박였다가 웃었다.

"좋아요!"

딸아이의 웃음에 루디아는 울컥하고 올라오는 눈물을 참았다. 리리카가 손을 살짝 들어 올리자 눈치 빠른 브린이 물러나며 침실 문을 닫았다.

리리카가 쪼르르 달려와서 어머니의 손을 잡아당겨 침대에 나란히 앉았다.

"오랜만에 제 방에서 같이 자는 거 같아요."

"리리."

"네."

"미안."

한숨이 저절로 나온다.

"신경 쓰게 만들었구나."

"괜찮아요."

씩씩하게 말하고 리리카가 조심스럽게 어머니께 물었다.

"아버지와 싸우셨어요?"

"그래, 그, 그 좀생이 같은 용이……!"

"!!"

리리카는 눈을 동그랗게 떴다가 '역시' 하고 안도했다.

어머니는 아버지가 용이라는 걸 알고 계시는 거구나.

루디아는 베개를 휙 던져 버리고 리리카를 꽉 끌어안았다.

"엄마는 리리만 있으면 돼. 리리뿐이야."

리리카는 어머니를 마주 끌어안았다.

"저도 어머니를 사랑해요."

"리리!"

감격한 루디아의 팔에 힘이 꽉 들어갔다. 리리카는 숨 막히는 와중에도 웃음이 나왔다.

"하지만 어머니."

"응."

"아버지를 좋아하시죠?"

"!!"

루디아가 홱 몸을 뺐다. 딸아이의 생글생글 웃는 얼굴을 보니 말이 나오지 않았다.

"저, 잘은 모르지만. 역시 솔직한 게 최고 아닐까요? 사실―"

피요르드에 대한 이야기를 하려는데 다시 침실 문이 벌컥 열렸다.

"어디 갔나 했더니―"

알테우스가 서 있었다.

루디아가 리리카를 다시 끌어안고 말했다.

"저리 가요, 오늘 리리랑 잘 거예요."

"이야기 먼저 끝내지."

"끝낼 이야기가 있어요? 이미 이야기는 다 끝난 걸로 아는데요."

"일방적으로 끊고 가는 게?"

"일방적이라고 생각한 건 그쪽이죠. 그쪽이야말로 일방적으로 퍼부었잖아요."

"그건 네가 먼저, 아니. 왜 이렇게 감정적이야?"

"뭐라구요?!"

루디아가 자리에서 벌떡 일어났다. 알테우스가 팔짱을 끼고 말했다.

"감정을 배제하고 이성적으로 좀 생각해 봐."

"이, 이게 감정 문제인데 어떻게 감정을 배제해요!"

루디아가 던져뒀던 베개를 알테우스에게 집어 던졌다.

기세 좋게 날아온 베개를 받아들고 알테어스가 눈썹을 치켜올렸다.

"물건을 던져?"

"그 베개가 당신의 생명에 크나큰 위협이 되나 보죠?"

"그게 문제가 아니라, 사람에게 물건을 던지는 것부터가—"

"그럼 예의 없이 멋대로 침실에 들어오는 건 어떻고요? 나가요!"

"여기가 당신 침실이던가? 허락받지 않고 들어온 건 마찬가지지."

목소리에 비아냥이 섞이기 시작하자 리리카가 뒤에서 고개를 절레절레 흔들었다. 손으로 엑스 표를 그려 보였다.

그걸 보고 알테어스는 미간을 찡그렸다. 한 박자 멈췄다가 그가 차갑게 말했다.

"아, 그래? 그럼 마음대로 해."

베개를 휙 던져 버리고 알테어스는 침실 문을 요란하게 쾅 닫았다. 순간 놀란 얼굴이 루디아를 스쳤지만 그녀는 입술을 꽉 깨물고 침대에 도로 털썩 앉았다.

리리카는 얼른 손을 얌전히 모았다. 이리저리 눈을 굴리는데 다시금 루디아가 사과했다.

"미안해, 리리. 이런 모습 보여서."

"무슨 일인지 여쭤봐도 되나요?"

"엄마가, 말실수한 게 있어서, 사과하려고 했는데……. 그게 사과냐며 하나하나 비아냥거려서……."

"으음……."

리리카는 고개를 기울였다가 말했다.

"일단 오늘은 같이 자요. 네?"

"그래, 그러자. 모처럼이니까 오랜만에 이야기나 나눌까?"

"좋아요."

리리카가 얼른 침대에 풀썩 몸을 던졌다. 루디아도 싸운 기색은 얼른 지우고, 딸아이 옆에 누웠다.

같은 시간.

아틸은 갑작스러운 알테어스의 방문에 눈을 휘둥그레 떴다.

"숙부님?"

"낚시."

"네?"

"낚시 가지."

"지금요?"

이 한밤중에?

무슨 일인가 싶어서 알테어스의 등 너머를 바라보았다. 브란이 고개를 저었다. 무슨 일인지 모르겠다는 뜻이었다.

"지금 당장."

팔짱을 끼고 당당히 말하는 숙부님을 보고 아틸은 고개를 끄덕였다.

"알겠습니다."

얼결에 아틸은 밤낚시에 끌려가게 되었다.

냉전은 며칠이나 이어졌다.

아틸이 피곤한 얼굴로 마른세수를 했다. 리리카가 측은한 얼굴로 그를 보았다.

"아틸, 괜찮아요?"

"괜찮겠냐? 밤마다 낚시에 끌려 나가서 잠도 못 자고. 죽겠다."

브란이 옆에서 진한 홍차를 더 따라 주며 말했다.

"아무리 타카르가 강철 체력을 가지고 있다고 해도 계속해서 이런 생활은 무리입니다."

"대체 숙부님은 어떻게 밤을 새우고 낮에도 정무를 보시는 거지?"

"집무실에서 종종 주무시던걸요."

"뭐? 이런 제길."

아틸이 이 사이로 욕을 내뱉었다. 리리카도 심각한 얼굴이었다.

"저도 어머니를 좋아하고, 같이 자는 것도 좋지만. 매일매일, 뭐라고 할까요."

우울해 보이시는 건 싫었다.

"어떻게 하지."

아틸이 심각한 표정을 지었다.

"이러다가 말라 죽을 거야. 아니, 사실 우리만 죽으면 상관없어."

"무서운 말이네요."

"신하들도 다 죽으려고 해서 그렇지. 너 라트 얼굴 봤어?"

"유령처럼 돌아다니던데요."

"이러다가 과로로 죽은 재상에 대한 괴담이 태양궁에 추가될지도 몰라."

"무서운 소리를……. 하긴 탄도 눈 밑이 시꺼멓던걸요."

"그 튼튼한 울프도 그 모양인데, 산다르가 버티겠냐?"

"하지만 저희가 뭘 어떻게 할 방도가······."

"두 분을 화해시켜야지!"

"그러니까 어떻게······."

"그걸 의논하자고 널 부른 거야. 다른 사람도."

"다른 사람이요? 아. 탄, 라트."

리리카가 자리에서 일어나 두 사람을 맞이했다. 라트와 탄이 인사하고 자리에 앉았다.

흑룡실 응접실에 둘러앉은 네 사람은 서로의 얼굴을 바라보았다.

탄이 헛웃음을 지었다.

"이게 대체 무슨 일인지."

"저 재상직 그만두렵니다."

"그래서 지금 여기 모인 거잖아."

아틸이 주먹으로 테이블을 가볍게 내리쳤다.

"어떻게든 두 분을 화해시켜야 해. 그리고 내 생각에 가장 큰 열쇠는 너야."

아틸이 손가락으로 척 가리키자 리리카는 눈을 동그랗게 떴다.

"저요?"

"그래, 두 분 모두 네 말이라면 껌벅 죽으시잖아."

"아닌데요?"

"그 정도면 죽으시는 겁니다."

"우리 중에 가장 영향력이 있다는 말이지요."

라트가 진지하게 말했다.

"황녀님께 제국의 미래가 달려 있습니다."

"아니, 그렇게 말해도."

리리카가 갸웃했다.

"놔두면 알아서 화해하시지 않을까요?"

"와, 너 지금, 넌 괜찮다는 거지?"

"황녀님, 제가 과로사하는 걸 보고 싶으신 겁니까?"

"아니……."

리리카는 눈을 끔벅거렸다.

탄이 희미하게 웃으며 말했다.

"꼭 그것 때문만은 아니라, 작은 자존심 때문에 갈라진 틈이 시간이 지나면 점점 더 벌어지는 경우도 있으니까요. 돌이킬 수 없게 되기 전에 계기를 마련하고 싶은 겁니다."

리리카는 탄을 바라보았다.

탄은 찬찬히 그녀의 눈동자를 들여다보고 다시 부드럽게 미소 지었다.

'아.'

리리카는 뭔가를 깨달아 시선을 내렸다. 저런 식으로 내 눈을 들여다보는 사람은.

절대로 탄은 알리고 싶지 않았던 일을 알아 버린 것 같아서, 어쩐지 미안해졌다. 본의 아니게 남의 비밀을 엿듣게 된 기분이었다.

"그래서 작전은 있어요?"

라트가 고개를 끄덕였다.

"'죽음의 링' 작전입니다."

"죽음의 링이요?"

리리카가 의아한 표정을 지으니 라트가 "흐흐" 웃었다.

"한 사람이 죽기 전에는 빠져나올 수 없는 링이지요."

"?!"

리리카가 눈을 찡그리는데 아틸이 말했다.

"지금 두 분이 서로 자존심 때문이든 뭐 때문이든 말을 안 하시는 거잖아. 근데 네가 보기에는 어때? 화해하고 싶어 하시는 거 같지 않아?"

리리카는 "음……." 하고 고개를 끄덕였다.

"맞아요."

"숙부님도 그래. 계기만 마련하면 될 거 같으니까 하는 말이야. 그래서 그 두 분을 비밀정원으로 불러내는 거지."

"그렇군요."

"그래서 오두막으로 들어가게 하는 거야."

"그리고요?"

"밖에서 문을 잠가 버리는 거지."

"……소용 있어요?"

그냥 폐하께서 걷어차면 부서질 텐데.

라트가 고개를 끄덕였다.

"중요한 건 탈출할 수 있냐 없냐가 아닙니다. 그저 계기지요. 그러니 황후마마를 꼭 오두막으로 불러 주시길 바랍니다. 물론 그 전에 오두막에서 화해 분위기가 잘 조성될 수 있게 세팅을 갖춰야겠지요."

아틸이 낮은 목소리로 손을 내밀며 말했다.

"제국의 평화를 위해."

네 사람은 서로 얼굴을 마주 보고 아틸의 손 위에 제 손을 겹쳐 올렸다.

"제국의 평화를 위해."

"어머, 정말로 아기자기한 정원이구나. 리리가 만들었다니, 대단한데?"

루디아가 비밀정원에 들어서서 연신 탄성을 질렀다. 일반적인 황궁 정원과는 완전히 달랐다.

한쪽에는 산딸기 덤불이 있고, 포도나무 덩굴이 등나무 대신 아치를 그리고 있었다.

허브가 들쭉날쭉 자라고 가을꽃들이 한두 송이씩 피어나고 있었다.

"그리고 이게 그 문제의 꽃이구나."

"네, 봉우리는 다 커졌는데, 아직도 안 피었지 뭐예요? 아무래도 우바에게 사기를 당한 거 같아요."

"저런."

루디아가 쿡쿡 웃었다.

리리카가 헛기침을 하고 말했다.

"그럼 오두막 안으로 들어가 보시겠어요? 오두막 안도 아기자기해요."

"그럴까?"

루디아는 오두막 안으로 들어서서 탄성을 질렀다.

"어머나, 세상에."

내부는 꽃으로 아름답게 꾸며져 있었다. 화덕에 불이 활활 타고 있어 온기가 가득했다.

소박한 오두막에는 모든 게 갖춰져 있었다. 루디아가 짓궂은 미소를 지었다.

"왜 와인이랑 와인 잔이 있지? 우리 딸이 술도 마시나?"

"아, 아뇨. 아니에요."

당황한 리리카가 고개를 휘휘 저었다. 루디아가 웃었다.

"엄마를 위해서 준비해 준 거지? 알아."

"저, 저 어머니."

"응?"

"침실에 들어가셔서 딱 삼십만 세고 나와 주실 수 있으세요?"

루디아는 딸이 양손을 꼭 붙잡고 하는 말에 웃었다.

"또 뭘 준비해 놨는데? 알았어."

루디아는 침실에 들어가서 "하나, 둘—" 숫자를 세기 시작했다.

"삼십."

전부 세고 방문을 열고 나오니.

알테어스가 비딱하게 서 있었다. 루디아는 순간 숨이 막혀 그를 바라보다가 후다닥 문 쪽으로 다가갔다.

'찰칵찰칵.'

'잠겼어.'

그녀가 휙 그를 돌아보았다. 알테어스가 말했다.

"내가 한 거 아냐. 나도 갇힌 거야."

"뭐라구요?"

"죄송해요, 어머니!"

밖에서 리리카가 외치는 소리가 났다.

"숙모님, 숙부님. 두 분이 꼭 화해하셨으면 해서 자리를 마련했습니다.

혼내는 건 나중에 해 주세요."

아틸의 목소리가 들렸다.

"업무는 걱정하지 말라고, 라트가 전해 달랬어요."

어처구니가 없어서 멍하니 문을 바라보는데 아이들이 후다닥 멀어지는 소리가 들렸다.

루디아는 입술을 깨물고 돌아섰다.

알테어스는 그 모습이 꼭 궁지에 몰린 고양이 같다는 생각을 하며 피곤한 눈가를 문질렀다.

손으로 와인 코르크를 거침없이 따고 와인 잔을 채웠다.

"앉지?"

"명령하지 말아요."

"그럼 편한 대로 하시죠."

알테어스가 그렇게 말하고 자신은 의자에 털썩 앉았다.

"……."

그 혼자만 편히 앉아 있는 걸 보니 자신이 서 있을 필요가 있나 싶었다.

루디아도 다가와 맞은 편에 앉았다.

알테어스가 빤히 그녀를 바라보아 루디아가 물었다.

"왜요?"

"오랜만에 얼굴을 보는 거 같아서."

"!!"

루디아는 시선을 홱 내려 와인 잔을 바라보았다. 그가 따라놓은 와인을 제 쪽으로 잡아끌었다.

두 사람은 말없이 와인 잔을 느릿하게 비웠다.

알테어스가 두 잔째 잔을 채웠다.

루디아는 흔들리는 붉은 포도주를 바라보았다. 얇디얇은 크리스털 잔을 이리저리 기울이다 그녀가 말했다.

"꼭 그래야 속이 풀려요?"

루디아가 그를 똑바로 쏘아보았다. 알테어스는 그 시선을 맞받았다.

"꼭 그렇게, 사람 자존심을 다 긁어놓고, 내가 자존심 다 버리는, 떨면서 비는 사과를 받아야 직성이 풀리겠어요?"

"난—"

말을 하려다 알테어스는 입을 다물었다. 그가 다시 입을 열었다.

"네가 그리웠어."

루디아가 멈칫했다. 알테어스가 그녀를 보며 느릿하게 말했다.

"자존심을 버리고 사과할 건 나야. 미안해, 보고 싶었어."

루디아는 멍하니 그를 보았다. 그녀의 눈동자가 흔들렸다.

"……."

설마 사과받을 줄은 몰랐다.

천천히 루디아의 눈에 눈물이 고였다.

"나도, 나도, 미안해요. 당신의 말을, 폄하할 생각은—"

"알아."

알테어스가 몸을 일으켰다. 좁은 테이블 위로 허리를 숙여 그녀의 뺨에 입 맞췄다.

"울지 마, 네가 울면 어떻게 해야 할지 모르겠으니까."

밤의 강가에서, 계속 생각하고서야 깨달았다.

그녀가 늘 자신을 쏘아보니까, 두려워하지 않으니까 잊고 있었다. 둘은 대등한 권력을 가지고 있지 않다는 걸.

자신이 당연하게 여기는 것들이, 루디아에게는 당연하지 않고, 그녀가 그를 불신하고 무시하는 게 아니라 둘 사이에는 그만큼의 간극이 있다는 것을.

"루디, 응?"

혀로 눈가를 훑아 올린다. 짠맛이 났다. 루디아가 눈을 감았다가 떴다. 그녀가 똑바로 그를 바라본다. 찌르는 듯한, 조금도 흔들리지 않는 눈동자였다.

"난."

그녀가 숨을 들이마시고 말했다.

"그렇게 파티를 좋아하지 않아요."

순간, 무슨 이야기인가 했다가 곧바로 전에 그와 나눴던 이야기의 연장선이라는 걸 알았다.

"사교계도 그렇게 좋아하는 편이 아니에요. 군림하는 건 즐겁지만, 어쨌든 일이니까 하는 거지요."

이해했냐는 듯 그를 바라보았다. 알테어스는 홀린 듯 고개를 끄덕였다.

"그리고, 겉모습은 상관없잖아요? 호호 할머니가 돼서도 스무 살짜리 남자를 거느릴 수 있다면 훌륭한 거겠죠."

"스무 살짜리는 아닌데……."

"그 나이쯤 되면 당신이 그렇게 여겨질 거예요."

알테어스가 쓴웃음을 지었다. 하지만 마주친 그녀의 눈동자에 웃음기 따위는 하나도 없었다. 그가 한 말을 오랫동안 진지하게 고민하고서 내뱉는 말이라는 걸 알았다.

"하지만."

루디아가 살짝 턱을 치켜올렸다.

"이 결혼은 계약이니까 제대로 마무리되어야 한다고 생각해요."

"마무리?"

"얼렁뚱땅 넘어갈 생각 따위 없다는 거예요. 계약이 끝나면 이혼할 거예요."

알테어스의 눈빛이 짙어졌다. 야생동물과 닮은 표정이 자리 잡는다. 루디아는 사냥감이 된 기분을 맛보며 천천히 말했다.

"이 결혼, 누가 먼저 하자고 했어요?"

"……."

순간 그의 표정이 멍해졌다. 그 멍해진 얼굴도 어쩐지 귀엽다고 생각하며 루디아가 말했다.

"그러니까 계약 끝나면, 끝이에요."

이게 루디아가 내린 결론이었다.

"그렇군."

알테어스도 순순히 답했다.

"나는……."

그가 그녀의 눈가에 입 맞췄다.

"영원을 맹세할 수도 있어."

입술과 입술이 살짝 겹쳤다.

"같이 죽어 줄 수도 있지."

요구하는 듯한 입맞춤이다.

"네게 너무 무겁지만 않다면 말야."

이런 휘몰아치는 감정이.

그녀가 두려워하고 질색하는 사랑이라는 단어가.

대답을 듣기 전에 입맞춤이 이어졌다. 살그머니 입술을 물고서 그다음을 맛보여 주겠다고 유혹했다.

네가 조금만 입을 벌려 주면.

한 번 시선이 마주치고.

테이블이 흔들렸다.

와인 잔이 떨어져 산산조각 났지만 두 사람 모두 신경 쓰지 않았다.

붉은 포도주가 테이블보를 적시고 뚝뚝 떨어졌다.

숨을 헐떡이며 루디아가 말했다.

"행복은 무거울수록 좋은걸요."

알테어스가 그녀의 허리를 잡아끌었다. 루디아가 그의 팔을 붙잡으며 속삭였다.

"아이들이 오면······."

"안 와."

단호하게 말하며 근처 방으로 향했다. 루디아가 정신을 차리지 못하도록 입 맞추는 것도 잊지 않았다. 방문 손잡이를 돌리며, 한 번에 침실을 알아맞힌 자신의 감에 감탄했다.

'침대는 튼튼하겠지.'

그가 그녀의 등을 감싼 단추를 더듬다가 그냥 천을 잡아당겼다.

루디아가 불만을 토했다.

"마음에 드는 옷이었는데요."

"또 맞춰 줄 테니까, 응?"

달래는 게 아니라, 애원하는 목소리였다. 루디아가 그의 셔츠 깃을 잡아당겼다.

그녀의 힘으로는 단추 하나를 튕겨 나오게 하는 게 고작이었다. 그래도 그녀는 의기양양하게 말했다.

"저도 한 벌 맞춰 드릴게요."

알테어스는 아슬아슬하게 이성이 끊기는 걸 붙잡으며 그녀를 덮쳐 눌렀다.

루디아는 눈을 떴다.

알지 못하는 장소라 몇 번이나 눈을 깜박이는데 목소리가 들렸다.

"차?"

멍하니 목소리에 시선을 돌리니 알테어스가 침대가에 앉아 있었다. 그가 홍차 잔을 들고 있다.

"……."

"루디?"

"아뇨, 지금……. 아, 이런."

그녀가 한숨을 내쉬며 몸을 일으켰다. 미끄러지는 시트를 끌어 올려 몸을 가리고 베개에 상반신을 푹 기댔다.

손을 내미니 알테어스가 찻잔을 건네주었다.

한 모금 마시고 루디아는 웃음이 터질 뻔한 걸 참았다. 절대로 시녀가 타 준 맛이 아니다.

"정신이 번쩍 드는 맛이군요."

"직접 차를 우린 건 처음이라. 별론가?"

"아뇨, 아침에는 어울릴지도 모르겠어요."

한 모금 더 마시고 한숨을 내쉬었다. 알테어스가 "왜?" 하고 물으며 그녀의 옆으로 슬그머니 붙어 앉았다.

"딸아이의 집이잖아요. 딸의 방이고요."

어쩐지 무척 부끄러웠다.

"새로 전부 맞춰 주면 되지."

"······."

이런 뻔뻔한 감각은 확실히 용다운 것이라 생각한다.

'이 차도.'

짙은 붉은 빛 찻물을 바라보는데 슬그머니 손이 허리를 어루만지는 게 느껴졌다.

"······!!"

휙 그를 노려보니 그는 그저 빙긋 웃을 뿐이었다.

"제 차는 지금 무척 뜨거워요."

"그럴 리가. 그렇게 뜨겁지 않게 맞췄는데."

"하여간 지금은 안 돼요."

"어째서?"

"오늘 여기서 못 나가는 건 싫으니까요."

"나가야 하나?"

알테어스의 표정에 곤란함이 어렸다. 루디아가 의아해하며 물었다.

"무슨 일이 있나요?"

"라트가 모처럼 며칠 업무는 상관하지 말라고 했는데, 이대로 나가면 업무를 해야 하잖아?"

루디아는 어이가 없어져서 그를 바라보았다.

"아, 타겟군."

그가 밖으로 나가더니 뭔가 달그락거리는 소리가 났다.

'설마?'

잠시 후, 그가 쟁반에 토스트를 가지고 들어와 그녀 앞에 내려놓았다.

"황제가 구운 토스트라니, 황송하네요."

이것도 너무 구웠다.

'용은 불을 다루는 생물 아닌가?'

생각하며 버터와 잼을 바른 토스트를 한 입 물었다. 뒤늦게 허기가 몰려왔다. 바삭바삭한 토스트도 나쁘지 않았다. 깨끗하게 접시를 비우고 나니 알테어스의 시선이 느껴졌다.

"그러고 보니 당신은 안 먹어요?"

"난 며칠 안 먹어도 괜찮아."

"아니……."

"그대가 먹는 걸 보는 게 더 좋아. 입술이, 혀가, 목이 삼키는 걸 보는 게 즐겁—"

"무슨 변태 같은 소리를!"

루디아가 손바닥으로 그의 얼굴을 밀어붙이며 소리 질렀다. 알테어스가 빙긋 웃고 접시를 치우며 붙어 앉았다.

"하여간 라트에게 업무를 맡겼으니 나갈 생각이 없어."

"……."

"그렇다고 황후 혼자 나가서 돌아다니게 둘 생각도 없지."

그가 이불 채로 그녀를 꽉 끌어안았다.

"알테어스!"

"더 자, 피곤할 테니까."

"피곤하게 한 사람이 누군데요?"

"응, 그러니까 더 자 둬. 그사이에 좋은 청혼 문구를 생각해 볼 테니까."

"……!"

정말이지, 이 사람은. 이 용은.

어쩔 수 없이 항복하고 루디아는 몸에 힘을 풀었다.

부모님은 며칠간 오두막에서 머무시더니 다행히도 화해한 얼굴로 나왔다.

아버님과 어머니께서 번갈아 가며 슬쩍 "고맙다."라고 속삭여서 리리카는 고개를 저었다.

제가 아니라 아틸과 다른 사람들이 생각한 거예요, 하고 솔직히 이야기했다.

두 분 다 놀란 듯했다가 웃으셨는데, 그 웃음이 어쩐지 비슷해서 리리카는 즐거웠다.

　그리고 아버지께서는 며칠씩이나 묵어서 미안하다고 하시며 오두막 내부를 싹 새로 정비해 주었다.

　'안 그러셔도 괜찮은데.'

　하지만 새 가구들이 들어오자 오두막 분위기가 또 달라져서 그것도 즐거웠다.

　소파, 식탁, 의자, 정원에 놓여 있던 테이블 세트까지. 하여간 남아 있는 가구가 거의 없을 정도로 전부 바뀌었다.

　처음에는 놀라서,

　"이렇게 몽땅 안 바꿔도 돼요!"

　라고 말했지만, 아버지는 고개를 저었다. 어머니에게 하소연하니 당혹스러운 듯 시선을 피하시며,

　"그냥 받아두렴."

　하고 조언했다. 어쩔 수 없이 가구를 다 바꿨다.

　특히 침대가 무척 크고 푹신푹신하게 바뀌었다.

　소박한 오두막에는 조금 과하지 않나 싶지만, 침대에 누워 보니 눈이 번쩍 뜨였다.

　'역시 침대는 비싼 걸 해야 하나 봐.'

　화덕도 새로운 걸로 바뀌었다.

　"토스트 하기 불편해. 불 조절이 좀 더 편한 걸로 바꾸지."

　알테어스의 말 한마디에 번쩍번쩍한 새 화덕이 들어왔다.

　'그보다 아버지께서 토스트를 구우신 건가……?'

　어울리는 듯, 안 어울린다 생각하며 리리카는 쿡쿡 웃었다.

"뭐가 웃겨?"

머리 위에서 아틸이 질문을 던져 리리카가 그를 돌아보았다.

"음, 아뇨. 새로 바뀐 오두막을 생각하고 있었어요."

며칠 동안 푹 잔 아틸의 얼굴은 금방 반질반질해졌다.

나란히 회랑을 걸으며 둘은 격의 없이 이야기를 나눴다.

"요즘은 잠을 푹 자니까 입맛이 돈단 말이지."

"다행이에요."

"자, 이거 줄게."

아틸이 주머니에서 붉은 사과를 꺼내서 리리카에게 내밀었다.

"와아—"

리리카가 얼른 사과를 받아들였다. 반짝이는 빨간 사과는 꼭 보석 같았다.

"어머니랑 아버님이랑 화해하셔서 다행이에요."

"정말로."

아틸이 투덜거렸다. 그가 멈춰서 기둥에 기대섰다. 리리카도 멈춰 섰다.

"생각해 봤는데 말야."

"네."

"난 아직 배울 게 많은 것 같고."

갑자기 무슨 소리인가, 했지만 리리카는 고개를 끄덕였다.

"성년이 되자마자 황제가 되는 것도, 뭐랄까……. 새삼스럽지만 귀찮아졌다고 할까."

리리카는 놀라 폴짝 뛰고는 주변을 휘휘 둘러보았다.

아틸이 피식 웃었다.

"괜찮아. 아무도 없어."

"아무도 없는 것처럼 보여도 아무도 없는 게 아니라고 아틸이 그랬잖아요."

리리카가 바싹 다가서며 목소리를 낮췄다. 아틸이 어깨를 으쓱했다.

"나도 그냥 생각하는 중이니까. 이그나란 변경백 말이야."

피요르드 이야기에 리리카는 입을 다물고 그를 바라보았다. 아틸이 시선을 돌리고 말했다.

"나랑 동갑인데, 나랑 이룬 일이 전혀 다르잖아. 여러 가지로 감탄했어."

"아틸……."

"아, 그렇다고 인정한 건 아니거든. 짜증 나는 녀석인 건 마찬가지야."

'하지만 지금 그 말이 인정 아닌가?'

리리카는 아틸의 심기를 거스를까, 그 말을 입 밖으로 내지는 않았다. 그가 머리를 쓸어 올렸다.

"그 하늘 찌르는 줄 모르게 자존심 높은 놈이, 휙 그걸 던져 버리고 고개를 숙였잖아. 뭐 때문인지—"

아틸이 리리카를 바라보았다.

너는 알까?

아틸은 뒷말을 삼키고 고개를 흔들었다.

"—모르겠지만, 하여튼. 그래서 나도 가만있으면 안 되겠다, 이거야."

"아틸은 아틸 나름대로 아틸의 일을 하고 있잖아요?"

"내가?"

"네, 그때, 그."

리리카가 까치발을 하고 입가에 손을 댄 후에 소곤거렸다.

"빈민가의 일도 그렇고요."

"그거랑 이건 규모가 다르잖아."

"그래요? 하지만 전 아틸 같은 황제 폐하가 좋아요."

영토를 늘리려는 황제보다, 백성을 돌아봐 주는 편이 좋다. 어린아이의 얄팍한 지혜일지도 모르겠지만, 하고 말한 리리카는 웃었다. 아틸은 그 말에 입술을 꾹 깨물었다.

"하여간, 너는. 말은 잘해."

"아틸에게 언변을 인정받다니, 저도 제법 황족다워졌네요."

리리카가 뻐기듯 가슴을 펴서 아틸이 턱을 손으로 문지르며 말했다.

"아니, 솔직히 말해서 아직 멀지 않았냐?"

"아틸에게 잘한다고 인정받을 정도면 잘하는 거죠."

"그래, 그래. 네 기준이 나인 게 참 자랑스럽구나."

리리카가 그 말에 뭐라고 하려다가 씩 웃고 공손히 커트시를 해 보이며 말했다.

"그야 미래의 폐하께서 해 주시는 칭찬의 말인걸요."

"진짜 소름 끼치니까 그만둬라."

"소름 끼친다니, 너무하네요."

리리카가 항의하자 아틸이 팔을 문질렀다.

"진짜로 소름 돋는 걸 어떻게 해. 내게 예의 차리는 건 관둬. 그리고, 뭐 정말로. 폐하라고 불리는 건 한참 뒤가 될지도 모르니까."

아틸이 아버지께 조금 더 황제를 해 달라고 부탁한다면…….

'하지만 폐하는 용인데. 그 부탁을 들어주려고 하실까. 그리고 그럼

계약은 어떻게 될까, 연장되는 건가?'

"아틸."

"왜?"

"음, 일단 부모님께 먼저 이야기하겠지만, 아틸도 알아야 하는 중요한 이야기가 있을지도 몰라요."

아틸의 표정이 진지해졌다.

"무슨 일 있어?"

"먼저 부모님께 말씀드리고, 아틸에게도 말할게요."

리리카의 결의에 찬 표정에 아틸이 손을 뻗어 그녀의 머리를 부드럽게 쓸었다.

"너무 무리하지 마."

"네."

씩씩하게 답하니 아틸이 "좋아." 하고는 기둥에서 몸을 떼고 다시 걷기 시작했다.

"변경백이 뭔가 새로운 걸 하고 있다며?"

"저도 듣기는 했지만, 자세히는 모르겠어요."

"뭐, 저대로는 파산이니까."

"네?"

놀란 리리카가 그를 보자 아틸이 의아한 표정으로 그녀를 돌아보았다.

"파산이지 그럼. 그 녀석 지금 땅밖에 없잖아? 세금은 그냥 나오는 게 아냐. 지금 그 땅은 허허벌판, 동전 한 닢 안 나오는 상태라고."

"어? 아, 앗?!"

생각도 못 했다.

그저 '직위를 얻었으니까, 이제 잘 끝났지'라고만 생각했다.

"그러고 보니……."

피요르드가 이제 첫 단추를 끼웠다고 말했지.

아직도 갈 길이 멀었구나.

자유롭게 하고 싶은 일을 하고 있으니까, 괜찮겠지.

'괜찮겠지?'

하지만 그래도 의문이 퍼지는 건 왜일까.

"야, 방금까지 그 녀석 제법 한다고 그랬잖아. 걱정하지 마."

리리카는 고개를 끄덕였다. 아틸이 가볍게 리리카의 뒤통수를 쳤다.

"?!"

"정신 차려."

"제가 숙녀이기 때문에 걷어차는 건 참겠어요."

리리카가 뒤통수를 누르며 말하자 아틸은 웃었다.

리리카는 깊게 숨을 들이마시고 안으로 들어갔다.

황제의 응접실은 처음이었다.

들어서니 시종장이 맞이해 주었다.

'와.'

다른 방과는 완전히 분위기가 달랐다. 화려한 게 아니라 무거웠다. 가구들도 전부 크고 까맣다.

리리카가 있는 힘껏 밀어도 꿈쩍도 하지 않을 거 같았다.

그런 압도적인 응접실에 부모님이 나란히 앉아 있는 모습을 보니 마음이 놓였다.

'아, 역시. 두 분 사이의 분위기가 훨씬 좋아졌어.'

두 사람은 뭔가 이야기하고 던 것처럼 바싹 붙어 있었는데, 리리카가 들어온 걸 보고 루디아가 웃으며 손짓했다.

"어서 오렴."

"네."

리리카는 쪼르르 달려가서 커트시를 해 보였다. 시종장이 자리를 권해 주었다.

찻잔이 놓였다.

"그래서 우리에게 할 말이 있다고?"

"무슨 일이니?"

번갈아 물어보는데, 정말로 한 가족인 것 같은 기분이었다.

'아니, 진짜 가족인가……?'

어쩐지 행복해져서 웃었다가, 곧 자신의 말이 이 행복을 깨트릴지도 모른다는 생각이 들었다.

하지만 그래도 역시.

리리카가 손을 흔들어 시종들을 내보내고 새끼손가락의 반지를 빼서 내려놓은 후 말했다.

"저 아버님이 용이라는 걸 알아요."

힘을 주어 말했다.

"그리고 제가 저주를 풀 수 있다는 것도 들었어요."

두 사람은 얼어붙은 듯 리리카를 바라보았다. 잠시 후 알테어스가 말했다.

"대체 누가 그런 소리를 했지?"

"그게……."

리리카는 꿈에 대해서 이야기했다. 에르히를 만난 것과 들은 이야기에 대해서, 그리고 부모님과 상의하기로 했다는 것까지.

두 사람은 주의 깊게 리리카의 이야기를 들어 주었다.

이야기를 전부 끝낸 리리카가 덧붙였다.

"그리고 아틸에게도 이 사실을 알려야 한다고 생각해요. 저랑 아틸이랑 둘 다 모를 때는 괜찮았지만."

여전히 아틸 혼자 모르게 내버려 두면 나중에 아틸이 분명 화내지 않을까?

알테어스가 턱을 문질렀다.

"알았다. 내가 이야기하지."

리리카는 작게 안도의 한숨을 내쉬었다.

알테어스가 덧붙였다.

"내가 분명히 꿈꾸지 말라고 그랬는데."

"그게 마음대로 되는 게 아닌걸요……."

리리카가 작게 항의했다. 알테어스는 여전히 못마땅한 표정이었다.

루디아는 관자놀이를 손가락으로 가볍게 누르며 말했다.

"그러니까, 아니. 그 첫 번째 마법사라는 작자는 어떻게 리리카의 꿈에 멋대로 나타날 수 있었던 거죠?"

"모든 마법은 그에게서 나온 거니까. 마법을 쓰는 사람의 핏속에는 그의 피가 흐르고 있어."

루디아가 눈을 찌푸렸다.

"리리카는 다른 사람보다 마력이 강하니까, 나타나기가 훨씬 더 쉽겠지. 그 피가 짙게 흐르고 있다는 것과 마찬가지니까. 그러니까 꿈을 꾸지 말라고 이야기했는데."

알테우스의 말에 리리카가 뺨을 부풀렸다.

"그러니까 제 마음대로 꾸는 게……."

"아니라는 거지? 알았다."

알테우스가 고개를 흔들었다. 리리카는 얌전히 뺨을 제자리로 돌려놓았다.

'하지만 그때 그게 무슨 말이었는지는 이제 알겠어.'

에르히가 '당신의 마법입니다.'라고 대답했을 때 그게 무슨 소리인가 했는데.

리리카는 새삼스레 제 손바닥을 바라보았다.

내 안에 있는 마법의 근원이 '그'라는 뜻이었구나.

루디아가 이어 말했다.

"그리고 대체 마법을 하나로 묶었다는 게 뭐예요?"

"내 저주를 풀지 않으면 다른 마법도 풀리지 않는다는 거지."

"그럼……."

루디아는 그를 바라보았다.

두 사람의 시선이 길게, 오래 서로 마주했다.

용이 되면 감정을 잃는다.

그는 더 이상 그녀를 사랑하지 않을 것이다.

'하지만……. 고작 그런 걸로 그가 용으로 돌아가는 걸 막아도 되는 걸까?'

그 아름다운 생명체로,

그가 응당히 갖춰야 할 모습으로,

자유롭게 활공하는.

'하필, 지금. 하필 이제 와서.'

하지만 동시에 지금이라 다행이라는 마음도 들었다. 계약을 마무리하기로 이야기를 나눴으니까. 그다음은 그녀도, 그도 자유롭다. 어떤 선택이든 할 수 있었다.

암묵적인 약속은 종종 실제적 이유에 밀리기도 하니까.

'그러니까 정신 차려, 루디아.'

루디아가 치마를 꽉 쥐었다가 놓고 말했다.

"리리카가 마지막 마법사라고 했잖아요. 그러면 리리카 이후에 마법사가 태어나지 않는다는 이야기일까요?"

"최후의 문을 닫을 정도로 강한 마법사라는 이야기겠지."

알테어스의 대답은 불완전했다.

만약에 리리카가 정말로 마지막 마법사라면, 아니, 저주 때문에 조금씩 계속 마법사가 태어날 수도 있겠지. 하지만 저주를 풀 수 있는 힘을 가진 마지막 마법사라면.

'이 기회를 놓치면.'

그는 영원히 인간으로 살아야 한다. 수해도 사막도 열리지 않을 거고, 인로도…….

알테어스가 리리카에게 말했다.

"내 일은 내가 알아서 할 수 있어. 네가 신경 쓰지 않아도 괜찮아."

루디아는 순간 어이가 없어져서 알테어스를 바라보았다. 그러나 말이 튀어 나가려는 걸 눌러 참았다.

루디아가 리리카를 돌아보았다.

"리리, 할 이야기는 다 했니? 혹시 우리가 못 들은 이야기가 있을까?"

"아뇨, 전부 다 했어요."

"그래, 고마워. 혼자서 많이 고민했겠네."

"아니에요."

리리카는 고개를 휘휘 저었다.

"그럼 엄마랑 아빠랑 이야기를 해야겠다. 이야기하고 나중에 리리에게도 알려 줄게, 그리고 아틸에게는……."

루디아가 지긋이 알테어스를 바라보았다.

"오늘 이야기하지."

"응, 그렇다는구나."

"알겠어요."

리리카가 자리에서 일어나며 반지를 도로 꼈다. 그녀가 걱정스러운 얼굴로 말했다.

"꼭 나중에 저에게도 이야기해 주셔야 해요? 꼭이요."

"그래, 꼭."

알테어스가 나가라고 손짓했고, 리리카는 커트시를 한 후에 문을 나섰다.

가만히 닫힌 문 앞에 서서 귀를 기울여 봤지만, 문틈으로는 아무 소리도 들리지 않았다.

'방법은 있을 거야.'

리리카는 주머니에서 제 펜듈럼을 꺼내 보았다.

반짝반짝 빛나는 초승달과 붉은 하트, 귀여운 티아라는 여전히 그녀의 마음에 쏙 들었다.

'빛은 늘 마음속에 있고.'

에르히.

'에르'가 빛이고 '히'는 존재한다는 뜻이다.

이때 '존재'는 지금 당장이 아니라 예전부터 있었고, 지금도 있고, 앞으로도 존재한다는 뜻의 존재다.

'마법에 답이 있지 않을까?'

아버지께서 무엇을 원하는지는 알 수 없지만.

리리카는 펜듈럼을 도로 주머니에 넣고 복도로 나왔다.

기다리던 브린과 라우브가 리리카의 얼굴을 들여다보았다.

"이야기는 잘 끝나셨나요?"

"응."

무슨 이야기인지는 이 둘에게도 말하지 않았다. 하지만 지금 이야기하기는 어려운 내용이다.

이럴 때면 늘 보고 싶은 얼굴이 있었다.

"음, 그럼, 있지."

리리카가 고개를 번쩍 들었다.

"피요르드를 만나러 갈래."

외출복으로 갈아입고, 리리카는 마차에 올랐다.

피요르드는 황제가 신하에게 내리는 관저에 머물고 있었다. 규모가 큰 가문이라면 제 타운 하우스를 가지고 있지만, 그렇지 않은 곳들도 있었다.

그런 가문들은 황제가 내린 관저를 소중히 여겼다.

사실 관저를 받을 만한 가문 중에서 타운 하우스를 가지지 못한 가문은 거의 없어서, 요즘은 관저를 내리는 일이 통 없었다.

하지만 관저라고 해서 규모와 격식이 다른 타운하우스에 뒤지지 않았다.

마차에서 내리자 시종이 문을 열어 주었다.

피요르드가 현관문 앞까지 마중 나와 있었다.

"어서 오십시오, 황녀님."

피요르드가 우아하게 인사했다. 리리카가 온다는 소식에 급하게 준비했을 텐데도 흐트러진 모습이 없었다.

분명히 언제나 준비된 사람이겠지, 피요는.

피요르드의 얼굴을 바라보고 있으니 그가 고개를 약간 기울였다.

'무슨 일이신가요.'

그렇게 시선이 묻고 있어서 리리카는 단숨에 달려가 그에게 몸을 던지듯 안겼다.

"안녕, 피요."

작게 인사하자 그의 손이 등허리를 두르는 게 느껴졌다. 리리카가 그의 품속에서 물었다.

"저기, 잠깐 이렇게 있어도 돼?"

"물론입니다."

"응······."

리리카는 눈을 꼭 감고 길게 숨을 내쉬었다.

주변 시종들의 당황한 기척이 느껴졌지만 리리카는 신경 쓰지 않았다. 피요르드가 고용한 사람들이면 입막음은 확실할 테니까.

두근거리던 심장이 안정을 되찾고, 불안감도 서서히 옅어졌다.

아버지도 어머니도, 그녀를 책망하지는 않았지만 리리카는 불안했다.

아버지가 용이 되어서 떠나간다면, 그러면 어머니는 어떻게 될까? 또 나는 얼마나 슬플까.

하지만 이야기하지 않을 수 없었다. 이유는 알 수 없지만, 그녀가 최후의 마법사이니까 말이다.

그녀가 괴롭다고 말하면 부모님은 훨씬 더 괴로워할 터였다. 그러니 말하기 어려웠다.

하지만 피요르드는 괜찮다.

'어쩐지 피요에게는 늘 어리광을 부리게 되어 버려.'

이유도 말하지 않고 이렇게 와서 안겨도 말없이 마주 안아 주는 점에 기대게 된다. 리리카가 길게 한숨을 내쉬고 몸을 살짝 떼자, 피요르드가 물었다.

"무슨 일 있으셨나요?"

"조금. 하지만 이제 괜찮아졌어."

리리카가 씩씩하게 고개를 들었다. 대신 이번에는 눈썹이 축 처졌다.

"피요, 이야기 들었는데, 이대로는 파산이라며?"

피요르드가 미소 지었다.

"누가 그런 이야기를 하던가요?"

"아틸이."

"아."

그 한마디에 모든 게 담겨 있었다.

"그렇게 되지 않도록 해야지요. 그러려고 어음을 발행한 건데요."

"아직 남아 있어?"

"무척 많이 남아 있습니다."

"……."

피요르드가 '무척 많이'라고 말할 정도면 정말로 많이 남아 있다는 이야기이리라.

"사업 같은 거 하려는 거야?"

"비슷하죠. 금모래 상단에서 도움을 줘서 잘 진행될 것 같아요. 일이 잘되면……."

피요르드가 리리카의 손을 잡았다.

"언젠가 황녀님을 제 영지로 초대하고 싶습니다."

"기대하고 있을게."

"그럼 이제 부디 차를 대접하게 해 주세요."

피요르드의 말에 리리카는 웃으며 그의 품에서 빠져나왔다.

그는 속으로 깊은 안도와 아쉬움의 숨을 내쉬며 시종에게 손짓했다.

응접실에 다과가 마련되었다.

사저를 받은 지 얼마 되지 않아 정신이 없을 텐데도, 가구도 다과도 전부 다 피요르드의 취향이 느껴졌다.

피요르드가 직접 차를 우렸다.

리리카는 차를 마시며 가벼운 이야기를 나누다가 불쑥 말했다.

"나 오늘 신문 봤는데."

"이런."

피요르드가 한탄하듯 말했다.

"피요, 또 열애설 났더라."

"아시겠지만—"

"응, 알지만."

리리카가 피요르드를 바라보았다.

"나 굉장히 싫었어."

피요르드의 손이 우뚝 멈췄다.

전부터 생각한 건데, 뭐라고 표현해야 좋을까.

그를 똑바로 보는 시선이 예전과는 다르다고 하면 자신이 착각하고 있는 걸까.

예전이라면 그를 놀리려고 이 화제를 꺼냈을 터였다. 그런데 오늘의 이 말은, 꼭.

'질투하는 것처럼 들려서.'

"물론 피요르드가 생각이 있다는 건 알지만—"

"안 만나겠습니다."

"응?"

"어차피 이제 무도회에 나갈 시간도 없으니까요. 다 관둘 겁니다."

"정말?"

리리카의 눈이 반짝 빛났다. 피요르드가 고개를 끄덕였다.

"네, 정말이지요. 이제 귀족파와 얽힐 일이 없으니까요."

"응!"

리리카는 기분이 좋아져서 과자를 집어 들다가 멈칫했다.

"아니, 하지만 피요. 정말로 필요한 일이면—"

"황녀님보다 중요한 일은 없습니다."

딱 잘라 말해 주니 리리카의 뺨이 다시 붉어졌다.

"고마워, 피요."

"별말씀을요."

리리카는 '역시 피요는 인기 많은 이유가 있다.' 생각하고 과자를 입에 집어넣었다.

"그럼 언제쯤 내려가?"

"내일 당장이라도 내려갈 준비는 끝났습니다."

"정말? 이렇게 빨리?"

리리카가 놀라 묻자, 피요르드가 고개를 끄덕였다.

"아직 개척 중인 영지를 오랫동안 비워 둘 수는 없지요. 작위도 받았고, 수여식도 끝났고, 귀족 연감에 오른 것도 확인했고. 할 일은 전부 끝났습니다."

"그렇구나. 그렇구나……."

아쉽지만, 어쩔 수 없었다.

리리카가 말했다.

"피요, 무슨 일이 생기면 나에게 꼭 연락해. 알았지?"

피요르드는 리리카에게 연락할 일이 있을까, 했지만 고개를 끄덕였다.

"알겠습니다."

리리카는 피요르드의 반응에 영 못마땅하다는 표정을 지었다.

'무슨 일'은 분명히 피요르드 기준일 테고, 그 기준을 도무지 믿을 수 없기 때문이었다.

'어쩔 수 없지.'

"사실 가능하면 같이 가서 도와주고 싶지만."

"그건 안 될 말이지요."

단호하게 피요르드가 끊어냈다.

"응."

기운 없이 리리카가 대답했다. 피요르드가 리리카를 달랬다.

"황녀님께서 그렇게 생각해 주시는 것만으로도 도움이 됩니다."

"응……. 아, 맞다. 피요르드, 혹시 리제르트 면회 가?"

"아뇨, 딱히."

"아, 그렇구나."

"무슨 일이십니까?"

"줄 게 있어서 말야."

리리카가 브린을 바라보자 브린이 상자를 열었다.

상자 안에서 손수 만든 고양이 인형이 나왔다. 귀여운 샴고양이 인형이었다.

"리제르트가 인형을 가지고 들어가는 게 허락되지 않았다고 들었어. 이건 내가 마법을 걸어 놔서, 움직일 수 없는 인형이거든."

브린이 상자를 닫았다. 뒤에 서 있던 시종이 와서 상자를 받아들었다.

"혹시 면회 갈 일이 있으면 전해 주라고 하려고."

피요르드는 고개를 끄덕였다.

"알겠습니다."

그 인형이 샴고양이 인형이라는 것에 대해 피요르드는 여러 가지 생각이 들었다.

―너 고양이로 내가 만들 수 있는 거 알지? 알아서 잘해라.

저에겐 그런 의미로밖에 읽히지 않지만, 분명 황녀님은 그런 의미가 아니겠지.

―그때 우리 참 잘 지냈던 거 같아. 샴고양이였던 리제르트 귀여웠어. 같은 선량하고 참으로…….

어쩐지 웃음이 터질 거 같아서 피요르드는 꾹 참았다. 확실히 그가 봐도 그때 리제르트가 행복해 보였으니, 행복한 때를 추억하라는―

'하지만 아무리 생각해도 빈정거림으로밖에 안 들리는군.'

"왜 하필 샴고양이인가요?"

결국 물을 수밖에 없었다.

"음, 힘들었어도 그때를 떠올려 줬으면 해서. 이상하게 들릴지도 모르지만, 그때 리제르트는 자유로웠던 거 같거든. 리제르트도 가능하면 도망쳤으면 좋겠어."

피요르드는 리리카를 보고 미소 지었다.

"알겠습니다. 내일 내려가기 전에 들르도록 하죠."

"응, 고마워."

리리카가 인사하고 자리에서 일어났다. 피요르드가 잔을 내려놓으며 물었다.

"벌써 가시려고요?"

"엄청 엄청 아쉽고, 계속 같이 있고 싶지만. 내일 내려가야 한다니까 방해 못 하겠어."

리리카가 그러며 피요르드에게 다가가 다시 한번 안아 주었다.

"피요, 다치지 말고 아프지도 마."

"네, 황녀님."

순순히 대답하는 피요르드가 못 미더웠지만 리리카는 그를 놓아 주었다.

아쉽지만 어쩔 수 없었다.

인형을 남겨 두고 피요르드와 작별 인사를 나눈 뒤에 궁으로 돌아오는 길에 누군가를 발견했다.

"재즈!"

반가워 목소리가 저절로 높아졌다.

길을 걷고 있던 재즈는 어이쿠 하고 목을 움츠렸다가 이쪽으로 걸어 왔다. 그녀는 뚜껑 없는 마차를 타고 있어서, 그는 적당히 거리를 벌리고 멈춰 섰다.

"길바닥에서 그라고 크게 불르면 된다요?"

"아니면 안 돌아볼 거잖아."

리리카의 말에 재즈가 피식 웃었다. 그가 물었다.

"요런 마차를 타고 여까지 먼 일이다요?"

아무런 문양도 없는 마차였다.

황실 마차라면 앞뒤로 줄줄 호위 기사를 끌고 다녀야 한다.

"잠깐 변경백을 만나고 돌아가는 길이지."

"오매."

재즈가 모자챙을 옆으로 살짝 돌리며 씩 웃었다.

"시상에, 고 집을 드나드는 아가씨 중의 하나가 우리 아가씨였고만."

리리카가 눈을 부릅떴다.

"그게 무슨 소리야?"

"아따, 매파가 문턱을 닳도록 드나들던디. 심지어 매파랑 같이 댕겨 오는 아가씨도 있고."

리리카는 입술을 비죽였다가 한숨을 푹 내쉬었다.

"그랬구나. 하지만 이제 괜찮아."

"그려?"

재즈가 어깨를 으쓱했다.

"이라고 나란히 서 있으믄 다들 겁나 의심스럽게 볼 것이여. 인자 그만 물러 나야제."

재즈가 그러며 재빠르게 몇 걸음 물러섰다. 리리카가 상체를 불쑥 세웠다.

"재즈!"

그가 몸짓으로 돌아본다.

"계속 못 만나서 못 주고 있었는데, 이거."

리리카가 주머니에서 새로 만든 금화 부적을 꺼내 들었.

혹시나 하고 늘 가지고 다녔던 게 다행이었다.

"던져 부러!"

재즈의 말에 리리카가 에잇 하고 금화를 던졌고, 재즈가 허공에서 멋지게 금화를 낚아챘다.

"감사합니다, 아가씨!"

재즈는 그렇게 말하고는 모자를 벗어 연극적으로 인사하고는 휙 가 버렸다.

"아아— 가 버렸네."

브린이 리리카에게 말했다.

"나중에 전하를 통해서 만나면 되잖아요?"

"아니, 이상하게 아틸이 요즘 나랑 재즈랑 만나지 못하게 하고 있단 말야. 그래서 금화도 아틸에게 못 줬던 거야. 안 전해 줄 거 같아서."

"저런."

브린은 웃음이 나오려는 걸 참았다. 아무래도 아틸의 과보호는 역효과만 낳고 있는 듯싶었다.

갑자기 추워진 날씨에 리리카는 가볍게 기침했다.

어머니와 아버지는 그 후에 별다른 말이 없었다.

"하야가 오면 그때 다시 이야기하려고."

어머니의 말에 리리카는 고개를 끄덕였다. 이건 인로 가문에게도 중요한 문제니까.

아틸은 폐하께서 용이라는 걸 알고서 충격에 빠진 모양이었다.

아버지가 낚시에 데려간 후에 말씀하신 모양인데, 그 이후로 리리카에게 "너 알고 있었어?", "언제부터 알았어?" 하고 추궁했다.

리리카도 알게 된 지 오래되지 않았다는 것과 함께, 그녀가 마법사라는 이야기도 털어놓았다.

더는 가족 사이에 숨기는 게 있어서는 안 되겠다 싶어서였다.

무척이나 진지하게 이야기를 듣고 아틸은 턱을 괴고 말했다.

"정말로 네가 황제 해야 하는 거 아니냐?"

"아틸이 하기 싫다고 남에게 떠넘기지 말아 주세요."

그가 웃으며 그녀의 머리를 마구 헝클어트렸다.

아틸도 여러 가지로 마음이 복잡해 보였다.

리리카는 그런 아틸을 바라보다가 작게 말했다.

"아틸, 만약에 내가 황녀님이 아니게 되면······."

"뭐? 무슨 쓸데없는 걱정을 하고 그래?"

리리카가 고개를 저었다.

"그래도, 혹시 만약 그러면 어떻게 될까요? 그, 음. 어머니와 아버지가 헤어지신다든가."

"너 두고 가라고 해야지."

아틸이 딱 잘라 말했다.

상상치도 못한 말이라 리리카는 눈을 크게 떴다.

"네?"

"너 두고 가라고 할 거야. 가실 거면 혼자 가시라고 해."

"아니······."

"두고 가기 싫으시면 계속 같이 있으셔야지."

"으음······."

"뭐야, 너. 갈 거야? 질문의 저의를 모르겠어. 불안해서 묻는 게 아니

18장 이건 사랑 이야기 I   563

라면."

아틸이 빤히 그녀를 바라본다. 타카르 특유의 차가운 푸른 눈동자가 그녀를 꿰뚫듯 살폈다.

"나가고 싶어?"

어딜요? 하고 물을 만큼 얼빠지지는 않았다. 리리카가 '그게 아니라' 하고 입을 열려는데 아틸의 눈이 더욱 가늘어졌다.

"마법사는 귀중한 재원이야. 황실에서 나가게 둘 거 같아?"

'어라? 그쪽?'

"황녀가 아니라면 뭐라고 해서라도 잡아 둘 거야. 알았어?"

숫제 협박인데, 협박인지 아닌지 알 수가 없다는 점이 묘했다.

"알았어요."

얌전히 대답하니 아틸이 "좋아." 하고 그제야 바싹 들이댄 얼굴을 뗐다. 리리카가 문득 물었다.

"그럼 저 결혼은 어떻게 해요?"

"결혼?!"

아틸이 이번에야말로 그녀의 양어깨를 꽉 붙잡으며 목소리를 높였다.

"어떤 새끼야? 누구야? 누가 뭐라고 그랬어? 어? 같이 도피라도 하재?"

"네? 아니, 아뇨?"

"이상한 소설 같은 거 읽고 있는 거 아니지? 사랑의 도피 같은 거, 현실에서 엔딩은 다 끔찍하게 살해당하고 끝나는 거야. 알았어?"

"아틸, 잠깐. 진정 좀 해요."

리리카가 그를 밀어내며 말했다. 아틸은 놀라 손을 뗐다.

"미안, 나도 모르게 놀라서. 괜찮아? 너무 아프게 잡았나?"

"괜찮지만, 놀랐어요."

"나야말로 놀랐어. 갑자기 결혼이라니, 머리에 피도 마르지 않은 게 무슨 소리를 하는 거야?"

"하, 하지만 아틸이 '마법사는 황실을 나갈 수 없다'라고 말하니까……."

생각지도 못한 일이지만, 귀족적 사고방식으로 생각해 보면 충분히 그럴 수 있는 일이었다. 아틸이 손을 뻗어 그녀의 뺨을 잡아당기며 말했다.

"그건 아직 한참, 한참 후의 일이니까, 그때 가서 생각해도 늦지 않아."

"네."

아틸은 '결혼을 생각한 누군가가 있어?'라는 질문을 눌러 참았다.

거기서 '사실은, 피요가…….' 하는 대답이라도 나왔다가는 당분간 회복하지 못할 것 같았다. 최대한 침착함을 되찾기 위해 다른 생각을 했다.

'그보다 숙부님께서 용이라니.'

다시 생각해도 이상하다.

아버지는 어떻게 숙부님을 찾은 걸까?

'그래도 어쨌든 피는 이어져 있는 거네.'

그 부분이 묘하게 안심이 된다.

"하여간 자세한 이야기는 소네히하야가 오면 한다고 하셨으니까. 우리 쪽만의 일도 아니고……."

"그렇죠."

아틸이 창밖으로 시선을 돌렸다.

이제 아침저녁으로는 겉옷 없이는 돌아다닐 수 없게 싸늘해진 날씨였다.

"곧 오겠군."

"네, 곧 첫눈이 내릴 테니까요."

리리카는 고개를 끄덕였다.

첫눈이 내리고 얼마 지나지 않아 하야가 도착했다.

비슷한 시기에 리제르트가 신전에서 사라졌다는 연락이 왔다.

"리제르트가? 신전에서 사라져?"

"네, 찾아봐도 없다고……. 바라트 공작은 전혀 모르는 일이라고 잡아떼고 있습니다."

브린이 말을 끝내자마자 라우브가 말했다.

"경비를 강화하겠습니다. 쥐구멍 하나까지 막아야 합니다."

"그쪽은 인형을 사용하니까요."

"하지만 인형을 쓰려면 가까이에 있어야 하잖아? 나는 태양궁에 머물고 있고. 괜찮지 않을까?"

리리카의 말에 라우브도 브린도 고개를 흔들었다.

리리카 황녀가 다칠 때마다 바라트가 연관되어 있었다.

특히 리리카가 부상당할 때마다 라우브의 심장은 남아나지 않았다.

그녀를 잃으면 자신은 어떻게 되는 걸까?

이 문장을 떠올리기만 해도 눈앞이 깜깜해졌다.

"당분간은 외출도 자제해 주십시오."

"아니, 그러지 말고."

리리카는 전에 썼던 추적 마법을 떠올렸다.

"한번 찾아볼까?"

브린과 라우브가 동시에 고개를 끄덕였다.

"좋습니다."

"일단 근처에 있는지만이라도 파악이 되니까요."

"응, 그럼 어디."

리리카가 펜듈럼을 꺼내어 늘어트렸다.

"알레오라일(안개 속 금빛 추격자)."

대상을 리제르트로, 추격자는 리리카로 설정한 후에 주변을 탐색해 보았다. 금빛 강아지는 코를 킁킁거리고 이리저리 돌아보다가 자리에 앉아 하품을 했다.

"5km 반경에는 없나 봐. 10km에도……. 음."

반경을 넓혀 봐도 수확이 없었다. 리리카는 리제르트가 걱정되기 시작했다. 브린과 라우브는 표정이 한층 밝아졌다.

"그럼 수도에는 없다는 이야기군요."

"그 정도면 안심이에요."

"응, 그렇지만……."

갸우뚱하는데 누군가가 창가에 서서 날카롭게 말했다.

"당장 멈춰."

브린과 라우브가 반사적으로 벽처럼 리리카의 앞을 가로막았다.

"아버지?"

놀란 리리카가 목소리를 높이자 알테우스가 짜증이 난다는 표정으로 말했다.

"내 궁에서 마력을 퍼트리지 마라."

"아? 앗!"

허둥지둥 리리카가 마법을 해제했다. 여전히 불쾌하다는 얼굴로 알테우스가 혀를 찼다. 만약 상대가 리리카가 아니었다면 박살을 냈을 터였다.

"온 사방을 더듬으며 기어 다니는 촉감이 기분 나빠."

"죄송합니다……."

그러고 보니 궁전 안은 알테우스의 영역이었다. 거기에 마력을 퍼트렸으니 충분히 기분 나쁠 만했다.

알테우스가 한숨을 내쉬고는 그대로 눈 깜박하는 사이에 사라졌다.

"……놀랐어요. 저 목이 붙어 있네요."

브린이 작게 말하자 라우브도 고개를 끄덕였다.

"허나 저리 돌아다니시면……."

만약 폐하께서 황녀님을 공격한다면, 자신은 막아낼 수 있을까.

라우브는 주먹을 꽉 쥐었다가 폈다. 리리카가 '끙' 하고 펜듈럼을 바라보았다.

"아무래도 다른 방법을 써야겠어."

"하지만 리제르트가 주변에 없다는 걸 알았으니 그걸로 일단 안심했어요."

브린이 빙긋 웃었다.

"좀 더 범위를 넓혀 볼 수 있으면 좋을 텐데요. 어쩌면 죽은 걸 수도 있겠네요. 그러면 속 시원하겠지만, 그렇게 쉽게 문제가 풀리지는 않으니까요."

시원시원한 말에 리리카는 '끙' 하고 펜듈럼을 바라보았다.

'이게 안 되면, 다른 방법을 써야겠어. 아니면 리제르트가 잡힐 때까지 두 사람의 과보호 속에 살아야 할 거야.'

리제르트가 살아서 잡힌다면 모를까, 혹시나 죽은 거라면…….

'설마 바라트 공작이 잡아먹은 건 아니겠지?'

리제르트 하면 이제 새끼 샴고양이가 떠올랐다.

'피요도 이 사실을 알까. 잘 지내고 있나?'

걱정이 여러모로 솟아나 천천히 발밑에 고인다. 계속 이렇게 고이면 점점 움직이기가 어려워지니, 리리카는 시선을 다른 곳으로 옮겼다.

'일단 한 번에 하나씩 해결하는 거야.'

리리카는 주먹을 불끈 쥐었다.

알테어스가 다시 돌아오자 루디아와 하야가 그를 바라보았다. 루디아가 걱정스럽게 물었다.

"무슨 일이 있었나요?"

"아니, 아무것도 아냐. 그보다 가지각색으로 만들었군."

그가 차갑게 이죽거렸다. 하야는 제가 가져온 아티팩트들을 바라보며 한숨을 삼켰다.

자신이 만든 것도 아닌데, 왜 주눅이 드는가.

용살자 컬렉션.

말이 용살자이지, 대부분 그의 힘을 봉인하거나 가두는 데에 치중하고 있는 아티팩트들이 많았다.

루디아가 평범해 보이는 찻잔 세트를 집어 들었다.

"이건 그냥 찻잔으로 보이는데요?"

"그건 '영원한 잠'이라는 아티팩트입니다."

"설마 여기에다 차를 마시면 영원히 잠든다는 건가요?"

"아뇨, 영원히 잠드는 건 아닙니다. 그 사람의 생명력에 비례해 잠들게 되지요. 그러니까 불면증 치료에 무척 좋지만, 폐하께서는 영원에 가까운 생명력을 가지고 계시니까……."

"여기에 차를 마시면 영원히 자겠지."

루디아는 떨떠름한 표정으로 찻잔을 내려놓았다. 만든 사람의 의도가 빤히 들여다보여 기분 나빴다.

차를 함께 마시는 건, 우호적인 관계일 때나 하는 일이다. 알테어스가 찾아오면 반갑게 맞아들이고 이 찻잔을 내겠지.

빤히 사람을 속이고자 하는 의도가 보였다.

이런 게 있을 거라는 걸 알았지만, 막상 실물을 보니 기분이 나빴다. 알테어스를 어떻게 생각하는지, 그 취급이 한눈에 보여서 더 그랬다.

"여기 가지고 오지 못한, 커다란 아티팩트 목록은 이쪽입니다."

"커다란 아티팩트?"

"네, 그냥 봉인하는 건 아쉬우니, 봉인한 채로 힘을 영구적으로 뽑아내는 식의 설계도 꽤 되거든요."

하야는 부드럽게 설명하며 목록을 가리켰다. 루디아는 저도 모르게 알테어스를 바라보았다.

"애초에 머리를 쑤셔서 자기 마음대로 조종하려고 했었던 놈들이야."

알테어스의 말에 루디아는 입술을 깨물고 목록을 보았다.

"아, 하트의 여왕도 여기에 있네요."

"네, 보시면 아시겠지만, 유실된 물건입니다. 바라트 공작이 가지고 있다고 하셨죠."

"음, 그게 실은."

루디아가 주머니에서 거울을 꺼냈다.

"회수했어요."

하야의 눈이 커졌다.

"어, 어떻게."

"출처는 비밀이에요. 하여간 이것도 여기에 놓아 두죠."

루디아가 하트의 여왕을 내려놓았다. '이 아티팩트를 가져온 건 피요르드 바라트'라는 말을 굳이 할 필요는 없으리라.

"그 외에도 목록에서 없어진 아티팩트가 있나요?"

"있습니다. 그리고 저희라고 모든 아티팩트를 알고 있는 건 아니니까요."

루디아는 목록을 바라보았다. 이런 물품들이 바라트에도 있다면, 왜 알테어스에게 쓰지 않았을까?

'바라트 공작은 뭘 원한 거지?'

루디아가 고민하며 시선을 들었다. 알테어스가 말했다.

"아티팩트 구경은 여기까지 하지. 하고 싶은 이야기가 있으니까."

"경청하겠습니다."

알테어스가 하야를 바라보았다. 인로 가문 특유의 눈동자가 사방의 모든 것을 어렴풋이 반사하며 색을 만들어 내고 있었다.

"마지막 마법사가 태어났다."

순간 하야는 온몸에 힘이 쑥 빠져나가는 것 같았다.

'쓰러지나?'

그리 생각했지만, 몸은 그대로 서 있었다. 누군가가 건드린다면 쓰러질 것 같았다.

눈을 한 번 깜박이고, 그가 쥐어짜듯 물었다.

"역시, 황녀님이십니까?"

저도 모르게 목소리가 성급히 나갔다. 루디아가 눈을 찌푸렸고, 알테어스는 담담히 대답했다.

"그래."

"그, 그럼. 그럼, 그러면……."

하야는 자신이 기쁜지 아닌지 알 수 없었다. 감정이 너무 강렬하게 밀려와서 무엇 하나 표현할 수 없는 혼돈이 찾아 들었다.

가문의 비원.

오랜 기다림.

그가 양손을 꽉 움켜쥐었다. 전신이 벌벌 떨렸다.

"그럼, 이제. 저주를 풀 수 있는 겁니까?"

"일단 생각해 보고."

냉정한 그 목소리에, 순간 하야는 이성을 잃었다.

"뭘 생각합니까?!"

인로답지 않은 격한 언동이 튀어나왔다.

"당장 저주를 풀고, 원래 모습으로 돌아가십시오, 우리도 이 지긋지긋한 저주에서 벗어나고 싶으니까! 남쪽으로 내려올 수 없는 인로의 삶을, 당신이 알아? 조상의 약속이고 뭐고, 우리는 계속 참아 왔어!"

그 추위, 그 새하얀 적막.

아무것도 없는 아름다운 얼음의 땅.

그가 사랑하고 증오하는, 그의 고향.

짓씹듯 그가 말했다.

"매해, 저주가 약해지는 것처럼 약한 아이들이 태어납니다. 인로의 추위를 견디지 못하는 어린것들이 얼어 죽죠. 당신은 그저 생각하겠다고 말하면 그만이지만."

하야는 말을 멈췄다. 그는 가슴께를 꽉 움켜쥐었다가 비틀거리며 똑바로 섰다. 길게 숨을 들이마시고 내쉬었다.

양손을 내린 그는 평정을 되찾은 건지, 그렇게 가장한 건지 알 수 없는 표정으로 알테어스를 바라보았다.

"실례했습니다. 평정을 잃었군요."

이상한 광경이라고, 루디아는 생각했다. 방금까지의 분노는 얼음 속에 숨겨진 것처럼 사라졌다.

눈요정처럼 아름다운 외모의 인로가 눈처럼 차갑고 부드럽게 물었다.

"그럼 실례지만, 이유를 여쭤봐도 되겠습니까?"

리리카는 완성한 아티팩트를 바라보았다. 브린과 라우브, 디아레도 함께 모여 앉아 있었다.

따뜻한 벽난로 앞에 앉아서 리리카가 아티팩트를 설명했다.

아티팩트는 달걀만 한 크기의 동그란 유리병이었다. 디아레는 꼭 비눗방울 같다고 생각했다.

다른 점은 방울 위와 아래쪽에 금으로 된 장식이자 추가 붙어 있다는 점이었다.

'유리에는 마법진을 새길 수가 없으니까.'

금장식에 마법진을 새겼다. 위쪽의 금장식은 일종의 뚜껑이었다.

"봐, 여기 뚜껑을 열고, 음······. 내 머리카락을 이렇게 넣을게."

갈색 머리카락을 하나 뽑아서 유리병 안에 넣고 뚜껑을 닫았다. 그러자 머리카락이 녹아들 듯 사라지더니 밤색의 바늘이 나타났다.

'빙글.'

바늘이 돌아서 리리카가 있는 쪽을 가리켰다.

"봤지? 신체 일부를 여기 넣으면, 거기 반응해서 주인이 있는 곳을 가리키는 거야. 자. 들어 봐, 라우브."

라우브가 조심스럽게 뚜껑에 연결되어 있는 줄을 잡았다.

리리카가 자리에서 일어나 주변을 돌자 바늘이 따라 돌았다.

"와! 이거 엄청 신기해요!"

디아레가 탄성을 질렀다. 그녀가 물었다.

"제가 해 봐도 되나요?"

"응, 물론이지. 새로 뚜껑을 열면 그전에 있던 내용물은 사라져. 그리고 새로운 걸 넣으면."

디아레가 얼른 라우브의 손에서 아티팩트를 받아 들어 제 머리카락을 넣었다.

이번에는 더스트 핑크색의 바늘이 생겼다. 리리카에게 아티팩트를 맡기고 디아레는 창문 밖으로 뛰어내렸다.

엄마가

계약결혼

했다

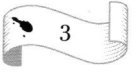

fin.